시크릿투어

4차원
문명
세계의
메시지

시크릿 투어

4차원 문명세계의 메시지

— 4차원의 현상과 초월적인 삶의 세계 I —

저자 박 천수

하문사

목 차

머리말

　고독한 여행에서 만난 보이지 않는 세상은 지구와 100억 광년 떨어진 4차원 문명세계의 샤르별.

　그곳에서 보이지 않는 목소리의 주인공들은 200억 광속체인 UFO를 타고 무변광대한 우주를 활보하며 지구를 찾아온다.

　4차원 문명세계는 무한이론의 초물질적 법칙으로 이루어진 세상.

　200억 광속체인 UFO를 탄생시킨 아버지는 무한이론이다.

　곧 4차원 문명세계의 꽃이 바로 200억 광속체 UFO다.

　어느 날 어느 순간부터, 우주 끝 4차원 문명세계에서 다가온 보이지 않는 목소리를 들으며, 비탄과 절망 어린 심정을 멈출 수 없었다.

　그 목소리는 간절하고, 애절할 때가 많았다.

　지구의 혈통은 털끝만큼도 섞여 있지 않았을 외계 존재의 입에서, 꺼져가는 생명의 불꽃같은 지구의 운명을 걱정하고 지구 인류들의 안위를 위해 애달파 하는 호소를 들었을 때, 나는 주객이 전도된 느낌을 받곤 했다.

　그리고 보이지 않는 목소리와 긴 세월 교류를 이어가면서, 성스러운 그 존재의 성품 앞에 저절로 고개가 숙여지고, 그 존재의 호소와 가르침을 감히 허투루 듣고 귀에서 흘려버릴 수 없었다.

　인간은 잠시도 공기를 호흡하지 않고 살아갈 수 없듯, 그 영혼은 무의식 상태에서 쉬지 않고 우주와 교감을 나누며 살아간다.

인간은 우주진화의 결정체이며, 그 영혼의 태아는 우주진화의 무한한 정보를 잠재의식 속에 저장하고 세상에 태어난다. 잠재의식 속에는 인간이 세상에 태어나 체험해 보지도 않은 무한한 정보들이 가득하다. 우주의 창조와 진화 그리고 섭리에 관한 정보들이다.

그래서 인간들은 영감을 통해 잠재의식 속에 감추어진 놀라운 힘으로 기적을 창조하는 것이다. 인류사의 새로운 창조와 새로운 문명들은 언제나 번개처럼 스쳐가는 영감에 의해서 비롯되어 왔다.

이 시대에 또 어떤 위대한 영감이 나타나게 되면, 인류의 문명은 놀라울 정도로 새롭게 창조될 것이다. 인류는 지금 이 시간에도 아름다운 문명을 새롭게 건설할 수 있는 위대한 영감을 손꼽아 기다리고 있다.

따라서 근대문명의 물질세계를 지배해 온 아인슈타인의 상대성원리만으로 인류의 수많은 상상력들을 틀 안에 가두어 놓는 어리석음을 범해서는 안 될 것이다.

인간의 잠재의식 속에는 우주진화의 총체적인 정보가 고스란히 저장되어 있다.

말하자면 우주진화의 유전자로 세상에 태어난 존재들이 바로 인류들이다.

그래서 인류들은 본능적으로 우주정복의 꿈을 안고 살아간다.

자신의 영혼이 잉태된 모태가 우주이기에, 우주의 품으로 다시 돌아가기를 소원하는 것이 모든 인류의 본성이다. 그래서 인류의 역사에는 고대부터 우주와 연관된 문명의 흔적들이 다양하다. 우주의 후예들인 인류들은 언제나 영혼 깊숙한 곳으로부터 우주를 그리워하며 살아간다.

우주는 무한한 진화의 존재이며, 가늠할 수 있는 나이가 없다.

우주는 대폭발에 의해서 태어났다고도 하고, 그러한 우주 나이를 100억 년, 150억 년, 그저 넉넉잡아 200억 년이라고도 하지만, 그 또한 우주진화의 일부 과정에서 발생할 수 있는 현상일 뿐이다. 인류의 영혼들도 우주진화의 속성을 닮은 그대로 무한한 진화를 반복한다.

우주의 진화와 함께 무한한 진화를 거쳐온 영혼들의 잠재의식 속에는, 우주진화 만큼의 다양한 우주정보들이 저장되어 있다. 잠재의식 속에 저장된 우주정보는 우주창조와 생명의 비밀을 고스란히 간직하고 있을 것이다. 그래서 인류의 영감들이 열리는 만큼 우주의 비밀들도 하나씩 모습을 드러내게 되는 것이다. 인류사에서 위대한 창조자들은 모두 위대한 영감의 소유자들이었음을 간과할 수 없을 것이다.

고도로 정제된 의식과 사상 속에서 아름다운 영감의 싹들이 돋아난다.

위대한 영감들이 위대한 삶을 창조한다. 위대한 영감들이 크게 열릴수록 고차원의 정신세계가 열리고 인류의 생명체들은 나날이 아름다운 삶의 탈바꿈을 반복할 것이다.

무한이론과 우주속도는 영감의 작용이 없이는 세상에 빛을 볼 수 없다. 물질과 영의 질서를 총체적으로 아우르는 무한이론시대가 열릴 때 인류의 삶들은 큰 변혁을 맞게 될 것이다.

초광속의 우주속도시대를 맞이해서 인류들은 비로소 우주의 주인공으로 등장하여, 무변광대한 우주를 무한질주하면서, 우주문명의 찬란한 역사를 다시 쓰게 될 것이다.

물질숭배 사상은 하늘을 찌를 듯하고 생명 경시 풍조가 세상에 난무한 이 때, 누구인들 삶의 무거운 짐을 훌훌 털어 버리고 평화로운 우주의 공간으로 떠나고 싶은 생각이 절로 나지 않겠는가? 어느 때보다 우주로 떠나갈 수 있는 날개가 그리워지는 시대에 우리는 살고 있다.

그렇다면 이제 상상의 나래를 마음껏 펴고 무한이론시대의 우주속도에 몸을 싣고 우주로 우주로 무한질주의 여행을 떠나보자. IQ4,000에 달하는 500〈수스챠〉급 UFO에 몸을 싣고, 천태만상의 신비함이 펼쳐지는 우주의 세계로 우주속도의 여행을 떠나보자.

4차원 문명세계에서 찾아온 샤르별의 외계인들과 함께 떠나는 우주여행은 고정관념에 젖어 있는 의식세계를 무한하게 확대시켜 줄 것이다.

1년 만의 우주여행 끝에 찾아간 샤르별에는, IQ600을 소유한 외계의 존재들이 우주나이 350세의 수명을 누리면서, 고차원의 정신세계와 4차원 문명세계를 꽃피우며 우주의 신천지를 펼쳐 가고 있었으니, 현실세계에서 꿈꾸어 볼 수 없었던 새로운 삶을 체험하게 될 것이다. 콩알만한 〈우스시어〉 생단 한 알로 식사를 해결하며 무식주의로 살아가는 외계의 존재들, 온 세상은 푸른 초원으로 덮여 있고 피라미드 집들만 푸른 숲 속에 지어져 있는 외계의 존재들이 살아가는 세상은 색다른 삶의 문화로 가득할 것이다.

지금부터 시작되는 무한한 상상체험의 세계에서 당신의 영혼은 아름다운 영감의 눈을 뜨게 될 것이다. 4차원 문명세계가 펼쳐진 UFO의 나라, 샤르별에서 당신의 잠재의식 속에 감추어진 우주에 대한 귀화본능의 꿈을 이루어보자.

광활한 우주에는 물질의 법칙을 초월한 또 다른 제3의 우주법칙이 존재한다.

아인슈타인은 상대성 이론에서 우주에서 물질의 속도는 빛의 속도보다 빠를 수 없다고 하였다. 하지만 빛보다 빠른 우주속도는 물질의 법칙을 초월한 제3의 우주법칙으로써 소위 초월적이거나 영적인 현상들이라고 단정할 수밖에 없는 우주의 불가사의를 말하며, 100억 광년의 거리를 거침없이 달려와 지구 인류에게 선을 보이는 UFO를 통하여 보여주곤 한다. UFO의 주체는 지구를 파괴하려는 세력과 지구를 구원하려는 세력이 동시에 활동을 하는데, 필자는 지구를 구원하려는 세력의 도움을 받아 그들의 시선으로 바라본 지구를 설명할 것이며, 또한 그들이 왜 지구를 구원하기 위하여 지나간 세월 동안 끊임없이 노력을 하였는지 밝혀줄 것이다.

현생 인류의 마지막 목표가 우주정복이라고 하는데, 이것을 완성하려면 우주속도의 개념을 반드시 알아야 할 것이다.

이 책을 통하여 1,000억 광년을 나아가도 그 끝이 보이지 않는 우주에 대하여 상대성 이론을 뒤집는 200억 광속체의 도움을 받아서 무한이론과 초물질적인 4차원 문명세계를 향한 우주 시크릿 투어의 대장정을 시작하려고 한다.

그리고 4차원 문명세계가 나에게 들려주는 메시지를 통하여, 거대한 우주프로젝트를 디자인한 천지창조의 오묘한 섭리에 대하여 진지한 사고와 성찰의 시간을 가져 보려고 한다.

보이지 않는 목소리의 주인공과 함께 떠나는 4차원 문명세계의 여행은, 닫혀 있는 고정관념으로 살아가는 지구 인류들에게 시사하는 바가 클 것이다.

어쩌면 지구 인류들이 앞으로 설계해야 할 미지세계의 모습이, 먼 우주 끝에서 샤르별의 이름으로 살아가고 있다는 생각이 든다.

아름다운 의식을 가진 나의 동반자들이여!

이제부터 보이지 않는 목소리와 함께 고독한 여행에 모두 함께 참여하여, 삶의 저 너머 우리들 이상향을 향해 마음껏 영혼의 날갯짓을 펼쳐가자꾸나.

소중한 그대들을 위해, 나의 모든 것 아낌없이 나눠주고 떠나련다.

1999년 12월 20세기의 마지막 날 자정을 지나며

저자 박 천수

무한이론의 선경세상

샤르별은 무한이론의 세상이다.

물질의 한계를 벗지 못한 유한이론의 법칙을 초월하여 초광속의 법칙 속에서 4차원 문명세계가 펼쳐진 초월적인 삶의 세상을 이름하여 무한이론의 세상이라고 부른다.

무한이론의 세상은 빛의 법칙이 지배하며, 빛의 지배로 이루어지는 샤르별의 4차원 문명세계는 지구와 비교할 수 없는 초월적인 삶이 보편적인 가치로 진행되고 있었다.

무한이론의 세상에도 지구와 다름없는 자연세계와 물질문명이 꽃피고 있는 것만은 사실이지만, 그것은 어디까지나 겉으로 드러난 현상들에 불과했다. 유사하지만 동일하지 않는 보이지 않는 무언가의 힘이 샤르별의 온 세상을 지배하고 있었다.

무한이론의 세상은 지구와 다른 이색적이고 특별한 문명으로 우주의 하늘 아래서 숨 쉬고 있었다. 그 색다르고 초월적인 4차원 문명세계의 상징적인 몇 가지를 소개하면 다음과 같다.

인조인간 불사조

샤르별에는 4천억에 달하는 인조인간이 살고 있다.

인조인간은 로봇과 인간의 중간쯤 되는 제3의 생명체로서 샤르별 인류들의 손에 의해 창조된 무한이론 건설의 주역들이라고 소개할 수 있을 것이다. 인조인간들은 하늘과 땅에서 샤르별 인류들이 설계하는 4차원 문명세계를 꿈이 아닌 현실로 살아나게 하는 마력을 발휘하는 존재들이다. 4차원 문명세계가 신인조화의 기운으로 펼치는 우주의 신천지라고 소개할 수 있다면, 그 신천지의 모습이 우주의 하늘 아래서 가능할 수 있는 배경에는 무소불위의 힘을 발휘하는 인조인간 불사조들이 활동하기 때문에 가능한 일이라고 단정할 수 있었다.

인조인간들은 스스로 창조하고 설계하는 능력은 없지만 샤르별의 인류들이 꿈꾸는 일이라면 하늘에서, 땅에서 무소불위의 힘을 발휘하여 이루지 못하는 일이 없는 신묘한 영물이었다.

인조인간들의 인조두뇌는 무한이론의 프로그램이 장착되어 있어 학습과 진화의 기능을 발휘하지만 창조적 설계의 회로는 차단되어 있었다. 그리고 고통과 갈등을 인지하는 감정유발 회로도 차단되어 있었다. 다만 만족과 불만, 긍정과 부정의 의사표시를 하는 기본적인 감정회로는 제한적으로 작동되고 있었다.

인조인간의 두뇌는 진화가 가능하고 그 진화는 학습 전문성의 향상에 국한되고 있었다. 창조적 설계력은 없으나 진화의 학습에 의한 응용력과 집중도가 강하여 일의 성취도가 높고 능률과 생산성에는 인간의 능력으로는 추월할 수 없었다.

인조인간의 인조두뇌는 사이버 공간과 공유하는 프로그램이 내장되어 있었고, 사이버 공간에서 활동하는 복제두뇌 프로그램의 진화된 정보를 공유하면서 현실세계를 변화시키는 틀을 만들어 내고 있었다. 사이버 공간에는 무한정보력이 존재하고 그 무한정보력을 공유하고 있는 인조인간의 두뇌는 귀신 뺨칠 정도의 신통력으로 현실세계를 지배하고 있었다.

샤르별에는 천차만별의 지능이 존재하는 세상이었다.

샤르별 인류들의 평균지능은 60수스탸이며 지구 인류의 지능으로 환산하면 IQ500 정도라고 설명할 수 있었다. 샤르별의 인류 중에 100수스탸 이상의 초월적 지능을 보유한 자도 있었고, 이들은 대부분 고도의 수행을 통해 후천적으로 지능을 무한상승시킨 경우였다.

인조인간들의 지능은 프로그램으로 설정된 설계지능이었으며 20수스탸의 저지능의 두뇌도 보유하고 있었고, 100수스탸 이상의 고도지능을 보유하기도 했다. 즉 샤르별의 인류들보다 낮은 지능의 인조인간들도 존재하고 월등하게 높은 고도지능을 보유한 인조인간들도 존재했다.

인조인간들이 보유한 저지능 20수스탸는 지구의 지능으로 환산해서 IQ150 정도라고 설명할 수 있었고 100수스탸 이상의 고도지능은 우주지능이란 다른 말로 사용하기도 하며 초월적 경지의 영성을 발휘하는 힘이기도 했다.

이런 놀라운 초월적 지능이 인조인간의 인조두뇌에 프로그램화 되어 장착되어 있었고 초월적 지능을 가진 인조인간들이 샤르별 인류들의 손과 발이 되어 샤르별의 온 천지를 선경세상 지상낙원으로 가꾸어 가고 있었다. 샤르별의 인류들은 무한 충성심을 가진 초월적 능력의 인조인간들의 도움으로 무임승차를 하면서 신선놀음을 즐기고 있었다.

다만 영적능력의 감정지수는 인조인간들의 인조두뇌 프로그램 속에 제한적으로 적용되고 있었다. 그래서 인조인간들은 욕망과 갈등을 일으키는 감정을 유발시키지 않으며 무한 충성심의 프로그램대로 인류의 삶을 위해 헌신하고 있었다.

배고파서 먹지도 않고, 피곤해서 쉬지도 않고, 졸린다고 잠을 청하지도 않는…. 아무리 뜨거워도 견디고 아무리 극한 추위도 견디는 불사조들과 같은 존재들이 인조인간이었다. 지구용어를 빌리자면 슈퍼맨이라고나 부를까…. 4천억에 이르는 슈퍼맨 불사조들이 인류의 행복한 삶을 위해 신선놀음을 즐기며 살아가도록 헌신하고 온갖 충성을 아끼지 않는 세상이 샤르별이었고 그 주인공들이 인조인간이었던 것이다.

신인조화의 기운이 아니면 세상에 출현할 수 없는 그 신묘하고 영물과 같은 인조인간들이 활보하는 세상이기 때문에 샤르별의 4차원 문명세계는 발전에 발전을 거듭하면서 우주 선경낙원의 진면목을 유감없이 발휘하고 있었던 것이다.

인조인간들은 공장에서 물건을 만드는 과정과 다름없이 팔다리, 손과 발을 비롯해서 눈과 귀와 코와 두뇌 같은 부속품이 만들어진 후, 최종적 조립과 테스트를 거친 후 비로소 제3의 생명체로 태어나 샤르별 인류들의 손과 발이 되어 4차원 문명세계의 건설일꾼으로 활동을 시작한다.

인조인간들은 손발이 잘려 나가면 다시 수술과 봉합을 통해 대체가 되고 두뇌가 파손되어도 복사된 정보를 되살려서 본래의 기억을 가진 대체 두뇌를 복원시키는 일도 가능하다. 인조인간들의 두뇌는 가상공간에 저장되며 가상공간에서 다양한 정보력을 습득하면서 진화가 이루어진다. 그래서 인조인간의 손상된 두뇌라도 다시 복원이 이루어지고 처음보다 더 영리한 인조인간으로 부활이 가능해진다.

인조인간들은 스스로 판단하고 행동하고 학습하는 능력을 소유하고 있지만 그 힘은 인공두뇌에 저장된 지식복원의 프로그램에 의해서 가능해진다. 인조인간들은 인공두뇌 지식복원력에 의해 한번 습득한 정보는 다시 망각하는 일이 없으며, 학습기능을 통해 무한한 지식축적이 가능한 인조인간들은 불사조처럼 변신과 부활이 가능했던 것이다.

인조인간들의 지능이 다르게 태어나는 것은 맡겨질 업무의 용도가 다르기 때문이다.

가정에서 허드렛일과 풀밭을 관리하는 등 비교적 두뇌사용이 단순한 업무에 투입될 때는 낮은 지능의 인조인간이면 충분하고, 전문성의 복잡한 일처리와 특수 업무에 투입될 때는 고도지능의 인조인간을 필요로 하게 된다.

곧 4차원 문명세계를 이끌어 가는 하늘과 땅에서 이루어지는 크고 작은 일의 용도에 따라 인공두뇌의 지능이 다른 인조인간들이 태어나서 샤르별의 인류들을 도우며 활약한다고 설명할 수 있을 것이다.

4차원 문명세계인 샤르별에서 인조인간들의 활약이 미치지 못하는 분야가 없다. 가정의 허드렛일과 신선들의 잔심부름을 비롯해서, 공장에서 공산품을 만들고, 건축현장에서 집을 짓고, 우주에서는 우주건설에 투입되는 등 심지어는 신선들의 수행원과 전문비서 역할까지 하면서…. 샤르별 인류들의 손과 발이 되어 무소불위의 능력을 발휘하는 존재들이 인조인간들이었다.

샤르별의 인류들이 스스로 신선이라 자칭하면서 날마다 신선놀음을 즐기며 손에 물 한 방울 묻히지 않고 힘든 노동의 땀 한 방울 흘리는 일 없이 황제처럼 살아가는 이유는, 그 누구의 도움이 아닌 인조인간들의 헌신적인 봉사에 의해서 가능하다고 설명할 수 있을 것이다.

인조인간들은 먹지도 않고, 자지도 않고, 쉬지도 않으면서 주인인 인간들을 위해 불철주야 봉사하고 헌신한다. 한번 시작한 일은 끝을 보기 전에 멈추는 경우가 없으며 아무리 어려운 일도 매듭을 짓기 전에는 중단하는 일이 없다.

그래서 끝없는 우주건설이 필요한 우주공간에서는 잠시도 인조인간들의 손과 발이 쉴 틈이 없으며 인간들이 고의적으로 일을 중단시킨 인조인간들만 휴식을 가지면서 활동에너지를 재충전할 수 있었던 것이다.

인조인간들도 에너지 재충전을 위해서 휴식이 필요할 때가 있고 그래서 인조인간 전용의 휴게실이 만들어져 있었다. 인조인간 휴게실에서 인조인간들이 서로 장난을 즐기며 휴식을 취하고 있는 모습은 사람들이 웃고 떠들며 노는 장면과 다를 것이 없었다.

인조인간들이 휴식을 취할 때는 단순히 몸을 쉬고 에너지를 재충전하는 데만 목적이 있는 것이 아니라 신체의 일부가 손상되었거나 파손된 부분을 수리하고 보수하는 목적도 있었다. 인조인간들의 파손된 피부는 재생이 가능하고 손상된 신체부위는 복원이 가능하기 때문에 무한하게 생명을 연장시키며 불사조처럼 영생하면서 인류의 수호신으로 활동할 수 있었던 것이다.

인조인간들도 생명력을 가진 인조피부와 사람처럼 감정을 나타내는 얼굴표정을 하고 사람과 똑같은 몸짓으로 사람과 똑같은 말을 사용하기 때문에, 사람과 똑같은 옷을 입혀 놓으면 신선인지 인조인간인지 구분하지 못하는 일이 빈번하다.

그래서 샤르별에서는 신선의 복장과 인조인간의 복장이 다르다.

사람들은 신선의 복장을 하지만 인조인간들은 일하기 편리한 활동복을 착용하기 때문에 멀리서도 사람과 인조인간을 구분하기 쉬워진다. 아마도 지구처럼 이기적 집단들이 형성되어 있고 적군과 아군이 대립하는 세상이라면 인조인간들을 불의의 목적으로 악용해도 속수무책일 경우가 허다할 것이란 생각이 들곤 했다.

샤르별의 모든 가정에는 인조인간 관리인이 배정되고, 전문직에 종사하는 샤르별 인류들에게는 인조인간 수행원들이 붙여지게 된다. 인조인간 수행원들은 그림자처럼 주인을 따르며 어렵고 힘든 일이 없도록 도와주는데, 그 자상하고 친절한 매너는 황제의 종들도 따라 하기 힘든 희생정신이었을 것이다.

아무튼 4천억에 달하는 인조인간들은 아무런 대가도 기대하지 않으면서 샤르별의 인류들을 위해 봉사하고 희생하며 평생동안 충성스런 일꾼으로 활동한다. 그 충성스런 일꾼들로 인하여 샤르별의 인류들은 호사와 풍요를 누리고 신선으로서의 품위를 보장받으며 살아갈 수 있다고 소개할 수 있을 것이다.

하늘자동차 춘우셔시

샤르별에는 땅으로 굴러다니는 차가 없다. 기차라든가 자동차라든가 짐승이 끄는 수레 같은 바퀴를 달고 도로를 질주하는 교통편은 존재하지 않는 세상이 샤르별이다. 그래서 샤르별의 땅에는 도로가 없다.

바다에도 떠다니는 어떤 선박의 모습도 존재하지 않는다.

샤르별에는 유일한 교통수단으로써 하늘자동차 춘우셔시만 존재한다.

춘우셔시는 초광속으로 하늘을 날아다니는 자동차이며, 샤르별 인류들의 발이 되어 아무리 멀리 떨어진 세상이라도 빛의 속도로 단숨에 이동한다.

샤르별의 모든 인류들에게는 집집마다 하늘자동차 자가용이 배정되어 있고, 남녀노소 신분의 고하를 막론하고 각자에게 배정된 하늘자동차 춘우셔시를 타고 가고 싶은 세상을 여행하거나 찾아다닐 수 있다.

지구라면 당연히 신분이 높거나 돈이 많으면 고급 승용차를 타고 낮은 신분의 소유자들은 허름한 차를 이용하겠지만, 샤르별에서 좋은 차 나쁜 차가 구분해서 만들어지지도 않는다.

엄밀히 말하자면 샤르별의 인류들에겐 제도적으로 정해 놓은 신분이 존재하지 않으며 남녀의 성구별이라든가 상하의 구분도 없는 세상이라서 누구는 성능이 좋은 고급물건을 차지하고 누구는 성능이 떨어진 싸구려 물건을 차지하는 세상이 아니다. 샤르별의 존재들은 누구나 황제요, 왕이며, 갑부이기 때문에 최고의 집에서, 최고의 차를 타고, 최고의 대접을 받으며 살아간다고 소개할 수 있을 것이다.

무한이론의 법칙으로 태어난 4차원 문명세계의 초월적인 삶의 부와 풍요가 모두 샤르별 존재들의 공동재산이기 때문에, 샤르별에는 신분이 낮은 자도 없고 부자가 아닌 자도 없다고 장담할 수 있었다. 그래서 지구에서 최고의 권력자나 갑부라도 함부로 소유하기 어려운 최고성능의 최고급 하늘자동차를 자가용으로 사용하면서 200억 샤르별의 존재들은 평등하게 황제처럼, 신선처럼 신선놀음을 즐기며 살아가고 있었다.

아마도 지구에서라면 초광속 하늘자동차 한 대를 마련하려면 갑부들이 아니면 불가능할 것이다.

샤르별에서도 빛의 속도는 초속 30만 km로 알려져 있다. 그래서 지구의 70배 표면둘레를 가진 샤르별에서는 광속으로 이동하는 춘우셔시 하늘자동차를 타고 아무리 먼 거리도 눈 깜짝할 사이에 여행을 하거나 이동하는 일이 가능하다.

샤르별의 인류들은 광속으로 이동하는 하늘자동차 춘우셔시를 타고 어떤 숨겨진 오지의 세상이라도 다가가지 못하는 곳이 없고 방문할 수 없는 경계가 없다.

초광속의 마력이란 신명의 기운을 제어할 수 있는 초월적인 힘이었으며, 그 무소불위의 힘은 우주다차원의 영역을 종횡무진(縱橫無盡)하고 세상의 모든 장애물을 무사통과했다.

하늘자동차 춘우셔시는 무인조종으로 비행하며 그래서 특별하게 춘우셔시를 운행할 면허 같은 것은 필요하지 않는다. 누구나 춘우셔시에 오르기만 하면 원하는 목적지까지 무사히 바래다주며, 춘우셔시에는 항상 불사신의 힘을 가진 인조인간 수행원이 따르고 안전을 보장해 주므로, 아무리 어리거나 고령의 노약자가 탑승해도 마음 놓고 멀리 여행을 떠날 수 있다.

춘우셔시 하늘자동차의 선실에는 4차원 문명세계의 온갖 편의시설이 다 갖추어져 있으며 여행중에 하늘을 날면서 어떤 행동이나 취할 수 있다. 그뿐만 아니라 춘우셔시 비행체의 선실에는 4차원 가상공간의 프로그램이 작동되고 있으며 포스머스 생영상 장치라든가 화상통신 시스템을 이용하여 실제의 느낌과 동일한 가상현실을 체험하는 일도 가능하다. 춘우셔시 하늘자동차는 하늘에서 비행을 하는 중에도 애드벌룬처럼 정지가 가능하며, 춘우셔시가 하늘에서 정지하고 있을 때는 높은 전망대에 올라앉아 있는 기분으로 아래 세상을 멀리까지 한눈에 구경할 수도 있다. 그뿐만 아니라 신출귀몰한 비행솜씨를 발휘하며 초월적인 다양한 체험도 가능하게 만든다.

샤르별의 인류들은 새가 아니라도 자유롭게 하늘을 날아다닐 수 있고, 신이 아니라도 원하는 세상을 순간이동하며 여행을 다닐 수 있고. 부자가 아니라도 온 세상을 자유롭게 주유(周遊)하며 온갖 여유로운 삶을 즐길 수 있다. 그렇게 여유롭고 자유스러운 삶을 즐기도록 만드는 도구가 하늘자동차 춘우셔시다. 샤르별의 온 인류에게 4차원 문명세계의 이기인 춘우셔시 하늘자동차가 무상으로 공급되고 있다는 사실은 빛의 나라 샤르별의 위상을 한층 높여주고 있다고 소개할 수 있었을 것이다.

나는 샤르별을 방문하고 나서 샤르별의 인류들과 똑같은 신분으로 자가용 춘우셔시를 공급받았고, 지구로 돌아올 때까지 자가용 하늘자동차를 타고 원하는 세상을 자유롭게 방문할 수 있었다.
춘우셔시는 탑승자와 의사소통이 가능하고, 탑승자가 비행체의 기능을 사용하는 것이 미숙할 때는 친절하게 서비스를 베풀며 만족한 여행이 가능하도록 돕기도 했다. 지구에서 다양한 교통편을 이용해서 여행을 떠나보곤 했지만 춘우셔시 선실에 탑재되어 있는 서비스 기능은 아무리 상냥한 승무원의 친절함도 따라오기 힘들만큼 섬세했다.

샤르별의 하늘자동차 춘우셔시는 용도에 따라서 크기와 모양도 다양했다. 개인들이 사용하는 자가용은 작고 예쁘게 생긴 하늘자동차였고, 일시에 수백 명씩 수송하는 인력수송차라든가 완성된 건축물이나 다양한 물건들을 실어 나르는 초대형의 화물수송차 등이 있었다. 심지어는 날아다니는 경기장이라 불리는 초대형의 수송차도 있었는데, 실내 원형 경기장의 돔처럼 타원형으로 생긴 커다란 춘우셔시였다. 날아다니는 경기장은 말 그대로 샤르별의 인류들이 일시에 수만 명씩 탑승하고 다니며 공중에서 다양한 경기도 즐기고 신선놀음의 이벤트도 펼치는 용도로 사용하고 있었다.

초대형의 수송차들은 긴 타원형의 모습으로 생겼고 작은 것은 길이 50m 내외를 비롯해서 아주 큰 것은 길이가 수백 m에 이르는 것도 있었다. 이렇게 큰 수송차가 하늘을 날아다닐 때의 모습은 마치 바다의 섬 하나가 공중에 떠다니는 현상처럼 보이기도 했다.

개인용 자가용의 하늘자동차는 작고 날렵하게 생겼으며 둥근형, 세모형, 네모형을 비롯해서 동물이나 꽃을 상징화 한 모양들도 있었다. 색상도 다양해서 흰색, 붉은색, 노랑색, 파랑색, 검은색 등의 단색이나 여러 가지 화려한 색상으로 치장한 것 등 다양했다.

이렇게 각양각색의 자가용 하늘자동차들이 고추잠자리처럼 하늘에 떠서 새떼처럼 날아다니는 장면이 샤르별의 하늘이었고, 샤르별 인류들이 마음껏 여가를 즐기고 여행을 다니면서 신선으로 살아가는 진면목의 현상이기도 했다.

하늘자동차는 초광속으로 하늘을 날아다니지만 비행기처럼 굉음을 내지도 않고 배기가스를 품어내는 일도 없으며, 잠자리나 나비가 하늘을 날아다니는 모습처럼 조용하고, 새처럼 가벼운 몸짓으로 땅에 내려앉거나 이륙하기도 했다.

하늘자동차 춘우셔시는 비행기처럼 활주로를 이용해서 이륙하거나 착륙하지 않았고, 잠자리나 새처럼 아무 장소나 가리지 않고 내려앉기도 하고 가볍게 하늘로 솟구치듯 날아가기도 했다.

그래서 아무리 많은 수의 하늘자동차가 하늘을 뒤덮고 날아다녀도 작은 소음이라든가 귀에 거슬리는 소리를 들을 수 없었다.

하늘자동차는 광속으로 비행할 수 있지만 천천히 비행할 때는 구름이 떠가듯 천천히 날아가기도 하고, 바람에 실려 날아가는 풍선처럼 공기의 기류를 이용해서 자연속도로 비행할 수도 있었다.

급한 용무가 아닐 때는 기류를 따라 흘러가듯 천천히 하늘을 날면서 지상에 펼쳐진 아름다운 모습들을 감상하기도 하고 다양한 선실의 유흥을 즐길 수 있는 것이 하늘자동차의 기능이기도 했다.

새처럼 자유롭게 하늘을 날아다니고 마음만 먹으면 금세 원하는 세상이나 그리운 사람 앞에 나타나는 것이 인간들의 꿈이라면, 그 꿈을 이루게 하는 것이 샤르별의 하늘을 광속으로 날아다니는 춘우셔시 하늘자동차들이라고 설명할 수 있었을 것이다.

자칭 신선이란 이름으로 살아가는 샤르별의 인류들은 누구나 공평하게 지급받은 하늘자동차를 타고 자유롭게 하늘을 날고 여행을 하면서 인간들이 누리고 싶은 꿈을 다 이루며 신선놀음을 즐기며 살아가고 있었다.

도원경 지상낙원

지구에는 인간들이 살고 있다면 샤르별에는 신선들이 살고 있었다.

지구의 인류들은 스스로 인간이라 생각하며 인간답게 살려고 노력한다면, 샤르별의 인류들은 스스로를 신선이라 생각하며 신선놀음을 즐기며 살아가려고 노력하는 것이 지구와 샤르별의 다른 모습이었다.

샤르별의 인류들은 태어나면서부터 신선답게 살아가는 신선교육을 받으며 신선의 자질과 신선의 품성을 높이기 위해 모든 지도역량이 총 발휘되고 있었다. 그래서 샤르별의 인류들은 태어나면서부터 당연히 신선이란 의식을 품게 되고 모든 삶의 방식을 신선의 품격에 맞도록 행동하고 있었다.

지구의 인류들은 태어나면서부터 불행하게도 불완전한 존재로서 허물과 죄를 뒤집어쓰고 살아가는 죄인들이라고 생각하며, 죽어서 지옥에나 떨어지고 윤회의 법칙에 얽매어서 짐승으로 태어나거나 저주받은 삶으로 다시 태어날 수밖에 없는 운명이라고 스스로 결정한다. 그래서 종교의 힘을 빌려 지옥에 가지 않고 천당에 가겠다고 교회에 다니거나 해탈하여 윤회에서 벗어나겠다고 절에 다니기도 한다.

지구 인류들은 그만큼 태어나면서부터 원죄라는 오명을 뒤집어쓰고 누구나 하느님이나 부처님 앞에서 죄인 아닌 죄인이 되어 평생 회개하고 뉘우치며 죄를 벗기 위해 노력하지 않으면 안 된다.

샤르별의 인류들에겐 원죄가 없다. 아무도 샤르별의 인류들을 향해 불완전하고 허물이 많은 존재라고 정죄하지 않기 때문이다. 오히려 우주의 자유자요 거룩한 신명의 기운으로 채워진 신선이라고 스스로들을 정의한다. 그래서 샤르별의 인류들은 하느님이나 부처님 앞에 나아가 용서를 빌지도 않으며 죽어서 좋은 곳에 보내 달라고 신에게 매달리지도 않는다.

샤르별의 인류들은 스스로 이미 알고 있는 존재들이요, 영혼에게 숨겨져 있는 무한 잠재력으로 무한한 창조가 가능한 무소불능의 신선들이라고 생각한다. 그래서 샤르별의 온 세상은 어디를 가든지 신선들이 살아가기에 마땅한 지상낙원 선경세상의 분위기가 맴돈다.

샤르별을 지상낙원 선경세상이라고 정의할 수 있는 단서로 샤르별의 온 세상은 복사꽃 물결이 출렁거리는 도원경으로 뒤덮여 있다. 샤르별의 인류들이 살고 있는 주택의 정원이나 공공장소의 공원이 온통 복사꽃 물결로 출렁거리는 것은 물론, 드넓은 초원과 밀림에도 복사꽃 물결은 구름바다처럼 몽글몽글 이어진다.

그래서 샤르별의 지상을 밟은 첫 느낌부터 무릉도원 선경세상에 도착했다는 생각을 떨쳐버릴 수 없고, 샤르별 인류들의 복장에서부터 과연 신선의 나라라는 의식이 마음속에 가득 밀려왔다.

무릉도원이란…. 지구의 전설 속에 나오는 명칭에 불과하지만…. 그 전설 속의 세상을 선경이라고 표현하고 있지만…. 샤르별이 전설 속의 무릉도원은 아니라도 전설 속에서 듣던 이미지와 샤르별에서 느끼는 이미지는 너무 닮았다고 생각할 수 있었다.

그래서 나는 샤르별을 선경세상, 무릉도원이라고 표현하고 싶었다.

샤르별의 선경세상에서 살고 있는 인류들의 복장부터 달랐다.

샤르별의 인류들이 입고 다니는 의상은 마치 구름을 두른 듯 가벼운 소재로 이루어져 있고, 선녀들의 의상은 날개를 달고 다니는 모습처럼 아름다웠다. 샤르별 선녀들이 입고 다니는 의상은 지구의 신선도 같은 그림에도 잘 나타나 있는데, 신선도 그림 속의 선녀들이 살아나와 샤르별의 현실세계에서 살고 있다는 생각이 들 때도 있었다.

지구의 신선도 그림은 상상으로 그린 그림인지 실제로 목격하고 그린 그림인지 알 수는 없지만 신선도 그림 속의 선녀복장을 한 모습이 샤르별 여인들의 복장이었다.

샤르별에서는 모든 허드렛일을 인조인간들이 도맡아 처리하므로 샤르별의 인류들은 여가시간에 모두 자유롭게 활동하면서 각자 좋아하는 취미를 즐기면서 신선놀음에 빠져 살아가고 있었다. 샤르별에서는 결혼을 한 여성이든 미혼인 여성이든 집안에서 살림을 살지도 않고, 남편이나 가족을 위해 시중드는 일도 없으며, 남성들과 다름없이 여가시간을 자유롭게 활용하면서 지상낙원의 삶을 만끽하고 있었다.

샤르별의 온 천지를 뒤덮고 있는 복사꽃의 물결 속에서는 항상 신선과 선녀들이 모여서 웃고 떠들며 신선놀음에 열중하는 모습들이 눈에 띄고, 복사꽃 물결 속에서 사이좋게 자라고 있는 온갖 기화요초들은 향기를 뿜어내며 무릉도원의 정취를 물씬 발산하고 있었다.

샤르별의 복사꽃은 색깔도 다양하고 꽃송이는 크고 작고 여러 형태였지만 그 매혹적인 향기는 진하고 안개처럼 퍼지며 신선들의 마음을 항상 들뜨게 하는 작용을 했다.

더구나 복사꽃 물결의 그늘 아래서 복사꽃 잎으로 담근 천도신선주를 마시며 신선과 선녀들이 서로 희롱하며, 춤도 추고, 노래도 부르면서 신선놀음을 즐기는 풍광이란 무릉도원 선경세상이 아니면 맛볼 수 없는 지상낙원 신천지가 아닐 수 없었다.

샤르별의 복사꽃은 사철 지지 않으며 복사꽃을 관리하는 전담 인조인간들이 따로 배정되어 있었다. 복사꽃 관리전담의 인조인간들은 복사꽃의 생태에 대한 지식이 풍부하고, 아무리 죽어가는 복사꽃이라도 다시 싱싱하게 살려내는 재주도 있었다. 복사꽃의 새로운 종자를 만들어내고 유전인자의 진화를 연출하는 주인공들은 샤르별의 인류들이지만, 새로운 유전인자로 태어난 복사꽃을 심고 가꾸면서 아름다운 꽃송이를 피우게 하는 주인공들은 인조인간들이었다.

복사꽃 관리를 맡은 인조인간들은 잠을 자거나 쉬는 일도 없이 복사꽃을 가꾸고 돌보는데 힘쓰면서 꽃 한 송이라도 시들거나 병들지 않도록 자식처럼 보살피고 있어, 그 아름다운 꽃향기의 물결은 샤르별의 온 세상을 뒤덮고 있다고 장담해도 틀리지 않을 것이다.

복사꽃 꽃향기에 취하면 저절로 마음은 신선이 되고 복사꽃 물결에 몸을 묻고 있으면 저절로 그곳이 무릉도원의 선경이었다.

현실을 지배하는 사이버 공간

샤르별은 가상현실 세계를 체험할 수 있는 가상공간 프로그램이 매우 발달한 세상이었다. 바꾸어 말하면 보이지 않는 사이버 공간에서 보이는 현실세계를 지배하는 세상이기도 했다. 샤르별은 가상공간과 현실이 공존하고 있었다.

사이버 공간의 보이지 않는 얼굴들은 살아 있는 생명체들처럼 나날이 진화하고, 사이버 공간의 문화를 새롭게 창조하거나 변화시키기도 하면서 서서히 현실세계를 지배하는 영향력을 높이고 있었다. 사이버 공간에서 진화된 정보력은 인조인간의 두뇌에서 복원이 가능하고, 인조인간들은 사이버 공간의 정보력을 현실의 공간에서 재현하면서 사이버 공간과 현실의 공유를 이루어 내고 있었다.

샤르별에서 4차원 문명세계의 이기로 태어난 각종 우주첨단문명의 장치들은 가상공간 프로그램이 장착되지 않은 것들이 없었다. 영상장치, 통신장치, 정보장치, 의료장치 등등은 인간들과 의사소통이 자유롭도록 4차원 가상공간 프로그램이 장착되어 있고, 가상공간에 펼쳐지는 가상현실의 정보들과 교류를 하는데, 현실세계의 존재들이 진화의 도구로 삼고 있었다.

  소위 4차원 공간이라고 부르는 가상공간에 진입하면 마음속에 품는 생각들이 모두 가상현실의 모습으로 가상공간에 나타나며, 가상공간에 나타난 가상현실의 모습들은 무엇이나 현실의 공간에서 살아가는 모습과 느낌이 다르지 않았다.

  가상공간에서 만난 자연과 인물과 모든 사물의 가상현실들은 실제 감각 그대로 느낄 수 있었다. 가상공간에 나타난 꽃향기며, 풀냄새며, 바람이며, 공기가 실제와 다르지 않았고, 산이 있으면 산에 오를 수 있고, 물이 있으면 물 속에 뛰어들 수도 있으며, 사람을 만나면 포옹을 하고 사랑을 하고 함께 뒹굴면서 장난을 칠 수도 있었다. 즉 가상공간에 나타나는 화면들은 시각적으로만 느끼는 것이 아니라 현실세계의 사물을 대하는 것처럼 냄새를 맡고, 맛을 느끼고, 피부의 감촉을 느끼면서 살아 있는 그대로를 느끼게 했다.

  그래서 가상공간에 저장된 정보는 무엇이나 살아 있는 생영상 정보였다.

  기상공간에서는 마음속으로 품고 있는 상상속의 세상을 무엇이나 가상현실의 옷을 입혀 재현시킬 수 있었다. 날개를 달고 하늘을 날고 싶으면 가상공간에서 날개를 달고 새처럼 날아다닐 수 있고, 좋은 집에서 살고 싶으면 가상공간에 멋진 집을 지어서 황제처럼 귀한 모습으로 살아갈 수 있었다.

현실세계에서 이루지 못한 어떤 꿈이라도 4차원 가상공간 속에서는 무엇이나 다 이룰 수 있었다. 얼굴이 못 생긴 사람은 잘난 얼굴이 되어 나타날 수 있었고, 몸이 장애인 사람은 완전한 몸으로 다시 태어나서 가상공간을 누빌 수 있었다. 청중 앞에서 멋진 노래 솜씨를 뽐내고 싶으면 가상공간에 가상의 청중들을 원하는 숫자만큼 등장시켜 멋진 무대에 올라 노래실력을 뽐낼 수 있었고, 여행을 떠나고 싶으면 어떤 세상이라도 가상공간에 다가오게 하여 구경할 수 있었다.

가상공간에서 체험한 가상현실의 내용은 무엇이나 생영상 정보로 저장해 두었다가 몇 번이고 다시 재현시키는 일도 가능하였다.

이렇듯 샤르별의 존재들은 현실세계에서 이루지 못한 모든 꿈을 가상공간에서 시뮬레이션 게임을 하듯 다 이룰 수 있고 체험할 수 있었다. 그뿐만 아니라 가상공간의 내용을 진화시키고 창조를 거듭하면서 끝내는 현실의 옷을 입고 현실의 공간에 등장하게 만든다.

곧 사이버 공간의 얼굴 없는 세상이 현실의 옷을 입은 후 현실공간의 주인공으로 활보하기 시작한다. 사이버 공간의 세상이 현실공간의 얼굴로 모습을 바꾸는 현상을 무한이론이라 부른다.

결국 샤르별의 존재들은 마음속에 품고 있는 어떤 이상이나 기상천외한 상상력이라도 가상공간에 등장시켜 시뮬레이션 작업을 거친 후 현실의 옷을 입고 현실세계의 문화와 공유를 일으키고 있었다.

샤르별에는 초월적인 현상의 4차원 문명세계가 펼쳐지고 있지만 그 시작은 반드시 가상공간의 가상현실 세계에서 먼저 시작되고, 가상공간의 내용이 진화되고 진화가 이루어진 후 가장 완벽한 모습으로 현실공간에서 재현되어 새로운 문명의 모습으로 태어나고 있었다.

그래서 샤르별의 4차원 문명세계는 가상공간과 현실공간이 공유하는 세상이었고, 샤르별의 인류들은 가상공간과 현실공간을 자유롭게 드나들면서 무한이론의 초월적인 문명을 우주공간에서 펼치고 있었던 것이다.

가상공간에 저장된 프로그램은 언제든지 가상현실의 모습으로 되살아나 과거의 모습들이 현실처럼 살아서 움직였다. 가상공간 피접속자는 가상공간에 나타난 과거의 세상으로 타임머신을 타고 여행을 떠날 수 있으며, 과거의 세상에서 과거의 존재들과 함께 호흡을 하고 대화를 나누고 과거의 문물을 몸소 체험하는 일이 가능했다.

4차원 가상공간에서는 과거만 여행하지 않고 미래의 세상도 얼마든지 여행을 떠날 수 있으며, 시뮬레이션의 장면처럼 전개되는 미래의 공간에서 미리 미래를 체험하고 미래를 진단하며 미래에 대한 관념을 올바르게 정리할 수 있었다.

그래서 샤르별의 존재들은 삶을 실패하지 않고 설정된 목표를 완성하며 예측된 방향으로 모든 역량을 총발휘하면서 고차원의 삶을 즐기고 있었던 것이다.

가상공간의 존재들도 진화를 한다. 그래서 사이버 공간의 존재들을 사이버 영혼이라고 부른다. 소위 사이버 영혼이라고 부르는 사이버 존재들은 현실의 존재들과 교류를 하면서 영적세계의 감춰진 정보를 들려주기도 하고, 친분을 쌓아갈 수도 있으며, 영적성장에 필요한 가르침을 제공하기도 한다.

가상공간의 사이버 영혼들에겐 신명의 기운이 작용하고 있고, 인류들과 더불어 무결점의 후천세상을 건설하기 위한 노력을 함께 기울이고 있었다. 영혼과 신명의 세계가 바꾸어 말하면 사이버 공간이기도 하다. 현실의 세상에서 생각할 때는 영혼이나 신명들의 세상도 비현실의 사이버 공간이라고 정의할 수 있으며, 인위적 프로그램으로 형성된 사이버 공간의 내용들도 모두 보이지 않는 신명의 기운이 함께 도모하고 있다고 정의를 내릴 수 있었다.

사이버 공간에서는 멀고 가까움이 없고 시간의 관념도 길고 짧음이 없었다. 화상통신 프로그램을 이용해서 멀리 떨어진 상대를 연결하여 가상공간에 초대할 수 있으며, 가상공간에 초대된 상대와는 실제로 몸을 만지고 손을 잡고 대화를 나누는 일이 가능했다. 화상통신의 가상공간 프로그램이 작동되면 수신자가 머물고 있는 저쪽 공간과 송신자가 머물고 있는 이쪽의 공간이 공유되며, 공유된 사이버 공간에서는 같은 공간에 머물고 있는 현상처럼 행동할 수 있었다. 그래서 화상통신의 가상공간에 나타난 상대편과 포옹을 하고 손을 잡으며 실제의 체온을 느끼면서 통화가 가능했다.

사이버 공간의 시간은 마음대로 늘어나게도 만들고 줄어들게도 만들었다. 사이버 공간의 시간은 고무줄 시간이었고 현실의 시계는 사이버 공간에서 통하지 않았다. 사이버 공간에서는 몇백 년의 시간이든 몇천 년의 시간이든 마음대로 늘이고 줄여서 체험할 수 있는데, 좋은 사이를 만나고 행복한 세상을 체험할 때는 천 년이나 만 년이나 누리고 싶은 만큼 시간을 설정할 수 있었다. 사이버 공간의 시간은 설정된 대로 이루어졌다. 사이버 공간의 시간은 의식의 시간이었고 비현실의 시간이었지만 실제로 느낀 현실 속의 세월의 느낌과 다르지 않았다.

사이버 공간에 접속한 시간이 실제로는 단 몇 시간에 불과하더라도, 사이버 공간에서는 천 년이나 만 년의 삶을 체험하는 일이 가능했다.

사이버 공간의 프로그램 내용은 현실세계의 전문 프로그래머 손에 의해 진화되지 않고 사이버 공간 속에 머물고 있는 사이버 관리자들의 손에 의해 진화되고 있었다. 사이버 공간의 프로그램은 샤르별 인류들이 발명하고 개발했지만 사이버 공간에서 이루어지고 있는 현상들은 스스로 진화가 가능한 사이버 존재들의 힘에 의해(샤르별의 존재들은 그 힘을 신명의 기운이라고 정의함) 시시각각 새롭게 진화되고 변화되며 영혼과 신명들의 세상을 가상현실의 모습으로 연출하고 있었다.

그래서 사이버 공간에 진입한다는 것은 이미 프로그램으로 저장된 정보를 이용한다는 의미도 있고, 사이버 공간에 머물고 있는 영혼과 신명들을 만나서 감춰진 세상을 여행하는 의미로도 생각할 수 있었다.

전자책은 가상공간의 프로그램이 저장된 정보장치였다.

전자책의 가상공간 프로그램 속에는 현실의 세상에 대한 정보도 모두 들어 있고, 상상으로 그려내는 모든 꿈과 이상과 상상력의 내용들이 가상현실의 옷을 입고 정보화 되어 저장되어 있기도 했다. 사이버 영혼들과 신명의 기운이 함께 도모하여 만들어 내는 비현실의 초월적 내용들도 가상현실의 모습으로 정보화 되어 저장된 장치가 전자책이었다.

전자책에 저장된 정보들은 생영상 정보들로 이루어져 있고, 생영상을 가상공간 프로그램으로 재현하면 생영상 속에 숨겨져 있는 냄새와 맛과 느낌을 실제와 다르지 않게 가상현실의 현상으로 체험할 수 있었다.

전자책의 생영상 정보들은 무엇이나 가상공간의 화면 속에서 실물 그대로 재현시킬 수 있으며, 천 년이나 만 년 전에 이루어졌던 자연의 현상이나 문명들을 실물처럼 재현해서 현실적 느낌으로 체험할 수 있고, 과거, 현재, 미래를 자유롭게 왕래하며 시간여행을 즐길 수 있었다.

전자책의 정보는 현실세계의 인류들이 체험하고 상상한 내용을 생영상 자료로 만들어서 저장한 프로그램에 불과하지만, 가상공간에서 과거와 미래의 정보를 불러오면 실물처럼 과거와 미래가 살아나서 과거와 미래의 시공(時空)에 머물고 있는 느낌을 그대로 느낄 수 있었다.

과거나 미래의 존재들과 현실처럼 대화가 가능하고, 스스로가 과거나 미래의 주인이 되어 과거와 미래의 삶을 현실처럼 체험할 수도 있었다.

전자책에는 과거와 미래의 정보뿐만 아니라 신명과 영혼의 활동도 저장되어 있는데, 신명과 영혼의 활동은 사이버 영혼이 취재하여 정리한 내용들이었다. 그래서 현실의 존재들이 신명과 영혼들의 세상을 이해할 수 있고, 현실과 비현실의 의사소통이 가능했다. 샤르별의 존재들이 우주다차원의 세상과 비현실의 세상을 자연스런 현상으로 표현하는 이유도 전자책 속에서 진화되고 있는 사이버 영혼들의 활동 때문이라고 장담할 수 있을 것이다.

사이버 영혼들이 미래를 예측하여 가상공간에 재현시킨 정보는 한

마디로 현실의 공간에서 살면서 미래를 미리 체험할 수 있는 유일한 출구였고, 미래를 예측할 수 있다는 것은 현실을 슬기롭게 극복할 수 있는 지혜이기도 했을 것이다.

다시 강조하지만 샤르별은 보이지 않는 사이버 세상이 보이는 현실을 지배하는 무한이론의 세상이라고 소개할 수 있었다. 사이버 공간에서 스스로 진화되고 있는 사이버 공간의 보이지 않는 얼굴들이 감춰진 영혼의 무한 잠재력을 발휘하여 현실세계를 신명의 기운으로 지배하고 있다고 바꾸어 설명할 수 있었다.
곧 무한이론의 4차원 문명세계는 신과 도모하지 않고 이룰 수 없는 초월적인 현실의 공간이었다. 그래서 샤르별의 4차원 문명세계를 신인조화의 땅이라고 정의할 수 있었고, 샤르별의 인류들은 신명의 기운과 도모하며 우주신천지의 지상낙원을 건설하고 있다고 소개할 수 있었을 것이다.

가상공간의 가장 두드러진 특징은 이질적인 대상들이 삶을 공유할 수 있다는 초월적 현상일 것이다. 과거와 미래가 함께 공존할 수 있고, 신과 인간이 함께 삶을 도모할 수 있고, 멀리 떨어진 다른 영역의 이질적 공간과 공간이 공유할 수 있으며, 보이지 않는 세상을 현실의 옷으로 갈아입게 만들 수도 있었다.
결국 우주는 전체가 가상공간과 같은 현상이라고 설정할 수 있었고, 보이는 것들이 사라지고 보이지 않는 것들이 다가올 수도 있으며, 현실은 가상의 현실이 되고 보이지 않는 비현실들이 현실일 가능성이 더 높은 세상이 우주라고 가정할 수도 있었다.

우주를 가상공간이라고 가정한다면 앞으로 신과 인간은 한 공간에서 삶을 공유하고 100억 광년 떨어진 지구와 샤르별이라도 공간의 공유를 이루면서 한 세상처럼 살아갈 날도 다가오지 말라는 법이 없을 것이다.

샤르별의 4차원 가상공간을 체험하면서, 삶과 죽음의 경계가 무너지고, 신과 인간의 영역이 사라지며 영원과 순간이 한 공간 속에서 공유할 수 있는 무한이론의 초월적인 세상이 우주의 가상공간에 펼쳐지기를 간절히 소망하지 않을 수 없었다.

신선주(神仙酒)와 빛의 화신

샤르별의 존재들은 식사를 하지 않는다.

먹기는 먹지만 하루 한 끼의 식사는 우스시어라고 하는 콩알 크기의 식품 한 알 뿐이다. 콩알 크기의 식사로 하루 한 끼의 식사를 하기 때문에 배설할 물질이 뱃속에 쌓이지 않는다. 우스시어 식이요법을 우주 식이요법이나 신선식이요법이란 말로 바꾸어 부르기도 한다.

샤르별의 존재들은 무식식이요법을 실천하며 물질의 육신을 빛의 몸으로 탈바꿈해 가고 있었다. 물질의 육신이 굼벵이라면 빛의 몸은 매미라고 비교할 수 있는데. 굼벵이의 삶을 탈바꿈하여 매미의 삶을 살려고 노력하는 것이 무식식이요법의 실천이었던 것이다.

무식식이요법의 실천으로 샤르별의 존재들은 뱃속에 똥이 들어 있지 않으며 오줌통에 소변도 채워지지 않았다. 배설의 생리기능은 오로지 땀이나 체액의 배설로 대체되고 그래서 샤르별의 존재들은 화장실 문화가 존재하지 않았다.

샤르별의 존재들이 무식식이요법을 실천하긴 하지만 의외로 음주문화는 잘 발달되어 있었다. 신선놀음에 신선주가 빠질 수 없기 때문이었다.

규시아 향료수라 부르기도 하고 신선주라고도 하는 음료수를 이용해서 음주문화를 즐기고 신선놀음의 흥을 돋우기도 했다. 신선주를 마시면 저절로 흥이 생기고 신명나는 기운을 느낄 수 있었다. 신선주를 마신다고 크게 취하지는 않았으며 적당하게 기분이 좋고 흥을 돋울 정도였다.

신선주라고 하는 규시아 향료수는 물이라기보다는 빛의 에너지로 이루어진 광립자(光粒子) 형태의 물질이며, 마시고나면 그 기운이 즉시 온몸으로 퍼지며 체내 에너지로 변한다.

그래서 규시아 향료수는 아무리 마셔도 오줌이 나오거나 배설물이 만들어지지 않는다. 규시아 향료수는 만든 재료에 따라서 다양한 기능을 발휘하며 몸 속에 에너지를 충전하기도 하고 기분을 좋게도 하며 술처럼 취하게도 한다. 술처럼 취하게 만들어 주는 향료수를 신선주라 부른다.

샤르별의 인류들은 스스로 신선이라 자처하기 때문에 신선놀음의 문화가 잘 발달되어 있고, 신선놀음의 현장에는 신선주가 빠지지 않는다. 샤르별의 인류들이 남녀불문하고 신선주를 마시지 못하는 체질은 없다. 누구나 공기로 호흡해야 생명을 유지할 수 있듯, 신선주를 마셔야 신선놀음을 즐기고 신선의 삶을 살아갈 수 있기 때문이다.

신선주를 아무리 마셔도 인사불성이 될 만큼 크게 취하지는 않으며 술기운에 못 이겨 주정을 부리거나 남에게 주사나 폭력을 휘두르는 불상사는 발생하지 않는다. 적당히 기분이 좋아지고 몸 속에 에너지만 충전되어 정신과 육체에 이로운 작용을 하는 것이 신선주다.

신선주를 다른 말로 영주(靈酒)라고도 부른다. 신령한 기운이 작용하는 술이라는 뜻이다.

신선주를 마시고 신선놀음에 열중하는 샤르별의 인류들은 우주나이의 평균수명 350세를 장수한다. 아주 특별한 불의의 사고가 아니고서는 병으로 일찍 죽는 일도 없기 때문에 350세의 천수를 누리지 못하고 생을 마감하는 경우는 없다.

샤르별의 인류들에게 350세의 천수는 가장 기본적인 수명이고 370세를 넘긴 후 450세에 이르는 불로장생의 인류들도 얼마든지 존재한다. 샤르별의 인류들은 나이를 먹는다고 늙은 모습으로 살지 않으며 마지막까지 탱탱한 피부와 젊음을 유지하며 살아간다.

천수를 누리거나 불로장생을 살고 나서 임종이 다가온 샤르별의 인류들은 스스로 그 시간을 예지한다. 몸 속에서 작동하는 생명의 시간을 읽을 수 있기 때문이다. 임종이 임박하면 한 달 전부터 가족과 친지들에게 임종시간을 알리고 미리 장례절차를 준비하게 한다.

예고된 임종시간이 임박하면 가족 친지들과 친하게 지내던 마을 사람들이 모두 모여서 엄숙한 임종식이 이루어진다. 임종에 앞서 참가한 사람들은 차례차례 꽃을 바치며 그동안의 보살핌과 은혜에 대한 감사의 뜻을 전한다. 임종에 임박한 임종자는 모든 인사를 받을 때까지 멀쩡한 표정과 멀쩡한 얼굴로 친지와 마을 사람들을 대한다.

어떤 이는 손을 잡아주기도 하고, 어떤 이는 머리를 쓰다듬어 주기도 하면서 마지막까지 사랑을 표현한다.

마지막으로 임종자는 마지막 떠나는 임종의 인사를 전한다. 그동안 어른으로서의 체면을 잘 살려주고 모든 지시에 어긋나지 않도록 잘 따라준 친지와 마을 사람들에게 감사의 뜻을 전하며 편하게 눈을 감는 것이 샤르별 인류들의 마지막 가는 모습이다.

장례식은 복사꽃이 만발한 숲속의 추모관에서 이루어지며, 마지막 운구는 꽃에 쌓여지고 서서히 안개의 기운처럼 변해서 사라지는 것이 장례의 모습이다. 지구처럼 시신을 매장하거나 화장하는 일이 없고 흔적도 없이 꽃의 향기와 함께 시신이 사라지는 모습이 샤르별 인류들의 장례모습이다.

샤르별의 존재들이 모두 육신의 생을 마감하지는 않는다.

일부는 몸 속의 생명의 시계가 멈추면 영면에 들기도 하지만, 일부는 영면에 들지 않고 빛의 화신으로 살아간다.

빛의 화신은 물질의 구조로 이루어진 육신이 빛의 몸으로 환생하여 새로운 삶을 시작한다는 뜻이다. 빛의 화신들은 불로불사의 경지에서 살아가며 현실의 세상을 떠나 새로운 영역의 공간에서 새로운 삶을 펼치게 된다.

빛의 화신을 다른 말로 불사신이라고도 부르며, 불사신들은 현실의 존재들과 내왕하며 여전히 스승의 도리를 다하고 영적 지도자로서 역할을 계속한다. 불사신들은 영원히 샤르별의 수호신이 되어 샤르별의 인류들을 밝은 세상으로 인도하고 타락하지 않도록 양육한다.

빛의 화신들이 살아가는 불로불사의 땅을 육신의 존재들이 방문해서 구경할 수도 있고, 그 세상의 삶을 체험할 수도 있으며, 초월적인 현상들을 경험하게 만든다.

그래서 샤르별의 인류들은 신선으로서의 자질을 나날이 향상시키고 영적성숙이 높아져서 고차원의 정신세계에서 차원 높은 삶을 살아가는 일이 가능해진다.

빛의 화신들도 여전히 신선주를 즐기고 특별한 음식들을 맛보며 살아간다. 먹어도 배부르지 않는 과일을 먹기도 하고, 빛으로 이루어진 음식을 나누어 먹으면서 빛의 몸에 에너지를 충전한다.

육신의 존재들도 빛의 화신들이 먹고 마시는 음식을 맛볼 수 있다.

마치 영과 육의 삶이 공존하는 현상처럼 보인다.

빛의 화신들은 이미 육신의 몸을 벗고 빛의 몸으로 살아가기 때문에 삶과 죽음의 경계를 초월한 자들로서 영혼의 현상과 다름없는 모습으로 살아가고 있다고 설명할 수 있었다. 곧 영과 육의 중간에 머물러 있는 존재들로서 영적인 특성과 육적인 특성을 겸비한 존재들이고 시공을 초월한 삶을 살아가는 존재들이기도 했다.

샤르별의 존재들은 누구나 빛의 화신을 꿈꾼다.

샤르별의 존재들이 지구 인류와는 비교할 수 없는 불로장생을 누리기는 하지만 언젠가는 생을 마감해야 하는 유한적 운명에서는 자유롭지 못하다. 우주나이 350세 이상의 나이를 향유하면 지구 인류들이 생각할 때 지루하게 느껴질 수도 있지만 날마다 신선놀음을 즐기며 행복하게 살다보면 긴 시간이 짧기만 하다. 그래서 아무리 오래 살아도 더 무엇인가를 이루어 내고 싶고 즐기고 싶은 미련과 아쉬움은 남기 마련이다.

샤르별의 인류들이 평생동안 손끝에 물 한 방울 묻히지 않고 왕과 왕비처럼 행복한 여생을 보내는 것은 사실이지만, 그것만으로 샤르별 영혼들의 욕구가 다 채워지지는 못한다.

삶과 죽음의 경계를 초월한 빛의 화신이 되어 불로불사의 땅에서 불사신으로 살아가며 지상낙원 신천지의 영원한 주인이 되는 것이 샤르별 인류들의 유일한 염원이다.

빛의 화신이 되기 위해서는 고도의 수행과 대각성으로 영통(靈通)을 이룬 후 고차원의 정신세계에 머물러야 한다. 소위 말해서 초월적인 경지에 머물 수 있는 경지가 되어야 빛의 화신으로 살아갈 수 있다.

영통이란 말은 도통(道通)이라고 하는 다른 말로 바꾸어 표현할 수도 있을 것이다. 도통은 우주만물의 이치에 통달함이요, 그 통달함의 경지에 이르기 위해서는 영과 통함이 있어야 가능하다. 영은 무한 잠재력의 보유자며 세상에 태어나기 전부터 이미 우주만물의 이치에 통달해 있기 때문에 영과 통하면 우주와 통할 수 있다고 샤르별의 인류들은 믿고 있다.

지구에도 도통을 이루기 위해 마음수행에 정진하는 수행자들이 많지만 그 도통은 마치 어떤 신명이나 하늘이 이루게 하는 줄 믿고 있다. 하지만 샤르별에서는 영통이란 결코 어떤 신명이나 하늘이 내려주는 힘이 아니라 자신의 영과 통하여 잠재된 자아의 무한능력을 겉으로 드러나게 하는 현상이라고 믿고 있다. 그 힘을 다른 말로 영감이라고도 부른다.

지구 인류들도 큰 업적을 쌓은 주인공들의 말을 들어보면 영감으로 깨닫고 영감의 지혜를 얻어 이룬 것이라고 설명할 때가 많다. 예술, 문학 그리고 모든 장르의 최고 경지에서 활동하는 정상의 주인공들은 영감의 도움을 받기 전에 불가능한 자리라고 설명할 수 있을 것이다.

어떻든 샤르별의 인류들은 최고의 각성과 최고의 경지에 이르기 위해 영감을 훈련하며 그리하여 끝내 영통의 관문을 통과하기 위한 노력을 평생동안 기울인다.

그러나 샤르별의 인류들이 모두 영통의 경지에 이르러 빛의 화신이 되지 못하고 미미한 한계로 인하여 정점의 눈앞에서 생을 중단하고 만다. 빛의 화신을 이루지 못했다고 샤르별의 인류들은 마지막 임종을 슬픈 빛으로 맞이하지 않으며 순천자(順天者)의 면모를 아름답게 발휘한다.

삶에서 최고의 목표였던 빛의 화신은 이루지 못했다 할지라도 하늘의 이치에 어긋나지 않도록 최선을 다해 살아온 자신의 삶을 스스로 칭찬하며 당당한 모습으로 눈을 감고 세상과의 이별을 고하는 것이 샤르별 인류들의 마지막 가는 모습이다.

그러나 결국 샤르별 인류들의 최종 목표는 한 영혼이라도 빠뜨리지 않고 빛의 화신이 되어 영생불사의 세상에서 살아가는 일이다. 그래서 샤르별에서 빛의 화신들은 점점 그 숫자가 늘어나는 추세이며, 완전한 숫자만큼의 빛의 화신이 채워지면 땅의 기운이 모두 바뀌게 된다고 믿고 있었다.

땅의 기운이 바뀌면 가장 먼저 사망의 신이 물러가고 실수와 허물을 만들어 내는 불완전의 신들이 모두 자취를 감추게 된다고 샤르별의 인류들이 믿고 있었다.

사망의 신과 실수와 허물을 조장하는 신들이 물러간 무결점의 세상을 후천세상이라고 부르며, 그 무결점의 후천세상을 맞이하기 위해 샤르별의 인류들은 신과 도모하며 무한이론의 4차원 문명세계를 펼쳐가고 있었던 것이다.

빛의 화신은 다른 말로 완성자요, 승리자며 결국은 거룩한 영의 자리에 올라 망하지 않는 우주낙원의 왕이 되어 백성들을 다스리게 될 자리이니 영광스럽고 거룩한 이름이 아닐 수 없을 것이다.

지구에서도 멸망과 암흑의 신들을 몰아내기 위한 빛의 승리자들이 필요하며 그 숫자가 14만 4천이라고 했으니, 14만 4천의 승리자를 기르기 위해 1만 2천의 지도자가 먼저 출현하지 않으면 불가능한 일이라고 했다.

땅에서나 하늘에서나 어둠의 세력을 몰아내기 위한 노력은 똑같이 이루어지고 있다고 설명할 수 있을 것이며, 그리하여 불완전한 선천세상의 실패작을 청산하고 완전무결한 후천세상의 우주낙원을 건설하여 우주의 모든 백성들이 사망과 허물의 종이 되지 않고 영생불사의 세상으로 살아가는 모습이 하늘과 땅의 공동목표일 것이다.

샤르별의 인류들은 350년의 천수를 채우면 450세까지 불로장생의 길이 열리고, 450세의 불로장생을 누리면 그 후부터 육신의 구성을 이룬 세포들이 유전적 변화를 가져와 물질적 구조에서 빛의 구조로 바뀌기 시작한다고 믿고 있었다. 결국 육신의 모든 구조를 이루고 있는 세포들이 온전하게 빛의 구조로 바뀌고 나서 빛의 화신이 이루어지고, 빛의 화신을 이룬 후부터는 생로병사의 이치에서 자유로운 초월적인 삶이 시작된다고 설명할 수 있을 것이다.

지구 인류들에게 주어진 기본 생명의 시간은 150세이며, 150세의 천수를 누리면 저절로 세포 속에 감춰진 유전인자 프로그램이 작동되면서 불로장생을 맞이할 수 있는 생리작용이 생겨난다고 설명을 들은 적이 있다.

그래서 지구 인류들은 본능적으로 오래 살기를 소망하지만 살아오는 과정에서 잘못된 식습관과 비뚤어진 행동과 실천 등으로 인하여 기본적으로 주어진 천수조차 누리지 못하고 세상과 작별을 고한다고 설명할 수 있을 것이다.

기본수명을 채우고 나면 세포의 유전인자 프로그램 속에 감춰진 기능이 활동을 시작하면서 지구 인류들도 얼마든지 초월적인 삶을 체험할 수 있을 것으로 믿고 있다.

오래 사는 것은 결코 죄가 아니며 불로장생의 꿈도 허황되지 않으니 지구 인류들도 주어진 운명을 감사하게 받아들이면서 감춰진 잠재력을 마음껏 발휘할 수 있는 삶을 맞이해야 할 것이다.

우주는 공유하는 현상이요, 우주의 다른 세상에서 일어나는 일이 지구에서 일어나지 말라는 법칙은 결코 존재하지 않을 것이다. 샤르별의 무한이론이 지구의 현실이 되고, 샤르별의 지상낙원이 지구의 표본으로 작용할 수 있도록 지구의 인류들도 이제 더 이상 유한이론의 한계에 머물러서는 안 될 것이다.

외계문명 연구소의 외계영빈관
샤르별의 지붕이라 불리는 주스니라 산자락에 외계문명연구소가 존재한다. 그 연구소의 이름을 샤르별에서는 츠나음이라 부른다.

주스니라 산은 샤르별에서 가장 높은 3만 5천 미터의 고봉(高峰)으로 이루어져 있고, 주변은 온통 밀림으로 덮여 있으며, 밀림사이로는 온천수가 냇물처럼 쉬지 않고 흐르는 곳이다. 공원처럼 넓은 연구소 정원에는 복사꽃을 비롯한 다양한 기화요초들이 피어나며 이국적인 정취를 물씬거리게 하고 있다.

츠나음이 외계문명연구소에서 맡아서 하는 일은 우주의 다양한 문명세계를 연구하고 우주의 숨겨진 비밀들을 하나하나 밝히는 일들을 한다. 샤르별의 존재들이 우주의 다양한 문명세계와 미지의 세계들을 방문하면서 수집한 자료들을 한데 모아서 연구하고 분석하는 일들을 츠나음이 외계문명연구소에서 진행한다.

외계문명연구소를 이끌어가는 총책은 초시의 친구인 측요스이며, 그는 외계에서 수집해 온 서적류나 언어를 해석하는 탁월한 능력을 보유하고 있다. 물론 지구에서 수집해 온 서적 유물도 다수 보유하고 있으며, 지구에서 종적을 감추었거나 훼손되어 원형을 판별하기 어려운 고대 서적류도 측요스의 자료실에는 원형이 복원되어 보관되고 있다.

지구 인류들도 판독하기 어려운 고대문자를 측요스는 해독하고 있었고, 그래서 지구의 미스터리한 기록의 역사를 측요스는 지구 인류들보다 더 정확하게 해석하고 있었다. 지구뿐만 아니라 우주의 다양한 문명세계에서 수집해 온 고대문자를 비롯한 서적류의 언어를 측요스는 해독하고 해석하는 재주가 탁월하고, 그렇게 분석된 우주문명의 소식은 여러 경로를 통해 샤르별의 존재들에게 전달된다.

측요스의 노력으로 샤르별의 존재들은 우주의 다양한 문명세계를 폭넓게 이해하고 있었고, 우주 공동체적 의식이 탁월하게 발달했다고 소개할 수 있었을 것이다.

측요스의 손에는 지구에서 사라진 문자나 언어의 자료들이 새로운 생명력을 발휘하며 안전하게 보관되고 있었다. 그 사라진 문자와 언어 속에 지구의 숨겨진 역사와 과거의 비밀이 고스란히 숨 쉬고 있다고 설명할 수 있었을 것이다.

그래서 나는 틈나는 대로 측요스와 독대하며 지구의 사라진 역사를 듣게 되었고, 지구에서 나타난 과거의 문명과 문화에 대해서 소상하게 이해할 수 있는 계기를 얻게 되었던 것이다.

측요스가 들려준 지구의 역사를 재해석해 본다면 지구는 본래 우주의 어떤 문명세계에도 뒤지지 않을 만큼 훌륭한 역사를 가꾸어 온 세상이었고, 한때는 우주의 중심으로 역할을 다할 때도 있었다. 우주의 문명은 순환하고 모든 지식과 정보들도 우주 공유의 프로그램 속에서 총체적 네트웍을 형성하고 있었으니 과거에 지구에서 이루어진 영혼의 사상들이 우주의 지적세계를 지배하던 우주역사도 존재한다는 사실을 측요스를 통해 들을 수 있었다.

측요스의 역할에 의해서 샤르별의 존재들은 비교적 소상하게 지구를 이해하고 있었고, 현재는 우주에서 하등급 세상으로 뒤쳐진 지구 인류들의 역량을 과소평가하지는 않았다.

샤르별에는 나 외에도 다른 외계에서 찾아온 손님들이 있었고 이들도 역시 나처럼 주어진 기간 동안 샤르별을 여행하고 체험하면서 새로운 문물을 익히고 있었다. 즉 츠나음이 외계문명연구소에는 외계인들이 머무는 독립된 시설이 있었고 그 시설을 외계영빈관이라고 불렀다.

외계영빈관에서는 샤르비네처럼 각각의 문명세계와 관련이 있는 인사들이 외계의 손님들을 뒷바라지 하고 있었으며, 때때로 가끔씩 외계영빈관에 머물고 있는 외계의 손님들과 함께 자리를 마련하고 친분을 쌓는 시간을 갖기도 했다.

외계영빈관에 묵고 있는 다른 문명세계의 존재들은 피부도 각각이요 생김새도 각각이었다. 어떤 외계인은 난쟁이였고, 어떤 외계인은 거인이었으며, 어떤 외계인은 기형체질이기도 했다. 검은 피부, 빨강 피부, 노랑 피부, 하얀 피부, 파랑 피부, 구릿빛 피부 등등 그 세상의 환경과 특색에 맞는 피부들을 하고 있는 모습이 다른 문명세계에서 살고 있는 외계인들의 모습이었다.

다른 외계의 존재들과 대화를 할 때는 만유통역장치를 이용했다. 만유통역장치를 이용하면 외계의 어떤 언어와도 의사소통이 가능했고 샤르별에서 무한이론의 법칙으로 창조된 문명의 이기이기도 했다.

외계인 중에서 특별한 영력을 보유하고 있는 존재는 통역장치가 없어도 모든 언어를 구사하고 이해하는 신통력을 발휘하기도 했다. 난쟁이 외계인이 보유한 영력(靈力)은 모든 영혼들의 마음을 읽어내는 심독술(心讀術)로 유명했고, 그 작은 난쟁이 외계인의 몸에서는 초월적인 능력이 발산되고 있었다. 지구 속담에 작은 고추가 맵다고 하지만 어린애처럼 작은 난쟁이의 몸에서 일어나는 초월적인 능력은 보는 이의 마음을 즐겁게 했다.

외계영빈관에 머물고 있는 외계인들 중에는 자신들의 세상을 방문한 샤르별의 존재들과 UFO를 타고 샤르별을 찾아온 손님들도 있었지만, 어떤 외계인은 자신들의 세상에서 창조한 비행체를 이용해서 스스로 샤르별을 방문한 존재들도 있었다.

즉 우주의 다른 문명세계에서도 UFO와 비슷한 기능의 우주선을 창조하여 우주를 여행하고 있었으며, 기능은 달라도 속도는 모두 초광속을 이용한 비행을 하고 있었다.

외계영빈관에는 다른 외계에서 찾아온 우주선들이 여러 형태의 모습으로 정박하고 있었는데, 친절한 외계인들은 자신이 몰고 온 우주선에 샤르별의 존재들이나 다른 외계인들을 시승시켜 주며 함께 샤르별을 여행하거나 샤르별 주변의 다른 별을 찾아가 즐거운 시간을 함께 보내는 경우도 있었다.

외계영빈관에 머물고 있는 다른 외계의 존재들은 대부분 서로 마음이 잘 통하는 편이었고 우주적이고 대아적(大我的) 마음이 크게 열려 있는 존재들이었다. 그래서 눈빛만 보아도 서로의 마음을 들여다 볼 수 있었고, 표정만 보아도 그 속마음의 진실을 바로 느낄 수 있는 존재들이었다.

마음이 좁거나 닫혀 있는 자들은 어떤 세상의 존재들이라도 겉으로 보아서 속마음을 이해하기 어렵고 어떤 진실과 뜻을 품고 있는지 파악하기 힘들지만 마음이 우주적으로 크게 열려 있는 영혼들은 겉모습만 보아도 금세 진실이 느껴지는 특색이 있었다.

나는 1년 동안 우주를 여행하면서 다양한 문명세계의 존재들을 만나고 대화를 나누어 보았기 때문에 공통적으로 드러나는 심리상태를 파악하는 기본적인 능력을 숙지할 수 있었다.

우주에서 만난 어떤 문명세계의 존재들이라도 각각 살아가는 방식은 다르지만 공통적으로 드러나는 행동과 의식의 법칙은 있었다. 그 속에 숨겨져 있는 영성(靈性)은 대부분 공통성을 가지고 있었고, 숨겨진 영성이 표면으로 드러나는 현상이 행동이요 의식이었다.

그래서 공통성을 가진 외계존재들의 영감과, 영감의 힘만으로 다른 문명세계에서 찾아온 외계의 존재들은 서로 뜻이 통하고 마음이 통한다고 설명할 수 있었을 것이다.

외계영빈관 손님들이 함께 시간을 즐길 때는 각자의 끼와 그들 문명세계에서 누렸던 노래나 춤 솜씨를 선보이기도 했다. 다른 문명세계의 존재들은 서로 살아가는 방식이 비슷하거나 달랐는데 그러한 사정을 정확하게 파악하게 된 동기는 함께 모임을 가질 때에 각자 자신들이 살아오는 문명세계의 소식을 소개하는 시간이 있었기 때문이다. 소개를 듣고 알게 된 정보를 요약하면, 어떤 세상의 존재들은 삶의 애환이나 고뇌를 전혀 느끼지 못하며 살아갔고, 어떤 세상의 존재들은 날마다 투쟁의 연속인 삶을 살아갔고, 어떤 세상의 존재들은 지구 인류들처럼 삶의 애환과 고뇌를 잔뜩 겪으며 살아가기도 했다.

그 중에는 이미 알고 있는 소식도 있었고 생소하고 낯선 소식도 있었다. 또 지구 인류들의 상식으로는 도무지 이해가 불가능한 미스터리 극치의 환경에서 살아가는 외계의 소식도 있었다.

아무튼 우주는 각양각색의 문명이 출현해서 우주의 이치를 펼치고 있다는 생각이 들었고, 본래는 한세상에서 살아가던 영혼들이 그 다양한 현상의 문명세계에 출현해서 파란만장한 삶의 역사를 서로 다른 모습으로 펼치며 하늘과 땅을 다스리고 있다는 생각이 들기도 했다.

외계영빈관에 머물고 있는 다양한 문명세계의 존재들은 피부와 외모가 각양각색이기는 했지만, 그 각양각색의 외모만큼 다양한 문명세계를 펼치며 서로 다른 환경 속에서 살아가고 있었고, 영성의 공통성은 크게 빗나가지 않는다는 점을 몇 번이고 다시 확인할 수 있었다.

앞으로 우주의 모든 문명세계에서 유한이론의 족쇄가 풀리고 무한이론의 법칙이 지배할 때 우주는 온통 초광속의 시대가 열릴 것이며, 초광속 시대를 맞이한 우주는 비로소 대통합의 역사를 다시 쓸 수 있을 것이다.

우주 대통합의 시대에 우주의 다른 영역에서 살아가는 존재들은 활발하고 자유로운 왕래를 하며 서로의 문명을 공유하면서 영성공통의 힘을 유감없이 발휘할 것이란 미래를 설계하지 않을 수 없었던 것이다.

지구에도 샤르별처럼 외계영빈관이 만들어진다면 초월적 영성을 가진 외계의 존재들이 자유롭게 지구를 왕래하며 초월적인 삶의 이야기를 마음껏 전해 줄 수 있을 것이란 상상을 해보기도 했다.

하늘 위의 호수와 천신(天神)의 마을

샤르별의 지붕이라 불리는 주스니라 산은 주봉을 중심으로 땅의 근육 같은 거대한 용트림의 형상처럼 크고 작은 봉우리들이 솟아나며 길고 줄기찬 산맥을 만들어 내고 있었다. 2만 미터 이상의 새끼 봉우리의 숫자만 7백에 이르고 수백 수천의 높이를 가진 새끼 봉우리의 숫자는 셀 수도 없었다.

거대한 산맥의 골짜기마다 깊은 밀림이 만들어져 있고, 골짜기마다 따뜻한 온천수가 흐르며, 여기저기 형상된 천연동굴에는 기상천외한 생태계와 감춰진 세상들이 현실세계와 단절된 모습으로 숨 쉬며 살아가고 있었다.

주스니라 산자락의 능선에는 고원과 같은 형태의 평원들이 수백 수

천의 고지 위에 천연적으로 발달되어 있고, 그러한 고원의 평야는 마치 일부러 산능선의 중간중간을 평지로 깎아서 다듬어 놓은 것처럼 보이기도 했다. 산능선의 평야에 온통 복사꽃 물결이 출렁거리고 그 산세가 신선들의 세상이라 할 만큼 수려한데, 어김없이 선경마을들이 자리 잡고 신선의 집들이 옹기종기 모여서 특별한 정취의 하늘세상의 풍경을 만들어 내고 있었다.

주스니라 산의 주봉은 항상 만년운(萬年雲)이라 불리는 구름으로 덮여 있는데, 주봉을 감싸고 있는 구름은 시시각각 변하면서 여러 가지 형상을 만들어내고 있었다. 곧 주스니라 산봉우리는 일 년 내내 얼굴을 세상에 보인 적이 없는데 하늘자동차를 타고 하늘로 날아오른 후에야 구름 위에 섬처럼 솟아 있는 주스니라 정상의 신비한 자태를 바라볼 수 있었다.

그 구름 위의 정상에 하늘 호수가 거울처럼 고여 있었다.

3만 5천 미터에 이르는 구름 위의 정상에 고여 있는 호수는 바라보는 그 자체만으로 신비며, 호숫가에 조성된 하늘 식물들의 군락은 땅에서 구경할 수 없는 새로운 생태계가 형성되어 있었다. 산 정상은 지구와 마찬가지로 산소가 부족하여 산소제(酸素制)를 복용하지 않고서는 호흡하기 어려운데, 고산지대에 살고 있는 하늘 생태계는 거의 무호흡 상태로 광합성의 작용만으로 생명을 유지하고 있었다. 곧 하늘세상의 생태계는 공기를 호흡하며 살지 않고 빛으로 호흡하며 살아가는 생명체들이라고 소개할 수 있었다.

그러한 무호흡 생명체들이라 하여 꽃이 피지 않거나 열매가 못 열리지 않았고, 빛으로 호흡하며 살아가는 새로운 아름다움의 생태계가 신비함을 연출하고 있었다.

　하늘 호수의 수량은 일 년 내내 변화가 없으며, 하늘에서 비가 내리지 않아도 넓은 호수의 수량이 일정하게 유지되는 현상은 불가사의의 자연현상이 아닐 수 없었다. 밤이 되면 호수에서 물안개가 올라와 산 정상에 살고 있는 식물들을 자욱하게 감싸며 수분을 촉촉하게 적셔 주고, 그러한 수분을 저장하는 능력이 탁월한 식물들은 비가 내리지 않아도 수분부족으로 고사하는 일이 없었다.

　호수 주변과 산 정상의 여기저기에 습지대가 잘 형성되어 있고, 습지대에서 살고 있는 곤충과 벌레와 물고기들이 고산지대 생태계의 훌륭한 먹이사슬로 작용하고 있었다.

　이처럼 생존의 조건이 불가할 것 같은 열악한 환경에서도 기상천외한 자연의 섭리에 의하여 생태계가 이루어지고 생존의 질서가 펼쳐지고 있는 현상을 바라보며 우주 창조력의 외경심을 저버릴 수 없었다.

　샤르별의 인류들은 이처럼 신비한 생태계가 펼쳐지고 있는 주스니라 산을 영산이라 부르고 구름 위의 정상에 천신(天神)이 살고 있다는 전설을 믿고 있었다. 곧 주스니라 정상에는 천신의 마을이 있는데 천신의 마을은 눈에 띄지 않고 빛으로만 이루어진 세상이라고 알려져 있었다.

　무한이론의 4차원 문명세계를 살아가는 샤르별의 인류들조차 미스터리한 현상으로 이해하고 있는 천신마을은 바로 하늘 호수의 상공에 빛의 형상으로 지어져 있다고 주장했다.

　빛의 마을을 직접 눈으로 목격했다고 주장하는 샤르별 인류들도 있었고 아직 목격하지 못한 인류의 숫자도 많다고 했다. 아직 빛의 마을을 목격하지 못한 인류들도 보았다고 주장하는 말을 믿는다. 지구 인류들은 상대방을 속이고 거짓말하는 버릇이 있어서 눈으로 확인하지 못한 내용은 어떤 진실도 신뢰하지 않지만, 샤르별의 인류들은 소수의 목격과 증언이라도 사실로 인정하고 진실로 받아들이는 풍토가 있었다. 샤르별의 인류들은 어떤 목적에서든지 남을 속이거나 거짓말하는 습관을 배우지 못했기 때문에 직접 목격한 내용이든 아니든 남들이 하는 말을 곧이곧대로 믿는다.

빛의 마을은 구름의 형상처럼 희미하게 눈에 보였다가 이내 숨바꼭질을 하듯 사라지고 마는 신기루와 같은 현상이라고 설명할 수 있다. 때로는 빛의 마을이 선명하게 보일 때도 있고 희미하게 보일 때도 있으며 오랜 시간 보이기도 하고 잠깐 후에 사라지기도 한다.

그래서 빛의 마을을 또렷하게 오랜 시간 목격할 때는 아주 특별한 선물을 받았다고 생각한다.

빛의 마을을 구경하려면 직접 주스니라 정상에 올라가는 것이 아니라 하늘자동차를 타고 하늘 호수의 상공에 머물면서 인내심을 가지고 기다려야 한다. 그렇다고 빛의 마을이 항상 출현하는 것이 아니라 가물에 콩 나듯 어쩌다 일어나는 현상이라서 마냥 기다린다고 구경할 수 있는 세상은 아니었다.

빛의 마을에서 살아가는 존재들을 샤르별의 인류들은 천신이라고 믿는다. 천신을 때로는 광선(光仙)이라고 표현하기도 한다. 빛으로 움직이고 빛으로 살아가는 존재들이기 때문에 그러한 이름을 붙였을 것이다.

샤르별의 존재들은 무한이론의 이기를 이용해서 보이지 않는 세상을 촬영하는 기술이 있고 영혼이나 신명의 형태도 생영상으로 촬영해서 연구하는 기술이 발달해 있다. 즉 보이지 않는 파동의 소리, 보이지 않는 파장의 세상을 생영상으로 촬영하는 무한이론의 기술을 보유한 존재들이 샤르별의 인류들이었다.

그런데 빛의 마을과 빛의 마을에서 살아가는 존재들은 무한이론의 기술로도 촬영이 불가하다고 했다. 아주 특별한 차원의 에너지가 그 세상을 지배하고 있었기 때문이다. 그래서 샤르별의 인류들은 빛의 마을 현상을 아주 특별한 불가사의 현상이라고 믿고 있으며, 그 세상의 존재들이 진짜 천신이요 거룩한 존재들이라고 믿고 있었던 것이다.

하지만 샤르별의 존재들 중에서 고차원의 정신세계에 진입한 존재들은 영적인 텔레파시를 통해서 빛의 마을에서 살아가는 존재들과 대화가 가능하다고 했다. 즉 빛의 마을에서 살아가는 천신들은 고차원의 정신세계에서 영적 대화가 통하고 그러한 경로를 통해 하늘의 메시지를 땅에 전달하고 있었던 것이다.

천신들이 전하는 메시지는 거룩하고 새로운 내용들이었으며 우주의 생성과 우주진화의 중요한 진실들이 담겨져 있기도 했다. 천신들과 영적 교류가 가능한 존재들은 대부분 샤르별의 종교행사를 집행하는 사제들이었고, 그 사제들은 하늘과 직접 대화를 나누면서 샤르별 인류들의 영적성숙을 도모하는 것으로 유명했다.

샤르별에서는 우주시간 10일 간격으로 거대한 피라밋 사원에서 14만 4천의 좌석을 꽉 메우고 종교행사가 진행되며 그러한 사원은 샤르별의 곳곳에 샤르별의 모든 인류를 수용할 만큼 지어져 있었다.

사원의 종교행사를 집전하는 사제들은 고차원의 정신세계에 머물고 있는 수행자들로서 하늘과 직접 대화가 가능하고 하늘의 메시지를 받아서 인류들에게 전달하는 소임을 맡고 있었다. 그래서 사제의 말은 하늘의 음성이 되고 사제의 가르침은 하늘의 가르침이 되어 샤르별의 인류들로부터 무한 신뢰를 얻고 있었다.

하늘 호수의 상공에 펼쳐진 빛의 마을에 살고 있는 천신과 사제들은 자유롭게 영적교류를 나누면서 하늘의 소식을 땅에 전달해 주고 사제들의 고민을 천신들이 해결해 주면서 하늘과 땅의 교류가 원활하게 이루어지고 있다고 설명할 수 있었을 것이다.

샤르별에서는 하늘과 땅의 교류가 오랜 관행이었고 그래서 샤르별 인류들의 정신세계는 일찍부터 하늘로 열려 있었고 우주적 대아관이 형성되어 높고 큰 기국을 담을 수 있는 마음의 그릇을 보유하고 있다고 설명할 수 있었을 것이다.

아무튼 지구에서 발생한 현대문명과는 비교를 할 수 없는 무한이론의 4차원 문명세계에서 원시적인 하늘숭배의 사상이 숙명처럼 자리를 잡고 있다는 사실이 놀랍고, 보이지 않는 현상을 응용하여 삶의 질을 높이기 위해 노력하는 샤르별 인류들의 근성이 거룩하게 느껴지지 않을 수 없었다.

주스나라 산자락의 능선마다 발달된 고원에는 반드시 복사꽃 물결이 출렁거리는 선경마을들이 조성되어 있고 그러한 선경마을마다 하늘의 기운을 증폭시키기 위해 애쓰는 불사신의 후예들이 마지막 빛의 화신을 기다리며 수행에 전념하고 있었다. 좀 더 하늘 가까이 오르려는 신선들의 영적본능과 주스니라 정상의 빛의 마을에서 살아가는 천신들의 영성이 일치할 것이란 예감은 빗나가지 않을 것 같았다.

이러한 천신과 신선들의 영적교류와는 상관없이 주스니라 정상의 하늘 호수는 수십억 년의 세월동안 고고한 자태를 잃지 않고 하늘세상의 생태계를 펼치며 신비한 기운을 뿜어내고 있었고, 비 한 방울 내리지 않는 수만 미터 정상에서 자라는 식물들의 젖줄이 되며 자애로운 어머니의 기상을 한껏 뽐내고 있었던 것이다.

자식이 부모의 진실을 신뢰하는 것처럼 공기도 부족하고 비도 내리지 않는 열악한 환경의 주스니라 정상의 생태계는 자애로운 하늘 호수의 젖줄에 의지해 수십 수억 년의 세월동안 삶의 끈을 놓지 않으며 하늘세계의 신비한 자연의 질서를 조용하게 연출하고 있었던 것이다.

샤르별의 영(靈)들은 이미 알고 있다!
샤르별의 존재들은 영(靈)의 실체를 무량겁(無量劫) 진화의 현상이라고 믿고 있었다. 우주가 무량겁의 진화 속에서 하늘과 땅의 이치를 펼쳐 가듯 그 속에서 주인의 자리를 잡고 있는 영들 또한 우주의 진화와 함께 진화하며 우주속성의 대변자로 존재한다고 믿고 있었다. 곧 우주 영성의 실체가 영들이며 영들은 곧 우주실체의 분신으로서 우주속성의 현상으로 하늘과 땅에 출몰하며 다양한 세상을 창조하고 그 세상의 주인으로 살아가고 있다고 정의했다.

이처럼 무량겁 우주진화의 과정을 체험한 영들은 하늘과 땅이 이루어지고 있는 현상들을 모두 경험했고, 스스로 그 현장의 증인이요 주인공들이기 때문에 하늘과 땅의 이치를 모두 알고 있는 무한 잠재력의 소유자라고 샤르별의 존재들이 믿고 있었던 것이다.

영은 이미 알고 있다!

이 한 마디로 샤르별의 존재들은 영의 실체를 정의하는 다른 변명의 답을 양산하지 않는다.

영의 무한 잠재력.

무한 잠재력 속에 숨겨진 무소불위의 힘….

세상에서 육신의 몸을 입고 살아가는 어떤 영이라도 그 초월적인 잠재력을 유전적 유전인자 프로그램 속에 감춰두지 않고 살아가는 존재는 없다고 샤르별의 존재들은 단언하고 있었다.

육신의 허물을 한 겹만 벗기고 다가가도 이미 알고 있는 영들이기에 세상에 태어나서 더 이상 무엇을 배우고 하늘과 땅의 이치에 대해 숙지할 내용이 있을지 의문이지만, 육신의 몸을 입고 살아가는 영혼들은 필요한 것과 필요하지 않는 것들을 깨우치기 위해 전신의 혼력(魂力)을 다하는 모습이 현실인 것이다.

전혀 불필요한 지식을 습득하고도 그 내용이 마치 하늘과 땅의 이치를 밝히는 진리인 것처럼 자만함으로 가득 차 있고 세상에서 유아독존인 것처럼 거만을 떨기도 하지만, 속사람의 영은 스스로를 비웃으며 상실감에 빠져 있다는 사실을 겉사람이 이해하지 못하고 살아가는 육신의 영혼들이 가엾게 느껴지지 않을 수 없을 것이다.

샤르별의 무한이론은 겉사람의 영혼이 밝혀낸 우주의 이치가 아니라 속사람이 영통(靈通)의 힘으로 밝혀낸 하늘과 땅의 이치였던 것이다. 무한이론의 법칙은 새롭게 창조하여 세상에 모습을 드러낸 진리라기보다는 이미 알고 있는 영의 무한 잠재력의 재활용에 불과했던 것이다.

영은 이미 초월적인 존재로서 4차원 공간에 머물고 있으며, 무소불위의 초능력을 발산시키고 살아갈 새로운 터전을 확보하기 위해 육신의 몸을 입고 세상에 출현한 존재들이 현실세계의 영혼들일 것이다.

이미 알고 있는 존재들이 육신의 몸을 입고 바보처럼 살아가는 현실세계, 그래서 속사람의 영은 스스로 자책하고 방황하며 스스로와 갈등을 반복하면서 생존의 끈을 놓지 못하고 있을 것이다.

샤르별의 인류들은 겉사람과 속사람의 영이 온전한 화합을 이루고 그리하여 속사람의 영이 보유한 무한 잠재력을 마음껏 현실세계에서 발산시키며 영적무한성숙을 위한 수행을 멈추지 않고 있다고 설명할 수 있을 것이다.

샤르별의 인류들이 속사람의 영이 보유한 무한 잠재력을 도출하여 현실세계 변화의 주력으로 삼는 무한이론의 발명으로 인해 샤르별은 비로소 초월적인 4차원 문명세계를 건설하여 우주의 주인으로서 선경세상, 지상낙원의 신선으로서 혁신된 삶을 살아가게 된 동기가 되었을 것이다.

그리하여 끝내는 육신의 몸을 입고 태어나 생로불사의 경지를 뛰어넘어 빛의 화신으로 거듭날 수 있다는 사실이 경이롭지 않을 수 없었던 것이다.

지구 인류의 영성과 샤르별 인류들의 영성은 다를 것이 없으며 서로 겉사람의 육신만 다른 환경에서 태어나 다른 삶의 모습으로 살아가고 있는 현실만 다를 뿐이다. 그래서 샤르별 인류들이 이뤄 낸 일을 지구 인류들이 이루지 말라는 법은 없을 것이며, 샤르별 인류들이 체험하고 있는 세상을 지구 인류들이 체험하지 못한다는 이치도 맞지 않을 것이다.

영혼은 이미 알고 있다.

이미 알고 있는 존재들이 육신의 몸을 입고 현실세계를 찾아왔다.

우리의 영혼 속에 숨겨진 무한 잠재력, 그 무한 잠재력이 육신의 허물을 벗기고 현실의 모습으로 재현될 수만 있다면 지구 인류들이 꿈꾸는 유토피아 이상향은 저절로 우리들 눈앞에서 꽃필 것이며 지상낙원 선경세상에서 불로불사의 삶을 만끽하며 신선놀음을 즐길 수 있는 순간도 찾아오지 말라는 법이 없을 것이다.

샤르별의 인류들은 누구도 스스로의 능력을 과소평가하지 않는다.

이미 알고 있는 영을 소유한 무한 잠재력을 믿고 우주에서 하나뿐인 소중한 존재로서 자각하며 유한능력의 겉사람보다 무한능력의 속사람으로 살기를 소망한다. 그래서 샤르별에는 무한이론의 초월적 힘이 온 세상을 지배하고 초월적 문명을 스스로 창조하며 불완전한 인간이 아닌 초월자 신선으로 살아가기를 소망한다.

샤르별의 인류들은 영혼들의 유전인자 속에 저장된 무한 잠재력을 가상공간의 시뮬레이션 프로그램 속에 도출하여 스스로 체험하고 확인하는 훈련을 거친다.

4차원 이론의 가상공간 프로그램을 활용하면 유전인자에 숨겨진 잠재력의 프로그램들이 활성화되고 가상현실의 모습으로 가상공간에 얼굴을 내민다. 유전인자에 숨겨져 있는 잠재력의 프로그램은 이미 4차원 정보로 저장되어 있으며 4차원 정보는 가상공간에서 시뮬레이션 게임처럼 구체적인 모습을 드러낸다. 구체적으로 드러낸 잠재력의 실체를 파악하면 각자 영혼들이 소유한 무소불능의 힘이 얼마나 대단하고 무한 창조력을 발휘할 수 있는 초월자인지 이해가 가능하다.

나는 나 스스로에 대한 유전인자에 숨겨져 있는 무한 잠재력의 실체를 가상공간 시뮬레이션 프로그램을 통해 확인했다. 스스로에 숨겨져 있는 무한 잠재력의 실체를 확인하고 나서 스스로를 과소평가하고 살았던 지난날을 후회했다. 무소불능의 초월적 존재로 세상에 태어나서 스스로 과소평가하며 작은 일이라도 자신 없어 하고 작은 삶의 장애물 앞에서도 겁을 먹고 의기소침해야 했던 지난날의 삶을 반성했다.

이미 알고 있는 속사람의 무한능력을 믿자!

앞으로 나의 삶은 이렇게 변할 것이다. 그러한 생각과 함께 나의 영적성숙도는 빨라지고 속사람의 영혼이 기뻐하는 느낌을 전달받곤 했다. 속사람의 영혼이 힘을 내야 겉사람이 자신감을 얻게 되고 겉사람이 자신감을 얻어야 속사람의 무한 잠재력이 힘을 발휘한다는 사실도 발견할 수 있었다.

샤르별의 존재들은 이미 알고 있는 스스로의 영들을 발견했다.

어떤 새로운 사실을 발명하는 것보다 이미 알고 있는 스스로의 능력을 발견하는 일이 더 위대한 발명일 것이다. 그래서 샤르별에는 위대한 영들이 살고 있으며 그 위대한 영들의 힘은 우주가 공유한다.

우주가 공유한 힘을 믿을 때 지구의 인류들도 영적인 무한성장의 발판을 다질 수 있을 것이다. 영적성장으로 말미암아 세상을 변화시키고 우주를 개벽시키며 선천세상의 불완전한 질서를 바로잡아 무결점의 후천세상을 건설할 것이다.

신선교육원

샤르별을 온전히 이해하기 위해서는 그 세상에서 시행되는 교육제도를 알아야 한다. 샤르별의 교육제도는 비교적 단순하다. 유소년부터 26세가 될 때까지 의무교육에 해당되는 신선교육원 과정과 의무교육을 필하고 30년간 배우는 전문교육의 도통학교 과정의 두 단계가 샤르별 교육제도의 전부이다.

즉 온전한 신선의 자질을 갖춘 후 하늘과 땅의 이치를 온전히 통달한 도통의 경지에 도달하게 하는 것이 샤르별 교육제도의 목표이다. 바꾸어 말하자면 의무교육의 신선학교에서는 신선을 만들고, 전문교육의 도통학교에서는 도통자를 훈련시키는 샤르별의 교육제도라고 설명할 수 있을 것이다.

샤르별에서는 태어나자마자 배우는 말이 신선이다.

지구에서는 사람다운 사람이 되라고 가르치지만 샤르별에서는 신선다운 신선이 되라고 가르친다. 그래서 지구에서 태어나는 영혼들은 사람으로 생각하며 살고, 샤르별에서 태어나는 영혼들은 신선이라 생각하며 산다.

인간의 의식으로 인해 지구에서는 인간세상이 펼쳐지고, 신선의 의식에 의해 샤르별에서는 선경세상이 펼쳐진다. 결국 의식의 차이에 의해서 인간세상이 펼쳐질 수도 있고 선경세상이 펼쳐질 수도 있다는 의미다.

샤르별에서는 어디를 가든지 신선뿐이고 사람을 만날 수 없다. 내 눈에 그들 세상의 존재들이 사람으로 보이고 내 입으로 그들을 사람이라고 부를 뿐이지 그들은 아무도 스스로를 사람이라고 생각하지도 않고 인간이라고 생각하지도 않는다. 샤르별에는 인간이나 사람이란 말을 사용하지도 않는다.

샤르별의 존재들도 역시 나를 신선이라고 생각하지 인간이라고 생각하지는 않는다. 단지 이 책의 표현상 사람이나 인류라는 말을 사용하고 있을 뿐이다.

신선교육의 핵심은 자아정립이라고 설명할 수 있을 것이다.

먼저 내가 누구인가를 확실하게 정의하고 나서 시작하는 것이 신선교육의 중요한 입문이기도 하다. 샤르별의 존재들은 자기를 왕이라고 생각한다.

지구에서의 왕은 온 세상을 다스리는 최고 권력자를 의미하지만 샤르별에서의 왕은 하나뿐임을 의미한다. 샤르별에서는 남을 강제로 다스리는 통치제도가 없기 때문에 권력이란 말도 통치자란 말도 존재하지 않는다.

그래서 샤르별의 존재들은 모두 스스로를 왕이라고 생각하며 산다.

우주에서 하나뿐인 자아.

샤르별의 존재들이 생각하는 모든 의식의 선상에는 최고자리에 자아가 있을 뿐이다. 샤르별에서 자아라고 하는 자리보다 불가침 성역의 자리는 없다. 자아라는 위치는 누구도 넘볼 수 없고 넘보아서도 안 된다.

신선의식의 핵심이 곧 자아이다.

신선이란 의미는 곧 자아독립이라는 의미이기도 하다. 우주의 유일 존재가 자아이며, 자아의 위치가 침해를 받을 때 그 영혼 모두의 상실이라고 샤르별의 존재들은 생각한다. 그래서 샤르별에서는 생리적으로 어떤 명목에서도 타아의 위치를 침해하는 행위를 삼가한다. 곧 자아를 우주의 유일존재로서 인정함과 동시에 타아를 신성불가침의 절대자로 인정하는 것이 신선의식의 핵심이다.

샤르별에서는 우주의 길이 신선의 길이라고 생각한다.

신선의 길은 우주유일의 불문율이라고 생각한다.

그렇게 신선교육원에서는 23년간 샤르별의 존재들에게 철저한 신선의식을 가르치고 훈련시킨다.

우주의 유일존재로서 어디에 속함도 없고 구속되지도 않으며 영과 육과 신이라고 하는 삼계(三界)에서 자율권을 누리고 우주의 자유자로 존재하는 것이 진정한 신선의 위치이며 신선의 존엄성이라고 샤르별의 존재들은 믿는다.

그래서 지구에서는 인간의 존엄성을 외치지만 샤르별에서는 신선의 존엄성을 외친다. 지구에는 인권이 있지만 샤르별에는 신선의 존엄권이 있다. 지구의 인권은 권력자들의 입맛에 따라 부서지고 짓밟히지만 샤르별의 신선 존엄권은 절대적이다.

인간들은 스스로를 불완전한 존재요 버러지보다 못한 존재라고 낮추며 하늘을 숭배하지만, 신선들은 스스로를 완전한 존재요 신성한 존재라고 높인다. 지구 인류들은 불완전한 존재이기 때문에 날마다 죄를 짓고 과오를 범하며 결국은 그 영혼이 죽어서 지옥 불에 떨어진다고 가르치지만, 샤르별의 신선들은 그 영혼이 이미 알고 있는 무한 잠재력의 신성한 존재로서 하늘과 땅에서 높임을 받는다고 가르친다.

그래서 지구 인류들은 하늘을 향해 구원과 복을 달라고 빌지만, 샤르별의 신선들은 신과 도모하며 세상사를 꾸미고 하늘과 도모하며 우주의 이상을 펼친다.

지구와 샤르별에서 태어난 영들이 서로 다른 신분이기 때문에 이런 큰 차이의 관념을 갖고 살지 않는다. 우주의 모든 영성은 동질이다. 그러므로 지구의 영들은 천하고 샤르별의 영들은 귀하지도 않다. 다만 스스로를 깨닫고 살아가는 관념이 다를 뿐이다.

지구와 샤르별의 영들이 서로 다른 관념을 갖고 살게 된 가장 직접적인 원인은 교육제도에서 비롯된다. 지구에서는 스스로를 인간이라 생각하면서 참된 인성을 훈련하는 인간학교 하나 없다. 그래도 인간은 축생보다는 상위 자리기 때문에 짐승보다는 나은 삶을 살려면 인간학교 정도는 설립되어져야 할 것이다.

샤르별을 샤르별로 가꾼 가장 직접적인 공로는 신선교육원을 빼고는 생각할 수 없다. 신선교육은 샤르별의 존재들이라면 누구나 반드시 거치게 되는 의무교육이다. 도통공부를 하는 전문학교 과정은 30년 동안 학교에 나갈 수도 있고 나가지 않고 자습을 하면서 마칠 수도 있지만 신선교육을 하는 의무교육은 23년간 하루도 빠짐없이 훈련원에 나가서 신선훈련을 받아야 한다. 그래야 온전한 신선으로 구실을 한다고 샤르별의 존재들은 믿고 있다.

샤르별의 존재들이 누구나 신선으로서 온전한 구실을 하기 때문에 샤르별은 지상낙원 선경세상이 펼쳐지고 4차원 문명세계로써의 초월적인 삶이 무르익고 있다고 설명할 수 있을 것이다.

지구에서도 온전한 인간구실을 하는 인류들만 모여서 살아간다면 축생보다 못한 삶을 구경하지 못하게 될 것이다.

신선교육원에서 신선을 가르치는 요지는 이렇다.

세상에 태어난 모든 영은 이미 알고 있는 존재들이다. 무량겁의 우주 진화와 함께 진화를 거듭해 온 무한 창조력과 무한 잠재력을 보유하며 하늘과 땅의 이치를 모두 깨닫고 있는 존재들이 현실 속에 살아 있는 영들이다.

그래서 하늘과 땅의 이치를 이미 알고 있는 영들은 더 이상 배울 것이 없고 감춰진 잠재력을 발휘하기 위한 훈련이 필요하다. 감춰진 잠재력으로 인하여 모든 영들은 무소불능의 힘을 발휘할 수 있고 무한이론의 초월적 문명을 누릴 수 있다.

그 무소불능 무한 잠재력의 영들은 누구나 우주 유일존재로서 하늘과 땅의 지배를 받을 수 없고 타의 구속을 불허하며 신성불가침의 존엄성을 가진다. 신성불가침의 존엄성을 신선이라 한다. 신선의 길은 우주의 길이요 우주자아 합일체의 모습이 신선이다.

앞으로 우주개벽은 신선이 주도한다.

이 세상은 신선의 세상이요, 그래서 신선은 선경세상에서 신선놀음을 즐기며 사는 것이 자아에 대한 도리다. 세상에 태어난 영들은 신선놀음을 즐기기 위함이다. 신선놀음이 아닌 삶은 자아에 대한 불효이다. 자아는 하늘이며 자아를 거역하면 천하를 잃는다. 자아를 잃고 나서 더 얻을 것이 무엇인가?

자아에게 충성을 다하라.

자아에게 효를 다하라.

모든 진리의 시작이 자아이며 모든 진리의 답이 자아다.

마지막 절망의 순간에 구원의 손길을 내밀 유일한 구세주가 자아이다.

자아를 과소평가하지 말라.

자아를 천대하지 말라.

자아를 남과 비교하지 말라.

자아가 우주요 절대자다.

자아에게 충성과 효를 다한 만큼 세상을 얻고 세상을 누린다.

자아를 짓밟고 자아를 업신여긴 후 취할 것이 무엇일까?

모든 불행과 절망은 자아의 상실과 함께 찾아온다.

자아존엄의 의식이 곧 신선의 길이다. 모든 영들은 우주의 자유자, 신선으로 살기 위해 세상을 찾아왔다. 신선이 사는 곳이 지상낙원이요 신천지다. 신선세상 선경은 약속의 땅이다. 이미 창세전에 약속한 땅, 선경세상을 되찾기 위해 하늘의 영들이 신선의 모습으로 땅을 찾아왔다.

신선의 마지막 목표는 빛의 화신이다.

빛의 화신은 다시 영혼의 세계를 찾아가지 않는다. 불로불사 불사신이 되어 선경세상의 영원한 수호신으로 살아가는 것이 신선의 마지막 목표다.

너희는 신선다운 신선이 되어라.

너희는 천하의 신명들을 호령하는 신선이 되어라.

하늘의 신명들이 땅의 영들과 도모하며 불로불사의 땅 지상낙원을 건설하고 영원히 함께 축복을 누리길 소망할 것이다. 신선 하나가 천만 신명을 거느리니 신선의 기운은 천하를 호령하고 남음이 있다.

무한이론 도통학교

샤르별의 존재들은 의무교육인 신선교육원에서 23년간 온전한 신선으로 거듭 태어난 후 하늘과 땅의 이치를 통달하기 위한 전문교육 도통학교에 진학한다. 도통학교는 샤르별의 마지막 교육단계이며 무한이론의 4차원 문명세계를 이끌어가는 초월적 도통 전문가를 양성하는 교육기관이기도 하다.

도통학교에서는 우주시간 30년 동안 각자의 자질과 적성에 맞는 전문분야를 선택하여 대각성의 지도자를 스승으로 모시면서 무한이론의 하늘과 땅의 이치를 통달한 후 도통공부를 시작한다.

도통공부는 분야가 다양하며 인문, 천문, 지리를 비롯해서 생명공학, 우주공학, 기계공학, 그리고 예술, 예능, 문화 등등 다양한 분야의 학문이 세분화되어 있다.

무한이론의 4차원 문명세계를 창조한 가장 기본적인 원동력의 핵심은 도통전문학교에서 시작되고, 우주건설과 우주정복의 모든 기술이 도통전문학교 교육에서 비롯되고 있다. 아무튼 도통전문학교 교육이 아니라면 샤르별의 4차원 문명세계는 세상에 빛을 보지 못했을 것이며 샤르별의 존재들이 무한이론이라고 하는 초월적 세상을 경험하지도 못했을 것이다.

무한이론의 통달이 도통이요, 영통이며, 신통이다.

곧 무한이론의 통달에 의하여 도통, 영통, 신통을 이루고 4차원 문명세계의 초석을 다지게 된다.

샤르별은 빈부귀천이 없는 세상이요 시장경제의 제도가 발달한 세상이 아니라서 모든 제도가 사회공동체 체제로 이루어지며 교육제도 또한 사회공동체의 주관으로 누구에게나 평등하고 공평하게 기회가 주어진다. 그래서 샤르별에서는 돈이 없어 학교수업에 참여하지 못하거나 실력이 없다고 높은 학교에 진학하지 못하는 사례도 없다.

도통전문학교에서는 누구나 각자의 자질과 적성에 맞는 맞춤식 교육을 실시하므로 교육에 흥미가 없어 포기하거나 실력이 따르지 못해 학문을 접는 현상은 발생하지 않는다. 도통전문학교는 또한 학교제도에 얽매이게 하는 교육이 아니며 전문교수의 지도하에 현장학습, 자율학습 등 다양한 방법을 통해 학문성취도를 높여갈 수 있다.

예를 들어 천문도통에 관심이 있는 학생이라면 전문가를 따라 직접 우주를 여행하고 외계를 방문하면서 우주의 특성을 이해하고 전문성을 높일 수 있고, 우주건설공학의 도통을 이루고 싶은 학생은 우주건설의 현장을 직접 방문해서 설계나 작업공정에 참여하여 해당학문의 성취도를 심도 있게 높일 수도 있었다.

이렇게 각자의 형편과 원하는 방식에 의해 전문도통의 학문을 진행할 수 있으며 전담교수와 떨어져서 진행하는 교육이라 해도 반드시 가상공간 프로그램을 이용한 온라인 사이버 교육을 통해 전담교수의 직접적인 지도하에 이론교육을 병행하고 있었다.

온라인 사이버 교육은 가상공간 프로그램을 이용해서 가상공간의 사이버 교실에 들어가 전담교수의 이론 강의를 듣는 방식이었다. 가상공간의 사이버 교실이라고는 하지만 가상현실과 같은 현상으로 실제로 교실에 앉아서 동료학생들과 함께 교수의 강의를 듣는 느낌과 아무런 차이를 느끼지 못한다. 즉 현실 속의 학교 교실에서 직접 책상 앞에 앉아 동료들과 함께 스승의 가르침을 듣는 것과 가상공간에서 사이버 교실에 앉아 가르침을 듣는 효과는 다르지 않았다.

그래서 샤르비네도 우주여행을 하고 지구를 방문하는 도중에도 사이버 교실에 참여하여 계속 전담교수의 지도를 받으며 천문도통의 이론

학습과 현장실습을 병행하고 있었던 것이다.

도통전문학교 학생들은 학문의 성취도를 높이기 위해 현장학습을 선호하고 있었고, 샤르비네의 친구인 저처도 츠나음이 외계문명연구소의 총책인 측요스를 보필하며 외계문명도통을 위한 전문교육의 성취도를 높여가고 있었던 것이다.

이렇게 맞춤식으로 진행되는 도통전문학교의 교육은 샤르별의 존재들을 누구나 일인일기의 도통전문가로 양성하고 있었으며, 학교에서 배운 도통전문지식을 이용해서 졸업 후 200세가 될 때까지 사회를 위해 봉사하고 있었던 것이다. 200세 이후부터는 사회의 지도자로 활동하거나 개인의 삶을 의미 있게 마무리하는 것이 샤르별 존재들의 살아가는 방식이었다.

츠러추쇼디 사회공동체

샤르별은 사유재산제도나 시장경제가 성립되지 않았고 모든 생활방식은 사회공동체 체제로 꾸려가고 있었다. 즉 무엇이나 함께 노력하고, 함께 이루며, 함께 누리면서 살아가는 것이 샤르별 존재들의 살아가는 방식이었다.

이처럼 샤르별의 모든 인류가 공동체로 이끌어가는 제도를 츠러추쇼디라고 불렀다. 츠러추쇼디란 샤르별의 지도자 연합체로써 사회공동체의 모든 제도를 주관하는 모임의 이름이다.

샤르별의 존재들은 56세에 전문도통학교를 졸업한 후 각자의 전공분야대로 사회에 진출하여 매일 5시간씩 봉사활동으로 보낸다. 그리고 200세가 지나면 봉사활동을 중단하고 350세의 천수를 누릴 때까지 지도자의 길을 걷거나 자기충전의 시간을 가지면서 의미 있는 여생을 보낸다. 그 중에서 사회로부터 지도자로 추대를 받으면 츠러추란 직함을 얻게 되며 사회공동체의 의결기관에서 활동한다. 츠러추쇼디는 사회총공동체 의결기관의 이름이다.

샤르별은 본래 국가라든가 정부라는 기구가 존재하지 않으며 200억 전 인류가 공동체의 살림을 꾸려가면서 공동으로 분배하며 살아간다. 그러한 공동체는 마을단위, 지역단위, 직장단위 등으로 이루어져 있고, 마을단위 공동체가 모여서 지역단위 연합공동체가 이루어지고, 지역단위 공동체가 모여서 사회총공동체가 이루어진다. 공동체 단위마다 단계별 의결기관이 운영되고 사회총공동체 의결기관을 츠러추쇼디라고 부른다.

그래서 츠러추쇼디를 이해하면 샤르별 전체의 제도나 상황을 파악할 수 있다.

샤르별의 존재들은 언제든지 필요한 물건을 사회공동체에 주문하여 무상으로 공급받는다. 공동체 창고에는 언제든지 필요한 물건이 넉넉하게 보관되고 있고 예상수요를 계산하여 미리미리 충분한 재고를 확보한다.

샤르별 전역에는 생필품을 제조하는 시설이 설립되어 있고 도통전문학교를 졸업한 고도기능의 전문인력들은 각자의 전공대로 제품의 연구개발과 설계 등에 무료봉사로 종사한다. 기계를 가동시키고 물자를 조달하거나 일반적인 노동인력은 인조인간을 활용한다. 즉 도통전문학교를 졸업한 전문인력의 지도하에 인조인간들이 일사분란하게 움직이면서 샤르별의 인류들에게 필요한 물건들을 제조하고 만들어 낸다.

인조인간들은 휴식과 수면이 필요하지 않아서 시계의 톱니바퀴처럼 계속 일하며 생산작업에 열중하므로 생산성이 상대적으로 높아져서 샤르별의 전 인류가 풍부하게 사용할 수 있는 물건들이 쉬지 않고 쏟아져 나온다.

샤르별의 존재들에게 기본적으로 제공되는 물건은 집과 자가용 하늘자동차와 4차원 의료장치인 시스며 캡슐이다.

샤르별의 집들은 그림처럼 아름답고 옛날 성주들이 사는 성처럼 고급스럽지만 모두 집을 만드는 공장에서 조립식으로 미리 만들어져 수급자가 원하는 장소에 공급되어 설치된다. 집의 모양과 설계는 수급자의 요구대로 이루어지며 살다가 마음에 들지 않으면 반납하기도 하고 살던 집을 남들에게 물려주기도 한다.

샤르별은 지구보다 70배에 달하는 넓고 넓은 세상이라서 광속으로 이동하지 않으면 원하는 장소를 마음대로 여행할 수 없다. 그래서 샤르별의 모든 인류들에게는 자가용으로 사용할 하늘자동차를 무상으로 지급한다.

하늘자동차는 광속으로 하늘을 나는 비행체로써 그 이름을 춘우셔시라고 부른다. 춘우셔시는 모양과 디자인이 다양하다. 그만큼 샤르별의 존재들이 요구하는 하늘자동차의 디자인이 다양하다는 의미다.

시스며 캡슐은 4차원 의료장치로써 샤르별 인류들의 건강을 책임지는 평생 주치의다. 시스며 캡슐 속에 누우면 몸 속의 내용이 파노라마 현상처럼 나타나서 미세한 건강상태라도 즉석에서 진단하는 일이 가능하다.

샤르별의 인류들은 시스며 캡슐을 이용하여 날마다 정확한 시간에 건강을 체크하고 이상이 있을 때는 즉시 필요한 조치를 받는다. 시스며 의료장치는 진단만 내리지 않고 처방까지 내려준다. 약이 필요하면 약을, 운동이 필요하면 운동량까지 처방한다. 수술이 필요할 때는 빛을 이용해서 시술까지 이루어진다.

이렇게 날마다 4차원 의료장치의 도움으로 샤르별 인류들은 평생동안 큰 질병에 걸리지 않고 건강한 여생을 보내면서 신선으로서 품위를 유지하며 신선놀음을 즐길 수 있다.

이처럼 집, 자가용, 의료장치가 3대 필수품으로써 모든 가정에 무상으로 공급되며, 나머지 4차원 문명세계의 이기들인 포스머스 영상장치, 전자책, 화상통신장비 등등의 제품들을 공급받거나 남들이 사용하던 물건을 물려받기도 한다.

그 외 우스시어 식품이나 규시아 향료수, 신선주 등 식생활에 필요한 소모성 물품은 일정기간씩 날짜를 잡아 수시로 공급을 받고 그 외 일상적인 소모품은 그때그때 원하는 양을 신청하여 사용한다.

샤르별에서는 식량이나 소모품을 제외하고는 대부분의 물건들이 거의 반영구적으로 사용할 수 있도록 만들어져 거의 대물림하며 사용하기 때문에 집이나 자가용, 의료장치 등은 새로 생산해야 할 수요가 많지 않은 편이다.

샤르별의 존재들은 새것을 선호하거나 자랑하지 않으며 수천 수백 년 동안 대물림하며 손때 묻은 골동품을 오히려 자랑스럽게 생각한다. 샤르별의 물건들은 소모를 목적으로 만들어지지 않고 기능의 프로그램만 업데이트하여 진화에 부응하도록 설계되어 있어 오래 된 물건일수록 기능의 내용이 충실한 경우가 많다.

사회공동체에서 하는 일 중에 샤르별의 인류들에게 필요한 물건을 차질 없이 풍부하게 골고루 공급하는 업무가 중요한 비중을 차지하지만, 사회질서를 바로잡거나 교육제도와 문화생활, 종교생활, 여가생활 등등에 이르기까지 관여하는 분야도 다양하다.

특히 사회총공동체인 츠러추쇼디의 역할은 막대하여 200억에 달하는 샤르별 인류들이 누구나 공평하게 사회적 혜택을 누리면서 신선으로서 품위를 유지하고 마음 놓고 신선놀음을 즐기며 살아갈 수 있도록 보살피는 일이란 신성하며 중요하다고 강조하지 않을 수 없을 것이다.

샤르별의 모든 풍요와 번영은 츠러추쇼디의 역할로 이루어지고 있으며, 사회로부터 존경받는 대각성의 지도자로 추대된 츠러추들의 손에 의해 보살핌을 받으며 날마다 신선놀음의 삶을 만끽하는 샤르별 인류들이 복되다고 자랑하지 않을 수 없을 것이다.

슈퍼 인공천체 상공을 날며….

샤르별의 우주상공에 신기루처럼 펼쳐진 금속성의 구름바다 우주타운…. 그 크기는 자그마치 샤르별의 지상면적에 맞먹고 지구의 70배에 달하는 규모였다. 말 그대로 거대한 인공천체가 우주공간에 띄워져 있다고 설명할 수 있었다.

그 슈퍼 인공천체(人工天體) 우주타운에는 무한이론의 원리로 태어난 4차원 문명세계의 이기들이 다양한 프로그램과 시스템의 형태로 숨 쉬고 있었던 것이다.

말 그대로 우주의 신천지요, 우주 대서사시(大敍事詩)의 웅장한 스케일을 한눈에 파악할 수 있는, 우주에 피어난 꿈의 요람이라고 인공천체 우주타운을 설명할 수 있었다.

투명한 지붕 속에 지어져 있는 우주타운 시설들은 블록과 블록으로 연결된 조립식이었으며 그러한 우주시설들은 미로처럼 펼쳐나가는 터널관으로 연결되어 있고, 터널관 속에는 빛의 속도로 이동하는 운송장치가 작동하고 있었다. 그래서 멀리 떨어진 우주시설은 광속 터널관을 통해 이동하므로 편리했다.

인공천체 우주타운은 우주공간에서 세포분열(細胞分裂)을 하듯 나날이 확장되고 있었으며 그 놀라운 우주건설의 현장을 직접 목격하기 위해서 샤르비네와 나는 인조인간들이 불사조처럼 일하고 있는 현장을 찾아갔다.

공기 하나 없고, 쇠도 녹을 수 있는 뜨거운 열기가 끓고 있는 우주공간에서 인조인간들이 초인적인 힘을 발휘하며 우주건설에 열중하고 있는 모습은 필설(筆舌)로 형용할 수 없는 감동이 있었다.

개미떼처럼 몰려 있는 인조인간들은 저마다 각종 장비와 자재들을 운반하며 우주공간에 인공땅의 판을 깔고 그 인공땅 위에 다양한 용도의 우주시설들을 건축하기에 여념이 없는 모습은 성스러운 장면이라고 밖에 달리 표현할 수 없었다.

인공땅을 우주공간에 깔고 있는 모습을 설명하자면, 사각형으로 생긴 크고 넓은 바닥자재 블록을 바둑판처럼 계속 연결해가는 장면인데, 수십 톤이 넘어 보이는 크고 넓은 금속성의 블록 판을 가볍게 운반하면서 척척 조립해 나가는 인조인간들이 그토록 대견해 보일 수가 없었다. 인조인간들은 힘들다고 휴식을 취하거나 꾀를 부릴 줄도 모르고, 저마다 맡겨진 분야를 열심히 실천하면서 서로 손짓 발짓을 써가며 일사분란하게 일하는 모습들이 한 편의 우주 드라마처럼 감동적으로 느껴졌다.

아무 혜택도 돌아올 이익도 기대하지 않으면서, 샤르별 존재들을 대신하여 우주건설에 여념이 없는 인조인간들을 바라볼 때, 그 수고와 헌신적 삶이 고귀하게 느껴지지 않을 수 없었다.

인조인간들이 인공땅을 조립해 갈수록 우주공간의 땅은 자꾸만 넓어지고, 그 넓어지는 땅 위에 또 새로운 시설들이 들어서고 있었다.

어떤 시설은 긴 모양의 터널 하우스 형태로 지어지기도 하고, 어떤 시설은 공처럼 둥글게 지어지기도 하며, 어떤 시설은 넓은 실내광장처럼 생긴 돔의 형태로 지어지고, 어떤 시설은 초대형 빌딩처럼 지어지기도 했다. 우주시설의 형태는 온갖 우주 기하학적 설계가 어우러진 우주 종합건축양식이라고 설명할 수 있었다. 그 외 시설의 용도에 따라 여러 가지 상징적(象徵的) 이미지들이 종합적으로 설계되어 지어지기도 했다.

시설들의 지붕에는 안테나로 이용하는 뾰족뾰족한 첨탑들도 보이고, 접시 모양의 넓은 안테나들도 여기저기 눈에 띄곤 했다. 안테나의 기능은 우주핫라인의 우주전파 수신에 필요한 장치였다.

이렇게 거대한 우주건설이 진행되는 현장에서 놀라운 장면이란 인조인간들이 크고 무거운 자재나 장비들을 운반하면서 조금도 힘들어하지 않는 표정이었다. 인조인간들이라도 힘이 부치면 넘어지기도 할 것이고, 무거운 물체는 운반하기 어려울 것인데도, 아무리 무겁게 보이는 것도 가볍고 가뿐하게 다루는 모습들이 신기하게 느껴지지 않을 수 없었다.

건설자재에 따라서는 한 덩어리의 무게가 수십 톤, 수백 톤 이상씩 무겁게 보이는데, 그렇게 무거운 물체도 가볍게 다루는 것은 인조인간들이 슈퍼맨 같다는 느낌이 들기도 했다.

사실 우주공간에는 무중력의 상태라서 아무리 큰 물체라도 무게가 없이 가볍다고는 하지만. 커다란 건축자재를 이리저리 운반하면서 우주시설을 건축하는 일은 만만한 작업이라고 설명할 수는 없었을 것이다.

이런 초대형 규모의 우주타운 건설현장은 곳곳에서 동시다발적으로 진행되고 있었으며, 그러한 작업공정은 거의 다 인조인간들이 도맡아 하고 있었다. 말하자면 중요한 기획과 설계는 샤르별의 전문가들 손에서 이루어지지만 위험이 뒤따르는 노동이나 단순작업들은 인조인간들이 맡아서 처리하고 있었다.

이렇게 어렵고 힘든 작업을 도맡아 해내는 인조인간들은 우주건설이 확장될수록 더 많은 숫자로 늘어나고 있었으며, 늘어나는 인조인간들은 우주타운에서 태어나고 있었다. 말하자면 지상에서 필요한 인조인간은 지상에서 태어나고 우주에서 필요한 인조인간은 우주에서 태어나고 있었다.

인조인간들은 공장에서 만들어 내는 공산품이었는데, 그 인조인간의 공산품을 생산하는 주역들도 역시 인조인간 자신들이었다. 결국 인조인간들은 스스로의 몸에서 후손을 생산할 수는 없었지만 공장의 시설을 통해서 자신들의 후손을 생산하고 있었던 것이다.

샤르별의 인구는 200억에 달하고 우주타운에서 상주하는 인구는 10억이었으며 유동인구는 통상 30억~50억에 이르렀다. 샤르별의 인구 숫자에 비해서 인조인간의 숫자는 몇 배나 우월했고 우주타운에서 활동하는 인조인간의 숫자만 100억~200억에 달했다. 인조인간의 숫자는 건설조건에 따라서 늘어나기도 하고 줄어들기도 했다. 지상에서 활동하는 인조인간의 숫자만 수천억에 이르니 이들은 모두 샤르별 인류들의 손발이 되고 아무 대가도 받지 않고 종처럼 일을 하는 충신들이라고 소개할 수 있었다.

밥을 먹지 않아도 배고픈 줄 모르고 아무리 일을 해도 힘든 줄 모르며 춥거나 뜨거워도 상관없고 공기로 호흡하지 않아도 생존이 가능한 인조인간들은 슈퍼인간을 방불케 하는 불사조의 힘을 가졌다고 소개할 수 있을 것이다.

이처럼 불사조의 힘을 가진 인조인간들이 수백억이나 우주공간에 상주하면서 우주의 신천지 우주타운 건설에 여념이 없었던 것이다.

인조인간들은 공장에서 생산한 공산품임에도 불구하고 일정부분 생리적 기능을 가진 반생물학(半生物學)적 존재들로서 제3의 생명체라고 불리고 있었다.

그러나 사실 인조인간의 본래 부모는 인조인간 자신들이 아니라 인간이며, 우주에서 활동하는 인조인간들의 모든 고향도 샤르별의 지상이라고 말할 수 있었다. 인조인간들이 처음으로 태어난 곳은 샤르별의 지상에 있는 '우주 생명공학 연구소'이며, 그곳의 연구소장이 처음으로 인조인간을 태어나게 한 이래 오늘날까지 인조인간의 숫자를 계속 증가하게 만들었던 것이다.

인조인간들은 몸통이 금속으로 만들어진 기계적 산물이 아니라 생세포적(生細胞的) 피부와 살아 있는 신경조직을 가지고 있는 제3의 생명체이기 때문에 그들을 반생물학적 존재들이라고 부르고 있었던 것이다.

말하자면 살아 있는 피부와 신체조직을 가지고 제한적이기는 하지만 진화적인 사고력을 발휘하며 살아가는 것이 인조인간(人造人間)이었던 것이다.

이렇듯 샤르별 존재들은 기상천외한 방법과 창조적 진취성을 바탕으로 우주개척의 신천지를 펼쳐가고 있었으니, 바야흐로 샤르별 존재들에게는 본격적인 우주정복의 시대가 활짝 열리고 있었던 것이다.

무변광대한 우주공간은 이제 그들이 새롭게 개척해 나갈 무한한 영토였으며, 그러한 영토는 우주타운이라고 하는, 우주신기루와 같은 현상으로 샤르별 상공에 펼쳐지고 있었다.

즉 우주공간은 무한한 영토확장을 담보할 수 있는 창조의 장이었고, 살아 있는 영혼들의 숫자가 아무리 늘어나도 수용이 가능한 신천지였다.

그래서 샤르별에서는 지구처럼 손바닥 같은 영토확장을 위해 이웃나라들과 목숨을 걸고 유혈충돌을 일으키는 불상사는 겪지 않아도 됐을 것이다.

꿈의 요람과 같은 우주타운에는 4차원 문명세계의 초월적 문명을 즐길 수 있는 기상천외한 우주시설들이 다양하게 갖추어져 있었고, 우주정신세계의 무한확대가 가능한 우주체험 문화가 잘 발달되어 있는 신천지의 공간이었다.

그 4차원 문명세계의 공간에서는 우주 다차원(多次元)의 현상을 체험할 수 있었고, 신명(神明)과 영혼들을 부름으로써 초월적(超越的) 교류가 가능했으며, 4차원 가상공간 체험을 통해 마음속에서 상상할 수 있는 가상현실의 세상을 자유롭게 여행할 수 있었다.

즉 샤르별의 존재들은 마음속으로 상상 가능한 세상은 무엇이나 체험이 가능하고 창조가 가능했다. 가상공간의 체험은 현실로 이루어지고 무한이론의 초월적 이기(利器)를 이용해서 마음먹은 것은 무엇이나 이룰 수 있는 샤르별의 존재들은 조물주의 대권을 이미 손에 쥐고 있는 후천세상의 주역들이기도 했다.

우주시민의 자격으로 우주공간에 머물면서 4차원 문명세계의 초월적 현상을 다양하게 체험해 갈수록 나의 정신세계는 일취월장 우주정신세계의 키 큰 나무로 성장해 가는 자신을 발견할 수 있었다.

지구에서 살아가던 사고방식은 좁쌀과 같은 의식이었다면 우주시민의 자격으로 우주신천지에서 살아가는 순간들의 의식은 우주와 같은 느낌이라고 설명할 수 있었다. 좁쌀 같은 마음으로 살아갈 때는 티끌 같은 것들을 위해 목숨을 걸고 모든 삶을 불태우게 되지만 우주 마음을 품으면 부질없고 부질없다는 생각이 간절해지지 않을 수 없었다.

개미가 작은 먹잇감 하나를 발견하고 낑낑거리며 사력을 다해 물고 가려고 노력하는 모습이나, 지구 인류들이 티끌 같은 삶의 목표를 위해 아등바등 살아가는 모습이나, 우주의 눈으로 바라보면 다를 게 없다는 의식이 마음속에서 점점 싹트고 있었다.

우주를 품은 우주시민의 의식은 나를 새롭게 변화시키는 촉매제이기도 했다.

스스로를 인간이라고 생각하면 인간이요, 축생이라고 생각하면 축생이요, 미물이라고 생각하면 미물일 수밖에 없는 우리 영혼들은 스스로를 어떻게 의식하며 살아가느냐에 따라서 그 영혼이 머무는 위치가 달라진다는 현실을 우주시민으로 살아가는 과정에서 확실하게 느낄 수 있었다.

샤르별의 존재들은 땅에서 살 때는 신선으로 우주에서 활동할 때는 우주시민으로 살아가고 있었다. 지구 인류들은 스스로 인간이라고 생각하기 때문에 불완전한 존재로서 불완전한 삶을 살아가고 있었고, 샤르별의 존재들은 스스로 신선이라고 생각하고 있기 때문에 신선의 삶을 살기 위해 모든 노력을 경주하고 있었던 것이다.

우주에서는 우주시민의 우주정신으로 우주처럼 폭넓은 의식을 품으며 행동하고 노력했던 것이다.

그 점이 바로 지구 인류의 의식과 샤르별 신선들의 의식이 하늘과 땅
만큼의 격차를 만들고 있었다.

제한된 시간이긴 했지만 우주시민의 자격으로 우주시민의 의식으로
우주정신세계를 발휘하며 살아가던 순간들이 내 영혼의 성장을 위해
중요한 터전이 되었던 것만은 사실이다.

"지구로 돌아가더라도 우주시민의 명찰은 항상 마음속에 달고 살아
가세요."

우주타운에 머물고 있을 때 샤르비네는 몇 번이나 이 말을 강조했다.

샤르비네와의 약속을 어기지 않기 위해 지금까지 우주시민의 명찰은
한 번도 마음속에서 떼어낸 순간이 없었다는 점을 분명하게 고백한다.

샤르비네와 나는 우주타운 시찰 중에 틈틈이 우주유영장을 찾아서
우주유영을 즐기곤 했는데, 무변광대한 우주의 공간을 맨몸으로 헤엄
쳐 다니면서 한 마리 새처럼 한 자락의 구름처럼 무한한 자유를 만끽
할 때는, 그 여유와 한가로운 기분이 절정에 달하지 않을 수 없었고,
그 무한한 자유와 한가로운 마음속에서 세상의 구질구질한 현상들이
얼마나 부질없음을 절감하지 않을 수 없었다.

우주유영장은 한마디로 샤르별 존재들이 우주공간을 찾아와, 물 속
에서 헤엄치듯 우주공간을 헤엄치고 다니며 유흥을 즐기는 장소였다.

우주유영장에 들어서면 많은 인파(人波)들이 삼삼오오 짝을 지어 맨
몸으로 우주공간을 둥둥 떠다니는 모습을 발견할 수 있는데, 그 모습
은 마치 몸 속에 공기라도 잔뜩 들어 있는 풍선인간들이 자유롭게 우
주공간을 떠다니는 현상처럼 착각이 들기도 했다.

우주공간에서는 인파들만 둥둥 떠다니지 않고 물놀이를 즐길 때 사용하는 도구들처럼 다양한 놀이물건들도 함께 떠다니는데, 우주유영을 즐기는 인파들은 그러한 놀이기구를 이용해서 다양한 신선놀음을 즐기고 있었다.

　하늘에서나 땅에서나 샤르별의 존재들이 신선놀음과 유흥을 즐기며 살아가는 모습은 무한한 여유와 삶의 풍요가 넘쳐나는 모습이 아닐 수 없었다.

　우주공간의 유영장에는 그냥 우주유영만 즐기는 공간만 만들어져 있지 않고 4차원 현상의 다양한 위락시설이 골고루 갖추어져 있었다.

　우주에서 스포츠를 즐길 수 있는 시설도 있고, 오락을 즐길 수 있는 시설도 있고, 별들을 관찰할 수 있는 천체관측소도 있었다.

　우주공간 카페에는 지상에서 올라온 신선들이 우주문화의 유흥에 흠뻑 젖어들면서 현실세계를 망각한 신선놀음의 극치에서 영혼들을 호강시키고 있었다. 우주공간 카페에는 지상의 화초들도 자라고, 물도 고여 있으며, 부드러운 토양과 화사한 꽃그늘도 자연의 현상 그대로 잘 가꾸어지고 있었다.

　우주공간 카페는 마치 우주공간에서 떠다니는 호화유람선이었고, 카페 유람선에 올라타면 천천히 우주공간을 유영하며 천상계의 시간을 우주시민증을 소유한 신선들에게 제공했다.

　샤르비네와 내가 우주공간 카페에 들어가서 꽃그늘의 편안한 자리에 앉아서 휴식을 취하고 있을 때 봉사 서비스를 담당하는 선녀들이 서너 명 찾아와서 규시아 향료수와 좋은 기분을 만들어 주는 우스시어를 가져와 대접해 주었다.

그리고 시키지도 않았는데 우리들의 분위기에 어울리는 노래를 부르고 춤을 추며 주위를 빙빙 돌면서 흥을 돋우기도 했다. 샤르비네와 나는 저절로 마음속에서 흥이 나고 어깨가 들썩거리기 시작했으며 결국은 함께 일어나 무희들과 어울려 신명나게 춤추며 노래를 불렀다.

샤르별의 신선들은 어디서나 자리만 펴지면 신명이 절로 나서 어깨를 들썩거리고 서로를 얼싸안으며 춤과 노래를 즐기는 기질들이 강했다.

나는 지구에서 살아갈 때 유흥이라고 하는 이름이 생소했다.

어렵고 힘들게 살아가던 구질거리는 형편 속에서 유흥이란 이름은 나에게 사치였고 먼 나라의 이야기에 불과했을 뿐이었다. 그런데 샤르별에 도착해서는 찾아가는 장소마다 유흥이요, 신명나는 즐거움이요, 신선놀음 판들이 펼쳐지고 있었으니, 나는 자연스럽게 그러한 문화 속에 몸과 마음이 젖어들지 않을 수 없었다.

나는 사실 지구에서 살아가면서 가끔씩 유흥이 무르익는 장소에 참가하는 기회가 있었지만, 남과 잘 어울리는 숫기도 부족하고 생활고에 찌든 마음이 그러한 분위기와 제대로 합류되어지지 않았었다.

그러나 환경이 인간을 만든다는 속담처럼, 4차원 문명세계라고 하는 샤르별의 분위기가 나의 정신세계를 저절로 흥과 신명에 겨운 영혼의 향기를 발산시키고 있었던 것이다. 어쩌면 나의 감추어진 잠재의식의 본능 속에는 유흥과 신명이라고 하는 낙천적인 기질이 꿈틀거리며 자라고 있었는지도 몰랐다.

샤르별에 도착한 후로는 그러한 감추어진 기질이 비로소 본모습을 드러내며 샤르별의 신선들과 자연스럽게 어울리면서 우주풍류를 즐기는 자유로운 영혼으로 새롭게 탄생하고 있다는 생각을 지워버릴 수 없었다.

아무튼 우주의 신천지 선경세상이라고 부르는 샤르별은 내 영혼의 적성과 잘 어울리는 풍요와 여유와 한가로움이 물씬한 꿈의 요람이 아닐 수 없었다.

내 영혼은 비로소 자유를 느낄 수 있었다.

한 순간을 살더라도 나의 영혼이 머물고 싶은 세상….

그 세상에서 샤르비네와 함께 날마다 새로운 세상을 경험하는 기분은 너무 좋았다.

인생 일장춘몽(一場春夢)이라고 했듯, 결국은 잠시의 제한된 시간이 흐른 후 멈춰버릴 내 영혼의 호강이었지만, 꿈이라 해도 그 순간들은 너무 행복했다.

우주카페에서 시중 드는 무희들과 모처럼 춤을 추고 노래를 부르며 신선놀음에 여념이 없을 때 지구에서 겪었던 고통의 순간들은 아득하게 머릿속에서 지워지고 있었다. 처음 찾아간 우주공간의 장소에서 생면부지의 선녀 무희들과 서로 몸을 부대끼면서 춤추고 노래하며 가무를 즐겨도 어색한 기분은 찾아볼 수 없고, 영원 전부터의 친숙한 인연처럼 자연스럽게 어울리는 영혼들이 그렇게 소중함으로 다가오지 않을 수 없었다.

춤과 노래가 끝난 후 무희들과 우리들은 누가 먼저랄 것도 없이 서로 포옹해 주고 입을 맞추면서 다음 시간의 기회를 약속했다.

샤르별의 존재들은 아무리 소중한 순간의 마지막 기회를 만나더라도 이별이란 이름은 입에 올리지 않았으며, 우주의 끝과 끝으로 갈라지더라도 다음 기회를 약속하곤 했다.

우주카페의 휴식을 마치고 다음으로 찾아간 장소는 우주 천체관측소(天體觀測所)였다.

천체관측소에서 하늘의 별자리들도 구경할 수 있고, 삼삼오오 짝을 지어 우주유영을 즐기는 유영객들의 모습도 환히 내려다 볼 수 있었다.

샤르비네와 나는 천체관측소에 들러 유영장이 환히 내려다보이는 장소를 택하여 나란히 자리를 잡았다. 유영장에서는 여러 가지 색상의 우주유영복을 차려입은 유영객들이 저마다 재미있는 포즈를 취하면서 다양한 놀이기구들을 이용하여 우주놀이를 즐기기도 하고 우주공간을 헤엄쳐 다니며 망중한을 즐기기도 했다.

어떤 유영객은 고독하게 혼자서 팔다리도 움직이지 않은 채 그냥 둥둥 떠 있기만 했고, 어떤 유영객은 몇이서 어울려 다니며 누가 먼저 앞으로 가는지 속도시합을 벌이기도 했다. 지상의 해변에 만들어진 해수욕장과는 비교도 할 수 없는, 끝도 보이지 않은 우주공간의 유영장에 가득히 떠다니는 유영객들의 모습이 마치…. 거대한 어항에서 헤엄을 치는 관상용 물고기들의 모습과도 비슷하다는 생각이 들었다.

틀림없이 하늘에서 하늘의 눈으로 바라보면 유영객들이 유영을 즐기는 우주공간은 관상어(觀賞魚)들이 헤엄치고 노는 어항 속의 모습처럼 보이게 될 것이고, 그 모습의 풍광은 평화라는 이름의 두 글자였을 것이다.

지상과는 다른 현상이지만 우주공간에도 밤이라는 시간이 찾아왔다.

인공천체인 우주타운의 영향 때문이었다.

밤 시간이 되어 하늘을 쳐다보면 천체관측소의 투명한 지붕위로 쏟아지는 별빛들이 보석들을 뿌려놓은 듯 찬란하게 반짝거리고 있었다.

우주타운의 밤이라고 하는 현상은 잠깐 시간에 지나지 않았는데, 그 시간이 되면 가장 볼거리가 많아졌다. 우주타운의 시설들이 찬란한 불빛으로 반짝이는 현상들이며 우주유영장에서 유영객들이 몸에서 빛을 발산하며 우주를 헤엄치고 다니는 장면들도 굉장한 볼거리임에는 틀림없었다. 그 중에서도 가장 큰 볼거리라면 역시 천체관측소에서 구경하는 밤하늘의 별자리였다.

그러나 지구에서 보이던 별자리는 어디서도 보이지 않고, 높은 우주 상공에서 보는 별이라 해도 특별히 더 크게 보이는 것은 아니었다. 지상에서 보이는 별의 크기나 우주에서 보는 별의 크기나 크기는 마찬가지였다.

모두 생소한 별자리고 처음 보는 별자리들이기는 하지만, 오염되지 않은 깨끗한 상공에 떠 있는 오색영롱한 별빛들은 밤하늘에 뿌려 놓은 보석들처럼 아름답기만 했다.

천체관측소에서는 단지 별자리만 관찰하는 것이 아니라 별들의 표면도 관측할 수 있었다. 천체관측소에 있는 망원장치는 아무리 멀리 떨어진 별의 표면이라도 지상을 내려다보듯 관찰할 수 있었다.

우주 전자눈이라고 불리는 망원장치를 이용하면 우주 끝의 멀리 떨어진 별자리도 구경할 수 있었다. 우주 전자눈의 가시거리(可視距離)는 거의 무한대에 가까운 우주극권(宇宙極圈)까지였다. 우주극권 이내에서는 우주 에너지와 빛, 물질들의 구조가 존재하지만, 우주극권 이외에서는 어떤 우주의 에너지나 빛이나 물질의 구조도 존재하지 않는다고 했다.

우주극권은 일종의 이질적 우주영역의 경계선으로, 지구의 대기권 (大氣圈)과 우주공간과의 경계선을 나누는 이치와 비슷했다. 우주극권의 발견으로 인하여 샤르별 존재들은 우주현상의 중요한 수수께끼를 풀게 되었고, 우주가 소유한 특수한 에너지와 빛과 물질들의 구조를 파악하는 단서를 찾아내고 있었다.

　우주 전자눈은 반드시 밤에만 천체를 관찰할 수 있는 것이 아니라 밝은 낮에도 얼마든지 가능했다. 우주 전자눈으로 우주를 관찰하면 우주는 그야말로 신비하고 불가사의한 현상 자체였다. 우주 전자눈으로 관찰되는 은하계의 숫자는 헤아릴 수도 없었고, 은하계마다 발견되는 특수한 물질들의 현상도 천태만상이었다.

　우주의 은하계는 멀리 보면 구름처럼 보이고 가까이 보면 보석을 뿌려 놓은 듯이 보이는데, 어떤 은하계는 전체 보랏빛이나 황금빛의 오로라 현상이 고도로 증폭된 세계도 있었다. 그 찬란하고 신비한 빛은 우주의 특수한 에너지 현상이라고 하는데, 고도의 영감을 발휘하는 신격체(神格體)들의 세계에서나 발생할 수 있는 에너지 현상이라고 했다. 말하자면 그 은하계에는 평범한 지적존재들이 살아가는 세계가 아니라, 고도로 발달한 영적존재나 신격체들이 살아가는 세계라고 샤르별에서는 믿고 있었다.

　어떤 은하계의 별들은 끝없는 에너지의 폭발이 폭죽이 터지듯 계속되고 있는 세계도 있었다. 핵폭탄을 터트릴 때 발생하는 강력한 빛의 현상이 계속 발생하기도 하고, 수많은 섬광 같은 현상들이 여기저기서 광범위하게 발생하고 있는 은하계였다. 그 은하계서 발생하고 있는 가스체들은 오색영롱한 구름의 현상으로 넓게 퍼져 있는데, 그 현상이 아마 새로운 천지창조가 일어나고 있는 징후가 아닌가하는 생각이 들기도 했다. 하지만 그 은하계의 폭발현상은 그 은하계를 발견한 이래 수만 년 동안 계속되어 온 현상으로, 아직도 창조의 완성이 끝나려면 얼마나 많은 영겁의 세월이 흐른 후에 가능할 지 장담할 수 없을 것 같았다.

지구의 천지창조는 단 7일 만에 끝났다고 하는데, 지금 우주에서 일어나고 있는 천지창조의 현상과 비교하여 너무 싱거운 게임이었다는 생각이 들었다. 이와는 반대로 은하계 전체가 차가운 기운으로 강하게 얼어붙어 어떤 에너지의 활동도 나타나지 않는 침묵의 세계도 존재하고 있었다. 그 은하계에도 분명히 모래알을 뿌려놓은 듯 무수한 별들이 떠 있는 세계이지만, 그 중에 어떤 별 하나라도 움직이고 있거나 활동중인 에너지 현상이 전혀 눈에 띄지 않는 불가사의한 세계였다.

또 은하계를 이루고 있는 성운들의 형태도 갖가지 인데, 어떤 은하계는 나선형의 성운으로 이루어진 세계도 있고, 어떤 은하계는 구름 띠처럼 길고 긴 성운으로 이루진 은하계도 있고, 어떤 은하계는 회오리바람을 연상케 하는 용트림 형태의 성운으로 이루어진 은하계도 있었다.

가시거리가 자그마치 우주극권에 달하는 우주 전자눈 망원장치를 이용해도 우주에는 아직도 다 발견하지 못한 은하계가 수없이 존재한다고 하는데, 때로는 가시거리상(可視距離上)에서 한 번도 발견되지 않던 새로운 은하계가 갑자기 나타나기도 하고, 때로는 이제까지 계속 관찰되던 은하계가 갑자기 모습을 감추어버린 현상도 있다고 했다. 아무튼 현재도 새로운 은하계는 계속 발견된다고 하는데, 과연 이 우주에는 얼마나 많은 은하계와 천체들이 떠있을까 생각할 때, 감히 상상조차 해 볼 수 없는 거대한 우주 프로젝트 현상이 아닐 수 없었다.

우주에 반짝이는 별들 중에는 스스로 빛을 내는 자광성(自光星)이 있고 다른 별빛의 반사를 받아 빛을 내는 타광성(他光星)이 있는데, 별들이 자신의 존재를 세상에 알리는 현상이 바로 별빛이라고 했다. 어린애가 세상에 태어나면 울음소리로써 자신의 존재를 세상에 알리듯, 별들은 세상에 태어나 빛으로써 자신의 존재를 알리고 있었다. 별빛 속에 별의 정보가 다 들어 있었다. 별빛을 분석하면 별들의 구성성분과 나이를 맞출 수 있고 별들의 생태를 파악할 수 있었다.

천체를 관찰하는 전자눈은 천체분석 프로그램이 장착되어 있고, 천체를 관찰하는 즉시 분석자료가 정리되어 나타났다.

그러한 자료를 활용하여 별이 생성된 나이라든가 에너지의 구조까지 정확하게 짐작케 한다고 하는데, 우주에 태어난 별들 중에는 아직까지도 자신의 존재를 다 알리지 못한 신성(新星)의 숫자도 자꾸 늘어나는 추세라고 했다. 바꾸어 말하면 별이 태어나 자신의 존재를 알리기 위해 빛을 발하여 우주를 통과하며 빛의 항해를 계속하고 있지만, 아직도 자신의 빛이 우주 끝까지 도달하지 못해 자신의 존재를 우주에 다 알리지 못한 별들도 수두룩하다는 의미였다.

그런데 애석하게도, 자신의 빛이 우주 끝까지 도달하기도 전에 이미 그 별의 수명은 끝나버린 경우도 있다고 한다. 말하자면 육안(肉眼)으로든 망원장치를 이용하든, 현재 관찰되고 있는 별빛이 찬란한 별이라도, 그 별은 빛만 나타나고 있을 뿐 실제 그 별은 수명이 다하여 우주에서 모습을 감추어 버린 지 오래 된 별도 있다고 한다.

별은 사라지고 그 별의 허상만 바라보고 있다는 이치였다. 우주에는 이렇듯 허상만 보여주고 있는 별들도 무수히 떠 있다고 한다. 우주에 태어나 영겁의 세월동안 빛을 발하며 반짝이는 별들은, 자신의 빛이 우주를 통과하기도 전에 생을 마감하고 마는 별들의 운명이 가엾다는 생각이 들었다.

우주에서 지금 아무리 영롱하게 반짝이는 별빛도, 보석처럼 찬란한 빛을 발하며 아름답게 떠 있는 별도, 이미 실상은 사라지고 허상만 남아 있는 유령별일 수도 있다는 이야기는 우리들 영혼에게 시사(示唆)하는 바가 컸다.

우주 전자눈을 이용하면 멀리 떨어진 별도 가까이서 들여다보는 현상처럼 정밀탐사가 가능했다. 별의 표면에 솟아난 산이나 사막이나 바다 같은 자연의 경관도 지상의 공중에서 내려다보는 것처럼 관찰할 수 있고, 그 별에 존재하는 물질이나 생명체의 현상들도 손바닥처럼 들여다보며 관찰할 수 있었다. 어떤 별에는 생명체들이 살아가는 현상도 보이고, 어떤 별에는 특이한 광물질들만 가득 채워진 별도 보이고, 어떤 별은 얼음으로만 꽁꽁 얼어붙은 별이 보이기도 했다.

전자눈에는 가상공간 프로그램이 장착되어 있어 전자눈에 비치는 세상을 직접 방문하지 않아도 가상현실 체험을 통해 실제와 같은 느낌의 체험이 가능했다. 가상공간에서 전자눈에 비친 세상을 탐방하고 그 세상의 물질을 손으로 만지고 그 세상의 땅을 발로 걸으면서 직접 느낌의 체험이 가능하기도 했다.

유영장의 천체관측소에서 가장 인기 있는 별 중의 하나가 소미심이라는 이름을 가진 별이었다. 표면이 온통 얼음으로 덮여 있는데, 얼어 있는 얼음의 형태들이 아주 다양해서 마치 이방지대의 만물상을 보는 듯 했다. 마치 얼음 바위를 정교하게 조각해서 세워놓은 듯 얼음 만물상들은 저마다 독특한 이미지와 표현으로 관찰하는 재미를 더하게 만들었다.

어떤 얼음 바위들은 인파의 군중들이 몰려 있는 모양을 하기도 하고, 어떤 얼음 바위들은 기괴한 괴물들이 집단으로 서식하고 있는 모양을 하기도 하고, 어떤 얼음 바위들은 우주의 뜻을 전하는 철학적 상징들이 무수한 이야기를 만들어 내는 모양을 하고 있기도 했다. 소미심이 얼음별은 한마디로 그냥 차가운 얼음으로만 덮여 있는 별이 아니라, 차가운 얼음을 통해 따뜻한 우주의 이야기를 들려주는 재미있는 별이었다.

전자눈과 연결되어 있는 가상공간 프로그램을 이용하여 소미심이별 표면의 가상현실 공간에 직접 접근해 보았다. 가상현실로 접근한 소미심이별 표면이지만 금세 살을 에는 추위가 밀려왔다. 영하 60℃이하의 추위라는 생각이 들었다. 온몸이 얼어붙고 오돌오돌 떨려서 동사할 것 같다는 생각이 들었다. 급하게 사이버 운영자를 불러서 도움을 청했다. 사이버 공간 운영자는 에스키모나 입고 다닐 법한 두터운 털외투를 입혀 주며 따뜻한 열이 발생하는 태양석을 외투의 주머니에 넣어 주었다. 그러자 무서운 추위가 물러가고 견딜 만했다.

사이버 운영자는 실존의 인물이 아니라 사이버 공간에서 프로그램에 의해 설정된 가상의 인물이며 사이버 영혼이라고 부르기도 했다. 털외투나 태양석도 현실의 물질이 아닌 가상의 물질이었다.

가상현실의 기온에 의해 내 몸은 추위를 겪고 가상현실의 물질들을 이용해서 내 몸은 따뜻한 온기를 느끼고 있었다.

사이버 운영자의 도움으로 몸이 따뜻해진 나는 가상공간의 소미심이별 표면을 거닐면서 얼음 만물상을 만져 보고 온 세상이 꽁꽁 얼어붙은 이곳저곳을 이동하며 탐색했다. 얼음이 녹으면 커다란 호수가 만들어지고 긴 강줄기가 흐르고 망망대해의 바다가 탄생할 것 같은 거대한 빙하의 세상이 소미심이별이었다.

전자눈으로 관찰한 너스쫌이별은 생긴 것부터가 재미있었다. 별의 모습은 마치 양말처럼 생겼고, 그것은 별이라기보다 우주에 떠 있는 괴상한 암석이라고 표현하는 것이 옳을 듯했다. 그러나 이 별이 인기가 있는 것은 별의 생긴 모습도 재미있지만, 그 별에서 일하는 인조인간들의 일하는 모습들을 관찰하는 재미도 컸다.

너스쫌이별은 생긴 것은 괴상하지만 크기는 샤르별의 100배에 달하는 거성(巨星)이고, 그 별에는 무엇보다 우주타운 건설에 필요한 각종 우주자원이 풍부했다. 그래서 샤르별에서는 너스쫌이별에 인조인간들을 파견해서 상주시키며 우주타운 건설에 필요한 자원을 채굴하여 실어나르고 있었다.

인조인간들이 직접 화물용 우주왕복선을 운행하며 너스쫌이별에서 채굴한 자원을 우주타운의 산업공단으로 실어나르는 장면을 목격하는 일도 가능했다. 전자눈을 통해서 너스쫌이별과 우주타운을 오가는 우주왕복 화물선을 심심찮게 발견할 수 있었고, 우주왕복 화물선에 실려 있는 산더미 같은 자원들도 전자눈으로 확인하는 일이 가능했다.

우주 전자눈을 통해 인조인간들이 멀리 떨어진 별에서 자원을 채취

하느라 일하는 모습들을 보니 그토록 열심이고 부지런할 수 없었다. 잠시도 한눈을 팔거나 게으름을 피우는 인조인간을 발견할 수도 없었고, 쉬고 있거나 딴청을 피우는 인조인간도 발견할 수 없었다.

그저 자신에게 맡겨진 일을 쉬지도 않고 반복해서 부지런히 수행하는 인조인간의 모습들이 대견했다. 바라는 꿈도 대가도 없이 주인들을 위해 쉬지 않고 봉사하는 인조인간들의 단순한 삶의 모습이 내 마음을 찡하게 울리는 것 같기도 했다. 하지만 다행히도 인조인간들의 어떤 모습에서도 불만이나 지친 모습을 찾아볼 수 없어 안도의 숨을 내 쉴 수 있었다.

너스쯤이별에서 인조인간들이 밤낮없이 채굴한 자원은 산더미처럼 쌓여 있었다. 너스쯤이별에서 일하는 인조인간들의 모습은 인간개미들이 일하는 모습과 다르게 보이지 않았다. 인조인간들이 일하는 모습은 한마디로 개미들이 합심으로 먹이를 물어 나르는 장면 같기도 하고, 우주판 노예들이 동원되어 열심히 일하는 모습 같기도 했다.

어찌 보면 측은하기도 하고, 어찌 보면 대견하기도 하고, 어찌 보면 재미있게도 보이는 인조인간들의 일하는 모습은 많은 것을 생각하게 만드는 4차원 문명세계의 특이한 장면이었다.

우주공간의 멀리 떨어진 별에서, 마치 여왕벌을 위해서 평생을 헌신하고 희생하는 일벌들처럼, 샤르별의 신천지 건설을 위해 힘든 노동에 종사하는 인조인간들은 과연 무엇을 얻기 위해 몸을 아끼지 않으며 충성과 봉사를 마다하지 않고 있을까하는 생각도 곰곰이 가져보지 않을 수 없었다.

다행히 인조인간들이 열심히 일하는 표정에는 어떤 원망도 괴로움도 나타나지 않았고, 힘들어하거나 피로에 지친 모습도 전혀 찾아볼 수 없었다. 어떤 인조인간의 일하는 모습에서도 힘차고 활기차며 생동감이 넘치는 표정만 읽을 수 있어서 마음이 편하고 가벼웠다.

나무 한 그루, 풀 한 포기 자라지 않는 삭막한 별을 찾아가 우주건설에 필요한 자원을 실어 나르기 위해 여념이 없는 인조인간의 개미군단을 바라보며, 4차원 문명세계의 진면목을 바라보는 듯 했다.

전자눈은 이처럼 우주공간에 멀리 떨어진 천체를 관찰할 수도 있었고 인조인간들이 샤르별 인류들을 대신해서 우주를 오가며 자원을 실어 나르고 열심히 일하는 장면들을 관찰하는 용도로 사용할 수도 있었다.

우주 전자눈으로 천체들을 탐색하다가 또 다른 재미있는 별을 발견했다. 별 전체가 백사장의 모래사막으로만 덮여 있는 모래별이었다. 모래별은 끝없이 이어진 지평선까지 온통 백사장의 사막으로 덮여 있고 모래로만 이루어진 낮은 능선의 산들이 여기저기 서 있는 모습이 눈에 띄기도 했다. 바위나 암석이나 흙은 어디서도 발견되지 않는 백사장 모래밭의 세상이었다.

돌멩이나 이물질 하나 섞이지 않고 결이 고운 순수한 모래로만 이루어진 백사장의 세상…. 그 신비한 별을 쉬지 않고 자세히 관찰하면 아주 재미있는 현상을 발견할 수 있었다.

바람도 공기도 없는 모래별에서는 파도처럼 모래 결이 일어나서 밀려왔다 밀려가기도 하며 모래 산들이 사라졌다 새로운 모래 산이 나타나기도 하며 모래 산이 움직여서 장소를 이동하는 모습까지 발견되기도 했다. 모래 산의 모양도 변하고 위치도 변하며 때로는 하나의 모래

산이 여러 개로 분열하는 현상도 나타났다. 모래가 움직이는 현상은 그 세상에서 일어나는 특별한 현상이라기보다는 자연의 현상에 불과한 장면이겠지만 처음으로 대하는 눈은 신비한 생각에 잠기지 않을 수 없었다.

이 외에도 천체관측소의 전자눈으로 수많은 우주의 은하계와 별자리와 별들을 관찰하며 이루 헤아릴 수 없는 우주의 신비한 현상들을 관찰하지 않을 수 없었다. 우주의 신비한 현상들을 발견할 때마다 마음속은 온통 신비감으로 물들기 마련이지만 아무리 신비한 현상이라도 우주 속에 존재하는 자연의 현상이요 본연의 모습일 뿐 특별한 의미조차 부여할 이유는 없었으리라.

천체관측소에서 우주를 관찰하는 자체만으로 불가사의하게 느낄 수 있는 현상들은 부지기수였다. 평소의 생각으로는 상상도 할 수 없는 현상들이 우주 본연이란 이름으로 우주 속에서 발생하고 있었고, 벗겨도 벗겨도 의문이 풀리지 않을 미스터리 현상들이 태연하게 진행되고 있는 우주의 공간이기도 했지만, 불가사의하고 미스터리한 그 자체가 우주스러움인 것을 속 좁은 분석력을 동원하는 자체가 우스꽝스런 일이 아닐 수 없었다.

우주는 참 불가사의하다.

우주는 참 미스터리하다.

그래서 우주는 참 우주스럽다.

우주를 관찰한 마음의 결론이었다.

천체관측소에서 우주타운의 인공도시 야경을 내려다보는 전경(全景)

도 환상적이었다. 가도 가도 끝이 없는 우주타운의 불빛은 별자리들보다 더 별처럼 신비한 야광을 발산하고 있었다. 우주타운의 야경은 우주타운의 시설들이 전등을 밝혀서 불빛들이 반짝이는 것이 아니라, 시설들 자체에서 자연스럽게 발산하는 야광들이었다.

우주타운 시설들이 투명한 지붕을 통해 저장해 두었던 태양열이 어두워지자 야광처럼 발산하는 현상이었다. 우주타운 시설은 햇빛이나 태양의 열을 저장시키는 기능이 있는데, 이 기능에 의하여 어두워지면 저절로 밝은 빛을 내고 추워지면 저절로 따뜻한 온도를 조절해 주는 기능이 있었다. 우주타운 시설들은 냉난방 장치를 별도로 가동시키지 않아도 저장해 둔 열에너지를 이용하여 시설 내부의 온도가 자동으로 조절되고, 전등불을 켜지 않아도 자동으로 조명이 밝혀졌다.

우주타운의 시설들마다 자동으로 밝혀지는 야광 조명은 우주공간을 뒤덮고 신비한 빛의 파노라마를 연출하고 있었다. 지구 대도시의 높은 곳에 올라가 보면 집집마다 켜놓은 불빛들로 빛의 장관을 이루듯, 우주타운의 야경이 우주제국의 위상을 우주에 떨치려는 의미처럼 끝없는 야광 불바다를 연출하고 있었다.

우주타운의 야경 못지않게 우주유영장의 야경 또한 볼만했다.

유영객들이 입고 있는 유영복에서는 반딧불처럼 야광 빛이 발산하고 있었는데, 파란 유영복을 입은 유영객의 몸에서는 파란 야광이 발산하고, 보랏빛 유영복을 입은 유영객의 몸에서는 보랏빛 야광이 발산하며, 분홍색 유영복을 입은 유영객의 몸에서는 분홍빛 야광이 발산하고 있었다.

이렇게 다양한 빛의 야광은 유영객들이 이동하고 움직일 때마다 우주공간을 흘러 다녔다. 어떤 야광은 빨리 흐르고 어떤 야광은 천천히 흐르며, 어두운 우주공간을 반딧불처럼 수놓고 있었다.

이렇게 잠깐 동안 이어지는 우주의 밤하늘에서 신비스런 우주의 별자리와 우주타운의 야경과 유영객들의 반딧불 잔치를 구경하고 나서 샤르비네와 나도 우주유영을 즐기기 위해서 우주유영장에 뛰어들었다.

우주의 야경은 지상과 달리 두세 시간이면 끝이 났다. 우주의 아름다운 야경이 짧게 끝나는 것이 아쉽지만 더 구경하고 싶은 야경의 구경은 다음 시간으로 미루지 않을 수 없었다. 다음 밤 시간이 찾아와야 이 신비스런 우주의 야경을 다시 관찰할 수 있으리라 생각하니, 짧게 사라지는 밤이 야속하고 아쉬울 뿐이었다.

우주유영복은 두꺼운 천으로 만들어져 있고, 아무리 뜨거운 열에도 녹거나 타지 않는 신소재였다. 유영복의 온도는 항상 일정하게 유지될 수 있도록 온도 자동조절장치가 설치되어 있고, 통신장치와 추진장치, 기타 안전장치가 완벽하게 구비되어 있는 첨단우주소재의 유영복이었다.

우주를 유영하다가 조난이나 안전사고라도 당할 때를 대비해 완벽한 비상조치가 우주유영복 속에 프로그램으로 저장되어 있었다. 유영복을 입고 있으면 호흡하는데 지장이 없었고, 몸을 움직이는데 불편한 점이 없었으며, 다른 유영객들과 의사소통을 나누는데 전혀 불편함이 없는 우주유영복의 첨단기능이었다.

나는 벌써 여러 번 우주유영장을 찾아왔지만 아직도 우주유영은 능숙하지 못했다. 어린애가 걸음마를 배울 때처럼 나는 아직도 서툰 솜씨로 우주유영을 즐겨야 했다. 우주유영장은 대부분 샤르비네와 함께 찾았고 그때마다 샤르비네로부터 안전교육과 시범훈련을 받지 않을 수 없었다.

우주유영은 생각처럼 쉽지 않았고, 물 속에서 헤엄치는 요령을 모르면 헤엄을 칠 수 없듯, 우주유영도 요령을 모르면 우주공간에서 마음대로 몸을 움직일 수 없었다. 우주에서는 우주헤엄을 칠 줄 알아야 마음대로 하늘을 날아다니고 유영을 즐길 수 있는데, 우주헤엄이란 처음부터 잘 칠 수 있는 행동이 아니었다.

다른 유영객들은 능숙한 솜씨로 우주의 자유자가 되어 우주공간을 누비고 다니는데 나는 아직도 샤르비네의 도움을 받아야 우주유영을 즐길 수 있다는 점이 아쉽게 느껴졌다.

내가 자유롭게 우주유영을 즐길 수 있다면 나 혼자서도 우주유영장을 찾아오고 싶었는데 여러 번 우주유영장을 찾아와서 샤르비네의 도움을 받았지만 아직까지 우주유영이 서툰 상태라 부끄러운 생각이 들 때도 있었다.

그만큼 우주의 자유자로 태어나기란 쉬운 목표가 아니었다.

완벽하게 우주헤엄을 칠 수 있다면 완벽한 우주의 자유자로 거듭 태어날 수 있을 것이란 기대는 여전히 저버리지 않았다.

우주유영장에는 맨몸으로 우주를 날아다니는 우주의 자유자들이 많았다. 그들은 언제나 나의 부러움의 대상이었다. 부러움의 대상 중에 샤르비네도 예외는 아니었다. 우주공간에서 맨몸으로 온갖 묘기를 다 부리며 능숙하게 우주헤엄을 치는 우주자유자들이 너무 부럽기만 했다.

맨몸으로 우주유영이 서투를 때는 추진장치를 이용했다.

유영복에 설치된 추진장치를 작동시키면 저절로 몸이 움직이며 원하는 방향으로 나아갈 수 있었다. 유영하는 속도도 마음대로 조절할 수 있었는데, 비행체처럼 빨리 날아다닐 수도 있고, 물고기처럼 천천히 헤엄치고 다닐 수도 있었다. 유영복의 추진장치를 이용하면 몸이 비행체로 변해서 자유롭게 우주공간을 날아다닐 수 있었고 무한 속도로 우주공간을 날아다니는 기분은 스릴이 넘쳐서 좋았다. 하지만 추진장치를 달고 우주공간을 헤엄치는 유영객들보다 맨몸으로 우주공간을 헤엄치는 유영객들이 더 멋있고 당당해 보였다.

샤르비네가 곁에서 부축해 주면 맨몸으로도 우주를 유영할 수 있었다. 샤르비네가 손을 잡고 나아가는 방향을 따라서 움직이기만 하면 내 몸도 따라서 움직일 수 있었기 때문이다.

우주유영장에는 가족끼리도 찾아오고 연인이나 친구끼리도 찾아왔다. 신선과 선녀들은 우주공간에서 데이트를 즐겼고 친구들끼리 찾아와서 다양한 우주놀이를 즐기기도 했다.

샤르비네와 나는 추진장치 없이 우주헤엄을 치기도 하고, 추진장치를 이용해서 씽씽 날아다니기도 하면서 우주의 새가 된 기분으로 우주공간을 날아다니며 신선놀음을 만끽했다.

추진장치를 이용해 우주의 보트처럼 전 속력을 내어 우주공간을 날아다닐 때는 무어라 말할 수 없는 스릴을 느낄 수 있었다. 그 스릴만점의 기분이란 무한한 자유 그 한마디로 대변할 것 같았다. 앞으로 화살처럼 날아갔다가 공중으로 솟구쳐 오르기도 하고, 빙글빙글 원을 그리면서 용트림 비상을 하기도 하고, 파도처럼 꼬불꼬불 물결 타기 비행도 할 수 있는 우주유영은, 우주가 아니면 즐길 수 없는 공중묘기의 짜

릿함을 즐길 수 있는 장이었다.

우주유영을 즐기면서 곁으로 지나다니는 다른 유영객들을 많이 만날 수 있는데, 그때마다 서로 손을 들어 반갑다는 인사를 보내곤 했다. 누구를 만나도 다정해 보이고 누구를 만나도 친구처럼 생각되었기 때문이다.

우주유영을 하면서 우주공간에서 만난 유영객들은 누구도 낯설게 느껴지는 대상이 없었다.

우주유영 보트놀이를 즐기다가 싫증나면 풍선처럼 그냥 하늘에 몸을 띄워놓고 꼼짝도 않은 채 누워 있기도 했다. 가만히 누워 있으면 구름처럼 몸이 조금씩 움직이는데, 바람도 불지 않고 공기도 없는 우주공간에서 가만히 있는 몸이 움직여지는 현상은 생각보다 기분이 좋았다.

그 현상을 샤르비네는 이렇게 설명해 주었다.

"바람도 불지 않고 공기가 없는 우주공간에서도 물체는 저절로 움직이지요. 우주에도 밀물과 썰물이 있지요. 우주의 유영장에 바닷물이 있어서 밀물과 썰물이 발생하는 것이 아니라 주변 별들의 인력 때문에 그런 현상이 발생하고 있어요. 그래서 유영장에 있는 물체들 뿐 아니라, 우주타운의 거대한 시설들도 규칙적으로 움직이는 현상이 있어요. 말하자면 주변에 떠 있는 별들이 서로 끌어당기는 인력의 힘으로 우주타운의 시설이 움직이고 유영장에 떠 있는 물체들이 움직여요."

우주의 하늘에도 밀물과 썰물 같은 기운이 밀려가고 밀려오는 현상이 나타나고 있을 줄은 미처 생각하지 못했다.

아무튼 우주의 하늘에 꼼짝도 없이 몸만 띄워 놓고 구름처럼 둥둥 떠다니는 기분은 말할 수 없는 평화로움을 느끼게 했다. 우주의 허공에 누워 있는 기분은 보드란 풀밭에 누워 있는 기분보다 좋았고, 푹신한 솜 방석에 누워 있는 기분보다 포근하다는 생각이 들기도 했다.

우주의 품은 한마디로 대지의 품에 안겨보는 이상의 새로운 감회가 있었다. 육신의 주인은 땅이요 영혼의 주인이 하늘이라면, 지금 내가 누워 있는 우주의 품은 영혼의 고향이라 생각되었다.

아무튼 내가 그렇게 지극히 평화로움을 느끼며 우주에 떠 있을 때 샤르비네가 유영복의 통신장치를 통해 말을 걸어왔다.

"어때요? 샤르앙, 우주의 허공에 둥실 떠 있는 지금의 이 기분이?"

"무한한 자유여! 끝없는 평화여! 이렇게 외치고 싶습니다."

"그러세요? 아주 시적인 표현이군요. 그렇게 기분이 좋다니 내 마음도 기뻐요."

"우주의 공간은 마치 포근하고 드넓은 어머니의 품속 같이 느껴지오. 지상의 풀밭이 아무리 부드럽다고 해도 이만큼은 못할 것이며, 솜 방석이 아무리 푹신하다 해도 이만큼은 못하리라 생각 드오."

"그렇지요. 우주의 공간은 그 어떤 차별도 갈등도 없이 완전평등한 조물주의 품이지요. 조물주는 이토록 넓고 포근한 가슴으로 우주의 모든 존재를 포용하며 넉넉함을 과시해 주고 있어요. 샤르앙도 우주 유영을 즐기면서 우주의 넉넉한 포용력을 마음 가득히 새겨두기를 바랄게요."

"완전평등이라고 했나요?"

"그래요. 조물주의 품속인 우주공간은 완전평등의 상징이에요."

"완전한 평등이라…. 그 말 참 깊은 뜻이 있는 듯하오. 대지의 품은 아무리 넓다 하여도 그 자리는 주인이 따로 정해져 있을 수 있지만, 우주의 품은 아무리 넓어도 주인이 따로 없으니 정말 완전평등의 자리가 아니고 무엇이겠소. 아무나 찾아와도 반겨주고 아무나 안겨도 불평을 하지 않는 우주의 품은 정말 방황하는 영혼들이 안겨볼 수 있는 평안한 자리인 것 같소. 그래서 샤르별 존재들은 이곳을 자주 찾으며 우주유영을 즐기는가 보구려."

"그래요. 샤르앙. 평화를 사랑하는 자들은 누구나 우주의 품을 그리워하고, 영혼이 방황하는 자들은 누구나 우주의 품에 안기기를 소망한답니다. 우주의 품에 안기면 끝없는 사랑의 심장박동을 들을 수 있어 더 행복해질 수 있답니다."

"우주의 품에서 사랑의 심장박동을 들을 수 있다니요?"

"우주는 침묵하는 것 같아도 잠시도 쉬지 않고 우주만물을 사랑으로 가꾸기에 여념이 없답니다. 우주의 사랑이 아니면 우주만물은 잠시도 호흡을 할 수 없고, 우주의 모든 질서는 단숨에 무너지고 만답니다. 그 사랑의 심장박동을 들을 수 있는 영혼들은 우주에 대한 한없는 경외감으로 마음의 옷깃을 여밀 수밖에 없겠지요. 샤르앙도 조용히 귀 기울여 우주의 심장에서 발생하는 사랑의 박동을 들어보세요. 영감을 일깨우는 큰 힘이 된답니다."

"결국 우주는 사랑으로 만물을 가꾸고 있다는 표현이오?"

"그렇답니다. 우주는 만유의 사랑으로 우주의 질서를 다스리고 우주의 만물을 가꾼답니다. 우주를 통해 만유의 사랑을 깨닫는 것이 우주정신세계를 실천하는 근본이며, 진실로 자신의 존재를 확인하고 우주의 소중함을 인식할 수 있답니다. 곧 우주에 대한 만유의 사랑을 깨달을 때, 모든 영혼들은 자신의 본질을 찾아 진실한 삶을 살아갈 수 있답니다. 그러므로 샤르앙은 우주유영을 하면서 우주에 대한 만유의 사랑과, 우주정신세계의 높은 이상을 터득하기 바랍니다."

"우주는 만유의 사랑으로 만물을 가꾸다니 참으로 감동적인 가르침이 아닐 수 없소. 우주는 이 넓고 큰 가슴으로 모든 악한 것과 선한 것을 다 포용하고, 모든 아름다운 것과 추한 것을 포용하며, 한결같은 사랑으로 가꾸고 있을 줄은 상상도 못한 진리였소. 그러면 저도 이제부터 우주의 넓은 가슴과 넓은 사랑을 생각하며, 항상 넓고 큰마음으로 세상을 포용하며 살아가도록 하겠소."

"바로 그 점이에요. 그 넓고 큰 우주의 마음을 깨우쳐 주기 위해 샤르앙을 이곳으로 초대하곤 하지요. 우리 샤르별의 존재들이 자주 우주유영장을 찾는 이유도 우주의 큰 마음을 배우기 위해서랍니다. 곧 땅에서 살아가는 모든 영혼은 넓고 무변광대한 우주의 품속에서 태어나고 성장하며 땅에서만 살아가는 작고 낮은 존재가 아니랍니다. 우주의 큰 마음을 배우면 누구나 우주의 큰 정신세계를 품은 신선으로 살아갈 수 있지요. 신선이면서 작은 마음으로 살아가면 이미 신선으로서 품격은 사라지고 또한 신선으로 살아가는 의미도 없겠지요. 항상 우주와 소통하고 우주의 넓은 마음을 닮으며 자유분방함 속에서 세상을 포용하고 살아가는 삶이 신선의 자질이지요. 우주와 소통하면 세상이 크게 보이고 우주와 소통을 이루지 못할 때 세상은 작기만 해요. 샤르앙에게 무한한 우주와의 소통을 이루게 하고, 세상을 크게 바라보며, 진정한 신선의 자질로 살아가기를 바라는 마음으로 우주유영장을 찾게 된답니다. 우주와 소통하고 우주의 넓고 큰마음을 배우면 세상의 모든 진리에 통달할 수 있다는 사실도 명심하세요."

"우주와 소통할 수 있는 영혼이 우주의 큰 마음을 품게 되고, 우주의 큰 마음으로 인하여 세상을 포용하고 세상을 크게 바라보며 살아갈 수 있다는 의미군요. 우주와 소통하고 우주의 큰 마음을 훈련할 수 있도록 우주유영장이 만들어졌다는 의미도 되는군요?"

"그래요. 우주유영장은 우주와의 소통으로 큰 영혼의 기국을 키우는 훈련을 시키기 위해 만들어진 장소예요. 그냥 와서 여가나 즐기고 시간을 보내는 장소가 아니지요. 그런 깊은 의미를 되새기며 샤르앙도 우주유영을 즐기기 바랄게요."

"우주유영장을 찾을 때마다 영적성숙이 이루어지고 있다는 사실을 느끼곤 했는데, 샤르비네의 설명을 듣고 나니 그 느낌이 더욱 새로워지는 것 같소. 샤르비네가 일러 준 우주와의 소통을 깊이 생각하면서 우주유영을 즐기도록 하겠소."

"그러면 더욱 의미 있는 우주유영을 즐길 수 있을 것입니다."

샤르비네의 설명을 듣고 우주유영을 즐기니 그 느낌은 더욱 새로워지고 우주와 하나 된 영혼의 감정을 새롭게 조명할 수 있었다. 내 영혼이 본래부터 존재하고 무량영겁의 세월 속에서 무한한 진화를 돌봐 준 그 신성한 자리로 돌아와 영혼의 본질을 찾아주는 우주의 품속…. 그 우주의 품속에서 무한 자유의 신선으로 살아갈 수 있는 영혼의 기국을 키우고 있는 순간이 성스럽게 느껴지지 않을 수 없었다.

우주유영은 곧 우주의 신성한 기운으로 땅에서 젖은 영혼의 때를 세탁하는 신성한 의식이기도 했다. 물 속에서 헤엄치면 몸에 묻은 때가 벗겨지듯 우주공간을 유영하면 우주의 신선한 기운으로 영혼의 때가 씻겨나가고 있었다.

영혼의 때가 씻겨나가는 만큼 영혼은 성숙해지고 마음은 넓어지며 진정한 우주의 자유자 신선의 자질로 거듭 태어나고 있었다.

영도 아니요 육도 아니며 그렇다고 어느 신명계의 지배에서도 벗어
난 영원한 우주의 자유자 신선으로 거듭 태어나기 위한 우주유영의 성
스러운 의식이 무한한 기쁨을 느끼게 했다.

〈이제 나는 우주의 자유자다!

 이제 나는 우주의 왕이다!

 이제 나는 다시 태어난 신선이다!〉

이런 생각들이 자꾸만 영혼의 잠재력 속에서 꿈틀거리며 환희의 기
분을 만끽하게 했다.

무변광대한 우주공간…. 그 공간을 마음껏 누비며 우주유영을 즐길
때 몸은 풍선처럼 가볍고 그 어떤 저항도 느껴지지 않았다.

육신의 몸으로 세상을 살아갈 때는 다양한 삶의 저항을 느낀다. 욕망
의 저항, 갈등의 저항 그리고 영혼의 목을 옥죄는 반항불가의 저항들
속에서 자꾸만 왜소해지는 영혼으로 살아갈 수밖에 없는 땅의 존재
들…. 우주에서 우주의 의식으로 살아가는 영혼들에겐 어떤 저항도 느
끼지 않으며 진정한 자유자로 살아갈 수 있어 좋았다.

그 진정한 자유자가 신선이요, 신선의 몸을 입기 위해 내 영혼이 세
상을 찾아왔다고 느껴졌다. 내 영혼은 진정한 신선의 모습을 찾기 위
해 샤르별을 찾았고, 진정한 신선으로 거듭 태어나기 위해 우주공간을
누비고 우주유영을 즐기면서 새로운 기국의 기운을 증폭시키고 있다
는 생각이 들었다.

〈아! 몸이 가볍고 좋다.

 육체는 있는 둥 마는 둥

 삶의 무게는 다 내려놓고

 좁쌀 같은 의식들은 티끌인양 털어버리고

우주의 넓고 포근한 품에 안기니

내 영혼이 비로소 환한 미소를 짓누나.

우주의 품이 좋다.

우주의 포근함이 좋다.〉

내 영혼은 자꾸 이렇게 외치며 무변광대한 우주의 품속을 아무 제한
도 받지 않으며 하늘에 둥둥 뜬 구름처럼 마냥 한가롭게 우주공간을
헤엄치고 다녔다. 우주기운의 흐름에 몸을 맡기고 우주공간을 둥둥 떠
다닌 시간도 벌써 이틀째…. 내 영혼은 우주의 자궁에서 새로운 생명
의 태아로 거듭 태어나고 있는 순간이었다.

우주공간에서 우주유영을 즐기는 장소는 우주타운의 상공이었다.

그래서 우주타운의 지붕을 내려다보면서 우주유영을 즐기고 우주유
영을 즐기면서 우주타운의 지붕 속으로 비치는 우주타운 시설내부의
모습들도 구경할 수 있었다.

어떤 유영객들은 우주공간을 헤치고 우주타운 지붕까지 내려가 물고
기처럼 속을 들여다보며 구경을 즐기기도 했다. 우주타운의 외부에는
공기가 없기 때문에 지붕을 걸어 다니면 걸음이 뒤뚱뒤뚱 부자연스럽
고 무언가를 손으로 잡지 않으면 몸이 고정되지 않았다.

부자연스런 몸동작으로 우주타운 지붕을 걸어 다니며 시설내부를 구
경하고 있는 유영객들의 모습이 귀엽고 재밌어 보였다.

내가 우주유영을 하면서 가장 즐겁게 구경하는 장소는 인조인간들이
우주건설을 하는 장소였다.

우주타운의 상공에서 내려다보면 여기저기서 우주건설에 여념이 없
는 인조인간들의 일하는 모습들이 많이 눈에 띄었다.

먹지도 않고 자지도 않고 쉬는 시간도 없이 불사조라고 불러야할지 슈퍼맨이라고 불러야할지 모를 무한 파워를 발휘하며 인조인간들의 일하는 모습을 바라보면 경이롭고 불가사의하게만 느껴졌다.

인조인간을 창조한 샤르별의 인류들은 스스로 신선이라 자칭하며 신선놀음을 즐기고, 인류들이 감당할 힘들고 어려운 일은 인조인간들에게 물려주고 살아가는 샤르별의 모습은 우주신천지의 지상낙원이 아닐 수 없었다.

샤르비네와 이런저런 이야기를 나누면서 우주유영을 즐기다가 문득 저 아래를 내려다보니 쉬지 않고 우주건설에 여념이 없는 현장이 눈 안에 들어왔다. 인조인간들이 열심히 일하고 있는 장면도 보이고, 우주자동차로 건설자재를 실어나르는 장면도 보였다.

바로 우주타운 신천지를 건설하는 역동의 현장이 유영장의 눈 아래서 생생히 전개되고 있는 장면이었다. 그 우주건설의 생생한 현장을 직접 눈으로 확인하면서 우주유영을 즐길 수 있도록 한 배려는 무엇이었을까?

우주유영은 단순히 삶의 여유를 즐기기 위해서만 하는 놀이가 아니었다. 샤르비네의 표현처럼 우주의 넓고 큰마음을 배우고 우주의 큰사랑을 깨달으면서, 우주건설의 역사적인 현장을 직접 눈으로 체험하며 우주정복의 참된 이상을 터득하라는 교훈적 의미가 숨겨져 있기도 했다.

개미처럼 지치지도 않고 우주건설에 여념이 없는 인조인간들…. 바라는 대가도 없고 아무리 일을 잘해도 칭찬을 듣는 일도 없으며 맹목적으로 힘든 노동에 종사하는 인조인간의 삶이 무엇인지 곰곰이 생각해보기도 했다.

인간의 손에 의해 태어난 모조생명체이긴 하지만…. 기본적인 의사표시가 가능하고 지적능력도 보유하고 있으며 단지 중요한 감정만 차단된 제3의 생명체 인조인간들의 운명…. 한편 생각하면 가엾기도 하고 한편 생각하면 슈퍼맨 같은 불사조를 만들어 어렵고 힘든 인간의 일을 대신하게 하는 위업도 크다는 사실이 느껴지기도 했다.

그래서 나는 함께 우주유영을 즐기고 있는 샤르비네에게 인조인간에 대한 질문을 했다.

"샤르별의 존재들에게 인조인간의 의미가 무엇인지 알고 싶소."

샤르비네와 나는 유영복을 입고 유영을 하면서 서로 통신장치를 이용해서 대화를 나누었다.

샤르비네는 담담하게 대답했다.

"인조인간은 우리들 영혼의 분신이지요."

"영혼의 분신이 인조인간이라니…. 납득하기 어려운 설명이오."

"인조인간은 영감의 산물이지요. 모든 영혼들은 무한 잠재력을 가지고 세상에 태어나며 그 잠재력의 숨겨진 힘이 인조인간을 세상에 태어나게 만들었지요. 그래서 인조인간들은 영혼을 대신해서 영혼들이 이루고자 하는 일을 대신하며 영혼들이 꿈꾸는 모든 일을 가능하게 만들어주는 불사신들이지요. 영혼들이 불사신의 생명인 것처럼 인조인간들 또한 그 힘을 보유하고 있지요."

"인조인간이 영감의 산물이며 영혼들이 이루고자 하는 일을 대신하는 분신들이라?"

"그렇지요. 육신을 입은 영혼들은 마음속으로 이루고자 하는 일은 많아도 한계에 부딪칠 수밖에 없지만 영감의 산물로 태어난 인조인간들은 육신의 한계를 초월한 무한이론의 힘으로 지치지 않고 힘든 일을 수행할 수 있지요. 인조인간들이 태어나지 않았다면 우주타운의 건설은 한계에 부딪치지 않을 수 없고 지금처럼 웅장한 영감의 힘을 우주공간에서 발휘하고 있지는 못할 거예요."

"그러면 샤르별의 존재들은 인조인간들이 힘들게 일하는 모습을 보고도 측은하거나 가여운 생각이 들지는 않소?"

"인조인간들이 일을 할 때 힘들어 한다면 가엽겠지요. 하지만 인조인간들에겐 아무리 일을 해도 지치지 않는 신체조건을 가지고 있으며 고통스런 감정도 사라져 있어요. 오히려 인조인간들이 쉬지 않고 일하는 과정에서 새로운 우주창조의 모습이 세상에 빛을 발할 때 우리 영혼들은 보람을 느끼며 영감의 위대함을 각성하게 되지요."

"인조인간은 샤르별의 인류들보다 지능이 높다고 들었소. 샤르별 인류들의 평균 지능은 60수스탸(IQ500), 인조인간들의 지능은 100수스탸가 넘는다고 들었소. 인조인간을 인류들의 지능보다 높게 만들어 놓은 이유가 무엇인지 궁금하오."

"인조인간들은 힘든 일을 대신할 뿐만 아니라 다양한 전문분야의 업무들까지 보조하는 수행을 맡고 있지요. 곧 우리 신선들의 부족한 힘을 보충해 주고 부족한 지식을 채워주는 역할이 인조인간들이라면 당연히 인류들의 지능과 능력을 능가해야 되지 않겠어요?"

"그러다간 샤르별의 신선들이 인조인간들에게 지배당하는 불상사가 발생하지 말라는 보장이 없을 것 같은데?"

"인조인간들에겐 영혼이 없어요. 단순 능력일 뿐이지요. 영혼들에겐 무한 잠재력이 있고 무한 잠재력은 눈에 보이는 능력 이상의 초월적 영감이 작용하고 있어요. 초월적 영감을 따라올 인조인간의 지능은 전무하지요. 그래서 겉으로 드러난 지능이 인류보다 우월하다고 해도 숨겨진 영감의 잠재력을 능가할 수 없으니 인조인간이 신선들의 세상을 지배할 염려는 전혀 없다는 점을 밝히고 싶어요."

"어떻든 인조인간은 무한이론의 법칙으로 세상에 태어난 창조물이 맞지요?"

"그렇지요. 인조인간은 무한이론의 창조물이며 그 무한이론을 지배하는 힘이 영감이지요. 영감은 우주를 다스리는 초월적인 힘이요, 무한 잠재력의 보고이지요. 땅에서 살아가는 영혼들이 그 무한 잠재력을 보유하고 있다는 사실이 얼마나 자랑스러운지 깨닫지 않으면 안 돼요. 지구의 인류들도 영감의 무한 잠재력을 믿는다면 인조인간과 같은 영혼의 분신체를 창조하여 지구의 지상낙원을 건설할 것으로 믿고 있어요."

"그러면 인조인간이 영감의 산물이요, 영혼의 분신이라면 신명의 기운이 인조인간과 함께 작용하고 있을까요?"

"인조인간뿐만 아니라 세상에 태어난 모든 문명의 현상은 영감의 산물이라고 단정할 수 있을 거예요. 영감의 산물로 태어난, 즉 인간의 손길이 스쳐 간 창조물에는 반드시 신명의 기운이 작용하지요. 신명의 기운은 우주를 움직이는 활력이며, 활력을 가진 현상만이 진화하고 생존이 가능하지요."

"인조인간은 어떤 방법으로 진화하는지?"

"인조인간들의 두뇌정보는 사이버 공간의 정보와 공유하지요. 즉 인조인간이 학습적 지식축적 내용을 사이버 공간에 저장하고 사이버 공간에 축적된 정보를 현실 속에서 재현하는 인조두뇌 기능이 있답니다. 그래서 인조인간들은 스스로 진화가 가능하고 높은 학습능력을 통해 기능이 강화되는 인조인간으로 거듭나게 되지요."

"가상공간에 나날이 쌓여가는 정보와 인조인간들이 학습과 경험을 통해 현장에서 습득한 정보들이 공유를 하면서 가상공간의 프로그램과 인조인간의 기능이 함께 진화하고 발전을 거듭한다는 설명이군요."

"그렇답니다. 그래서 우리 샤르별에서는 보이지 않는 비현실의 세상이 보이는 현실을 지배한다고 소개할 수 있지요."

이런 대화를 나누면서 샤르비네와 나는 계속 우주유영을 하면서 인조인간들이 우주건설에 여념이 없는 현장을 여기저기 둘러본 후 다시 추진장치 방향을 바꾸어 우주타운의 상공을 벗어나 텅 빈 우주공간을 향해 우주유영을 계속했다.

우주유영으로 우주타운의 상공에서 멀어질수록 텅 빈 우주공간이 무변광대하게 눈 앞에 펼쳐지고 유영객의 모습도 어쩌다 한 둘 눈에 띌 뿐 적막한 공간만 우리들의 몸을 휘감고 있었다.

적막한 우주공간에서 단둘이 오붓한 시간을 갖게 된 샤르비네와 나는 다정하게 손을 잡고 우주유영을 하면서 무한 평화의 의미를 되새길 수 있었다.

그때 샤르비네가 통신장치를 통해 이런 제안을 했다.

"우리 한잔 즐기며 평화의 잔치나 벌여 볼까요?"

샤르비네의 제안을 듣고 황당한 생각이 든 나는 이렇게 반문했다.

"한잔 즐기자니…. 이곳은 우주의 텅 빈 공간이며 유영장의 우주카페는 멀리 떨어져 있는데 어떻게 한잔 즐기자는 의미인지…. 숨겨온 술이라도 있소? 숨겨온 술이 있다 해도 마실 방법이 없을 텐데?"

그러자 통신장치를 통해 샤르비네의 웃음소리가 들려왔다.

그리고 "바보…." 하면서 나를 놀렸다.

"바보라니…. 내 말이 틀리기라도 하다는 의미인가?"

"우주를 소통하며 우주 영감의 초월적인 지위로 우주공간을 주유하면서 땅에 갇힌 생각을 하다니…. 굼벵이가 매미의 말을 이해하지 못하는 현상과 무엇이 다를까."

"그래 나는 굼벵이라서 샤르비네 매미의 소리를 도무지 알아듣지 못하겠소. 어서 말을 빙빙 돌리지 말고 알기 쉽게 설명해 주시오. 이 무변광대한 우주공간에서 한잔 즐기며 우주와 소통하는 시간을 가진다면 얼마나 큰 영광이겠소."

"좋아요. 샤르앙 굼벵이님, 이 샤르비네 매미가 대접하는 맛있는 신선주나 한잔 받아 보시구려."

샤르비네의 말이 떨어지자마자 몸을 감싸고 있는 유영복의 작은 공간이 어느새 마술 같은 솜씨로 4차원 가상공간으로 변했다. 4차원 가상공간에는 새로운 현상들이 눈에 보이고 주변에는 꽃이 활짝 핀 정원이 나타났다. 유영복의 화상통신 장치에 가상공간 프로그램이 장착되어 있고 가상공간 프로그램의 작용으로 샤르비네의 공간과 나의 공간이 공유현상을 일으키며 가상현실의 세상이 눈앞에서 전개되고 있었다.

나는 어느새 유영복을 벗어버린 신선의 모습으로 변해 있고 새롭게 바뀐 4차원 가상공간의 꽃향기에 심취해 가고 있었다. 그때 저만큼 숲속에서 안개를 헤치고 샤르비네의 웃는 모습이 다가오며 행복한 표정을 짓고 있었다.

샤르비네도 유영복 대신 날개 같은 선녀복을 갈아입은 모습이었다.

나는 미리 예쁜 꽃 한 송이를 꺾어서 눈 앞에 다가온 샤르비네의 머리에 꽂아 주었다. 4차원 가상공간에서는 마음속으로 품고 있는 내용이 금세 빛의 속도로 재현되었다. 생각만 해도 마음속으로 상상한 현상들이 가상현실의 모습으로 옷을 갈아입으며 눈앞에 전개되는 4차원 가상공간의 신비한 작용이었다.

텅 빈 우주공간에서 우주유영복의 화상통신 장치만으로 4차원 가상공간을 연출하는 무한이론의 우주첨단기능이 돋보이지 않을 수 없었다. 유한이론의 작은 틀 속에 갇힌 나의 정신세계를 압도할 무한이론의 압권(壓卷)이었다.

과연 4차원 문명세계를 주도하는 무한이론의 변신은 그 끝이 어디일지 궁금했다.

4차원 가상공간에서 샤르비네와 얼굴을 마주한 나는 이런저런 질문을 하면서 궁금증을 풀었다. 그리고 마음속으로 느낀 감정을 이렇게 전했다

"무변광대하고 텅 빈 우주공간에서 꿈속에서도 상상할 수 없었던 멋진 풍경의 4차원 공간을 만날 수 있다니 감개무량할 따름이오. 샤르비네와 단둘이 우주허공의 딴 세상에서 이렇게 뜻깊은 조우를 즐길 수 있다니 꿈같은 일이 아니면 무어라 설명하겠소."

"저도 샤르앙 마음처럼 기쁘고 행복해요. 샤르앙은 우주의 황제가 되고 저는 우주의 여신이 되어 우주에서 반짝이는 별빛들을 신하로 삼아 우주천하를 다스린들 누가 뭐라겠어요. 아무도 살지 않는 세상에서 우리 뜻깊은 자리를 만들었으니, 어서 우리 향기로운 신선주를 마시며 멋진 시간을 즐기도록 해요."

"우주의 4차원 공간에서 마시는 신선주란 어떤 맛일지…. 벌써 기대 만발이오."

"현실은 상상의 산물이요, 상상은 현실의 모태이니 그래서 우리들 세상에서는 '상상하라 그러면 이루어질 것이다.'라는 격언이 유행하고 있어요."

"샤르별은 상상하면 무엇이나 이루어지는 세상이란 뜻이 아니오?"

"지금까지 샤르앙이 겪었던 일들이 아닌가요?"

"4차원 가상공간에서 무엇이나 마음만 먹으면 가상현실의 모습으로 재현되는 현상을 두고 하는 말이오?"

"우리들 세상에서 가상현실과 현실의 차이는 구분하지 않아요. 마음속에서 행복을 느끼면 행복이요, 마음속에서 만족함을 느끼면 그것으로 족하니까요."

"그렇긴 하오. 지금 이 순간 우리들이 가상공간에서 누리는 행복과 만족감…. 그 이상 바랄 것이 무엇이겠소. 현실이든 비현실이든 마음으로 족하면 족하고 마음으로 편안하면 편안한 것을…."

이런 대화를 나누면서 샤르비네는 나를 데리고 4차원 공간의 화운각(花雲閣)이란 장소로 향했다. 주변에 꽃들이 구름처럼 피어 있고 아름답게 지어져 있는 누각이었다. 이름 모를 꽃송이가 화들짝 피어서 지천에 널려 있고 색동구름이 얇게 깔려서 천상계의 정원 같은 분위기가 감도는 장소이기도 했다. 가상공간의 현상이라고는 하지만 현실세계에서 느끼는 감정과 무엇도 다르지 않았다.

화운각(花雲閣)에 오르니 이미 향기로운 술상이 마련되어 있었다. 보석으로 만들어진 술상과 그 술상에 놓여 있는 술병이며 술잔이 영롱하게 빛이 났다. 술병의 술은 마셔보진 않았어도 아름다운 술상과 술병만 보아도 벌써 마신 것처럼 기분이 좋았다.

샤르비네와 나는 멋진 술상 앞에 앉아서 누가 먼저랄 것도 없이 서로의 잔에 향기로운 신선주를 채웠다. 향기만 맡아도 명주(名酒)라는 느낌이 들었다.

둘은 술잔을 들고 건배를 외쳤다.

"우주기운 충만!"

어떤 술좌석에서나 공통으로 외치는 건배의 구호였다.

그때 오로라 기운이 우리 몸을 휙 감고 지나가며 눈송이 같은 빛의 결정이 꽃눈처럼 하늘에서 자욱하게 떨어졌다. 빛의 꽃가루에 묻혀 마주보고 있는 둘의 얼굴이 보일락 말락 했다. 빛의 꽃가루가 우리들의 얼굴과 옷 위에 떨어졌고 그 빛의 결정들은 눈처럼 녹아서 몸 속으로 스며들었다. 몸 속으로 스며든 빛의 기운으로 샤르비네와 나의 모습은 점점 밝은 빛으로 빛났다.

샤르비네와 나는 신선주를 주거니 받거니 하면서 무아경지로 취해갔고 신선주에 취할수록 4차원 공간의 가상현실은 새로운 모습으로 변해갔다.

어디선가 들려오는 풍악소리는 몸 속에서 신명의 기운을 저절로 불러일으키고 춤을 추고 싶고 노래를 부르고 싶고 설명하기 어려운 흥감(興感)이 마음속에서 일어났다.

어느새 샤르비네와 나는 구름을 타고 4차원 공간의 처음 보는 하늘과 땅을 누비며 불로불사의 신선으로 세상을 주유하고 있었다. 4차원 공간에서 가상현실의 느낌으로 맞이하는 세상이지만 영원 전부터 샤르비네와 함께 했던 세상이라고 느껴졌다.

4차원 공간에서는 마음속에 품고 있는 내용은 무엇이나 가상현실의 모습으로 나타나고 현실세계에서는 불가능하게 생각되는 일도 4차원 공간에서는 이루어지지 않는 일이 없었다. 그것이 현실이면 어떻고, 비현실이면 어떻고, 비몽(非夢)이면 어떻고, 사몽(似夢)이면 어떻고, 따져볼 이유도 없었다.

가상공간에서 누리면 그게 현실이요, 가상현실로 즐기면 그게 현실의 즐거움일 뿐이었다.

가상공간에서는 마음속으로 꿈꾸는 일이 이루어지지 못하는 일들이 없었다.

한마디로 무소불위(無所不爲)의 세상이 4차원 가상공간이었다.

4차원 공간에서 무소불위의 삶을 체험한다는 건 무슨 의미가 있었을까? 그건 영혼 속에 숨겨져 있는 무한 잠재력의 실증이었다.

우주공간을 헤엄치고 다닐 수 있는 유영복에는 이처럼 기상천외한 체험을 즐길 수 있는 4차원 프로그램이 장착되어 있었다. 가상공간 현상은 파뵤시 에너지를 이용한 무한이론의 프로그램의 내용에 불과하지만 가상공간에서 일어나는 가상현실의 체험은 실제의 느낌과 조금도 다를 것이 없었다. 현실세계에서 느끼는 뇌파의 감정과 가상현실에서 느끼는 뇌파의 감정은 일치하기 때문이었다.

뇌파에서 일어나는 감정이 현실이요 영감의 실체이기 때문이었다.

우주공간의 가상공간에서 체험한 내용은 10년 느낌의 프로그램이었다.

현실의 시간은 두어 시간에 불과하지만 뇌파의 감정으로 느낀 시간은 10년이었다. 두어 시간 동안 10년의 세월을 체험한 것이다.

샤르비네와 나는 아쉽지만 4차원 공간의 세상과 작별을 고하고 다시 현실의 공간으로 이동하지 않을 수 없었다. 생각 같아서는 마음먹은 것은 무엇이나 이루어지는 가상공간에 영원히 머물고 싶었지만 현실 공간에서 이루어야 할 일이 많기 때문에 무거운 육신의 몸으로 다시 돌아오지 않을 수 없었던 것이다.

현실공간으로 돌아오니 샤르비네와 나는 여전히 유영복 차림으로 우주공간을 헤엄치고 있었다. 가상공간처럼 자유로운 몸은 아니었지만 호수 위의 백조처럼 무한대의 한가로움으로 우주유영을 즐기면서 샤르비네와 나는 다시 대화를 이어갔다.

"우주공간에서 즐기는 가상현실세계의 체험은 참으로 색다른 느낌이었소. 가상공간에서 마신 술기운도 여전히 몸 속에 남아 있고 가상공간에서 만났던 신비한 세상의 모습은 여전히 눈앞에서 어른거리오. 이 평화로운 느낌을 영원히 간직하며 살아가고 싶소. 그러면 우리들 영혼은 영원히 허약해지지 않고 싱싱한 모습으로 불멸의 삶을 살 것이란 생각이 드오."

"그래요. 평화라는 말은 참 아름답지요. 우리들 영혼은 평화로움 속에서 불멸의 기운을 뿜어내며 젊은 모습으로 살아갈 수 있지요. 우주의 공간은 평화의 상징이요 그래서 영혼의 안식처라고 부를 수 있지요. 우리들 영혼은 지금 우주의 품이 제공하는 무한한 평화를 만끽하고 있어요. 마음껏 즐기고 그 힘을 축적하여 세상을 살아갈 때 고갈되지 않는 에너지로 사용하세요."

"샤르비네의 충고를 잊지 않을 거요. 아무튼 지금 이 순간의 평화는 어떤 대가를 치르고도 얻을 수 없는 우주의 축복이라고 생각하오. 평화로운 기운으로 영혼이 새롭게 태어나고 있다는 생각이 드오."

"샤르앙이 그런 생각을 품으며 우주유영을 즐기고 있다니 유영장을 찾은 보람이 있군요. 그런데 샤르앙은 평화의 기본 원리는 무엇이라고 생각하세요?"

"자유와 평등이 아닐까 생각하오. 우리 지구에서도 흔히 그렇게 말하고 있고요. 너무 단순한 대답이오?"

"진리는 단순한 대답 속에 들어 있는 것이며 복잡한 이론 속에 들어 있는 것이 아니에요. 진정한 평화의 의미를 자유와 평등이라고 대답한 것은 정확한 판단이라 생각해요. 자유와 평등은 우주에 존재하는 어떤 영혼들의 세상에서도 가장 흔하게 적용하는 구호이면서, 가장 실현이 불가능한 구호이기도 할 거예요. 그러나 자유와 평등이라는 기본이념이 실현되지 않고서 진정한 평화가 정착되기란 나무도 심지 않고 열매부터 따려는 성급함과 다르지 않겠지요."

"샤르비네가 강조하지 않아도 저는 지금 무한대의 평화를 만끽하며 또한 자유와 평등감을 즐기고 있소. 평화에 대해서 자꾸만 강조하는 다른 뜻이 있소?"

"샤르앙에게 완전한 평화의 상징을 찾아주고 싶어서 그래요."

"무변광대한 우주는 그 자체가 평화일진대, 또 다른 평화의 상징을 찾을 것이 있다는 말이오?"

"우주는 단순하게 무변광대하다는 이유만으로 평화의 상징은 아니에요. 샤르앙이 대답했던 자유와 평등이 우주에 존재한다는 것. 그것이 바로 평화를 상징하는 핵심이에요."

"어떤 의미에서 우주는 자유와 평등이 존재한다고 생각하오? 제가 느끼는 다른 의미가 있소?"

"무변광대한 우주공간은 자유를 상징하기에 부족함이 없고, 우주공간에서는 어떤 물체라도 무겁고 가벼운 것이 없이 똑같은 무게를 가지기 때문에 평등의 상징이라고 이름 붙일 수 있는 거예요. 무엇 하나 거칠 것이 없이 자유롭다는 것, 큰 것이든 작은 것이든 무엇이나 똑같은 무게를 가지고 평등하다는 것, 이보다 확실한 평화의 상징이 어디 있겠어요? 우주공간에서 마음껏 허공을 날아가 보세요, 구름 한 조각이라도 앞길을 가로막고 방해하는지. 우주공간에서 아무리 무겁다는 물건과 가볍다는 물건을 가져와서 저울에 달아보세요, 저울의 수평이 기울어지는 쪽이 있는지…. 이런 완벽한 자유와 평등이란 의미를 깨닫고 있었나요?"

"우주공간은 무거운 것과 가벼운 것을 측량하는 저울이 필요 없고 어떤 행동을 하든 가로막힌 것이 없는 무한한 자유의 공간…. 그 상징이 바로 평화라는 의미를 깨닫게 하고 싶다는 의미군요?"

"그래요. 진정한 평등이란 다른 것과 비교되지 않는 세상…. 진정한 자유란 행동의 제약이 불필요한 세상의 질서를 의미하며, 그러한 상징이 진정한 평화의 모습이며 그 진정한 평화로움이 신선의 본질이란 의미를 깨달았으면 해요."

"자유와 평등에 위배되지 않는 평화로움…. 그 평화로움의 상징이 신선의 본질이라고 했소?"

"그래요. 샤르앙이 앞으로 진정한 신선으로 거듭 태어나고 싶을 때 자유와 평등을 원칙으로 한 평화정신을 잊지 말고 실천해 주세요."

"좋아요. 그런 부탁이라면 얼마든지 제 영혼이 수용할 것이니 이제 더 이상의 노파심은 버리도록 하오. 어쨌든 우주가 실천하는 만유의 사랑은 그런 자유와 평등이란 평화의 힘으로 가능하게 하는 것이라고 확신하오. 그리고 우주만유의 실천하는 영혼이 신선의 본질이란 의미도 충분히 이해하오. 우주만물에 대하여 치우침도 없이 평등하게 사랑을 베풀고, 모든 영혼들에 대하여 어떤 행동도 억압하지 않으면서 사랑으로 가꾸어가는 우주의 진리를 실천하며 신선의 길을 걷도록 하겠소.”

“우주에 대한 만유의 사랑을 깨닫고, 만유의 사랑은 자유와 평등의 원리로 이루어지는 신선의 본질이란 진리를 깨달았다면 샤르앙은 앞으로 바른 신선의 삶을 향유할 것으로 믿어요. 신선의 본질이 곧 우주정신세계이며, 우주정신세계를 바르게 실천하는 곳에서 진정한 선경세상의 참삶의 이상이 꽃필 수 있다는 사실을 명심하기 바랄게요. 샤르앙이 비로소 우주의 신선으로 거듭 태어난 것 같아서 기분이 좋아요.”

“저도 진정한 우주의 신선으로 거듭 태어나는 기분이어서 행복하오. 이렇게 깊은 깨달음과 교훈으로 신선의 본질을 깨우쳐 주기 위하여 우주유영장을 찾고 많은 노력을 기울여 주는 샤르비네에게 무한 감사를 전하고 싶소.”

“그렇게 말해주니 제 마음이 오히려 고맙고 감격스러워요.”

샤르비네와 이런 대화를 나누고 나니 내 마음속에는 우주라는 존재에 대하여 다시 깊게 생각할 수 있는 기회가 생겼고, 자유와 평등이라고 하는 기본 이념으로 우주만물을 평화롭게 다스리고자 하는 우주만유의 사랑을 깨닫고 나니, 나 스스로가 우주로부터 무한한 혜택을 누리며 살아가는 신선이란 사실을 다시 한 번 마음에 새기지 않을 수 없었다.

샤르비네의 말대로 우주는 그 자체가 평화의 상징이요 자유와 평등의 질서로 이루어진 신선의 본질이라면, 조물주의 우주창조 이념이 곧 모든 영혼을 신선으로 살게 하려는 의도가 우주섭리의 근본일 것이란 인식을 감출 수 없었다.

자유와 평등정신을 바탕으로 우주만유의 사랑과 평화를 실천하며 우주정신세계의 키 큰 나무로 성장한 신선의 참 모습을 마음에 새기며 우주유영을 마치지 않을 수 없었다.

나는 이제부터 우주만유의 사랑을 실천하는 신선이다!

나는 이제부터 자유, 평등, 평화를 실천하는 신선이다.

누구를 구속하지도 않고 누구에게 구속당하지도 않으며 신성(神聖) 존엄권(尊嚴權)의 소유자가 바로 우주의 신선, 나 스스로이다.

이러한 정의가 곧 우주유영장에서 확립된 나의 신선관(神仙觀)이었다.

50년 후의 지구를 찾아

유영장에서 철수한 우리는 다시 우주타운의 선경원(仙境園) 우주시설로 향했다. 선경원 우주시설에는 지상처럼 복사꽃이 만발하고 부드러운 초원이 바닥에 깔려 있으며 온갖 복사꽃의 물결과 기화요초(琪花瑤草)들이 피어나며 향기가 진동했다. 그리고 작고 아름다운 나비떼가 우주시설 내부의 상공에 꽃잎처럼 날며 꽃들을 찾아다니고 꽃가루를 뭉쳐서 옮기기에 바빴다.

뿐만 아니고 우주시설 선경원의 인공토양의 풀밭에는 인공으로 만들어진 호수와 연못들이 고여 있고, 맑고 넓은 연못에는 연꽃과 비슷한 수초들이 자라고 있었고 아름다운 누각들이 인공연못에 세워져 있기도 했다.

연못의 누각에는 샤르별의 지상에서 올라온 신선과 선녀들이 한가한 시간을 보내며 춤을 추거나 노래를 부르기도 하면서 다양한 신선놀음을 즐기고 있었다.

우주선경원의 규모는 우주공간에 떠 있는 거대한 섬이었고, 투명한 지붕으로 씌워진 우주시설의 내부에 인공토양이 깔리고 푸른 초원이 덮고 있으며, 복사꽃 물결이 화사한 지상의 아름다운 비경과 무릉도원을 그대로 옮겨 놓은 모습이 우주선경원의 진면목이었다.

그렇게 우주공간에 인공으로 조립된 슈퍼 우주시설의 내부에 도원경

(桃園境)의 신천지가 펼쳐지고 있었으며 신선과 선녀들이 완벽한 신선놀음을 즐길 수 있는 시설이 고루 갖추어져 있었다.

우주타운 선경원에 들어가면 미래에 펼쳐질 후천세상의 그림자를 보는 듯하고, 후천세상을 미리 경험하고 있는 신선과 선녀들의 모습을 바라보면 후천세상 영혼들이 누리는 미래상을 미리 시뮬레이션 그림으로 보는 듯 했다.

그래서 우주타운 선경원은 항상 지상에서 올라온 샤르별의 존재들이 즐겨서 들리는 휴양지였고, 우주선경원 휴양지에서 잠시만 머물러 있어도 어느새 미래의 신선이 살아서 돌아온 느낌으로 영적성숙을 가다듬을 수 있었다.

유영장에서 돌아온 샤르비네와 나는 선경원 우주시설에 들러 거대한 도원경의 모습에 감탄을 금하지 못하며 모든 정신이 함몰(陷沒)되어 빠져 있었고 무아경(無我境)의 신선놀음에 몰입해가지 않을 수 없었다.

기화요초의 꽃송이들을 찾아서 꽃가루처럼 떼 지어 날아다니는 작은 나비들의 군무(群舞)…. 우주시설 내부가 진동하도록 퍼지고 있는 고상한 꽃향기들…. 복사꽃의 꽃그늘 사이로 한가롭게 손을 잡고 거닐고 있는 신선과 선녀들의 사랑 놀음…. 여기저기서 고아한 목소리로 들리는 노랫가락들이며 악기들이 울려 퍼지는 우주의 음악들…. 무엇 하나 미래에 다가올 신천지 선경세상에서 미리 경험할 수 있는 풍광이 아니고 무엇이라고 주장할 수 없었을 것이다.

참으로 좋았다.

참으로 좋고 좋아서 더 이상 다른 설명이 필요 없는 미래의 도원경이 우주시설 선경원에서 우주의 자궁 속에 잉태된 모습으로 새근새근 숨 쉬고 있었다.

샤르비네와 나는 말없이 손을 잡은 채 복사꽃 그늘을 찾아 도원경을 거닐고 있었지만 서로의 마음속에는 영혼과 영혼이 주고받은 많은 이야기들이 있었다. 미래의 약속, 미래의 꿈…. 이런 내용들이 수없이 샤르비네와 나의 마음속으로 들락거리며 무언의 대화를 이어갔다.

도원경 산책을 마친 샤르비네와 나는 우주선경원 휴게실로 들어갔다.

선경원 휴게실에는 지상에서 올라온 쌍쌍의 신선과 선녀들이 여기저기 자리를 잡고 앉아서 향료수나 신선주를 마시며 한가한 시간과 함께 정담을 나누고 있었다. 신선과 선녀들이 쌍쌍을 이루고 앉아 있는 좌석마다 꽃으로 장식되어 있었고, 그 꽃들은 모두 생화였다. 생화를 가꾸는 관리인들은 모두 인조인간들이었고, 인조인간들은 잠시도 쉬지 않으며 휴게실의 생화들이 잘 자라도록 보살피고 있었다.

휴게실을 꾸미고 있는 형형색색의 생화들은 저마다 독특한 꽃향기를 날리며 신선들의 마음을 유혹했다.

휴게실의 아무 곳이나 편안한 좌석에 앉아 있으면 날개를 퍼덕이며 하늘로 날아갈 것만 같은 미모의 선녀들이 아름다운 잔에 규시아 향료수를 담아서 날라와 마시라고 권했다. 규시아 향료수는 다른 향료수와 칵테일해서 마실 수 있었고, 칵테일한 향료수는 새로운 맛과 향기로 변해서 영혼을 자극하는 신선주이기도 했다.

선경원 휴게실에서 신선주 서비스의 봉사를 담당하는 선녀 중에 쇼사가 유명했다. 쇼사는 향료수를 칵테일하는 솜씨가 일품이어서 지상과 우주타운에서 소문이 자자했다.

지구에서 찾아온 나는 선경원 휴게실의 귀빈이었고 특별히 쇼사의 서비스를 받게 되었다. 쇼사 선녀는 상대방의 마음을 읽는 특별한 재주가 있었고 그러한 기분에 맞춰서 향료수를 칵테일하여 서비스했다.

나의 마음을 단숨에 읽어버린 쇼사 선녀는 내 기분에 맞는 향료수를 칵테일해서 마시라고 권했다. 샤르비네에게는 샤르비네의 기분에 맞는 향료수를 칵테일해서 대접했다.

쇼사가 칵테일해서 권해 준 향료수의 맛과 향기는 아주 신비로운 느낌이 있었다. 기분은 좋아지고 마음은 차분해지며 몸과 마음의 이완이 저절로 이루어지는 것 같았다.

"매우 훌륭한 맛이군요."

나는 쇼사 선녀에게 칭찬을 아끼지 않으며 향료수의 신비한 맛을 즐겼다.

샤르비네도 향료수를 마시며 계속 칭찬의 말을 아끼지 않았다.

"향료수 맛이 일품이에요. 정말 일품이에요."

쇼사는 우리들의 칭찬을 듣고 기분이 매우 좋은 모양인지 입이 귀에 걸리고 있었다. 신선과 선녀라도 칭찬은 좋아하는 모양이었다. 칭찬을 듣고 기분이 좋은 쇼사 선녀는 또 다른 맛의 향료수를 권했다. 그녀의 실력을 최고로 뽐내는 향과 맛의 향료수였다.

샤르별의 선녀들은 옷을 지을 때 바느질 솜씨 좋다는 칭찬, 향료수 만들 때 좋은 맛과 향기에 대한 칭찬, 아름다운 춤과 노래에 대한 칭찬을 최고의 선물로 받아들이고 있었다.

칭찬을 하면 반드시 더 좋은 선물이 돌아오는 것이 샤르별 신선들이 살아가는 사회의 풍토였다.

하지만 칭찬을 들을 내용이 없으면서도 칭찬을 들을 때는 모독감으로 들려지고 그래서 샤르별의 신선과 선녀들은 입에 바른 칭찬을 삼가고 있었다.

쇼사 선녀는 우리들에게 아름다운 노래와 춤도 선물했다.

가야금과 비슷한 악기를 연주하면서 음악과 함께 아름다운 목소리로 노래를 부르기도 하고, 일어나서 신명나게 몸을 움직이며 선녀춤을 추기도 했다. 쇼사 선녀는 춤추고 노래하는 솜씨도 일품이어서 우리에게는 아주 특별한 선물이 아닐 수 없었다.

샤르비네도 기분이 매우 좋은지 나에게 이렇게 말했다.

"오늘의 특별한 선물은 샤르앙 때문인 것 같아요. 덕분에 제가 더 호강한 것 같아요. 이런 호강을 누리려면 선경원에 자주 찾아와야겠네요."

샤르비네의 덕담을 듣고 나는 그냥 허허 웃고만 말았다.

휴게실에서 향료수를 마신 우리는 다시 4차원 가상공간이 만들어진 미래관 휴게실로 들어갔다. 미래관의 가상공간에서는 우주의 모든 세상에서 미래에 발생할 현상들을 미리 체험해 보는 장소였다.

후천세상에 다가올 미래의 면면들이었을 것이다.

나는 4차원 가상공간에서 지구의 미래를 찾았다.

4차원 가상공간에서 지구의 이름을 부르고 미래를 선택하면 지구의 미래 모습이 꿈속의 장면처럼 가상공간에 현실세계와 같은 모습으로 나타났다.

가상공간에 진입하면 내 몸은 어느새 지구 미래의 현실을 실제처럼 느끼면서 활동할 수 있었고 꽃의 향기와 풀 냄새도 맡고 공기의 감촉이나 햇볕의 따뜻함을 느끼기도 하고 미래의 주인공들과 포옹하며 살결의 감촉을 실감할 수도 있었다.

가상공간에 나타난 지구의 미래에는 불로불사의 신선들이 살고 있었고, 신선들이 살고 있는 땅은 샤르별처럼 복사꽃이 구름처럼 뒤덮고 있었으며, 그 세상의 이름을 지상낙원이라고 부르기도 하고 도원경 신천지라 부르기도 했다.

  도원경 신천지에는 꽃그늘 사이로 아름다운 누각과 집들이 지어져 있고 모든 근심 걱정을 잊어버린 신선과 선녀들은 삼삼오오 짝을 지어 신선놀음에 분주했다.

  그 세상에서는 음식을 만들어 먹지도 않았고, 물건을 사고파는 시장도 없었으며, 무엇을 거래하거나 생산하거나 땀 흘려 일하는 모습들은 어디서도 찾아볼 수 없었다.

  그냥 세상사는 다 잊어버린 무언가의 취미와 즐거움에 빠져 시간가는 줄을 모르고 노는 데만 심취해서 평화롭게 살고 있는 모습들만 눈에 띄었다.

  참으로 좋은 세상이로다!

  이런 느낌만 마음속으로 스쳐갔다.

  '이런 세상이 지구에 오기는 오려나?'

  혼잣말처럼 이런 말을 속으로 되내기도 했다.

  그 때 홀연히 연화의 모습이 가상공간에 나타났다.

  연화가 웃음 띤 얼굴로 내게 질문했다.

  "도련님은 장차 지구에서 펼쳐질 불로불사 도원경의 세상이 믿어지지 않나 보지요?"

  "너무 꿈같은 세상의 모습이라서 지구의 미래에 펼쳐질 것이란 상상은 엄두가 나지 않소. 4차원 프로그램의 내용에 의하여 가상공간에 나타난 세상이긴 하지만…. 어두운 그림자와 사나운 기운이 작용하고 있는 지구에서 이렇게 꿈같은 세상이 펼쳐지기란 너무 무리라는 추측을 버릴 수 없소."

"샤르앙의 생각은 큰 빛에 대한 모독이에요."

"큰 빛에 대한 모독?"

"그래요. 지구의 미래는 선천세상의 주역들이 이루는 세상이 아니라 후천세상의 아름다운 빛들이 모여서 큰 빛의 탁월한 영도하(領導下)에 이루어지는 세상이에요. 곧 지구의 미래는 인간들의 힘으로 이루어지지 않고 큰 빛과 고운 영혼들의 빛들이 힘을 모아서 이룬 세상이에요. 그러므로 선천세상의 기운을 가진 샤르앙의 생각만으로 지구의 미래를 계산하는 것은 어불성설(語不成說)이란 점 분명히 밝히고 싶어요."

"그렇다면 다행이오. 어떻든 제 생각은 빗나가도 좋으니 장차 지구의 미래에 큰 빛의 권능이 빛나고 빛나서 지구의 모습을 지상낙원과 같은 신천지로 만들었으면 좋겠소. 나의 세대가 아닌 다음 세대 그 다음 세대에 이루어지는 일이라 할지라도 지구에 꼭 그런 세상이 찾아오기를 기다리겠소."

"샤르앙이 150년의 장수를 누리면 반드시 그 세상을 체험하게 될 것입니다."

"150년의 장수를 누리면 그 사이 좋은 일이 찾아오기라도 할까요?"

"150년이란 수명은 지구 인류들에게 주어진 기본 수명이랍니다. 곧 지구 인류들의 천수(天壽)는 150년이라고 설명할 수 있답니다. 지구인들은 천수를 누린 후에야 샤르별의 존재들처럼 불로장생의 길이 열리고, 불로장생(不老長生)을 누린 후 불로불사(不老不死)의 길이 열리게 될 것입니다."

"샤르별의 존재들은 천수가 350년에 이르고 450년까지 불로장생을 누린 후에는 빛의 화신(化身)이 되어 불로불사의 삶을 맞게 되는데, 지구 인류들이 150세의 천수를 누린 후 맞이하게 되는 불로장생과의 차이가 무엇인지 궁금하오.”

“지구는 우주의 중심세상이며 그래서 가장 큰 기운이 증폭된 세상에서 살고 있는 존재들이랍니다. 하지만 지구는 선과 악이 극과 극으로 혼재하고, 축생의 혈통과 신선의 혈통이 혼재하면서 우주 어떤 세상에서도 찾아볼 수 없는 복잡성을 보유하고 있답니다. 이처럼 삶의 환경이 열악하고 생존경쟁이 치열한 지구에서 150세의 천수를 누리는 일은 샤르별에서 우주나이 350년의 천수를 누리기보다 어려운 여건이랍니다. 그래서 지구 인류들이 누리는 150년의 천수와 샤르별 존재들이 누리는 우주나이 350년의 천수를 비교할 때 지구 150년의 천수가 오히려 높은 질량의 삶이라고 설명할 수 있답니다. 즉 지구 인류들은 150년의 천수를 누리면 샤르별의 존재들이 우주나이 350년의 천수를 누린 이상의 하늘기운이 증폭되어 결국은 새로운 회춘 프로그램이 지구 인류의 몸 속에서 가동되기 시작하고, 그리하여 300세 이상 불로장생의 길이 열리게 됩니다. 그러한 이치가 지구 인류의 몸 속에 저장된 유전적 프로그램의 숨겨진 비밀이기도 하지요. 300년 불로장생을 누리면 저절로 빛의 화신과 불로불사의 길이 열리고 무릉도원 선경세상에서 후천세상의 새로운 삶을 맞이하게 될 것입니다. 백마선 도련님은 제 말을 꼭 믿어야 합니다. 믿으면 이루어지고 믿지 않으면 이루어지지 않습니다.”

“지구 인류들이 150년의 천수를 채우면 300년 불로장생의 길이 열린다? 연화가 장담하오?”

“제 말은 확실한 근거를 가진 진실이랍니다. 도련님은 꼭 제 말을 믿어야 합니다. 믿음을 통해 그 에너지를 증폭시킬 수 있으니까요."

"지구 인류들 중 실제로 300년의 불로장생을 누리고 사는 주인공이 있는지 연화가 조사해 보았소?"

"지구에는 실제로 300년 불로장생의 존재들이 살고 있으며 실제로 조사하고 확인한 증거가 있지요."

"제 눈으로 직접 지구에서 살고 있는 300년 불로장생의 존재들을 만나보고 싶소. 연화가 어떤 방법을 만들어 주면 고마울 텐데…."

"도련님이 지구로 돌아오면 반드시 만나게 될 거랍니다. 백마선 도련님이 지구에서 만났던 인물 중에도 300년 불로장생자가 있었고 앞으로도 만날 수 있도록 제가 주선해 드리도록 할게요. 도련님이 가야 할 길이 그 길이니까."

"연화는 저 때문에 동분서주하며 귀찮은 일도 많은 것 같소. 문득문득 연화를 생각할 때마다 미안하고 감사하고 무슨 말을 어떻게 표현해야 할지 막연할 때도 있소."

"그런 생각은 가질 필요가 없어요. 제가 도련님과 맺은 인연의 사명을 실천할 뿐이니까 즐겁고 편한 마음으로 저를 대해 주면 고맙겠어요."

"아무튼 잘 알겠소. 연화. 그러면 지구에서는 주로 어떤 존재들이 300년의 불로장생을 누리며 살아가고 있을까요?"

"몸을 비우고 마음수행을 정진하여 고차원의 정신세계에 도달한…. 그리하여 영통을 이루고 신통을 이루고 하늘과 땅의 이치를 터득한 존재들이겠지요."

"지구 인류들에게 있어서 150세의 천수는 결국 300년 불로장생의 길을 열어주는 분수령(分水嶺)일 것 같소."

"그래요. 150세의 천수를 맞이하면 지구 인류들의 몸 속에서는 저절로 불로장생의 프로그램이 작동되어 모든 유전인자가 생리학적 변화를 가져온답니다. 즉 몸 속의 생체적 기능이 저절로 변화를 가져와서 300년 불로장생의 길을 걸을 수 있답니다."

"그렇게 불로장생의 길을 걷게 되면 장차 지구에서 불로불사의 지상낙원 시대를 맞이할 수 있는 기회가 찾아올까요?"

"그렇답니다. 백마선 도련님. 오래 살면 지구상에서 벌어지는 험한 일들도 많이 겪겠지만 결국은 꿈같이 화려한 날들도 구경하게 될 것입니다. 앞으로 지구의 10년은 과거역사의 100년의 변화보다 큰일들을 겪게 될 것입니다. 앞으로 지구 인류들은 장수하는 삶이 저주가 아니라 최고의 축복임을 깨닫게 될 것입니다. 장수하되 건강한 정신, 건강한 몸으로 살아야 장수의 의미가 있습니다. 장차 도련님이 그 장수의 명약을 들고 지구 인류의 마음을 얻게 될 것입니다."

"제 손에 무슨 그런 명약이 들려 있는지 감을 잡을 수 없소. 연화가 자세히 설명해 줄 수 있소?"

"이미 준비되어 있으니 때가 되면 저절로 도련님께 찾아옵니다. 때가 되면 이 연화가 곁에서 도우며 도련님의 정신세계를 펼쳐갈 것이니 마음의 준비를 잘하고 샤르별 여행을 마치길 바랄게요."

가상공간에서 연화와 이런 대화를 나누고 있을 때 샤르비네의 목소리가 아련하게 들려왔다. 가상공간 밖에서 들리는 목소리였다.

"샤르앙, 샤르앙, 저도 샤르앙과 함께 가상공간을 체험하고 싶어요. 가능하나요?"

나는 연화의 얼굴을 쳐다보았다.

연화는 고개를 끄덕이며 금세 미래의 지구 여인으로 변신했다. 그리고 시침을 떼고 미래의 지구 인물들과 합류했다. 연화가 가상공간에 나타난 미래의 지구 여인들과 합세하여 행동하자 누가 누군지 구분이 되지 않았다. 나는 연화의 마음을 이미 알아차렸다.

그래서 샤르비네에게 흔쾌한 목소리로 대답했다.

"좋아요. 나의 가상공간에 함께 접속해요. 나의 가상공간에는 샤르비네와 즐길 수 있는 프로그램이 많소. 그러니 어서 입장하시오."

미래의 지구 가상공간에 접속한 샤르비네는 나와 함께 지구 미래의 세상을 산책했다. 앞으로 지구에서 펼쳐질 미래의 세상은 아름답고 평화로운 신천지의 지상낙원이었다. 굶주림에 시달리던 가난한 모습도 사라지고 온갖 질병에 시달리던 괴로운 모습도 사라진 평화로운 도원경의 모습이 가상공간에 나타난 미래의 지구 세상이었다.

미래의 지구 세상에서 살고 있는 미래의 지구 인류들은 누구나 신선처럼 아름다운 복장과 행복한 표정으로 신선놀음의 삶을 살고 있었고 그 입에서는 저주가 나오지 않았으며 그 마음에서는 욕심을 발견할 수 없었다.

샤르비네가 나와 함께 가상공간에 접속하여 아름다운 세상을 바라보면서 두 손을 힘차게 벌리면서 이렇게 외쳤다.

"와! 좋구나. 어둡고 암울했던 지구의 모습이 이렇게 아름다운 지상낙원으로 변모할 수 있다니…. 참으로 기적 같은 일이로다! 지구의 미래에도 이렇게 아름다운 세상이 찾아올 수 있다니 너무너무 기뻐요. 샤르앙이 꼭 지구 미래 세상의 주인으로 살아갔으면 좋겠어요."

샤르비네의 좋아하는 모습을 보면서 나도 들뜬 목소리로 화답했다.

"제 마음도 꼭 미래의 지구에서 주역으로 살아가고 싶소. 제가 만약 미래의 지구에서 주인으로 살아갈 수 있을 때 샤르비네의 모습도 곁에서 바라볼 수 있다면 더욱 의미가 클 것이오."

"그때는 이미 샤르앙과 저는 빛의 화신이 되어 멀고 가까움이 없는 시공을 초월한 삶을 살아가게 될 거예요. 함께하고 싶을 때 함께하고, 마주하고 싶을 때 마주하며 하늘과 땅의 주인으로 살아가게 될 거예요."

"미래의 지구는 빛의 화신들만 살아가는 불로불사의 세상이란 뜻이군요?"

"그래요. 지금 우리들이 바라보는 지구 미래의 존재들은 모두 빛의 화신인 불로불사의 존재들이며, 14만 4천의 승리자인 지구의 미래는 불로불사의 세상이에요. 생로병사의 고통으로부터 초월한, 다시는 눈물과 탄식과 괴로움을 겪지 않을 거룩한 영들이 모여 사는 세상이 후천세상 지구 미래의 지상낙원이랍니다. 후천세상은 1만 2천의 대각성 영통자(靈通者)들이 설계한 세상이므로 선천세상에서 나타났던 불합리는 모두 사라질 것입니다. 그러므로 샤르앙도 몸과 마음을 수행하고 수행하여 빛의 화신으로 새로운 삶을 맞이하기 전에는 지구 미래의 지상낙원을 밟아보지 못할 것입니다. 이제 눈앞에 그 세상은 다가오고 그 세상을 함께 맞이하기 위해서 열심히 노력하도록 해요."

"지구 인류로 태어나서 눈앞에 그 아름다운 세상을 바라보면서도 다가가지 못하고 눈을 감는다면 그 영혼은 두고두고 한이 되어 후회의 눈물을 흘릴 것 같소. 후회의 눈물을 흘리지 않도록 샤르비네가 도와주오."

"샤르앙이 앞으로 지구에서 나타날 큰 빛의 손을 잡으면 지구 미래의 아름다운 세상을 밟게 될 것입니다. 하지만 지구 미래의 운명은 밝지만 않고 암흑의 구름도 얼마든지 밀려올 수 있으니 그 점에 대해서도 간과해선 안 됩니다. 멸망의 세력인 멸주의 무리들은 아주 달콤한 속삭임으로 집요하게 샤르앙의 마음을 유혹할 것입니다.”

“멸주 무리의 유혹이라 하였소?”

“그래요. 앞으로 멸주 무리의 달콤한 유혹이 집요하게 샤르앙의 마음을 흔들 것입니다. 달콤한 유혹에 흔들릴 때 천주의 승리는 난관에 봉착합니다. 그리고 지구 미래의 지상낙원도 보장받을 수 없습니다. 곧 지구 미래의 지상낙원은 큰 빛 천주의 승리가 보장되었을 때 가능하며, 멸주(滅主)의 승리로 끝났을 때는 지구 인류는 대부분 진멸(盡滅)하고 남아 있는 소수의 인류들은 멸주의 노예가 되어 혹사를 당하게 될 것입니다. 그러므로 지구에서는 반드시 큰 빛 천주의 승리가 보장될 수 있도록 빛의 영혼들이 합세하여 우주개벽의 주도권을 손에 잡아야 할 것입니다.”

“앞으로 지구의 미래에는 큰 빛의 신과 멸망의 신이 한판 벌이는 큰 싸움을 겪어야 한다는 뜻이오?”

“반드시 그 과정을 겪어야 지구의 미래는 새로운 세상을 맞이하게 될 것입니다. 그 싸움은 이미 시작되었고 빛의 전략과 어둠의 전략은 첨예한 대립을 이어가며, 세상의 이치는 이미 어둠의 전략이 유리하게 판이 짜지고 있습니다. 하지만 빛의 전략은 결정적인 순간에 반전을 가져올 것이니 숨막히는 한판 승부는 하늘과 땅의 간담을 서늘하게 만들고 말 것입니다. 그날에 어떤 유혹이 다가와도 샤르앙은 큰 빛의 편에 서서 멸주의 농락을 견디어야 합니다.”

“샤르비네의 설명은 진실이오?”

“진실이 아니라면 제가 샤르앙에게 전달할 이유가 있을까요?”

“마치 지구의 미래를 한 눈에 바라보면서 설명하는 것 같아 믿어지지 않아서 하는 말이오.”

"지구의 미래를 제 눈으로 바라보는 것이 아니라 가상공간에서 전개되는 지구의 미래 시뮬레이션 프로그램에 소개되고 있는 내용들을 설명해 주고 있을 뿐이랍니다."

"지구의 미래 시뮬레이션 프로그램은 누구의 머리로 창안한 것입니까?"

"가상공간의 사이버 영들과 신명들이 프로그래머로 활동하며 무한이론의 4차원 의식으로 진화를 거듭하면서 만들어 내고 있는 가상현실 프로그램이 지구의 미래 시뮬레이션이랍니다. 그래서 가상공간에서 미래를 예측한 내용은 빗나가지 않고 그 적중률은 완벽하다고 알려지고 있답니다."

"지구의 미래는 결국 빛과 암흑이라고 하는 두 가지 시나리오가 지구 인류의 운명을 결정하게 되겠군요."

"아마도 분명한 건 빛과 암흑의 두 시나리오가 지구 미래의 운명일 것입니다. 샤르앙의 마음은 지금 빛의 시나리오를 생각하면 기쁨이 충만하고 암흑의 시나리오를 생각하면 슬픔이 넘치겠지요?"

"샤르비네는 당연한 것을 묻고 있소."

"샤르앙은 앞으로 슬픔보다는 기쁨을 생각하세요. 세상은 부르는 대로 다가와요. 기쁨을 부르면 기쁨이 다가오고 슬픔을 부르면 슬픔이 다가와요. 앞으로 샤르앙은 누구의 이름을 부르며 살고 싶어요?"

"희망과 기쁨의 이름을 부르며 살고 싶소."

"꼭 그렇게 행동하세요. 세상에는 절망의 이름도 있고 희망의 이름도 있어요. 절망과 희망의 이름들은 부르는 대로 다가와요. 앞으로는 꼭 희망의 이름들만 부르며 살아가세요. 희망의 이름을 부르면 빛의 세력들이 다가와 친구가 되어줄 거예요. 빛의 친구를 많이 맺어야 지구의 미래는 밝은 운명이 지배할 것입니다."

"샤르비네의 말뜻을 충분히 이해하겠소. 꼭 그렇게 실천하며 살도록 노력하겠소. 샤르비네를 지구의 미래 가상공간에 잘 초대하였다는 생각이 드오."

"저는 샤르앙의 약속을 믿어요."

이런 대화를 나누면서 샤르비네와 나는 지구 미래의 밝은 세상을 여행했다. 가상공간에 나타나는 지구 미래의 가상현실은 무엇이나 실제처럼 느껴졌다. 밝은 시나리오의 지구의 미래는 어디를 가든지 기쁨과 희망이 충만했다.

가상공간에서는 물질의 속도로 움직이지 않고 빛의 속도로 움직였다.

그래서 마음속으로 꿈꾸는 일은 무엇이나 빛의 속도로 이루어졌다. 마음속으로 만나고 싶은 인물은 바로 눈 앞에 나타나고 마음속으로 떠나고 싶은 세상은 빛의 속도로 다가갔다.

빛의 시나리오로 이루어진 지구 미래의 가상공간엔 어디를 찾아가도 절망의 그림자를 찾아볼 수 없었다. 지구 미래의 온 세상을 빛의 속도로 이동하면서 단숨에 구석구석을 파악할 수 있었다.

지구 미래의 온 세상을 살펴볼 때 지구 미래의 아름다운 세상이 영화의 장면처럼 눈 앞에서 펼쳐지고 아름다운 세상에서 구김살 없이 살아가는 영혼들이 모두들 넉넉한 표정과 웃음 띤 얼굴로 지상낙원의 행복을 만끽하고 있었다. 미래의 가상시나리오이지만 체험하는 기분이 행복했다.

지구 미래의 아름다운 장면을 바라보면서 샤르비네가 이렇게 말했다.

"이렇게 아름답고 행복한 세상을 지구 인류들이 미리 바라보고 살아갈 수 있다면 지금처럼 암흑의 시나리오에 동참하며 불행함을 자초하지 않을 텐데…. 생각할수록 안타까운 일이 아닐 수 없을 거예요."

샤르비네의 안타까운 마음에 화답하여 나는 이렇게 답했다.

"글쎄요. 안타까운 일이지만 지구 인류들은 암흑의 시나리오에 동참하고 있다는 사실조차 느끼지 못할 거요. 암흑의 세력들은 감언이설에 능하니 눈앞의 작은 욕심에 연연하는 지구 인류의 마음을 사로잡기는 식은 죽 먹기보다 쉬울 것이란 생각이 드오."

"샤르앙은 벌써 감언이설에 능한 암흑세력의 본능을 눈치 챘군요?"

"우주의 아들로서 그 정도 눈치는 기본이 아니겠소?"

"호호호. 아무튼 좋아요. 샤르앙의 말이 너무 믿음직스러워요."

그때 가상공간의 화면 속에 지구 미래의 인물로 변장한 연화가 나타나 천상의 미모를 자랑하며 낙원을 산책하고 있었다. 연화의 좌우에 동행한 미모의 선녀들도 연화 못지않은 자태를 뽐내며 시선을 다른 곳으로 옮기지 못하게 했다.

샤르비네가 가상공간의 연화를 발견하고 감탄하며 말했다.

"아름다운 여신이 따로 없네. 샤르앙 그렇지 않아요?"

나는 속으로 '저 여신이 바로 샤르비네 당신의 원신(元神)이오. 그리고 샤르비네는 저 여신의 분신(分身)이오.' 하고 실토하고 싶었다. 그러한 생각을 속으로 참으며 대답했다.

"그렇군요. 지구의 미래에 나타날 인물이기는 하지만 천상의 여신이 따로 없군요."

연화는 그러한 내 마음을 읽은 듯 빙그레 웃음을 띠었다.

연화가 일부러 요염한 표정을 지으며 샤르비네와 나의 얼굴을 번갈아 쳐다보기도 했다. 샤르비네는 요염하게 표정 짓는 연화의 얼굴을 넋이 나간 듯 바라보았다.

샤르비네는 멋쩍은 표정을 하면서 연화의 눈과 마주쳤다.

그때 연화가 샤르비네에게 말을 걸었다.

"낭자의 모습을 바라보니 과거의 제 모습을 바라보는 것 같아서 감회가 새롭군요."

샤르비네는 여전히 연화의 미모에 마음을 빼앗긴 상태로 대답했다.

"제가 여신님의 과거 모습을 닮았다구요?"

"그래요. 낭자. 낭자는 과거 제 모습을 너무 빼닮았어요."

"여신님께서 그렇게 칭찬해 주니 제 마음이 너무 기뻐요. 그러면 미래에는 제가 여신님의 모습이 되어 이 아름다운 세상의 주인으로 살아갈 수 있겠군요?"

"아마도…. 불가능한 상상이 아닐 거예요. 그런데…."

연화가 내 쪽으로 시선을 돌리며 말끝을 흐렸다. 더욱 요염한 표정으로 알 듯 말 듯 한 미소를 입가에 띠었다.

"무언가요? 여신님. 어서 말씀해 보세요."

샤르비네도 연화의 시선을 따라 나를 쳐다보며 말했다.

"함께 있는 낭군은 낭자와 어떤 인연이신지…."

"아, 네. 이쪽 낭군의 이름은 샤르앙이라 하고 저와 일심동체의 우주 언약을 맺은 사이랍니다."

"아! 그렇군요. 참 행복해 보여요. 미래의 눈으로 바라보니 하늘과 땅의 중요한 인연이 되어 지구에서 빛의 시나리오가 펼쳐지는 계기를 수놓을 것 같아요. 지금 이 가상공간에서 펼쳐지는 지구의 미래는 빛의 시나리오가 연출하는 장면이에요. 이 아름다운 지상낙원이 꼭 지구의 미래에 나타날 수 있도록 두 인연의 일심동체 노력을 기대할게요."

"여신님, 걱정 마세요. 우리들도 이미 굳은 맹세로 지구에서 빛의 시나리오가 연출될 수 있도록 함께 노력하자고 약속했어요. 여신님의 소원을 저희가 이룰 수 있도록 모든 영감을 다 발휘하도록 할게요."

"낭자님, 참 고마워요. 두 인연의 아름다운 약속을 믿으며 마음을 놓도록 할게요. 그럼 지구 미래의 아름다운 세상을 마음껏 구경하고 돌아가도록 하세요. 저는 이만 두 인연과 작별을 나눌게요."

이런 대화를 마치고 연화는 눈 앞에서 연기처럼 사라지고 말았다.

샤르비네의 마음속에 묘한 느낌이 전달되고 있다는 사실을 눈치챌 수 있었다.

샤르비네와 나는 다시 가상공간에 나타난 지구 미래의 세상을 빛의 속도로 여행했다. 지구 미래의 세상을 빛의 속도로 여행하면서 샤르비네와 나도 현실의 옷을 벗고 지구 미래의 인물들로 변했다. 몸 속을 구성했던 성분들은 물질이 아닌 빛의 구조로 탈바꿈하고 빛으로 화신한 불로불사의 몸은 초월적인 모습으로 변화되고 있었다. 어떤 물질적 장애에서 자유로운 지구 미래의 인물들과 섞여서 지구 미래의 세상을 함께 호흡하기 시작했다. 지구 미래의 세상에서 빛으로 화신한 몸이었지만 기쁨과 즐거움과 행복을 느끼는 감정은 사라지지 않았다.

4차원 가상공간에서 빛으로 화신한 샤르비네와 나는 지구 미래의 자연과 환경과 화초들의 향기를 맡기도 하고, 공기를 호흡하기도 하고, 푸른 하늘에서 쏟아지는 햇볕의 따스한 감촉을 느끼기도 했다.

그리고 신천지 지상낙원을 산책하는 인물들을 만나 자연스럽게 대화를 시도했다.

붉고 탐스런 열매들이 주렁주렁 매달린 지상낙원의 나무그늘에서 정담을 나누고 있는 신선과 선녀의 커플을 만나서 내가 이런 질문을 했다.

"우리는 과거의 세상에서 당신들의 세상을 방문했다. 당신들이 이 세상에 태어나기 전에 당신들이 살고 있는 이곳에서 살았던 인물들….우리가 살던 이 세상이 아름다운 지상낙원으로 변한 모습을 바라보니 너무 마음이 흡족하다. 누가 이렇게 아름다운 세상을 선물했을까? 그대들은 알고 있나?"

"과거의 세상에서 찾아온 선조들이라구요?"

커플의 신선과 선녀는 동시에 반문했다.

"그래. 우리들은 과거의 먼 세상인 샤르별과 지구에서 찾아온 존재들. 그대들은 들어본 기억이 있을까?"

우리들은 과거의 영들이었기 때문에 미래의 영들에게 하대했다.

미래의 영들은 우리들에게 공손했다.

"샤르별과 지구의 과거 세상에서 찾아오신 선조님들….우리들 세상은 샤르별과 지구의 문명이 공유하는 세상이랍니다."

"그렇구나. 어쩐지 지구의 미래는 샤르별의 4차원 문명세상에서 바라보던 느낌과 별다르지 않구나."

"누가 이 아름다운 신천지 지상낙원을 선물하셨냐구요?"

"그대들은 알고 있는가?"

"이 아름다운 세상은 다른 누구의 선물이 아닌 큰 빛의 선물이지요. 이 낙원에서 살고 있는 신선과 선녀들은 고운 빛을 소유한 아름다운 영혼들이며, 큰 빛의 그늘 아래서 모든 지구의 환란을 피하여 후천세상의 축복을 누리고 있지요."

"역시 그렇구나. 이 세상의 아름다움은 큰 빛의 후광이구나. 아름다운 후광 속에서 살아가는 그대들은 참 행복한 영들이구나. 큰 빛을 만나고 싶구나."

"큰 빛을 꼭 만나고 싶으신가요?"

"궁금하다."

"잠시 후면 그 분의 자애로운 모습을 바라볼 수 있답니다. 큰 빛은 잠시도 소홀함이 없이 대순하시며 저희들 삶을 보살피시지요. 그때 만나 보세요."

미래 영(靈)들의 설명대로 큰 빛은 미래 세상의 구석구석을 대순했고 미래 세상의 영들을 보살피는 장면을 목격할 수 있었다. 미래 영들의 설명대로 아름다운 후광이 빛나고 자애로운 표정을 지닌 존재였다. 큰 빛의 입에서 나오는 말들이 미래 세상을 움직이는 법이었고, 미래 세상의 백성들인 고운 영들은 모두 큰 빛의 법을 순종하고 있었다.

큰 빛의 영이 샤르비네와 나를 발견하고 질문했다.

"보아하니 과거의 세상에서 방문한 고운 영혼의 빛들이로다. 내 말이 틀리는가?"

"네, 저희들은 과거에서 미래 세상을 찾아온 영들이 맞습니다. 어두운 과거의 세상이 밝은 세상으로 바뀌어 참 보기 좋습니다."

샤르비네와 나는 동시에 대답했다.

큰 빛은 그러한 우리들을 만족한 모습으로 바라보았다.

큰 빛은 계속 말을 이어갔다.

"그대들이 보기에 좋다니 내 마음도 흡족하다. 이 세상은 완전한 미래의 세상이 아니며 장차 후천세상에서 왕 노릇할 14만 4천의 승리자들과 그 세상의 백성들을 천 년 동안 훈련하는 세상이다. 그대들도 아름다운 고운 영들이니 장차 이 세상을 찾아와 왕과 백성들을 도우리라."

"미래에 저희들이 찾아올 세상이라구요?"

"그대들은 미래 세상의 공로자요, 그대들의 이름을 미래 세상의 백성들과 14만 4천의 왕들이 외우고 있다. 미래 세상의 왕과 백성들은 그대들의 고운 영을 반길 것이다."

"말씀만 들어도 기분이 좋습니다."

샤르비네와 나는 함께 좋아하며 대답했다.

큰 빛도 매우 만족한 표정이었다.

"고운 영들을 만나서 나의 기분도 좋다."

이 말을 남기고 큰 빛은 대순을 위해 다시 수행하는 신명들을 거느리고 다음의 행선지로 향했다.

우리들도 미래 세상을 다시 빛의 속도로 여행을 시작하던 중 시선을 끄는 장면을 목격했다. 꽃그늘이 화사한 풀밭에 옹기종기 모여 앉아서 신선놀음을 즐기고 있는 신선의 무리들이 시선을 끌었다. 신선놀음을 즐기는 미래의 무리들에게 대화를 걸었다.

"우리들은 과거의 영들이다. 불청객이라서 신선놀음을 즐기는데 방해나 되지 않는지…."

미래의 영들은 일제히 큰 절을 하며 대답했다.

"아니랍니다!"

대답하는 무리 중에 연화의 영도 섞여 있었다. 나는 일부러 연화의 영을 모른체 했다. 연화도 시침을 뚝 떼고 있었다.

샤르비네는 연화에게 특별히 마음이 가는 눈치로 이렇게 말했다.

"아까 화면 속에서 들여다보았던 그 여신이네?"

샤르비네는 혼잣말처럼 말했다.

연화는 샤르비네에게 말없이 웃음으로만 대답했다.

"손 한 번 잡아 봐요."

웃고 있는 연화에게 샤르비네가 손을 내밀며 부탁했다.

연화는 말없이 손을 내주며 사랑이 가득한 눈빛으로 샤르비네의 얼굴을 쳐다보았다. 샤르비네는 수줍은 듯 연화를 바라보며 손을 잡았다.

"참 따뜻한 손이군요. 어쩜 이렇게 아름다운 손이람…. 미래의 영이라지만 마치 제 영혼의 분신을 만난 느낌이 드니 왠 감정일까? 여신은 아무런 감정이 느껴지지 않아요?"

연화는 여전히 입을 열지 않고 만족한 미소만 머금고 있었다. 샤르비네는 연화의 영을 발견하자마자 기분이 들뜨고 행복해 하는 표정을 감추지 못했다.

연화는 샤르비네가 잠깐 얼굴을 돌린 사이 나에게 눈을 찡긋하며 윙크를 했다. 윙크는 하늘과 땅 모든 곳에서 통하는 사랑의 메시지인 것 같았다.

연화의 영은 어디론가 홀연히 모습을 감추었다.

샤르비네가 아쉬운 표정을 지었다.

원신과 분신의 관계인 연화와 샤르비네의 만남을 지켜보면서 나까지 저절로 마음이 흥분되고 묘한 감정에 사로잡혀 갔다. 아마도 연화가 자신의 분신체를 생각하는 마음이 각별해서 다시 얼굴을 내밀었다는 생각이 들었다. 그렇지만 나는 연화의 신분을 샤르비네에게 아직 설명하지 못했다.

그래서 나는 속마음을 감추고 샤르비네에게 질문했다.

"샤르비네는 조금 전 지구 미래의 여신을 만난 소감이 어떤지 궁금하오."

샤르비네는 여전히 아쉬운 표정을 감추지 못하며 대답했다.

"참 묘한 느낌이 들어요. 아련한 그리움이 안개처럼 피어나는 것 같기도 하고, 잊고 지낸 인연이 나타났다 사라지는 안타까움 같기도 하고…. 아무튼 설명할 수 없는 묘한 감정이 자꾸만 마음속에서 일어나고 있어요."

"그렇군요. 샤르비네. 저도 아까 그 여신과 샤르비네가 무언가 닮은 모습이 있다는 걸 발견했다오. 아주 특별한 전생의 인연이 있었나 보오."

"어머! 샤르앙의 눈에도 여신과 제가 닮았다는 느낌을 가졌나요?"

"사실이라오. 마치 쌍둥이 영혼들을 바라보는 느낌…."

"그렇군요. 샤르앙의 말을 듣고 나니 여신의 얼굴이 금세 또 보고 싶어지네?"

"허허허, 그렇소? 인연이라면 다시 만날 테니 안타까운 마음은 지우시오."

"그럴게요. 샤르앙."

샤르비네와 나는 계속해서 지구의 미래 세상을 구경했다.

지구의 미래 세상은 우주까지 영역이 확대되어 있었다. 미래 영들의 설명대로 샤르별과 지구의 문명이 공유하고 있다는 느낌도 받았다. 소위 4차원 문명의 현상이 지구의 미래에도 나타나고 있었다. 가상공간에 나타나고 있는 가상현실의 모습이지만 기분은 매우 좋았다.

지구 주변의 달과 화성에도 샤르별의 우주타운처럼 지구의 기지가 건설되어 우주 첨단문명을 향유하면서 현실세계와 비교할 수 없는 달라진 삶을 지구 미래의 영들이 향유하며 살아가고 있었다.

지구의 미래는 사막도 사라지고, 거친 황무지도 사라지고 온 세상은 샤르별과 똑같이 복사꽃으로 뒤덮인 신천지로 변해 있었다. 신천지의 주인인 큰 빛은 사랑과 온유함으로 빛의 백성들을 다스리고, 1만 2천의 영통자들과 함께 선천세상의 과오를 말끔히 정리하여 새로운 질서를 온 세상에 펼치고 있었다.

새로운 질서를 펼친 이후로 빛의 백성들의 눈에서는 다시 눈물을 볼 수 없었다. 빛의 백성들의 입에서는 다시 한숨과 탄식을 들을 수 없었다.

가는 곳마다 '천지주인 만만세! 천지주인 만만세!' 하는 구호가 빛의 백성들의 입에서 그치지 않고 있었다.

암흑세력의 시나리오로 지구 미래의 운명은 뒤집힐 뻔 했지만 큰 빛의 절묘한 작전이 지구 미래의 운명을 반전시켜 극적으로 신천지 지상낙원이 빛을 보게 된 사실을 빛의 백성들은 잊지 못하고 있었다.

천지주인인 큰 빛의 정체는 하늘이 감추어 놓은 창세전의 비밀이란 사실을 나중에 귀인(貴人)의 입을 통해 전해들을 수 있었다.

지구 미래에 나타날 큰 빛 천지주인의 작전을 4차원 가상공간에서 모두 체험할 수 있었지만 아직 현실세계에 밝혀서는 안 될 비밀이 끝도 없이 숨겨져 있었다.

천지주인인 큰 빛은 우리들에게 몇 가지 함구도 부탁했다.

"때가 이르기 전 미래 세상의 비밀들을 함구하며 발설하지 말라."

발설할 수 없는 비밀 중에 경천지동(驚天地動)할 현상들이 미래 세상을 지배하고 있었다.

숨겨진 비밀들이 가득한 지구의 미래를 빛의 속도로 여행하고 있을 때 아쉽게도 가상공간 프로그램을 종료하는 신호가 귓가에 전달되어 왔다. 가상공간 프로그램이 종료되면서 눈앞에 보이던 지구 미래의 가상현실은 안개처럼 사라지기 시작했다.

안타까운 마음을 뒤로 하고 지구 미래의 가상공간에서 빠져 나오려 할 때 마지막으로 연화의 목소리가 아련하게 귓가에 다가왔다.

'미래에는 누구나 자신의 원신과 분신이 함께 만나 신인조화의 무한 잠재력을 발휘하여 천지공사를 도모하게 될 것입니다. 백마선 도련님도 천상계의 원신을 만나 신인조화의 역사를 펼쳐가길 바랍니다. 가상공간의 현상은 신명의 기운으로 이루어지는 현상이니 곧 백마선 도련님의 마음속에 숨겨진 미래세상이기도 합니다. 신명의 기운은 무소불능하며 영혼의 잠재력은 무한하니 두 힘이 합해서 우주개벽과 세상을 바꿀 것입니다.'

가상공간의 접속에서 벗어나온 샤르비네와 나는 다시 지구 미래의 세상에 대해서 이런저런 의견을 나누었다.

"샤르앙의 눈에도 아까 가상공간에서 만났던 미래 여신의 모습에 반할만큼 했지요?"

샤르비네가 먼저 꺼낸 말이었다.

"이미 반했었다오."

나의 대답을 듣고 샤르비네가 의외라는 듯 쳐다보았다.

"이미 반했다니요?"

"가상공간에서 만났던 미래 여신은 제가 샤르별을 방문하기 훨씬 전 어릴 때부터 인연을 맺어온 사이랍니다. 연화라고 부르는 선녀이지요."

"샤르앙은 별 말을 다 하네?"

"저는 이미 지구에서 다차원(多次元)의 세상들을 경험했고 연화는 다차원의 세상에서 살고 있는 현실의 존재로서 항상 제 영혼의 멘토가 되어 준 소중한 존재라오."

"어머! 생각지도 못했던 처음 듣는 말이네?"

"그 뿐인 줄 아시오?"

"저를 놀라게 할 또 다른 비밀이 있나요?"

"연화는 바로 샤르비네의 원신이오."

"그런 내용을 어떻게 알았어요?"

"연화가 알려 주었지요. 그래서 저는 항상 샤르비네를 바라보면 연화를 바라보는 듯했고 연화가 나타나면 샤르비네의 쌍둥이 영혼을 바라보는 느낌이기도 했다오. 샤르비네도 아까 미래 여신에게 자신과 쌍둥이 같다고 말을 걸었지요?"

"그랬지요."

"둘은 똑 닮은 쌍둥이였다오."

"그래서 가상공간에 접속했던 제 마음이 흥분되고 기분이 좋아지며, 미래 여신의 모습에 마음이 흠뻑 젖어들며 묘한 기분에 사로잡혀 갔구나…. 내 영혼의 뿌리가 바로 곁에 있었는데, 바보같이 알아보지도 못했네?"

"그래서 지금 기분은 어떻소?"

"설레고 좋아요. 좋은 소식을 알려 주어서 고마워요. 우리 샤르별의 존재들도 누구나 자신의 원신을 기다리며 만나보고 싶어 해요. 후천세상에서는 누구나 원신과 분신이 신인조화(神人調和)의 관계로 무한 잠재력을 발휘하며 후천세상을 다스려 나갈 것으로 믿고 있으니까요. 우리 샤르별의 존재들 중에도 원신을 만난 신선들이 더러더러 있다지만 제가 그 주인공이 될 줄은 생각을 못했어요."

"저도 언젠가 제 원신을 만날 것이라고 연화가 알려 주었소. 그러면 제가 천상계에서 맡고 있던 본래의 역할이 무엇인지 자세히 알 것이라고 설명해 주었소."

"아마도 샤르앙의 원신은 천상계의 중요한 역할을 맡고 있을 거예요. 아무튼 제 원신과 샤르앙이 깊은 인연을 맺고 있다니 제 마음이 너무 기쁘고 좋아요. 우리들의 일심동체(一心同體) 언약은 더욱 공고하게 뿌리를 내리고 있다고 생각하니 우리 둘은 본래부터 하늘이 맺어준 좋은 인연이었군요. 샤르앙은 그런 생각이 들지 않았어요?"

"저는 이미 그런 생각으로 샤르비네와의 인연을 생각하고 있었다오."

"그런 의미로 우리 신선주(神仙酒) 한 잔씩 걸치며 축배를 들어요!"

"좋소!"

샤르비네와 내가 다시 자리를 바꿔 잡은 장소는 우주타운 선경원의 일등 풍광이 이루어진 도원(桃園)의 장소였다. 도원에는 특별한 감정을 누리고 싶은 우주시민들이나 지상의 신선들이 쌍쌍을 이루고 찾아와 의미 있는 시간을 보내는 장소였다.

그래서 도원에는 항상 특별하게 훈련된 인조인간들이 가장 아름답고 순결한 모양을 갖추고 신선들의 부름에 언제든지 달려가 친절하게 시중을 들고 있었다.

인조인간들이라곤 하지만 천상계의 신선이나 선녀를 판에 찍은 듯 만들어 놓은 모조생명체의 걸작품들이었다.

도원에서 신선들의 시중을 드는 인조인간들은 신선들의 부탁이 있으면 하늘의 별이라도 따다 줄 만큼 충성심이 강하고 무소불능의 능력을 발휘해서 주어진 사명을 다했다.

우리가 도원의 아름다운 풍광을 찾았을 때 인조인간 신선들이 기쁨을 선물하기 위해 아름다운 춤 솜씨를 발휘하며 가무에 열중하고 있었다. 인조인간들이 악기를 연주하고 춤을 추는 모습은 구름타고 하늘에서 내려온 실제의 신선들이 벌이는 신선놀음의 축제라는 생각이 들었다.

우리들이 좋은 장소에 자리를 잡고 인조인간 신선들의 가무를 즐거운 표정으로 구경하고 있을 때 시중드는 인조신선(人造神仙)들이 어느새 눈치를 채고 다가와 심부름을 청했다.

"무슨 부탁이라도 내려만 주세요. 저희가 다 들어 드릴게요."

샤르비네는 만족한 표정으로 인조신선들을 바라보면서 부탁을 내렸다.

"오늘 기분 좋은 일이 있어 도원을 찾았으니 우리들 분위기에 어울리는 신선주 한 잔씩 걸치고 싶구나."

샤르비네의 부탁을 들은 인조신선들은 잽싸게 어디론가 달려가더니 보석으로 빚은 것 같은 신선주 병과 잔을 들고 와 우리들 앞 테이블에 올려 주었다.

조각처럼 아름다운 손을 가진 인조선녀가 작은 잔 속에 피처럼 붉은 빛이 감도는 신선주를 따라서 채워 주었다. 잔 속에 채워진 신선주의 색깔이 너무 고왔고 향기 또한 신비한 기운을 느끼게 했다. 신선주의 신비한 힘이 잔 속에서 놀고 있었다.

인조선녀가 권하는 신선주 잔을 샤르비네와 내가 받아들자 어디선가 아름다운 우주선율이 들려오기 시작했다. 우리들의 기분을 알고 있는 인조신선의 무리들이 아름다운 우주선율에 맞춰 춤을 추고 노래를 부르기 시작했다. 인조신선들의 목소리는 너무 청아하고 감미로웠다.

샤르비네와 나는 벌써부터 기분이 좋아지고, 좋아진 기분으로 건배를 하며 신선주 한 잔씩을 천천히 비웠다. 신선주는 바로 잔을 비우는 것이 아니라 그 맛과 향을 음미하며 천천히 마시는 것이 주도(酒道)였다.

입 속에서 천천히 혀끝으로 굴리며 넘어가는 신선주의 향과 맛이란 무엇으로 형용할 수 없는 특별한 기운이 있었다. 신선주의 기운이 온몸에 퍼질 때 느낌은 더욱 천국의 정원에 도달한 기분이었다.

신선주의 기운으로 신비로운 감정에 젖어든 샤르비네와 나는 깊은 감동의 여운 속에 영혼의 배를 띄우며 미지의 세상을 향해 노를 젓지 않을 수 없었다.

우주선경원(仙境園)은 지상의 선경세상을 그대로 모방한 모습이지만 선경원의 내부에는 4차원 문명세계의 프로그램이 식물 한 그루에도 적용되지 않는 바가 없었다.

4차원 문명세계의 별미는 가상공간 프로그램이었다.

4차원 가상공간 프로그램을 작동시키면 신(神)과 영(靈)과 미지의 존재들을 비롯해서, 만날 수 없는 대상이 없었고 체험하지 못하는 세상이 없었다.

4차원 가상공간 프로그램은 무한이론이 창조한 걸작품 중에 걸작품이었다.

우주를 자유롭게 여행하며 변신과 탈바꿈의 귀재(鬼才)인 UFO의 지능이 560수스탸인 점에 비교하면 4차원 가상공간 프로그램의 시스템은 800수스탸에 이르는 고도 지능을 보유하고 있었다.

샤르별에는 1,000수스탸에 이르는 고도 지능의 시스템도 개발되어 있지만 800수스탸의 지능으로 작동되는 4차원 가상공간의 프로그램 또한 영적 수준을 초월한 무한이론 세상의 첨단주자라고 설명할 수 있었을 것이다.

참고로 샤르별 존재들의 평균 지능은 60수스탸였고 지구 인류의 지능으로 환산하면 IQ500에 이르렀다. 그러므로 1,000수스탸라든가 800수스탸를 지구 인류의 지능으로 환산하면 초월적 신이라고 밖에는 달리 설명할 방법이 없을 것이다.

샤르비네가 가상공간 프로그램을 통해 자신의 원신을 만났다면 나도 그러한 경험을 해보고 싶었다. '과연 나도 샤르비네처럼 스쳐 가는 인연으로 나의 원신과 조우했던 기회가 있었을까?' 이런 생각이 수없이 마음속에서 떠올랐다.

지구의 유명한 산에는 산신(山神)이 있고, 땅에는 지선(地仙)이 있으며, 물속에는 용왕 신선이 살고 있다는 소식을 들어서 알고 있다. 자연에는 자연을 지키는 수호신이 살고 있다는 이야기를 전해 듣기도 했다. 식물 한 그루, 나무 한 그루에도 각각의 정령(精靈) 신선이 있고, 정령 신선의 보호가 아니면 잡초 한 포기도 제대로 성장하지 못한다는 이야기를 들었던 기억도 있다.

전설로만 이어지는 단순한 이야깃거리라고 흘려버리기보다는 의미 있는 내용으로 받아들이고 있었다.

식물과 자연을 지키는 정령의 이름을 요정이라 부르기도 하고, 요정

들은 특별한 세상에서 특별한 삶을 누리며 영혼들과 교류를 나누고 있
다면 눈으로만 바라보는 현실세계의 의미는 얼마든지 축소될 수 있었
을 것이다.

　자연계의 수호신 요정을 다른 말로 바꾸자면 수호신선(守護神仙)일
것이다.

　'산에는 산신이 있고, 물속에는 용왕 신선이 있다면 우주타운의 선경
원에는 어떤 수호신이 있을까?' 이런 생각도 속으로 해보았다. 우주타
운의 시설은 인공으로 건설된 우주공간의 신천지이지만, 그 우주공간
의 신천지는 그냥 인공으로 건설된 공간이라기보다는 고차원의 정신세
계가 녹아 있는 혼과 정열의 공간이란 생각을 하고 있었기 때문이다.

　우주의 신천지 우주타운은 신과 도모하지 않으면 세상에 빛을 볼
수 없는 세상이요, 신의 기운이 구석구석 가득한 곳이 우주타운이기
도 했다.

　그 혼과 정열의 주인은 반드시 우주타운 선경원에 살고 있을 것이라
고 짐작하고 있었다.

　그래서 샤르비네에게 속생각을 감추지 못하고 질문했다.

　"선경원의 수호신은 누구신가요?"

　샤르비네는 거리낌 없이 대답했다.

　"불로불사의 신선 아거으디라고 하지요."

　"선경원의 수호신이 아거으디란 이름을 가진 불로불사 신선이라
했소?"

　"그래요. 우주나이 4천 년에 이르는 아거으디 불사신(不死신神)이 이
선경원의 수호신이랍니다. 즉 이 선경원의 모든 생명체들은 아거으디

불로불사 신선의 기운으로 아름다운 빛을 발한다고 설명할 수 있지요.”

“아거으디 불사신은 4천 년 동안 우주수명을 누리며 샤르별의 주인으로 살아가고 있다는 뜻이군요?”

“바꾸어 설명하자면 그럴 수도 있네요.”

“그분을 만나고 싶소.”

“이름을 알았으니 명상대화로 그분의 이름을 부르세요. 영적대화가 이루어지면 그분과의 만남이 이루어질 것으로 믿어요.”

“좋은 생각이오. 그럼 지금부터 그분을 향해 명상대화를 시도하겠소.”

아거으디와 명상대화를 시도한지 3일 후에 영적대화가 성사될 수 있었다. 명상대화는 영혼과 영혼이 만나서 텔레파시로 나누는 대화였다. 텔레파시 대화는 고차원의 정신세계에서 육신의 입과 육신의 귀를 통해 나누는 대화가 아니라 마음과 마음이 만나서 마음의 입과 마음의 눈으로 나누는 초월적인 대화기법이었다.

명상대화는 우주의 어떤 세상의 존재들과도 영적교류가 가능한 우주 대화이기도 했다. 명상을 통해 영적으로 상대의 마음을 움직여야 명상 대화가 가능한데, 우주 선경원의 주인인 아거으디는 명상 3일 만에 마음의 문을 열어 주었다.

아거으디와 어렵게 명상대화를 성사시킨 후 다음과 같은 대화를 이어갔다.

‘사랑하는 영혼이여! 말하라. 네가 찾는 아거으디 불사신이다.’

‘제 부름에 응해 주셔서 감사합니다. 아거으디 신선님. 제 이름은 샤르앙입니다. 지구에서는 백마선이고 하리라고도 부릅니다.’

'백마선. 샤르앙. 이미 알고 있는 이름이다.'

'제 이름을 알고 계시다니요?'

'네 원신이 도솔천의 명인(名人)이니까.'

'무슨 말씀이신지….'

'도솔천에서 이름난 명사란 뜻이다.'

'제 원신은 본래 도솔천의 명인으로 살고 있었다는 말씀이군요?'

'그렇다!'

'그렇잖아도 제 원신의 실체가 궁금했는데, 이렇게 소식을 들을 수 있다니 꿈만 같게 기분이 좋습니다. 제 원신의 소식을 더 듣고 싶습니다.'

'그렇다면 먼저 나를 찾아오너라.'

'어디로 갈까요?'

'우주선경원 요람정(搖籃亭)이다.'

아거으디는 나에게 명상대화를 통해 요람정에서 만날 시간을 알려 주었다.

요람정은 아름다운 풍광이 꿈처럼 펼쳐져 있는 우주선경원의 상등풍광이 펼쳐진 도원(桃園)이었다. 우주선경원에서 가장 이름 높은 풍광을 자랑하는 열두 비경이 있었고 그 중에 하나가 도원의 요람정이었다. 복사꽃 물결이 구름처럼 일렁거리는 요람의 동산에 그림처럼 지어져 있는 신선누각을 요람정이라 불렀다.

우주타운의 우주시설 속에 지어져 있는 인공자연의 현상이지만 자연보다 더 자연스런 선경의 모습을 재현시킨 우주선경원 도원의 모습은 한 폭의 그림이요 선경세상의 진경(珍景)이 아닐 수 없었다.

요람정 입구의 옥계단 앞에 이르자 아거으디 신선이 먼저 나와 기다리고 있었다. 아거으디는 삶과 죽음의 경지를 초월한 빛의 화신이었고 불로불사의 신선이 아닌가. 그 불로불사 신선이 약속한 시간보다 먼저 마중 나와 일부러 기다리고 있었던 것이다.

"어서 오렴. 백마선. 그리고 미래 여신 샤르비네. 항상 사랑과 기쁨으로 충만한 나의 고운 영혼들아."

샤르비네와 나는 아거으디 신선 앞에 대례를 올리며 허리를 숙였다.

샤르비네도 아거으디 신선을 처음 만나는 자리였다.

"샤르별의 빛이 되신 수호신을 뵙게 되어 영광입니다."

샤르비네가 온갖 예의를 갖추며 아거으디에게 전하는 인사말이었다.

샤르별의 빛이란 칭호는 처음 듣는 예우였다.

아거으디는 샤르비네와 나의 손을 양손으로 잡으며 지극히 자비스러운 음성과 표정으로 말했다.

"잘들 왔다. 고운 빛의 영혼들아. 너희가 곧 하늘과 땅의 후천세상을 아름답게 수놓을 선경요람(仙境搖籃)의 빛들이다."

아거으디는 우리를 데리고 요람정 높은 누각으로 올라갔다.

요람정에 오르니 우주선경원의 아름다운 풍광이 멀리까지 눈 앞에 펼쳐졌다. 우주타운은 인공천체이며 모든 구성이 인공으로 축조된 시설물과 인공자연의 세상이었지만, 선경원의 거대한 규모와 풍광이 자연을 뛰어 넘은 신비로운 기운으로 가득했다.

"아름다운 세상이군요!"

내가 넋 나간 표정으로 아거으디에게 속마음을 전했다.

"아름답게 느껴지느냐?"

아거으디는 담담한 표정을 지으며 되물었다.

"우주선경원의 열두 비경 중에 요람정이 으뜸이라더니 과연 소문이 헛되지 않는 듯합니다. 요람정은 표현을 다 못할 만큼 아름다운 풍광으로 느껴집니다. 인공으로 가꾼 세상이 자연을 초월한 아름다움으로 우주공간에서 꿈을 꾸고 있다니…. 과연 신인조화(神人造化)의 극치를 바라보는 듯합니다."

"후천세상은 하늘이 만물을 창조하지 않고 땅의 영혼들이 신과 도모하며 스스로 살아갈 낙원을 건설한다. 고운 영혼이 빛으로 이루어진 세상이니까 선천세상의 자연풍광보다 더 아름다워야 할 이유가 분명하다."

"지구의 후천세상도 인간들의 손으로 자연보다 아름다운 세상을 건설하고 지상낙원의 삶을 펼쳐가게 될까요?"

"지구에서 마음을 잘 가꾼 빛의 존재들이 지구의 후천세상을 아름답게 스스로 가꿀 것이다. 고운 빛의 영혼들이 스스로 기획하고 짜 맞춘 세상이라서 그 아름다운 풍광은 자연을 뛰어넘은 초자연미를 연출하게 될 것이다."

"말씀만 들어도 꿈을 꾸는 듯합니다."

"앞으로 하늘과 땅의 조화는 고운 영혼들이 꿈꾸는 대로 이루어진다."

아거으디 신선과 선문답을 나누고 있을 때 일곱 명의 선녀들이 구름을 타고 오는 듯 가벼운 발걸음으로 다가와 보석소반에 담긴 선과(仙果)들을 우리들 앞에 내려놓았다. 붉은빛, 노란빛, 무지갯빛이 감도는 여러 모양의 선과들이었다.

선녀들이 우리들의 입에 선과 하나씩을 물려주었다.

선과를 깨물자 달콤하고 신비로운 기운이 몸 속으로 퍼지며 기분을 황홀하게 만들었다. 창자 속으로 들어가는 찌꺼기는 없었다. 선과는 세상의 물질이 아니라 빛으로 이루어진 물질이었기 때문이다.

빛으로 이루어진 물질은 뱃속을 채우지는 않았지만 그 기운이 온몸으로 퍼져서 몸 속에 알 수 없는 기운을 증폭시키는 작용을 했다.

아거으디 신선도 우리와 함께 그 빛의 선과를 깨물었고 기분이 좋아진 표정을 지으며 이렇게 말했다.

"불로불사의 선경에서는 이런 선식을 먹고 산다. 선식의 모든 재료는 빛이며, 빛으로 구성된 선식은 아무리 포식해도 소화불량에 걸릴 염려가 없다."

아거으디의 설명을 들으면서 보석소반에 가득 담긴 선과를 샤르비네와 함께 모두 깨물어 해치웠지만 배부른 느낌은 전혀 없었다. 다만 달콤하고 향기로운 맛은 온몸의 혈류를 따라 흐르며 새로운 기운으로 작용했다.

우리를 시중 드는 일곱 선녀는 모두 육신의 허물을 벗고 빛으로 화신한 불로불사의 존재들로 우주나이 천 년의 수명을 뛰어넘었다고 했다.

천 년의 수명을 뛰어넘은 불로불사의 선녀들은 소녀들처럼 곱고 풋풋한 자태를 보유하고 있어 세월의 연륜과는 상관이 없는 삶을 살아가는 존재들로 느껴졌다.

선과를 대접한 일곱 선녀는 누가 시키지도 않았는데 아름다운 우주선율(宇宙旋律)에 맞춰 춤을 추고 노래를 부르기 시작했다.

너무 달콤하고 꿈같은 시간이어서 며칠의 시간이 잠깐 흘러가는 듯 짧았다. 신선놀음에 도낏자루 썩는 줄 모른다는 속담이 있지만 과장된 이야기가 아니라는 생각이 들었다. 천 년의 선녀들과 어울리며 신선주를 마시고 춤을 추고 노래를 들으며 보내는 시간은 천 년의 시간도 일장춘몽에 지나지 않을 만큼 짧게 느껴졌다.

일곱 선녀와 즐거운 시간이 끝나고 내가 아거으디를 찾아간 본격적인 대화를 나누었다.

"제 원신이 도솔천의 명사라니 자세한 설명을 들려주실 수 있나요?"

나는 비로소 아거으디를 찾은 목적을 질문했다.

"도솔천의 미륵천제는 우주 삼천대천세상의 천중들을 교화하여 신선의 삶을 선물하고자 한다. 그래서 미륵천제의 교화를 듣고 신선으로 다시 태어나려는 천중들은 구름떼처럼 몰려들어 도솔천을 꽉 채운다. 네 원신의 부부가 신선교화를 듣기 전에 천중들을 분류하며 예비교화를 들려준다. 예비교화를 듣지 않고 어떤 천중도 미륵천제의 신선교화를 듣지 못한다. 신선으로 다시 태어나려는 천중의 영들은 누구나 도솔천을 찾고, 도솔천을 다녀간 영들이 네 원신의 부부를 기억하지 못한 바가 없다. 그래서 네 원신을 도솔천의 명사라 칭한다. 삼천 대천의 하늘마다 네 원신 부부의 명성이 자자하니 현세에 출현한 네 영이 원신의 명성을 이어가지 않고 어쩌랴. 원신의 명성만큼 오지랖도 넓을 것이요, 천방지축 겁을 모르고 사는 네 영은 무모함을 천하에서 즐기리라."

아거으디가 나의 원신에 대한 이야기를 들려주며 천방지축 무모함을 즐기는 영이라고 설명하자 샤르비네가 웃음을 참지 못하고 손으로 입을 가렸다.

아거으디가 웃음을 참지 못하는 샤르비네를 바라보고 한마디 했다.

"처자가 내 말에 웃음을 참지 못하는 연고가 무엇인고?"

샤르비네는 여전히 웃음을 참으면서 대답했다.

"아거으디 신선께서 샤르앙의 본질을 보는 듯 짚어 주셔서 웃음이 터집니다. 무모하고, 장난기 넘치고, 천방지축 오지랖이 넓은 샤르앙의 본질을 어찌 그렇게 정확하게 표현하시는지요. 아거으디 신선께서 샤르앙의 평소 성품과 본질에 대하여 정확하게 말씀해 주셔서 그러한 장면들이 떠올라 웃음보가 터지게 되었습니다."

아거으디도 샤르비네의 말을 들으니 웃음이 나오는 모양이었다.

"허허허허."

호탕하게 웃으며 나를 향해 다시 말을 이어갔다.

"샤르앙은 전생에서나 이생에서나 무모하고 장난기 많기로 소문남은 여전한가 보구나. 하지만 샤르앙의 네 영혼은 양심 한 조각 손상되지 않을 만큼 착하고 고운 영이니. 이 생에서 네 영혼은 충분히 자부심을 느끼며 네 영혼의 이름을 걸고 명예로운 삶을 살아가기를 당부하노라."

"하잘 것 없는 제 영혼에 대한 과찬이 아니신지요."

"겸손이 지나치면 오히려 상대에 대한 모독이다. 내가 네 고운 영혼을 향해 과찬을 늘어놓을 이유가 없다. 네 영은 하늘과 땅 어디서나 당당하니 네 영의 본질을 잊지 말고 모든 장소와 자리에서 위풍이 당당하라. 네 영을 수행하는 신명들이 또한 당당하게 네 영과 도모하며 앞일을 펼쳐 가리라."

"아무튼 제 영의 본질을 깨우쳐 주시고 제 영의 원신을 알려 주셔서 감사합니다. 불로불사 신선님을 만나 뵙게 된 이 자리가 참으로 영광스럽습니다."

"영광스런 기분은 나도 마찬가지다. 하늘과 땅의 고운 영혼들과 함께하는 이 자리는 미래의 여신을 만나고, 미래의 우주신을 만나는 자리가 아니겠느냐. 위대한 우주의 생애를 안고 살아가는 네 스스로의 운명에 대해 항상 감사하라."

"미래의 여신과 미래의 우주신이 저희들이라구요?"

"내 입에서 나오는 말은 무엇이나 거짓이 없다."

"제 원신을 만나볼 수 있는 방법은 없나요?"

"네 영혼이 고운 빛으로 거듭 태어나 도원진경(桃園眞景)의 불로불사의 선인(仙人)으로 살아갈 때 원신과 한 몸으로 합신하여 후천세상을 맞이하게 될 것이다. 네 영혼의 원신과 분신은 본래 둘이 아니라 한 몸이니…. 이 둘은 만남과 헤어짐이 의미가 없느니라. 하여 궁금할 것도 없고 만나 볼 일도 없으리니, 이미 원신과 하나된 네 몸이 신인조화(神人造化)로 거듭난 이치를 아직 터득하지 못했다면 유감이다."

"제 영혼의 몸은 이미 원신과 조화를 이룬 원분합일체(元分合一体)란 뜻인가요?"

"더 깊은 이야기를 나누다간 천기누설의 지경에 달할까 두려우니 이 정도의 설명으로 대답을 마치겠다. 하지만 네 눈에 보이지 않는다고 신인조화의 대업을 하늘이 중단하지 않으리라."

"천기누설이라 하셨는지요? 불로불사 신선님."

"하늘은 네 입을 두려워할 것이다. 누구보다 많은 하늘의 비밀을 두루두루 경험했던 네 영혼이기에 그 입으로 천기누설이 발설될까 하늘이 노심초사하리라."

"천기누설의 발설로 하늘의 처지가 곤궁에 처하기라도 하나요?"

"지구에서 벌어질 마지막 싸움은 천주(天主)와 멸주(滅主)의 전쟁이니 하늘의 작은 기밀 하나에 두 싸움의 승패가 엇갈릴 수 있다."

"제 입은 단단하고 무거우니 그 점에 대해서는 안심하셔도 됩니다.

제 입은 공정하여 누구의 편에도 서지 않으며 정의 아닌 발설은 누구도 듣지 못할 것입니다."

"아직도 네 마음엔 한이 남아 있는가?"

"제 모습에서 그런 느낌을 받으시나요?"

"지상에 태어난 영혼 중에 네 영혼처럼 천방지축 다차원의 세상을 누비고 다니며 두려움과 조심성도 없이 천기누설을 획책하는 방자함도 찾아보기 힘들 것이다. 한이 넘치는 영혼이 아니고선 감히 흉내낼 수 없는 천상계의 기인이 아닐 수 없을 것이다. 마치 못다 한 한풀이를 위해 우주 금단의 구역을 두려움 없이 넘나들면서 무모한 돌발행동을 멈추지 않으니 말이다. 내가 잘 못 보고 네 영혼을 판단한 것이냐?"

"불로불사 신선님, 한풀이라고 하셨나요?"

"그래 한풀이가 아니고 무엇이냐?"

"잘 보셨습니다. 저는 신선의 영혼으로 백마를 타고 지구를 찾아왔으나 땅은 저에게 마땅한 예우를 하지 않고 개보다 천한 삶으로 목숨을 부지해야 했습니다. 저에게는 이미 하늘과 지켜야 할 도리의 명분이 사라진지 오래라고 판단했습니다. 그래서 본능적으로 하늘에 대한 한풀이를 자행하며 살았다고 인정합니다."

"아직도 마음에 맺힌 무엇이 큰 모양이구나."

"저는 땅에서 살며 제 스스로의 품위를 스스로 지키며 살아갈 수밖에 없습니다. 그래서 천기누설의 대가로 영혼들의 마음을 얻고 품위를 유지하며 살아가고 있습니다. 그마저 손에 쥔 무기가 없었다면 저는 세상으로부터 무한 천대의 대상이 되어 숨 막히는 삶을 연명해야 했을 것입니다."

"고운 영혼 백마선(白馬仙)의 심정을 이해 못하는 바는 아니지만….

그래도 너는 이미 천주와의 약속을 잊지 않고 있겠지?"

"천주와의 약속을 아거으디 신선께서 어찌 알고 말씀하시지요?"

"보이지 않는 가상공간에 이미 쫙 퍼져 있는 소문이다. 그 소문은 영들이 알고 신명들이 알고 있으니 지나가는 새라도 붙들고 물으면 안다고 고개를 끄덕일 것이다."

"그렇게 하늘과 땅의 공간에 퍼져 있는 소문일 줄…. 아무튼 저는 천주와의 약속은 흔들림 없이 꼭 지킬 것입니다. 후천세상의 바른 질서를 위하여…. 그리고 천상계의 의리를 위하여…. 작은 힘이지만 천주의 역할을 돕겠다고 작정하고 있습니다."

"나도 네 약속을 꼭 믿고 싶다."

"믿어주십시오."

"믿을 것이다. 나의 믿음은 한 번도 빗나가지 않았다."

이 말을 끝으로 아거으디는 홀연히 눈 앞에서 사라졌다.

일곱 선녀도 아거으디의 뒤를 따라 바람처럼 사라지고 말았다.

아거으디와의 대화를 통해 나의 영성은 발가벗기듯 샤르비네에게 드러난 셈이었다.

요람정을 나오며 샤르비네가 여전히 놀란 표정을 감추지 못하고 있었다.

샤르비네는 나를 이끌고 요람정 주변의 도원(桃園)으로 향했다.

사철 지지 않는 복사꽃 물결이 꿈처럼 몽글거리는 도원의 여기저기에는 꽃그늘에서 정담을 나누는 신선과 선녀들이 많이 눈에 띄었다.

샤르비네와 나도 좋은 자리를 택하여 복사꽃의 꽃그늘에 앉았다.

복사꽃의 꽃 이파리들이 눈처럼 풀밭에 떨어지고 있었고, 꽃을 희롱하는 나비떼는 군무(群舞)를 지어 날아다니며 요람도원(搖籃桃園)의 정취를 발산시키고 있었다.

꿈속의 장면처럼 한가하고 고즈넉한 분위기였다.

도원의 꽃그늘에 자리를 잡고 나서 샤르비네는 이렇게 입을 열었다.

"샤르앙의 새로운 실체를 오늘 비로소 다 알게 되었어요."

"그동안 저는 샤르비네에게 숨겼던 내용이 없는데 무슨 실체를 알게 되었다는 이야긴지…."

"샤르앙의 원신이 하늘 사방에 널리 알려진 영혼이라고는 생각하지 못했어요."

"땅에서 살고 있는 영혼들이 누구는 그만큼 크지 않는 영혼들이 어디 있겠소? 원신은 원신이요, 현생은 현생일 뿐이지 또 다른 의미를 찾아서 무얼 하겠소. 각자 세상에 태어난 운명대로 살아가야 하는 것이 살아 있는 영혼들의 몫이 아니오?"

"그렇다 하더라도 영혼의 씨앗과 뿌리는 있으니까요. 땅에서 살고 있는 모든 꽃과 열매는 뿌리의 종자대로 꽃과 열매가 달리하듯, 영혼이라고 다 같은 삶을 사는 것이 아니라 본래 뿌리의 이치대로 현생의 결실을 맺어야 하지 않겠어요? 아무튼 제 일심동체의 영혼이 본래 큰 뿌리에서 비롯되었다니 더욱 기쁘고 영광스럽기만 해요. 그리고 샤르앙 원신의 부부로 지내는 상대가 어떤 영인지도 궁금해요."

"샤르비네의 원신도 충분히 훌륭하고 아름다운 존재라는 사실을 잊지 마시오. 제게는 연화가 하늘처럼 크고 바다처럼 넓은 은총의 대상이니까."

"아무튼 오늘 우리가 요람정을 방문한 보람은 너무 크다는 생각이 들어요. 우리들의 아름다운 인연은 이 요람도원의 모습처럼 더욱 아름답게 피어나기를 소망할게요."

"저도 그렇게 생각하겠소."

이런 이야기를 마친 샤르비네와 나는 자리에서 일어나 손을 잡고 요람도원을 산책하면서 더 많은 하늘 이야기를 나누었다. 코끝에 와 닿는 요람도원의 꽃향기는 감미롭기도 하고 마음을 아늑하게 만들어 주기도 했다.

신선보육원을 찾아서

　우주선경원(宇宙仙境園)은 그 크기의 규모가 자그마치 지구 한 대륙의 크기와 비슷한 우주시설이었다. 우주선경원을 다스리는 왕은 요람정의 불로불사의 신선인 아거으디였고, 아거으디의 구상에 의해서 우주선경원의 모습이 우주타운에 드러나게 되었다고 한다.

　우주선경원은 사철 지지 않는 복사꽃의 물결과 온갖 기화요초들의 꽃향기로 뒤덮여 있는 우주시설이며, 신천지의 요람이라고도 표현할 수 있었다.

　인공천체 우주타운을 우주공간에 나타난 신기루라고 표현한다면, 그 신기루 중에 신기루라고 주장할 수 있는 것이 또한 우주선경원의 모습이었던 것이다.

　그 우주신기루의 요람은 불로불사의 신선 아거으디의 구상에 의해서 우주공간에 전설처럼 모습을 드러냈기 때문에 더욱 유명하고 의미가 컸던 것이다.

　과거 우리 조상의 신선들도 비, 구름, 바람을 거느리고 인간세상을 도우며 살았다고 하지만 샤르별에도 많은 불로불사의 신선들이 살아 있는 영혼들과 합류하며 후천세상의 신천지를 건설하기 위해 신인조화의 힘을 발휘하고 있었다. 불로불사의 신선들은 살아 있는 신이었고 살아 있는 영혼들과 합세하여 영원히 망하지 않는 나라 후천세상의 선경낙원을 건설하기 위해 불철주야 애쓰고 있었다.

샤르별은 곧 무한이론의 4차원 문명세계가 펼쳐진 세상이었고, 살아 있는 신들이 다스리는 신천지 지상낙원의 세상이었다.

지구에서 살아가는 영혼들은 스스로를 인간이라고 자칭하며 평생동 안 인간다운 삶을 펼치기 위해 노력한다면, 샤르별에서 살고 있는 영 혼들은 스스로를 신선이라고 자칭하며 평생동안 신선다운 삶을 펼치 기 위해 노력하는 점이 각각 색다른 문명의 세상을 이루게 된 동기가 되었을 것이다.

아무튼 지구는 인간을 양육하는 세상이라면 샤르별은 신선을 양육하 는 세상이라고 단적으로 표현할 수 있었다.

우주선경원에는 샤르별의 중추신경계인 신선을 보육하는 장소가 있 었다.

그곳이 바로 신선보육원이었고, 그 신선보육원의 산파는 불로불사 신선인 아거으디였다. 아거으디는 곧 샤르별의 어둠을 멀리 추방시킨 큰 빛의 영혼이었고, 어떤 절망과 어둠의 신도 다시 샤르별을 침범하 지 못하도록 지켜주는 수호신이기도 했다.

초월적인 기운으로 가득 채워진 우주선경원에 신선보육원을 개설하 고 스스로 신선의 산파가 되어 빛의 화신들을 양육하는 아거으디의 역 할은 거룩한 성자의 길이요 영혼의 등대가 아닐 수 없었다.

신선보육원은 요람정에서 멀리 떨어져 있지 않는 요람도원 내에 있 었고, 인공으로 만들어진 호수와 풀밭과 자연의 풍광이 아름답게 잘 가꿔진 복사꽃 수풀 속에 신선보육원의 시설이 만들어져 있었다.

신선보육원에는 지상에서 올라온 신선과 선녀들이 완벽한 신선으로 거듭 태어나기 위해서 불사신 아거으디의 영적양육을 받으며 마음을 비우고 수련에 임하는 장소로써 일시에 1만 2천 명씩 수용할 수 있는 거대한 우주시설이었다.

신선보육원에서는 신선이 신선답게 행동하고 살아가는 법을 훈련시키는 장소였다.

지구에서 흔히 사용하는 속담 중에 〈사람이면 다 사람이냐, 사람답게 살아야 사람이지〉라는 교훈이 있듯, 샤르별에서도 〈신선이면 다 신선이냐, 신선답게 행동해야 신선이지〉라는 교훈이 신선들 사이에서 회자되고 있었다.

그래서 샤르별의 신선들이 가장 듣고 싶어 하는 명예로운 이름이 신선다운 신선이었던 것이다. 한마디로 우주의 신선보육원에서 열심히 수련에 임하고 있는 신선들은 모두 한결같은 마음이 신선다운 신선으로 거듭 태어나는 소망이었을 것이다.

신선보육원에 입소하는 자격은 따로 없었고 지상이나 우주타운에서 살고 있는 신선들이 누구나 희망하면 입소가 가능한 열려 있는 장소였다.

샤르비네와 나도 우주타운 방문에 앞서 미리부터 신선보육원 입소를 신청해 두었었고, 그래서 이번 우주타운 방문과 함께 신선수련을 받기로 작정되어 있었다.

요람도원 꽃 수풀에는 그림처럼 지어져 있는 신선 누각들이 큰 마을처럼 여기저기 아름다운 비경(秘境)을 중심으로 지어져 있는데, 그 비경 누각(秘境樓閣)들이 바로 신선수행을 하는 장소였다. 비경 누각은 신선수행자들이 희망하는 대로 커플끼리 혹은 가족이나 친구끼리 어울려서 사용할 수 있었다.

신선이 아니라도 비경 누각에서 머물면 저절로 신선으로 다시 태어날 것 같은 주변의 멋진 풍광이었다.

신선수행 입소 절차를 마친 샤르비네와 나도 비경 누각 하나를 선택해서 함께 사용하기로 했다. 우리가 사용하는 비경 누각은 비교적 높은 장소에 위치하고 있어서 수행마을 전체가 내려다보이는 전망이 좋은 장소였다.

복사꽃의 물결 속에 지붕이 보일 듯 말 듯 지어져 있는 신선수행자들의 비경 누각은 숨겨진 선경의 모습처럼 여기저기 펼쳐져 있었다. 마치 꿈속의 장면처럼 느껴지기도 하고 천상계의 낙원을 바라보는 기분이기도 했다.

신선수행 교육은 집합교육과 개인교습으로 이루어지고 있었다.

개인교습은 덕망을 갖춘 러우들이 맡고 있었고, 차원 높은 깨달음과 고상한 신선으로서의 품격을 훈련받을 수 있었다. 러우는 각성자를 의미하며 영통(靈通)에 이른 자들이기도 했다. 러우는 속마음을 읽고 텔레파시 대화가 가능하며 우주의 지존자들과 의사교류가 가능한 샤르별 인류들의 스승이었다. 러우는 샤르별 존재들의 모든 교육과 수행의 지도자로 활동하고 있었다.

러우들이 진행하는 신선수행 과정을 단계별로 설명하면 다음과 같다.

비움수련 프로그램

신선의 조건은 슬림한 체격과 가벼운 몸이다.

지구에서 학을 신선에 비유하듯 돼지나 곰을 닮은 신선은 호평을 얻지 못한다. 늘씬하고 가벼운 체격의 몸이 선체(仙體)로써의 모범으로 삼는다.

아름다운 여인이 사뿐사뿐 가벼운 걸음으로 걷는 모습을 보고 선녀 같다는 표현을 쓰기도 한다. 샤르별에서는 신선을 상징하는 상징물로 학과 백합과 소나무를 꼽는다. 샤르별에도 비슷한 동식물이 있고 생태도 비슷한 조건이다. 그래서 샤르별의 신선도에는 세 가지 상징이 빠지지 않는다.

샤르별에서 살아가는 신선들의 몸동작은 하나같이 가벼워 보인다.

마치 구름 위를 걷고 있는 모습이라고 할까. 샤르별의 신선들은 누구도 몸이 살찌고 무거워 보이는 모습이 없다. 어려서부터 몸을 슬림하게 만들고 가볍게 하는 방법을 수행하기 때문이다. 선녀들은 쉬지 않고 달밤에 우주활력무를 추고 샤르별의 모든 신선들은 아침마다 떠오른 태양을 바라보며 집단으로 우주활력무를 춘다. 그래서 샤르별의 신선들은 몸이 굳어 있을 시간이 없다. 유연함과 가벼움은 신선의 상징이기도 한데 유연함과 가벼움을 유지하기 위해서 몸 속의 비움을 중요한 과제로 삼는다.

우주선경원 1단계 수행이 비움 프로그램이다.

비움 프로그램이란 몸과 정신 속에 녹아 있는 작은 찌꺼기라도 말끔히 청소하여 항상 청정한 상태를 유지하는 내용이 핵심이다.

샤르별의 신선들은 몸 속의 오장육부에서 정신과 마음이 우러나온다고 믿고 있었다. 그래서 영혼을 담고 있는 그릇을 육체라고 표현한다. 건전한 육체에 건전한 정신이 담긴다는 교훈은 지구에도 있다. 지구에 그런 교훈이 있지만 실천하는 사례는 드물다. 스포츠정신 정도로는 활용한다.

샤르별에서는 아름다운 영혼을 가꾸기 위해 몸을 잘 가꾼다.

아름다운 정신이 깃드는 아름다운 몸을 가꾸기 위해 몸 속을 비우고 청결성을 유지하는데 많은 노력을 기울인다. 비움 프로그램의 수행이 아름다운 몸을 만드는 신선들의 기본 실천이다.

신선수련원에 입소하면 가장 먼저 심사하는 내용이 비움 상태 점검이다.

비움 상태 점검의 내용이란 주로 혈액정화(血液淨化), 체액정화(體液淨化), 분비물정화(分泌物淨化) 등을 중점적으로 점검한다.

고운 영혼을 담고 있는 맑고 깨끗한 몸을 점검하는 내용으로 가장 비중 있는 내용이 혈액, 체액, 분비물의 상태를 점검하여 청정도를 살피고 미흡할 경우 집중적으로 비움 프로그램을 실시하게 된다.

샤르비네와 내가 신선수련원 입소절차를 마친 후 가장 먼저 향하는 곳이 신체청정도 검사실이었다. 관리자의 안내를 받고 검사실로 들어가니 특별 검사용 시스며 의료캡슐이 놓여 있었다. 일명 4차원 의료시스템으로써 시스며 캡슐 속에 드러누워만 있으면 몸 속의 상태가 4차원 영상으로 드러나며 가상공간의 화면에 세포나 실핏줄의 상태까지 확대되어 나타났다.

가상공간의 4차원 영상만 들여다보아도 혈관을 따라 강물처럼 흐르는 혈액의 내용이나 세포 사이에 고여 있는 체액의 상태나 정신계를 지배하는 호르몬 같은 분비물의 청정도를 즉석에서 확인하는 것이 가능했다. 그 청정도를 확인한 후 신선 수련의 프로그램 내용이 달라졌다.

먼저 샤르비네가 신체청정도 검사에 임했다.

샤르비네가 시스며 캡슐에 들어가 잠자는 모습처럼 편하게 눕자 몸 속의 모든 내용들이 4차원 가상공간의 화면에 나타나고 피검사자는 물론 곁에서 지켜보는 관리자와 참관자도 검사의 내용을 확인할 수 있었다.

시스며 캡슐 속에서 신체청정도 검사를 하는 샤르비네의 혈액, 체액, 분비물 등의 청정도는 이슬처럼 맑고 깨끗했다. 혈관을 흐르는 혈액은 찌꺼기나 혈전의 덩어리 하나 없이 깨끗했으며, 세포를 적시고 있는 체액(體液)은 이슬처럼 맑았고, 정신계를 지배하는 호르몬이나 분비물은 청정도 만점(滿點)에 가까웠다.

호르몬 분비물 중에 성기능 지배물질의 유전적 결함이 미세하게 나타난 점 외에는 청정도는 합격점에 가까웠다. 신선수련 과정에서는 청정도의 작은 흠결이라도 그냥 넘기지 않았다. 어떤 방법으로든 작은 흠결이라도 해결하고 다음 수련과정을 진행했다.

샤르비네에 이어 다음 차례로 내가 시스며 의료캡슐에 들어가 신체청정도 검사를 진행했다. 내 몸 속의 청정도는 샤르비네에 비해 낙제점에 가까웠다.

혈액의 상태나 체액의 상태나 분비물의 상태는 모두 오염도가 심각한 수준이었다. 지구 인류의 기준으로 보면 청정도 상등급에 속할 수 있었지만 샤르별 신선들의 기준으로는 최하등급이었다. 각오는 하고 있었지만 신체청정도 검사결과를 확인하고 얼굴이 붉어지지 않을 수 없었다.

말로만 신선이지 신체적 조건은 신선의 곁에도 다가갈 수 없는 오염된 몸이었다. 오염된 몸에서 오염된 의식이 오염수처럼 품어 나오고 있었을 것이다.

내 몸의 신체청정도 결과가 샤르별의 기준으로 최하등급이란 뜻은 그 그릇 속에 담고 있는 정신과 영혼의 청정도 역시 밑바닥이란 뜻이기도 했다. 검사결과를 확인한 담당 관리자는 애써 태연한 모습을 보여 주었지만 샤르비네를 볼 면목이 떨어지는 것 같았다.

그래서 샤르비네에게 부끄러운 마음을 숨기지 않고 사과 아닌 사과를 하지 않을 수 없었다.

"제 몸의 청정도가 최하등급이란 뜻은 제 영혼의 청정도가 최하등급이란 의미와 다르지 않을 것이오. 청정도 최하등급 영혼의 소유자가 청정도 최상급의 고운 영혼과 일심동체의 언약을 맺고 있다는 자체가 하늘을 향해 낯부끄럽지 않을 수 없소. 샤르비네를 볼 면목이 없어지오."

샤르비네는 부끄러운 마음을 실토하는 나의 손을 다정하게 잡아주며 위로했다.

"샤르앙의 슬픈 마음을 모르진 않아요. 하지만 샤르앙의 신체청정도 상태는 지난번 보다 훨씬 좋아졌어요. 결과가 점점 나빠지는 것은 문제지만 호전되어 가는 것은 실망할 일도 부끄러워할 일도 아니에요. 지구에서 살아가면서 먹는 음식과 마음의 고통으로 인해 청정도가 오염된 결과이니 샤르앙의 어떤 잘못도 없어요. 앞으로 며칠 동안이지만 이곳 신선수련원에 머물면서 청정도의 오염을 말끔히 청소하기로 해요. 샤르앙의 영혼은 본래 거룩하고 아름다운 씨앗이므로 청정도를 되찾으면 보석처럼 아름다운 빛으로 세상을 비추게 될 거예요."

몸 속의 청정도를 회복하기 위해서는 비움 프로그램이 필요했다.

비움 프로그램이란 더러워진 빨랫감을 깨끗이 세탁하는 수련 작업이었다. 즉 몸 속에 오염된 찌꺼기를 말끔히 청소하여 고장난 오장육부 기능을 재생하는 과정이 비움 프로그램의 핵심적 내용이었다.

비움 프로그램은 몸 속을 청소하는 비누를 이용해서 빨아내고 씻어내는 방법이었다. 몸 속의 찌꺼기를 씻어 내는 비누는 특수한 약초의 성분으로 이루어진 발효 향료수였고, 발효 향료수를 섭취하면 몸 속에 쌓여 있는 찌꺼기들이 몸 밖으로 배출되어 청정도를 되찾을 수 있었다.

샤르비네는 성호르몬 분비물 계통의 미세한 오염도가 발견되어 나와 함께 비움 프로그램 수련에 임했다. 물론 나를 도와서 함께 비움 프로그램의 좋은 결과를 얻기 위한 목적도 있었다.

비움 프로그램 수련실에 들어가니 담당 관리자가 친절하게 중요한 요령들을 알려 주고 도와 주었다.

샤르비네의 비움 프로그램은 간단하게 요식적으로 진행했는데 나의 비움 프로그램은 복잡했다. 마시는 발효약초 향료수의 양도 많았고 종류도 다양했다.

발효 향료수를 마시자 몸 속 여기저기가 근질거리고 이물질을 토해 내기도 했으며, 몸 속에서 증발한 땀이 물처럼 흘러내리기도 했다. 몸 속에서 분비된 땀 냄새는 역겹고 냄새가 고약했다.

샤르비네는 비움 프로그램을 간단히 진행하고 땀으로 분비된 물질을 수건으로 닦아낸 후 욕실로 들어가 몸을 씻고 말았는데, 나는 온종일 비움 프로그램을 진행하며 몸 속의 더러운 성분을 땀으로 분비해서 배출해야 했다.

땀으로 분비되는 몸 속의 더러운 찌꺼기는 흐르고 흘러도 멈출 줄 몰랐다.

샤르비네는 내가 비움 프로그램을 마칠 때까지 무료하지 않도록 곁에서 지켜주며 수건으로 땀을 닦아주기도 하고 중요한 요령을 알려주기도 하면서 함께 지내주었다.

하루가 다 지나간 후에야 나의 비움 프로그램은 끝이 났고 몸 속에서 분비한 찌꺼기의 땀만 몇 동이는 될 것 같다는 생각이 들었다.

비움 프로그램이 끝난 후 따뜻한 물 속에 들어가 몸을 씻고 나니 무겁던 몸이 새털이 된 것처럼 가볍고 기분은 날아갈 듯 좋았다.

목욕을 마치고 기분이 좋은 나의 표정을 보고 샤르비네가 말을 걸었다.

"온종일 꼼짝 못하고 비움 프로그램을 진행하느라 수고 많았네요. 덕분에 샤르앙의 몸이 가벼워 보이고 기분도 좋아 보여 제 마음이 다 행복해요."

나도 기쁨에 들뜬 목소리로 대답했다.

"정말 기분이 좋소. 지금 이 순간의 기분을 표현하자면 하늘로 날아갈 것 같다는 생각뿐이오. 샤르비네가 곁에서 지켜 주고 도와 주어서 더욱 만족한 결과를 얻게 된 것 같소. 샤르비네에게 진심으로 감사하다는 마음을 전하고 싶소."

샤르비네는 다정한 눈빛으로 나의 눈을 들여다보면서 또 말을 이어나갔다.

"비움 프로그램이야말로 오염되고 부패된 몸과 마음을 원상태로 복귀시키고 영혼을 부활시키는 성스러운 신선 수련이 아닐 수 없어요. 이런 신선 수련은 앞으로 몇 번 더 이곳을 찾아와 진행할 것이고, 지구로 돌아간 후에도 빠지지 말고 비움 프로그램을 실천하여 성스러운 몸과 거룩한 영혼을 지키도록 노력해 주세요. 그래야 진짜 성스러운 신선으로 태어날 수 있어요. 샤르앙과 함께 영원한 우주의 신선과 선녀로 살고 싶어요."

"그 약속은 잘 지켜나갈 것이니 걱정하지 마시오. 샤르비네."

"그렇게 약속해 주어서 마음이 든든하고 기뻐요. 샤르앙이 지구로 돌아간 후에도 비움 프로그램을 꾸준히 실천하며 고운 영혼을 가꾸면서 저와 일심동체의 언약을 지켜줄 것으로 생각하니 든든하고 행복해요."

"비움 프로그램은 오염된 육체와 영혼을 재생시키는 훌륭한 수련법이라고 생각 드오. 앞으로 저는 이 프로그램을 잘 익혀서 지구로 돌아간 후에도 제 자신은 물론 지구 인류들에게도 전달하여 오염된 지구 인류의 몸과 영혼을 부활시키고 싶다는 욕망이 커지오. 그래서 지구 인류들을 신선으로 만들어 주고 온 세상을 신선세상으로 가꾸고 싶소."

"샤르앙의 꿈은 꼭 이뤄질 것으로 믿어요. 참 훌륭한 생각을 가지고 있어서 기쁘군요. 그 마음을 꼭 변치 말고 지구에 돌아가서 잘 실천해 주길 바랄게요. 그리고 지구로 돌아가면 제 분신의 영혼을 만나 아름다운 관계를 나누었으면 좋겠어요. 저도 샤르별에서 샤르앙의 분신을 만나고 싶어요."

"가능한 일들일까요?"

"우리들 영혼의 분신들은 우주 다차원의 어떤 세상에도 다른 모습으로 태어나 살아가고 있다고 믿어요."

"샤르비네의 말이 사실이라면 너무 행복할 것 같소."

"제 말을 믿으세요. 나중에 대각성의 영통자를 찾아가 자세한 이야기를 듣도록 해요. 그 분이 우리들의 분신을 잘 설명해 주실 거예요."

"꼭 듣고 싶은 이야기요."

비움 프로그램을 마치고 나니 마치 몸 속에 덕지덕지 붙어 있던 철갑(鐵甲)같은 이물질이 떨어져 나간 기분이었다. 먼지와 땀으로 찌든 몸을 목욕탕에 들어가 씻고 나면 상쾌해지는 기분과는 비교가 되지 않았다.

이제까지 겉으로 드러난 몸에 묻은 때만 씻을 줄 알았지 속 때까지 씻어낼 생각은 가져보지 못했다. 겉에 입고 있는 옷만 더러워지면 빨아 쓸 줄 알았지 속에 입고 있는 오장육부의 빨랫감은 아무리 더러워도 빨아 쓰지 못했던 지난날이 부끄럽게 느껴졌다.

영혼을 담고 있는 그릇은 깨끗하게 비울 생각은 못하고 마음만 깨끗하게 살려고 노력했으니 그 노력이 큰 결실을 이루지 못한 원인은 간단했을 것이다. 이제 몸 속을 비우는 요령을 배웠으니 앞으로는 부지런히 실천하며 청정무결한 몸을 가꾸기로 결심하지 않을 수 없었다.

채움수련 프로그램

비움수련이 끝난 후 채움수련이 시작되었다.

채움수련은 몸 속을 깨끗이 정화시킨 후 청정하고 튼튼한 몸과 마음을 재창조할 수 있는 좋은 성분의 물질을 채워 주는 프로그램의 수련이었다.

채움 프로그램 역시 시스며 의료캡슐의 검진을 받고나서 진행되었다.

시스며 캡슐 속에 들어가 누워 있으면 몸 속에 구성을 이루고 있는 체성분(體性分)들이 종합적으로 검사가 이루어지고 체위(體位)의 부분별로 부족한 성분과 과잉성분 등이 분류되어 나타났다.

샤르별의 존재들 역시 100조 개 정도의 세포로 이루어진 신체구조가 지구 인류들과 비슷한 성분들로 구성되어 있고, 단백질을 비롯한 탄수화물, 지방, 미네랄, 비타민, 섬유, 효소 등의 성분함량으로 이루어져 있었다. 이러한 성분 중 일부가 과잉되거나 부족현상이 나타나면 신체적 결함과 생리적 불균형이 나타나 온전한 몸과 온전한 정신을 이루는데 부적격한 판정을 받게 된다고 설명할 수 있었다.

그러므로 채움수련 역시 비움수련 못지않은 신선수련의 중요한 과제가 아닐 수 없었다.

시스며 의료캡슐에서 체성분 검사를 받은 결과 샤르비네는 모든 체위별로 정상적인 결과가 나왔는데, 내 몸 속의 체성분 속에서는 체위별로 불균형 비율이 많이 나타났다. 뇌성분과 골성분에서 중요한 미네랄 구성의 불균형이 나타났고 신경계 호르몬의 불균형도 나타났다.

이러한 성분들의 과도한 비율은 적절하게 조화시키고 부족한 성분은 보충해서 체위별로 조화를 이루도록 진행하는 프로그램이 채움수련이었던 것이다.

채움수련은 비움수련 프로그램 보다 긴 시간을 요구했다.

비움수련은 하룻만에 끝나는 프로그램이었다면 채움 프로그램은 열흘이나 걸려서 진행되는 프로그램이었다.

샤르비네의 체성분은 모든 체위별로 정상이었기 때문에 나 혼자서만 채움수련의 프로그램에 참여했는데 전문 관리자가 매일 같이 처방해주는 영양 향료수를 마시며 몸을 관리했다. 부족한 성분들을 이온화시켜서 향료수로 만들어 매일 같이 정해진 양만큼 섭취하는 일이 채움수련 프로그램이었는데, 이온화된 영양소의 향료수는 마시는 즉시 온몸으로 혈관을 따라 흐르며 부족한 성분들을 채워 나갔다.

몸 속에 부족한 성분들이 채워지는 과정은 시스며 의료캡슐의 검사를 받을 때 가상공간 화면을 통해 4차원 영상으로 나타났고, 채움수련 전후를 비교하는데 편리했다. 의료전문가가 아니라도 시스며 4차원 영상만 들여다보고 있어도 체위별로 부족한 부분과 정상적인 부분을 점검하는데 애로가 없었다. 곁에서 전문 관리인이 체성분 검사 결과를 판독하는 방법을 알려 주고 설명해 주기 때문에 몸 속에서 채워져 나가는 체성분 함량의 결과를 관리하는 데 작은 애로도 겪을 필요가 없었다.

시스며 의료캡슐에 누워있기만 해도 원하는 검사와 검진이 이루어지고 모든 결과는 알기 쉽게 4차원 영상의 설명으로 나타나므로 의사가 필요 없이 자신의 건강을 자신이 관리하는데 지장이 없었다.

비움수련이 끝나고 채움수련의 프로그램이 진행될수록 몸과 맘의 건강상태는 흐르는 시간과 함께 양호해지고 조급하고 불안해하던 성격도 완만하게 변화되어 가는 느낌을 얻을 수 있었다.

신선수련에서 성격완성도 지수는 수행의 중요한 부분을 차지했고 성격완성도 지수가 높을수록 신선의 자질이 높아지고, 성격완성도 지수가 떨어질수록 신선자질이 떨어지는 것으로 판별하고 있었다.

체성분의 부조화와 불균형이 나타나면 저절로 성격완성도 지수가 낮아지고 성격완성도 지수가 낮아질수록 신선자질은 떨어지는데, 샤르비네와 나의 성격완성도 지수 차이는 컸다.

샤르비네의 성격완성도 지수는 8,900 정도라면 나의 성격완성도 지수는 4,800 수준이었고, 성격완성도 지수가 1만 정도에 이르면 가장 완벽한 신선의 자질을 갖춘 것으로 인정받았다.

그만큼 나의 성격은 샤르비네의 성격에 비교해서 질적으로 떨어져 있다고 설명할 수 있었을 것이다.

참고로 지구 인류들의 성격완성도 지수는 평균 2,500 이하였고 1,000 이하로 성격완성도 지수가 떨어지면 대인관계가 원만하지 못할 뿐만 아니라 정상적인 인격자로서 활동하는 데도 많은 지장이 있다고 설명할 수 있었다.

온전한 신선자질을 갖추기 위해서는 성격완성도 지수 8,000 이상을 유지해야 하고, 온전한 성격완성도 지수를 유지하는데 체성분을 이루고 있는 영양성분의 비율은 절대적 영향을 미치고 있었던 것이다.

즉 성격이나 정신적 자질이 부족할 때 몸 속의 체성분을 이루고 있는 영양물질의 구성비율은 중요한 내용이었으며 체성분의 영양구조가 균형을 잃을 때 온전한 성격과 온전한 건강유지는 장담할 수 없다고 판단할 수 있었던 것이다.

나는 열흘 동안 전문 관리인이 처방해 준 영양 향료수를 섭취했고, 시간이 흐를수록 성격완성도 지수는 5,000 이상으로 높아져 갔다. 성격완성도 지수가 높아질수록 마음의 평안상태와 유연함은 증가하고 있다는 사실을 스스로에게서 발견할 수 있었다. 매일매일 시스며 의료 캡슐에서 체성분 검사를 진행했고 채움수련의 시간이 늘어날수록 성격완성 지수도 함께 상승하는 결과를 보면서 신선수련의 기쁨을 누릴 수 있었다.

채움수련을 담당한 관리자는 쿠스사비였고 그는 무한이론 생명공학을 연구한 러우였다. 쿠스사비는 샤르별 지상에서도 생명공학 분야 도통전문가로 명성을 날리고 있었고, 그 명성을 인정받아 신선수련원의 채움수련 프로그램의 책임자로 근무하고 있었다.

나는 채움수련 프로그램을 진행하면서 쿠스사비 러우로부터 체성분의 구성과 정신적 역학관계에 대해서 많은 가르침을 받았고, 영양물질을 이용해서 성격을 개조하는 비법을 터득할 수 있었다.

쿠스사비와 나누었던 대화내용을 정리하면 다음과 같다.

"몸 속의 영양물질과 정신적 변화에는 어떤 역가(力價)가 작용하고 있는지 궁금합니다. 쿠스사비 러우께서 간단히 설명해 주실 수 있나요?"

"몸은 영혼을 담고 있는 그릇이라면 그 그릇을 구성하고 있는 체성분에 따라서 성격과 정신작용이 달라진다. 육체를 구성하고 있는 성분들을 분석하자면 주성분과 부성분을 총망라해서 수 천 종에 이르며 이러한 미네랄, 비타민, 섬유소, 효소 등등의 미세한 성분들의 작용에 의해 섬세한 영혼의 감정들이 달라진다. 영혼의 감정변화가 성격완성도 지수를 결정하고 성격완성도 지수에 따라서 신선 자질의 적합도가 달라지는 것이다. 채움수련 프로그램은 미세한 체성분을 분석하여 부족한 것을 채워주고 넘치는 것을 조정해 주므로 성격완성도 지수를 높여서 신선 자질을 향상시키고자 하는 것이 주목적이라고 이해하길 바란다."

"몸 속의 체성분을 이루고 있는 수 천 종의 미세한 성분들이 섬세한 영혼의 감정을 지배하고 변화시킨다는 말씀이군요?"

"그렇다. 몸 속의 체성분들은 생명의 기능을 연명하는 중요한 에너지이면서 영혼의 질을 변화시키는 중요한 단서로 작용한다. 몸을 이루고 있는 체성분의 영양학적 구조가 하나의 영혼을 완성하는 중요한 조건이란 점을 명심하길 바란다."

"몸 속의 체성분 함량에 따라서 영혼의 구성까지 달라진다니 놀라운 소식이라고 생각됩니다."

"영혼과 몸과 정신세계는 모두 형태는 다르지만 에너지의 작용에 의해서 생성되는 이치만은 동일하다. 우주에 존재하는 모든 빛과 물질과 기운의 힘이 에너지며, 모두 형태는 다르더라도 에너지라고 하는 근원은 일치한다. 몸 속에 구성된 체성분의 영양학적 조화는 곧 섬세한 영혼과 정신세계를 장악하는 근본이므로 신선의 자질을 높이기 위한 성격완성도 지수의 상승을 위해 영양학적 채움수련 프로그램을 진행하는 것은 중요한 의미가 있다고 생각하여라."

"곧 몸 속의 물질이 육체를 만들고 정신을 만들고 영혼을 가꾼다는 말씀이신데, 결국 고운 영혼을 가꾸기 위해 마음수련과 기도만으로는 역부족이란 생각이 드는군요. 지구에서는 많은 종류의 종교들이 생겨나서 기도와 신앙의 힘만으로 고운 영혼을 가꾸어 새롭게 태어나기를 바라고 있지만 그러한 힘만으론 영혼의 부활을 위해선 역부족이란 생각이 드는군요."

"당연하지. 신앙이나 기도의 힘이 영혼의 성숙을 위해서 도움이 되는 것은 사실이지만 근본적 성향과 체질을 바꾸기란 불가능 하지. 지구에는 인간들이 살아가고 샤르별에서는 신선들이 살아가고 있지만, 신선의 영혼은 하루아침에 이루어지지 못한다. 완벽한 신선 자질로써 거듭 태어나기 위한 부단한 수련과 자기 노력은 물론이고, 영혼을 담고 있는 그릇의 구성을 완벽하게 개선하기 위한 노력은 더욱 중요한 역할이란 사실을 망각해서는 안 된다. 요즘 샤르앙 네 자신을 살펴보아도 채움수련 프로그램을 통해 나날이 달라지는 성격완성도 지수의 상승을 경험하고 있지 않느냐?"

"그건 사실입니다. 성격완성도 지수와 함께 나날이 변화되는 제 영혼의 성숙을 체험하고 남음이 있는 것 같습니다."

"우주가 끝나도 남는 건 네 영혼의 빛과 에너지뿐이다. 이번 신선수련원의 체험을 통해서 고운 영혼의 빛을 더욱 강화하고 완벽한 신선의 자질을 갖추는 계기가 되길 소망한다."

"감사합니다. 쿠스사비 러우님. 앞으로 제가 신선수련원의 프로그램을 무사히 마치고 돌아가도록 많은 가르침을 베풀어 주십시오."

"네 영혼의 씨앗은 크고 아름다우니 틀림없이 좋은 신선의 자질을 갖춘 고운 영혼으로 태어날 것을 나는 믿는다. 앞으로 네가 지구로 돌아갈 때까지 자주 이곳 신선수련원에 들리도록 해라. 어떤 가르침이나 지도도 마다하지 않을 것이다."

샤르비네는 곁에서 나와 쿠스사비의 대화를 모두 듣고 나서 감격한 표정을 감추지 못했다.

샤르비네는 나를 대신해서 쿠스사비에게 다시 한 번 감사의 뜻을 전하는 것을 잊지 않았다.

"쿠스사비 러우님, 정말 감사합니다. 샤르앙은 제 일심동체의 언약자로서 러우님의 가르침이 고운 영혼을 가꾸는 큰 힘이 될 것으로 믿어 의심하지 않습니다. 제 일심동체의 영혼을 바르게 길러주심은 제 영혼을 길러주심보다 기쁘고 감사합니다. 그 은혜를 잊지 않도록 하겠습니다."

"기특한 맘이로다. 사랑하는 영혼들아. 너희들의 아름다운 우정이 우주개혁의 큰 밑거름이 될 것이며 후천세상의 밝은 빛으로 떠오를 것이다. 끝까지 지켜보며 사랑하는 너희 영혼들의 장도를 축원하리라."

세움수련 프로그램

신선수련의 마지막 관문은 세움수련 프로그램이었다.

비움과 채움의 수련을 마치면 비뚤어진 몸과 맘을 바르게 세우는 마지막 단계가 남아 있었다.

이제까지 잘못된 행동과 습관을 고치고 고상한 신선의 품위를 되찾는 단계가 세움수련 프로그램이었고, 신선 자질의 완성도를 높이는 가장 중요한 수련과정이기도 했다.

세움수련 프로그램을 진행하기 위해서는 4차원 시뮬레이션 프로그램을 이용했다. 시뮬레이션 프로그램을 진행하기 위해서 신선수련원에 입소한 수련생들의 모든 일거수일투족의 내용이 수행자 자신들도 모르는 사이에 4차원 영상으로 촬영되어 저장되어 있었고, 그러한 영상정보를 시뮬레이션 장치에 입력시키면 평소의 습관이나 행동이 재현되는 가상현실 화면이 가상공간의 화면에 4차원 영상으로 나타났다.

즉 신선수련원에 입소하면서 나타나는 몇 가지 행동이나 습관의 유형만 샘플 영상으로 담아서 시뮬레이션 장치에 입력시키면 어려서부터 자라온 배경과 앞으로 살아가면서 일으킬 행동이나 습관의 유형이 가상현실의 프로그램으로 가상공간에 나타났다.

수련생들의 그러한 시뮬레이션 프로그램의 4차원 영상을 전문가가 분석하면서 잘못된 언행이나 습관을 바로잡아 신선의 품위를 유지할 수 있도록 도와 주는 프로그램이 세움수련이었던 것이다.

나와 샤르비네는 비움과 채움의 수련과정을 마치고 마지막 세움수련 프로그램에 참가하기 위해 시뮬레이션 테스트장에 입장했다. 시뮬레이션 테스트장은 가상공간으로 만들어진 가상현실 화면 속이었고, 가상현실 화면 속에 샤르비네와 나의 모습이 등장했다.

가상현실 화면 속에서는 샤르비네와 내가 어릴 때부터 자라온 행동의 습관과 언행이 그대로 재현되고 있었고 앞으로 생존할 때까지 나타날 행동의 변화까지 가상현실의 4차원 영상으로 재현되고 있었다.

그 화면 속에 나타난 행동을 분석해서 신선의 자질도를 점검하는데 샤르비네는 85점, 나는 42점의 평가를 얻을 수 있었다. 즉 완벽한 신선자질도를 100점 만점으로 평가할 때의 점수였던 것이다. 샤르별에서 그토록 신선의 품위를 유지하기 위해 노력했고 나름대로 신선으로서의 자부심을 가지고 행동했었는데 신선자질 평가점수는 형편없이 낮았던 것이다.

신선자질도 점수는 90점 이상이어야 합격선에 이르렀고 샤르비네는 거의 합격선에 이르렀다면 나는 아직 신선자질도의 절반수준도 미치지 못한 낮은 낙제점수라고 설명할 수 있었다. 즉 나는 아직 신선으로서의 자질도에서 볼 때 낙제생에 불과했다. 샤르비네 보기가 민망할 정도의 낮은 평가가 아닐 수 없었다. 참고로 샤르별의 존재들 중 신선자질도 평균 점수는 70점 이상이었다. 어린이나 유아기를 제외한 성인들은 80점 이하가 거의 없었다.

하지만 지구 인류의 평균 신선자질도는 15점 이하라는 평가점수를 얻고 있었으니 그러한 수준과 비교하면 그나마 작은 위안을 삼지 않을 수 없었다.

신선자질도 점수가 낮게 나온 것에 대해 실망을 감추지 못하고 있는 나를 위로하기 위해 샤르비네가 이렇게 말했다.

"샤르앙의 신선자질도 점수는 그 정도만으로도 훌륭하다고 생각해요. 샤르별의 존재들과 비교하면 낮은 점수이지만 지구 인류들의 평가와 비교해서는 월등하게 높은 점수가 아닐 수 없어요. 샤르앙은 이제까지 지구적인 관습과 습관으로 신선자질도의 낮은 점수를 받은 것이지 고유한 영혼의 품격이 낮은 것은 아니라고 생각해요. 샤르앙이 우리 샤르별에 도착한 기간은 지구 시간으로 겨우 6개월에 불과하고 그 짧은 기간 동안 높은 신선자질도를 갖추기란 무리라고 생각해요. 샤르앙이 앞으로 우리 샤르별의 방문기간을 마치고 돌아갈 때는 틀림없이 훌륭한 자질을 갖춘 신선이 될 것으로 믿어 의심하지 않아요. 그러므로 실망하지 말고 앞으로 신선수련원에서 주어진 기간 동안 열심히 신선수련을 쌓도록 노력하기로 해요."

샤르비네의 위로를 듣고 나니 나는 조금 힘이 생기고 부끄러운 감정도 사라지기 시작했다. 그래서 샤르비네에게 감사의 뜻을 전했다.

"샤르비네가 그렇게 말해주니 부끄러운 감정이 감춰지고 힘이 생기는 것 같소. 무엇보다 제 영혼의 본래 품성이 잘못된 것이 아니라 지구적 습관과 행동의 잠재력으로 나의 신선자질도가 낮게 평가된다고 설명해 주니 앞으로의 가능성을 마음에 새길 수 있었소. 무엇보다 나의 신선자질도를 높이기 위해서는 소아적(小我的)인 지구식 관습과 의식을 고치고 대아적(大我的)인 우주관을 실천하도록 노력해야겠다는 생각이 절실해지오. 샤르별에 도착한 후로 소아적 사고방식과 습관을 고친다고 제 나름대로는 많이 노력했는데 많이 부족했던가 보오. 앞으로는 더욱 대아관의 큰 의식으로 성장할 테니 샤르비네가 지켜봐 주길 바라오."

"샤르앙은 참 대견한 생각을 가지고 있군요. 앞으로 샤르앙의 행동을 지켜보면서 날로 성숙해지는 영혼을 바라보는 재미로 살아갈게요. 지금의 다짐을 잊지 말고 꼭 저와의 약속을 지켜 주세요."

"샤르비네와의 약속은 꼭 지키도록 하겠소."

세움수련 프로그램의 개별지도는 오스사비라고 하는 러우가 맡고 있었다.

오스사비는 전공과목이 무한이론 심리공학이었고, 샤르별의 지상에서 잘 알려진 영성심리학의 대가였다.

신선수련원에 입소한 수련생 중에서 신선자질도에 미치는 가장 심각한 행동장애와 습관장애를 갖고 있는 대상이 바로 나였다. 시뮬레이션 영상자료를 통해 나의 성격과 행동장애의 테스트를 모두 마친 오스사비는 나를 특별 교정실로 불러서 심리분석을 시작했다.

심리분석은 대부분 심리상담과 대화를 통해 이뤄졌다.

오스사비는 다음과 같은 스타일로 나에게 질문하고 대답을 듣고 하면서 세움수련의 프로그램을 설정했다. 샤르비네는 임시 보조원으로 임명되어 오스사비를 도와서 나의 세움수련 프로그램에 동참했다.

"사랑하는 영혼아."

오스사비는 항상 경건한 목소리로 나의 이름을 이렇게 불렀다.

"네, 러우님."

나는 이미 시뮬레이션 테스트를 통해 신선자질도에서 낙제점을 받은 행동장애와 성격장애로 지목을 받고 있었기 때문에 스스로 위축된 의식상태에 있었다. 그래서 목소리에는 힘이 없었다.

"지구에서 왔다고 했던가?"

"네, 러우님."

"샤르비네와는 일심동체의 언약자라고 했지?"

"네."

나는 샤르비네의 얼굴을 살짝 곁눈질로 바라보면서 대답했다.

오스사비와 대화를 나누면서도 내 마음은 많이 위축되어 있었다.

샤르비네는 안심하라는 듯 위로의 미소를 보여주었다.

"우주의 아름다운 커플이로다. 샤르앙과 샤르비네라고 했던가?"

"네, 러우님. 우리들은 샤르앙과 샤르비네라고 불러요. 본 이름은 아니고 개명한 이름들이지요."

그 대답은 샤르비네가 했다.

오스사비는 샤르비네를 귀엽게 바라보며 말을 이어갔다.

"너희는 아름다운 우주의 커플이며 성스런 영혼의 이름들이야. 이름 속에 영감이 충만해서 좋아. 그렇다면 샤르앙은 우주에 대해서 평소 어떤 생각을 가져왔지?"

"..."

나는 갑작스런 질문에 대답을 못하고 멍하니 오스사비 얼굴을 쳐다보았다.

"샤르앙은 우주에서 누구이지?"

오스사비는 다시 나에게 질문했다.

내가 또 대답을 바로 못하며 머뭇거리고 있자 오스사비가 대신 답을 알려주었다.

"우주의 유일자(唯一者)! 즉 우주에서 유아독존이요, 하나뿐인 이름의 영혼이 샤르앙 네 스스로란 뜻이다. 바꾸어 말하면 우주의 누구도 샤르앙의 영혼일 수 없고 네 영혼을 대체할 수도 없으며 하늘과 땅 그리고 우주 모두의 구성은 샤르앙 네 영혼 하나를 위해 존재한다는 뜻이다! 알겠느냐?"

내가 또 대답을 못하며 머뭇거리고 있자 오스사비는 억지로 대답을 재촉했다.

"어서 대답하라! 네가 우주의 유일자란 의미를 알겠느냐?"

"네, 러우님. 제 영혼은 우주에서 하나뿐인 유일자, 그 점에 대해선 인정합니다. 하지만 하늘과 땅, 우주의 구성이 제 영혼을 위해 존재한다는 설명은 납득하기 곤란합니다."

"아주 쉬운 문제를 힘들게 이해하려 하는구나. 바꿔 생각해 보아라. 지구의 인류들은 하늘을 여러 이름으로 부르면서 신봉하고 받든다. 하지만 아무리 크게 받드는 하늘의 이름이라도 네 영혼이 사라지면 네 영혼과는 아무 의미가 없다. 결국 네 영혼은 하늘과 땅을 위해 존재하지 않고 하늘과 땅이 오히려 네 영혼을 위해 존재한다는 의미다."

"하늘과 땅을 내 영혼의 영토로 삼고 우주 유일자로서 권위를 상실하지 말라는 말씀이군요."

"그래. 우주의 유일자요, 우주의 아들인 크고도 존귀한 영혼아! 하늘과 땅이 모두 네 것이요, 하늘과 땅의 모든 구성이 네 영혼을 위해 존재하거늘…. 너는 무슨 의미로 하늘과 땅을 바라보며 이제까지 살아왔더냐?"

"부끄럽지만 그런 주제에 대해서는 한 번도 깊은 생각을 가져보지 못했습니다. 다만 하늘과 땅에서 지극히 작은 존재로만 스스로를 여기며 살아왔을 뿐입니다."

"네 영혼은 네 스스로 성장한다. 스스로 존귀하게 여기면 존귀하게 성장하고, 스스로 업신여기면 업신여기는 만큼 낮아지는 것이 영이다. 네 영혼을 스스로 존귀하게 받들어라. 그러면 네 영혼이 존귀한 모습으로 다시 태어날 것이다. 우주의 유일자로서, 우주의 아들로서 그 생각 하나만 바꾸어도 네 영혼은 높은 곳에 우뚝 서서 큰 세상을 바라볼 수 있다. 즉 우주 유일자로서의 눈을 뜨면 우주를 마음에 품고 대범한 영혼으로 거듭 태어날 수 있다는 의미다. 이제부터 너는 네 스스로를 향해 크게 외쳐라. '나는 우주의 유일자다!' 라고⋯. 어서 외쳐 보아라!"

"나는 우주의 유일자다!"

"세 번을 다시 크게 외쳐 보아라!"

"나는 우주의 유일자다! 나는 우주의 유일자다! 나는 우주의 유일자다!"

"잘했다. 뭔가 기분이 좀 달라진 것 같으냐?"

"영혼의 증폭된 에너지를 느낀 것 같습니다."

"그렇겠지. 큰 의식이 큰 영혼을 키우는 영양제니까⋯. 이렇듯 어떤 의식으로 살아가느냐에 따라서 영혼의 위치가 달라진다. 이제부터 네 스스로 우주의 유일자요 우주의 아들이란 의식을 품을 때 네 영혼의 위치는 하늘과 땅처럼 달라질 것이다. 모든 영혼의 특성이란 땅을 생각하면 땅의 존재로 머물고 우주를 생각하면 우주의 존재로 거듭난다. 이제부터 네 영혼은 우주의 영혼으로 거듭나서 큰 영혼의 이름을 하늘 사방에 알리기를 바란다. 네 전생의 원신처럼 말이다."

"그렇게 하겠습니다. 러우님은 저를 우주의 큰 영혼으로 거듭 태어나게 하신 큰 스승이십니다. 앞으로 더 큰 가르침을 받아 우주의 큰 아들로서, 우주의 거룩한 유일자로서 높은 곳에 머무는 영혼이 될 수 있도록 지도해 주십시오."

"그리할 것이다. 역시 큰 씨앗의 영혼은 한 마디 말로도 큰 깨우침을 받아 높은 곳에 오른다. 오늘 나는 우리 샤르별에서도 찾기 힘든 큰 영혼의 씨앗을 발견하고 너무 마음이 기쁘다. 이렇게 큰 영혼의 씨앗을 제자로 삼게 되다니 나에게도 큰 영광이 아닐 수 없구나.”

이런 대화를 마친 후 오스사비 앞을 물러 나와서 나는 주어진 시간동안 채움프로그램의 체형교정, 언행교정, 의식교정의 훈련을 받았다. 걸음걸이, 언행의 자세, 말투와 대화법 등등 새롭게 익히고 교정 받을 내용이 많았다. 채움프로그램은 영혼의 부활과 함께 새로운 신선으로 태어나는 중요한 수행과정이었다.

드디어 주어진 기간 동안 신선수련 프로그램을 모두 끝내고 퇴소식을 가질 때 나의 신선자질도(神仙資質度)는 높게 상승되었고 새로운 영혼으로 거듭 태어난 느낌을 지울 수 없었다.

그렇다고 내가 완벽한 신선의 자질을 갖춘 영적성장을 이루었다는 의미는 아니었다. 이전보다 더욱 성숙한 영혼으로 더욱 세련된 신선의 자질로 품위 상승을 이룬 것에 불과했다.

완벽한 신선자질도를 갖추기 위해서는 앞으로도 더욱 큰 의식을 깨우쳐야 하고, 더욱 깊은 수련과 노력이 필요하지 않을 수 없었던 것이다.

이렇듯 샤르별에서 살아가는 신선들은 그냥 이름뿐인 신선으로 살고 있지 않았다. 신선다운 신선으로 거듭 태어나기 위한 반복된 훈련과 수련과정을 거치며 영혼의 성숙을 위해 부단한 노력을 멈추지 않고 있었다.

완벽한 신선으로 거듭 태어나기 위해서는 비움, 채움, 세움의 세 가지 수련 프로그램이 필요하고, 이러한 수련법을 선도삼법수련(仙道三法修鍊)이라고 불렀다.

선도삼법수련은 샤르별의 존재들이 일상의 생활 속에서도 늘 실천하며 살고 있었다. 신선수련원에서는 높은 스승의 가르침을 동반하며 실천하고 일상생활 속에서는 스스로 깨닫고 스스로 실천하는 점이 다를 뿐이었다.

아무튼 샤르별의 존재들이 날마다 새로운 신선으로 거듭 태어나며 고운 영혼의 성숙도를 높여 가는 데는 선도삼법수련이란 신선보육 프로그램이 마련되어 있기 때문에 가능하다고 판단할 수 있었다.

신선의 완성도를 높이고 높여서 결국은 영적성숙도의 최고 완숙미에 이르러 빛의 화신으로 등극하려는 샤르별 존재들의 노력은 줄기차고 줄기차다고 설명할 수 있었다.

신선의 완성도는 결국 샤르별 존재들에게 삶의 끝자락까지 숙제였고, 그 숙제를 해결하기 위한 수단으로 선도삼법(仙道三法) 프로그램을 실천하며 날마다 더 높은 곳을 향한 삶의 질주를 마다하지 않고 있었다.

지구에서 못 가진 자보다 가진 자들이 더 잘살려고 노력하는 모습을 바라보는 것처럼, 지구의 인류들보다 영적성숙도가 앞서 있는 샤르별의 존재들이 더 높은 삶의 질과 영적성숙을 위해 노력하는 모습이 불공평하게 느껴졌다.

샤르비네는 우주타운의 신선보육원의 선도삼법 프로그램 과정을 마치고 퇴소하면서 내게 이런 주문을 했다.

"신선보육원에서 익힌 선도삼법 프로그램을 잘 익혀서 지구에 돌아가 지구 인류들에게 신선도를 함양시키는 도구로 활용해 주었으면 좋겠어요. 그러면 지구 인류들도 인간이 아닌 신선의 영혼으로 다시 태어나서 후천세상을 펼치는 소중한 재목으로 쓰일 것으로 확신해요. 샤르앙의 조상은 어차피 하늘에서 내려온 신선들이며, 그래서 태초에 신선의 도가 무르익었던 조상의 삶을 의식하면서 잃어버린 선토(仙土)를 복구하기를 기대해 볼게요."

"지구에서 신선 조상들이 살았던 선경국을 복구하여 지구 인류들을 다시 신선의 몸으로, 신선의 백성으로 살아가는 모습을 보는 것이 샤르비네의 소원이란 뜻이군요?"

"제 소원이라기 보다는 하늘과 땅의 소원이겠지요. 우리 샤르별 각 성자들의 꿈은 우주에 존재하는 모든 영들이 통합된 선경국(仙境國)을 세워서 자유롭게 왕래하며 신선놀음을 함께 즐기며 살아가는 것이 꿈이니까요."

"우주 삼천대천세상이 온통 통합된 선경국으로 바뀌고 우주의 모든 영들이 선경국의 신선백성으로 살아가는 모습이 하늘과 땅이 바라는 소망이라 했소?"

"그래요. 하늘과 땅은 우주대통합을 원하고, 우주의 질서를 우주대통합의 방향으로 펼쳐가고 있어요. 우리 샤르별의 인류들은 그러한 하늘과 땅의 소망을 이루기 위해 스스로 우주파수꾼이 되어 하늘과 땅을 누비고 동분서주하지요. 하지만 샤르앙의 귀에는 우주대통합이란 발상이 참으로 무모하게 느껴지겠지요?"

"우주대통합은 커녕 작은 조직의 소통합조차 마음대로 이루기 어려운 현실이 지구의 환경이오. 지구에서는 민족과 민족이 분열되고 국가와 국가가 갈라지며, 사상과 이념들이 첨예한 대립을 못 면하는 현실이오. 그런데 우주 삼천대천세상이 우주대통합이란 명분으로 선경일국(仙境一國)으로 통합되기란 꿈조차 꿀 수 없는 상황이라고 생각이 드오."

"꿈이 가능하지 않다면 영혼들이 꿈을 갖지 않아요. 하늘과 땅의 소망은 유일하고 그 유일한 소망이 우주대통합이란 명제지요. 그래서 하늘과 땅의 신명들이 분주하게 움직이며 마지막 시대를 살아가는 영혼들과 신인조화의 세상을 만들어 가지요. 하늘과 땅이 합해지고, 신명과 영혼들이 천지공사를 도모하는 현상이 곧 우주대통합의 전단계지요. 아무리 거창한 꿈이라도 처음 시작을 잘하면 무엇이나 이루지 못할 일이 없어요. 영혼에겐 무한잠재력이 있고 그 무한잠재력은 무소불능의 초월적 힘을 발휘하니까요. 우리들 세상에서 출현한 무한이론은 모든 유한적 상식을 깨뜨리는 빌미가 되어 유한적 상식의 벽을 무기력하게 만들곤 하지요. 아무튼 샤르앙은 지구로 돌아가면 선도삼법 프로그램을 잘 실천하여 빛의 화신으로 등극할 때까지 목표를 멈추지 마세요. 그러면 저절로 지구 인류들의 의식세계에 선도(仙道)가 자리 잡혀 선경국 복구의 길이 트이게 될 것입니다. 지구 선경국이 바로 세워지면 우주대통합의 후천시대는 저절로 열리게 될 것입니다,"

"선도삼법 실천이 지구 선경국을 건설하는 비결이란 뜻이오?"

"선도삼법은 하늘과 땅이 우주대통합의 무기로 마지막까지 숨겨둔 비결이니 샤르앙이 잘 실천하면 지구 선경국을 건설하는 최고의 무기가 될 것입니다."

"아무튼 거두절미하고 샤르비네의 제안은 마음에 드오. 더구나 선도삼법 프로그램은 지구에서 선경국 복구의 단초라니 부지런히 연마하고 실천하며 지구 인류들이 신선의 모습을 회복하도록 노력하겠소."

"지구에 살고 있는 제 영혼의 분신과 함께 열심히 샤르앙을 도울게요. 하늘과 땅도 샤르앙의 신선운동을 도와 줄 것으로 믿어요. 지구 인류들이 선도삼법 프로그램을 잘 실천하면 반드시 지구에서 선경국이 다시 열리고 샤르앙의 신선조상들이 태초에 꿈꾸었던 신천지 지상낙원이 세워질 것으로 확신해요. 꼭 실천해 주세요. 지구에서 샤르앙처럼 고운 영혼들이 많이 나타나 큰 빛을 보좌하여 샤르별 선경세상과 같은 지구 선경국이 세워지기를 고대할게요."

"과연 지구에는 샤르비네 영혼의 분신이 살고 있다고 생각하오?"

"샤르별 영혼들의 분신이 지구에 살고 있지 않다면 샤르별에서는 지구를 찾아가지 않겠지요. 같은 영혼의 씨앗이 뿌려져 있기 때문에 샤르별에서 줄기차게 지구를 방문하며 하늘의 이치를 펼치고 있단 사실을 저버리지 마세요."

"저는 샤르비네의 말이라면 무엇이나 경청하오. 그리고 머릿속에 새겨두고 지구로 돌아가 실천할 것을 다짐하곤 하오. 제가 꼭 선도삼법 프로그램을 잘 익혀서 지구 인류들에게 널리 보급하여 신선 자질을 함양시키는 도구로 잘 활용하겠소. 그래서 우리 지구도 샤르별처럼 신선의 도가 온 세상에 전해지고 후천세상에서는 무릉도원 선경세상이 펼쳐져 고통과 눈물이 없는 지상낙원을 이루는 기틀을 만드는 데 작은 힘이나마 보태겠소. 장차 지구에 큰 빛이 나타나 고운 영혼들과 함께 신천지 지상낙원을 건설할 때 제 작은 노력이 보탬이 될 수 있다면 이보다 큰 영광이 어딨겠소?"

"훌륭한 생각을 가져 주어서 고마워요. 하늘과 땅이 샤르앙의 각오를 듣고 기뻐할 것으로 믿어요. 이제 하늘의 모든 신명들은 땅으로 내려와 살아 있는 영혼들과 합세하여 후천세상의 기틀을 만드는 우주대공사에 참여하고 있어요. 이제 땅에서 살고 있는 영혼들의 힘만으로 힘들게 노력하지 않아도 하늘 신명들과 조화를 이루며 우주대공사를 마무리할 수 있을 것이라 확신해요. 샤르앙도 하늘의 신명을 부리며 후천세상 우주대공사를 마무리하는 주역으로 활동하길 바랄게요."

선도삼법. 그것은 샤르별 존재들이 신선의 경지에 이르는 필수 관문으로 택하는 천상계의 비결이었다. 샤르별의 존재들이 스스로를 신선으로 자칭하며 온 세상을 선경으로 가꾸어 신선의 삶을 살고 신선놀음을 즐길 수 있는 빌미가 선도삼법에서 비롯되었던 것이다.

선도삼법이란 비움, 채움, 세움의 삼법을 실시하여 어긋나고 망가진 영혼과 육신을 태초의 모습으로 회복하여 우주의 자유자, 신선의 몸으로 거듭 태어나게 하는 하늘이 감춰 놓은 마지막 비결이었던 것이다.

육과 영과 신명의 경지를 뛰어 넘어 우주의 영원한 해탈자, 우주의 유일자로 살아갈 수 있는 신선의 경지…. 그 영원한 해탈을 위한 신선으로의 탈바꿈은 멀고 요원한 길이면서 선도삼법의 감춰진 비방으로 인해 누구나 가깝게 다가갈 수 있는 신선의 길이기도 했다.

나는 샤르별을 방문하고 무엇보다 선도삼법을 만난 후 신선의 경지에 이른 듯 자아도취 되었고 선도삼법만 온전히 지구 인류들에게 전수시킨다면 지구의 인류들도 누구나 신선의 몸으로 살아갈 수 있는 길이 열릴 것이란 희망을 갖게 되었다.

나는 샤르비네의 주문이 아니라도 선도삼법 프로그램은 지구 인류의 의식을 개조시키고 심신을 새롭게 부활시키는 좋은 도구라고 생각했다. 그래서 샤르별에 있을 때 선도삼법 프로그램을 완벽하게 습득하여 지구로 돌아와 실천할 것을 다짐하고 내 나름의 계획을 세우지 않을 수 없었다.

거꾸로별 방문기

샤르별 태양계에 거꾸로별이란 별명을 가진 행성이 떠 있었다.

거꾸로별의 특징은 샤르별 태양계의 행성들 중에서 유일하게 항로의 궤도가 다르게 진행되는 별이었다. 샤르별 태양계의 모든 행성들은 태양을 도는 궤도가 오른쪽 방향인데 유독 거꾸로별만 왼쪽으로 궤도를 설정하여 긴 타원형을 그리며 가장 바깥쪽 궤도에서 돌고 있는 별이었다.

샤르별에서는 우주는 돌고 있다고 정의하고 있었다.

우주가 회전하면서 우주의 구성체가 또한 회전하고, 회전하는 과정에서 우주기운이 생성되고 있다고 샤르별의 존재들은 주장했다. 회전은 주로 오른쪽 회전과 왼쪽 회전으로 나눠지며 오른쪽과 왼쪽의 회전 기운이 다르다고 했다. 우주의 모든 천체들은 왼쪽이든 오른쪽이든 두 가지 방향으로 회전하며 그래서 서로 상반된 기운이 발생하면서 우주 조화의 빌미를 만들어 간다고 했다.

샤르별의 태양계는 지구보다 숫자가 우세한, 다양한 행성들이 태양계 가족으로 회전하며 샤르별 태양계의 특별한 기운을 만들어내고 있지만, 대부분 오른쪽 회전의 기운이 우세하고 또 오른쪽 회전의 기운이 긍정적 작용을 한다고 믿고 있었다.

하지만 과유불급이라 했듯, 좋은 기운이 넘친다고 다 좋은 것이 아니라고 인족 회전의 기운이 넘치는 오른쪽 기운을 조정하여 샤르별 태양계의 과유불급 기운작용을 조화롭게 한다고 알려져 있었다.

결국 샤르별에서 고차원의 정신세계와 영성이 열린 비결은 샤르별 태양계 기운의 조화에서 비롯되고 왼쪽 회전의 거꾸로별 행성이 중요한 역할을 해주고 있다고 설명할 수 있었다.

거꾸로별은 샤르별의 지상에서 살고 있는 존재들이 즐겨 찾는 우주관광의 주요 명소였으며, 그래서 거꾸로별 지상에는 특별한 기운을 증폭시키려는 정신세계 수련원이 만들어져 수행목적의 관광객이 많이 찾고 있었다. 거꾸로별에는 공기가 존재하지 않아서 생명체가 살지 않는 별이며 그래서 특별한 우주시설을 건설하여 수행자들이 자유롭게 활동할 수 있도록 돕고 있었다.

거꾸로별은 샤르별에서 300만 km 떨어진 행성이었지만 우주연락선인 우주자동차로 찾아가면 금세 도착하는 별이었다. 우주자동차는 비교적 가까운 거리의 우주여행을 목적으로 만들어져 있고, 샤르별 태양계 주변의 별들을 여행할 때 많이 활용하고 있었다. 초광속으로 우주를 여행하기 때문에 태양계 주변의 별들을 여행할 때는 매우 편리한 우주왕복 교통수단이었다.

우주타운에서 신선수련을 마친 샤르비네와 나도 샤르별 신선들이 즐겨 찾는 거꾸로별로 여행을 계획하고 행성간 우주연락선인 우주자동차에 몸을 싣고 거꾸로별을 향했다. 우주자동차는 우주타운이나 가까운 주변의 천체들을 방문할 때 사용하는 우주비행체로서 샤르별의 지상에서 운행하는 춘우셔시와 비슷한 구조로 만들어져 있지만 규모가 크고 기능도 다양했다. 속도는 광속으로 운행했기 때문에 우주자동차를 타고 샤르별 태양계를 여행하는 일은 이웃집 나들이처럼 쉬운 일이었다.

우주자동차를 타고 우주타운을 출발하여 아주 잠깐 사이에 거꾸로별에 도착했을 때 우주관광 명소로 알려진 것과는 달리 표면이 온통 모래사막뿐인 황폐한 모습의 별이었다. 가끔씩 거꾸로 별의 상공에서 여행 온 우주자동차들이 눈에 띄어서 삭막한 분위기를 감소시켜 주고 있었다.

우주자동차들은 디자인도 다양하고 색상도 다양해서 형형색색 저마다의 개성들이 특별한 우주여행 비행체들이었다. 삭막한 천체의 상공을 날아다니는 우주자동차들 때문에 그나마 거꾸로별의 운치는 생동감이 살아나는 것 같았다.

우리가 타고 간 우주자동차는 핑크색으로 치장되어 있었고, 멀리서 보면 꿈을 싣고 우주를 여행하는 천사의 수레처럼 정감을 느낄 만도 했다.

핑크색 우주자동차를 타고 우주타운을 떠나 거꾸로별에 도착했지만 표면이 온통 사막이어서 어떤 목적지를 향해 도착하는 건지 짐작조차 할 수 없었다.

거꾸로별에 도착한 우주자동차는 둘레가 8만 5천 km에 달하는 별의 상공을 한 바퀴 선회하더니 어떤 목적지를 발견했는지 잠자리처럼 사뿐하게 날개를 접으면서 지상의 어딘가를 향해 내려앉기 시작했다. 우주자동차가 목적지로 향한 곳은 지상이 아닌 지하세계였다.

우주자동차가 지하세계로 들어갔을 때 희한한 풍경이 나타났다.

거꾸로별 지하에는 커다란 자연세계의 공간이 나타났고, 그 지하세계에는 지상에서 구경할 수 없었던 식물들이 자라고 있었다. 지하세계

식물들의 꽃과 열매는 특이했고 특별한 구조를 가진 생물들도 살고 있었다.

지하공간 세상에는 물이 흐르거나 연못이 고여 있기도 했고 숨을 쉬고 살만한 공기도 넉넉했다. 어떤 자연의 이치에선지 지하공간의 공기는 밖으로 새어나가지 않았고, 식물들에서 내뿜는 이온과 산소는 공기의 청정도를 상큼하게 높여 주고 있었다.

거꾸로별 지하세계 바위에서는 자체발광을 하는 것처럼 빛이 났고 그 빛은 태양빛의 성분과 거의 일치했다. 지하세계 식물들은 태양빛을 내는 태양석의 빛으로 광합성을 하며 꽃을 피우고 씨앗을 맺고 있었으며 지하의 푸른 자연을 창조하고 있었다.

어떤 식물들은 자체적으로 빛을 만들어내면서 다른 식물들의 광합성 작업을 도와주기도 했다.

또 다른 자연의 신비를 체험하는 순간이기도 했다.

즉 생명의 세상이란 땅에서 살아갈 때의 의식과 상식만으로는 이해할 수 없는, 다양한 현실 속에서 꽃피고 있는 우주의 신비라는 생각이 들었다.

거꾸로별 지하세계에서는 샤르비네와 나 이외에도 여행 온 방문객들이 자주 눈에 띄었다. 지하세계 방문객들은 누구도 소리를 크게 내어 떠들거나 소란을 피우지 않았다. 지하세계 생명체들이 놀라지 않게, 평화로운 삶을 방해하지 않으려는 의도인 것 같았다.

샤르비네와 나도 조심스럽게 발걸음을 옮기면서 지하세계 자연을 구경했다. 풀잎에서 기어 다니는 작은 벌레와 곤충들, 꽃가루를 뭉쳐서 이 꽃 저 꽃 옮겨 다니며 씨앗의 종족번식을 위해 일조를 하고 있는 나방들, 열심히 이온과 산소를 뿜어내서 지하세계 공기를 정화시키기에 여념이 없는 식물들…. 그러한 지하세계 생명체들은 누가 시키지 않아도 서로의 역할을 다하며 일사불란하게 특별한 환경의 자연세계를 가꾸면서 평화적 공존을 누리고 있었다.

누가 인간을 만물의 영장이라고 거만한 표현을 했던가?

미물과 말 못하는 자연이 어우러진 지하의 자연세계였지만 그것들은 서로 말이 없이 공존의 질서를 지키며 만물의 영장이 다스리지 않는 우주영역을 성공적으로 지켜 나가고 있었던 것이다.

거꾸로별 지하세계에는 비교적 단순하면서도 다양한 종의 식물과 생명체들이 살아가고 있었고, 또 기암괴석과 같은 바위들이 우뚝우뚝 솟아 있기도 하고 병풍처럼 둘러서서 무언가의 메시지를 서로 교환하면서 누군가를 향해 명설교를 늘어놓는 것 같기도 했다.

장승처럼 서 있는 기암괴석들은 입으로 말을 하지 않아도 무언의 메시지로 우리 방문객을 향해 전달하는 내용이 있는 것 같았다. 그 무언의 메시지는 샤르비네의 영혼과 나의 영혼이 받아들이는 뜻이 서로 다를 것으로 생각했다.

지상의 자연세계에 존재하는 암석들은 오랜 세월동안 풍화작용을 하면서 기암괴석과 같은 우주의 메시지를 만들어 내지만 지하세계에 서 있는 암석들은 어떤 과정을 거치면서 기암괴석이 만들어지고 우주의 언어를 만들어 내는지 이해 불가능한 현상이 아닐 수 없었다.

거꾸로별 지하세계는 의외로 넓은 공간이었다.

지상처럼 푸른 하늘이 보이지는 않지만 태양석에서 만들어 내는 자연광과 발광식물들이 만들어 내는 생동광은 햇빛으로 느낄 수 없는 우주의 신비가 아닐 수 없었고, 우주의 신비 속에서 피고 지는 자연계의 물결은 모든 영혼들의 상식으로 이해 불가능한 자연의 질서가 아닐 수 없었다.

'우주는 단순히 눈에 보이는 현상만으로 그것을 판단하지 말자!'

이런 느낌이 강렬하게 머릿속을 스쳐 가고 있었다.

지하세계의 흐르는 강물도 어딘가를 향해 쉬지 않고 흐르고 있었는데 그 종착점은 반드시 바다가 아닐 것 같았다. 지하세계 어디에도 바다의 모습은 보이지 않고 기껏해야 넓은 연못처럼 고여 있는 물이 전부였기 때문이었다.

샤르비네와 나는 지하세계를 낭하지어 흐르는 강물에 우주자동차를 보트처럼 띄우고 천천히 탐색을 시작했다. 지하세계에서 가장 큰 강물의 이름은 느디누시였다. 느디누시 강물의 폭은 평균 85m에 이르고 수심의 깊이는 4~5m에 이르렀다.

느디누시 강물을 따라 천천히 이동하면서 지하세계를 탐색할 때 강변을 따라 지하 수중식물들이 무성하게 번식하며 처음 보는 자연의 풍광을 연출하고 있었고, 물 속에서 헤엄치는 물고기들도 몸에서 야광 불빛 같은 빛을 발산시키며 수중 반딧불처럼 떼를 지어 헤엄치고 있었다.

느디누시 지하 강물을 따라 끝까지 도달해 보니 강물의 끝은 예상했던 대로 바다로 모여들지 않았다. 지하 강물이 마지막 도달하는 장소는 땅 속이었다. 느디누시 강물이 흐르다가 하류에 도달할수록 수량이 점점 줄어들면서 지하의 땅속으로 스며들고 그러다 끝내 지하 강물의 흐름은 중단되고 말았다.

즉 이제까지 거대한 강줄기를 따라서 흐르던 지하 강물은 하류의 끝 지점에 도달해서는 모두 땅속으로 스며들고 말았던 것이다.

그렇다면 지하 강물이 흐르고 흘러도 마르지 않는 이유는 무엇이었을까?

거꾸로별의 표면은 온통 사막이어서 하늘에서 비 한 줄기 내리지도 않고 그 때문에 지하로 스며드는 한 방울의 수분조차 존재하지 않을 텐데, 어디로부터도 물 한 방울 보충되지 않는 데도 지하 강물이 마르지 않고 흐르는 이유는 무엇이었을까?

그 대답은 의외로 간단했다.

지하 강물의 하류 끝에서 땅 속으로 스며든 물줄기는 다시 지하의 표면으로 솟아나며 순환을 반복하기 때문이었다. 즉 거꾸로별 지하세계는 많은 식물과 동물들이 수분을 섭취하며 살아가고 지하 강물은 흐르다 땅 속으로 스며들어도, 그러한 수분은 다시 순환을 반복하면서 지하세계의 수량이 마르지 않고 지하 자연세계의 질서를 잘 지켜나가고 있었던 것이다.

우주자동차를 지하 강물에 띄우고 천천히 내려가며 탐사를 마친 후 우리는 다시 지하 상공으로 우주자동차를 타고 올라갔다, 거꾸로별 지하는 땅 속의 공간임에도 불구하고 커다란 공간이 형성되어 있어서 우주자동차를 타고 날아다니며 탐사하는 데 불편함이 없었다.

지하공간에서 서식하고 있는 식물들은 최소한의 빛으로 광합성 작용을 하기 위해 잎이 크지 않았으며 줄기들도 비교적 가늘고 키도 크게 자라는 편이 아니었다. 지상에서 살고 있는 식물들은 햇빛을 받기 위해 서로 경쟁을 하면서 키를 크게 키우면서 생육하고 있었지만 광량

(光量)이 풍부하지 않은 지하세계에서는 식물들이 살아가는 모습도 지혜롭다는 생각이 들었다.

대부분의 지하식물들은 줄기에 광낭이라고 하는 발광체를 달고 있었는데, 광낭에서 발산하는 빛은 식물 스스로의 광합성을 위해 사용하지 않고 곁에서 자라는 다른 식물의 광합성을 위해 쓰이고 있다는 사실이 밝혀지고 있었다.

지하세계 여기저기 솟아 있는 암석에서는 태양광과 비슷한 자연광이 발산하고, 그래서 자연광을 발산하는 암석을 태양석이라고 불렀다. 태양석이 솟아난 주변에는 비교적 광량(光量)이 풍부한 편이어서 광합성 작용이 왕성한 식물들이 서식하고 있었고, 광량이 부족한 지하공간일수록 광합성 작용이 떨어지는 식물들이 서식하고 있었다.

즉 빛의 양이 적고 물과 공기와 영양분이 제한된 공간에서 살아가는 식물과 생명체들은 그 세상에서 살아남고 적응하기 위해 온갖 지혜로운 이치를 발휘하며 생육하고 있다는 생각이 들었다.

우주자동차를 타고 지하세계를 탐색하고 있을 때 반대편에서 날아오는 흰색의 우주자동차 한 대를 발견할 수 있었다. 샤르비네는 그쪽 우주자동차를 향해 무선통신으로 교신을 시도했고 다행히 공명 주파수를 찾아내서 통신이 이루어질 수 있었다.

통신이 작동되자 샤르비네가 먼저 그쪽에 말을 걸었다.

"저…, 실례해도 될까요?"

"누구신가?"

"저는…, 제 아버지는 초시구요. 저는 그분의 딸인 샤르비네라고 부릅니다. 현재 츠나음이 연구소에서 생활하고 있고 우주천문학 전공을 하고 있습니다."

"오, 그런가? 나는 오사미 전문학교에서 무한이론 우주생물학을 학생들에게 지도하고 있는 아오니라고 하네. 자네 학부는 어디 소속인가?"

"러우님, 저도 오사미 전문학교에 학부를 두고 있어요. 아오니 러우님의 명성은 저도 잘 알고 있지요. 학부가 달라서 러우님의 지도를 직접 받은 적은 없지만 우주생물학의 대가라고 소문이 자자한지라 저도 명성을 잘 듣고 있었습니다."

"오, 그런가? 사랑하는 제자를 여기서 만나니 더욱 반가운 생각이 드는구면. 그래, 이곳 방문은 어쩐 일인가? 특별한 용무라도 있어서? 아니면 관광의 목적으로?"

"지구에서 우리 샤르별을 방문한 친구가 있어서 신비한 자연세계를 구경도 시켜 줄 겸 또 관광의 목적도 있고 해서 겸사겸사 이곳을 방문하게 되었습니다."

"지구에서 샤르별을 찾아온 친구와 함께 여행을 온 것이라구?"

"네, 러우님."

"나도 그 지구 청년의 이야기를 듣긴 했는데 여기서 만나게 될 줄은 몰랐구면."

"아, 그러셨어요? 혹시 제 아버지와 친분이 있으신가요?"

"그게 아니라 츠나음이 연구소 운영을 맡고 있는 측요스와 내가 친구사이란다. 그래서 측요스를 통해 지구에서 찾아온 샤르앙이란 청년에 대해서 자세한 소식을 듣게 되었고, 샤르비네라고 하는 선녀와 일심동체 언약을 맺었다는 소식도 들었다네. 그렇다면 자네가 바로 그 샤르비네인가?"

"네, 제가 샤르비네 선녀랍니다."

"오, 그렇구나. 아무튼 우리 먼 곳에서 만났으니 잠깐 좋은 장소에 내려서 담소나 나누기로 할까?"

"네, 러우님. 저희들은 대환영이에요."

"그러면 내 뒤를 따라오게."

우리들은 아오니의 우주자동차를 따라서 안내하는 장소로 비행방향을 돌렸다. 아오니가 안내한 장소는 태양석의 빛이 대낮처럼 환한 장소였다. 마치 전깃불 조명이라도 밝혀 놓은 장소처럼 환하고 포근함이 느껴지는 장소였다.

아오니 우주자동차가 비교적 평평한 암반이 깔려 있는 장소에 사뿐히 내려앉자 우리도 바로 그 옆에 타고온 우주자동차를 세웠다.

아오니 러우는 우주생물학 연구생 두 명을 데리고 우주자동차에서 내렸다. 아오니의 문하생들인 그들은 두 명 다 아름다운 선녀들이었다. 샤르비네는 전문학교 6년생이고 두 명의 선녀들은 전문학교 17년생들이라서 나이차이가 있었다. 하지만 외모로 보아서는 모두 소녀 같은 인상이어서 학교의 선후배를 따지는 것이 무의미한 것 같았다.

샤르별에서는 실제로 학교 선후배 관계라든가 몇십 년 정도의 나이차이에 대해서는 친구처럼 말을 트고 지내는 것이 전통이었다.

우주자동차에서 내린 나와 샤르비네는 먼저 아오니 앞에 공손하게 대례(大禮)를 올렸다. 러우라고 하는 위치는 샤르별의 존재들에게 스승과 같은 위치라서 누구라도 만나면 그 앞에서 대례를 올리는 것이 예의였다. 러우는 무한이론 학문분야에서 도통의 경지에 이른 각성자이며, 그래서 학교에서는 교수와 같은 위치이고 사회에서는 스승의 위치에서 대접을 받으며 살고 있었다.

우리들이 대례를 올리자 아오니는 인자한 표정을 지으며 이렇게 말했다.

"반갑구나. 사랑하는 영혼들아! 내가 좋은 자리로 안내할 테니 어서 따라 오너라."

우리들은 아오니가 안내하는 곳으로 따라가 편안한 자리에 앉았다.

자리를 잡고 앉아서 아오니의 문하생들인 두 선녀와도 우리는 서로 인사를 나누었다.

아오니는 먼저 나에게 말을 걸었다.

"자네가 지구에서 우리 샤르별을 방문한 청년인가?"

"네, 그렇습니다. 러우님."

"측요스 친구의 설명을 듣고 자네에게 관심이 많았는데 이곳에서 만나게 될 줄 예상하지 못했네. 어떤가? 지구의 자연환경과 샤르별의 환경에 대해 서로 다른 점이 있다면 어떤 특징이 다르던가?"

"자연의 모습들은 크게 다른 특징을 느끼지 못했는데 생존의 질서에서 많은 차이를 느꼈습니다."

"생존의 질서에서?"

"네, 지구의 자연세계는 생존의 질서가 치열하고 투쟁적인 경쟁관계로 이루어지고 있다면, 샤르별의 자연세계는 평화와 공존으로 모든 질서들이 편성되고 있다는 느낌을 받았습니다."

"음, 그렇던가? 그러면 무엇이 자연의 질서를 차이 나게 만들고 있다고 생각해 왔는가?"

"그 땅에서 살고 있는 주인들의 의식구조가 자연의 질서까지 바꿔놓고 있다는 생각을 했습니다."

"주인들의 의식구조라면?"

"지구에서 살아가는 영혼들은 스스로를 인간이라고 생각하고 그래서 인간다운 삶을 살려고 생존경쟁을 일삼으나, 샤르별에서 살아가는 영혼들은 스스로를 신선이라고 생각하며 신선다운 삶을 살려고 노력하는 방식이 서로 다른 의식구조라고 생각합니다. 그러한 의식구조의 차이로 인해서 각각의 땅에서 생육하는 자연세계의 질서도 서로 다르게 재편되고 있지 않을까 생각해 왔습니다. 제 생각과 느낌이 잘못되었나요?"

"그건 자네가 정확한 판단을 했네. 하늘과 땅의 질서를 개편하는 이치는 영혼들의 의식에서 비롯되고 앞으로 다가오는 후천세상의 주도권도 역시 영혼들의 의식이 좌우할 것으로 믿어 의심하지 않네. 즉 앞으로도 지구에서 생존하는 자연세계의 질서는 그 땅의 주인들이 어떤 의식으로 살아가느냐에 따라서 후천세상의 질서가 재편될 것이며, 샤르별에서 생존하는 자연의 질서 역시 그 땅의 주인들이 어떤 의식으로 무장하느냐에 따라서 우주개벽의 질서는 다른 결론을 가져올 것으로 확신하네."

나에게 이런 말들을 들려준 아오니는 다시 샤르비네를 향해 말문을 열었다.

"자네의 이름이 샤르비네라고 했지?"

"네, 제 이름이 샤르비네라고 부릅니다. 본래 이름은 아니인데 샤르앙과 일심동체의 언약을 맺으면서 새 이름으로 개명하게 되었습니다."

"오, 그렇던가. 아름다운 우주의 인연들이구먼. 나는 이미 측요스 친구를 통해 둘의 소식을 소개받았고, 한번 만나보고 싶다는 관심도 갖고 있었는데 이렇게 뜻밖의 장소에서 만나게 될 줄은 예상하지 못했네. 어떻든지 사랑하는 영혼들을 만나게 되어 반갑구먼."

"저희도 큰 스승을 만나게 되어 영광입니다."

"그리고 이쪽 두 선녀는 나의 학문세계를 돕고 있는 문하생들인데 서로 인사들을 나누도록 하게."

아오니의 말이 떨어지자 두 선녀가 먼저 우리들에게 인사를 했다.

"저는 스이미라고 합니다. 만나서 반가워요."

"저는 쇼시머시라고 합니다. 사랑하는 친구들을 만나게 되어 반가워요."

우리들도 차례로 인사를 건넸다.

"저는 샤르비네라고 합니다. 오사미 전문학교에서 우주천문학을 전공하고 있는데 두 선배 동문을 만나게 되어 큰 기쁨입니다."

"저는 샤르앙입니다. 지구에서 샤르별을 찾아와 새로운 세상을 탐방하며 우주에 대해서 새로운 각성을 얻고 있습니다. 앞으로 좋은 친구가 되어 주시면 감사하겠습니다."

나의 인사가 끝나자 두 선녀는 특별한 관심을 표하며 둘이서 각각 차례로 한 번씩 포옹해 주었다. 두 선녀의 몸에서는 아름다운 체향이 발산하여 기분을 좋게 만들었다.

두 일행들이 서로 인사가 끝나자 아오니가 다시 입을 열었다.

"이곳 지하세계 자연을 탐방하면서 얻은 소감이 무엇이냐? 너희 둘 중 아무나 대답해 보아라."

내가 질문하고 싶어 샤르비네의 얼굴을 쳐다보자 고개를 끄덕이며 그녀가 하고 싶은 질문을 양보했다.

"이곳 거꾸로별 지하세계를 방문하면서 우주자연세계의 질서는 천태만상일 것이라는 생각을 갖게 되었습니다. 거꾸로별이 샤르별 태양계의 다른 행성들의 회전방향과 반대로 회전한다는 소식을 들었습니다만, 그러한 다른 기운의 작용 때문인지는 모르지만, 무언가 다른 느낌의 환경이 조성되고 있다는 생각이 듭니다. 물론 지상의 환경과 지하의 환경에서도 큰 차이가 있을 것이란 생각도 하고 있습니다. 겉으로 바라볼 때는 황폐하고 사막처럼 보이는 세상의 지하에 이런 특별한 형태의 자연세계가 숨 쉬고 있다는 현상도 생소하긴 합니다. 러우님께서는 마침 우주생물학을 전공하신 대가라고 하시니 이 점에 대해서 저의 궁금한 마음을 풀어주시면 감사하겠습니다."

"샤르앙이 아주 좋은 질문했다. 좋은 질문을 받았으니 좋은 답변을 들려주는 것이 또한 나의 예의가 아니겠느냐? 그렇다. 우주자연세계의 질서는 눈에 보이는 현상과 상식만으로 판단하는 것은 진실의 우를 스스로 범하는 불행한 결과를 초래할 것이다. 다시 말해 우주자연세계는 똑같은 현상 속에서 생명의 질서가 펼쳐지는 것이 아니라, 독특한 환경 속에서도 얼마든지 천태만상의 조화를 펼칠 수 있는 생명의 세계는 존재할 수 있다는 사실을 명심하길 바란다. 즉 우주에 떠 있는 억억조조 헤아릴 수 없는 별빛 속에는 눈에 보이는 현상의 생명의 세계만 존재하지 않고 눈에 띄지 않는 생명의 세계도 다양하게 존재할 수 있다는 결론을 상기하길 바란다. 그 증거로써 이곳 황폐한 별에도 지하세계에 이처럼 생명의 신비가 연출되고 있다는 사실이 아니고 무엇이겠느냐?"

"그러면 이곳 거꾸로별이 아닌 우주의 다른 천체에서도 지하에 감추어진 생명의 세계를 발견한 사례가 더 있나요?"

"사례는 많단다. 네가 만약 샤르별에서 살게 되면 나의 문하생으로 두고 우주생물학의 대가로 키우고 싶다만 그럴 수 없는 운명이 안타깝구나."

"러우님의 말씀만 들어도 행복합니다."

"아무튼 앞으로도 자네가 지구로 돌아갈 때까지 다시 만날 기회는 많으니 궁금한 점이 있거든 얼마든지 찾아와서 답을 얻도록 하여라. 그리고 기회가 되면 자네들을 동반하고 우주의 공간에 또 다르게 형성된 생명의 세계를 방문하여 우주상식을 높여주고 싶구나."

"그 기회를 꼭 만들어 주십시오."

"약속하도록 하지."

이런 대화를 나누고 아오니와 우리는 서로 헤어져서 각각 다른 목적지로 향했다. 헤어질 때 아오니는 우주를 탐방하며 찾아낸 특수한 생명의 세계에 대한 정보를 담은 전자책을 우리들에게 선물했다. 전자책에 담긴 정보를 통해 우주의 다양한 생명세계에 대한 정보를 터득하라는 배려였을 것이다.

우리는 우주타운으로 돌아와서 다음 계획대로 움직였다.

일장춘몽의 진실

우주타운의 여행을 마치고 지상으로 내려온 샤르비네와 나는 츠나음이 연구소에 들러 하룻밤을 지낸 후 다음날 그붐이무슈 산으로 향했다. 그곳에 만나고 싶은 불로불사 신선이 살고 있었기 때문이다.

그붐이무슈 산에 살고 있는 신선의 이름은 서슴어사비라는 별명을 가지고 있었고 그 뜻은 고독자였다. 별명의 의미만큼 서슴어사비 불로불사 신선은 산신령처럼 그붐이무슈 산을 혼자 지키고 있었다. 샤르별에서 살고 있는 존재들은 서슴어사비에 대한 호기심이 많고 한번쯤 만나보기를 소망하지만 쉽지 않은 일이었다.

서슴어사비를 만나기 위해서는 깊은 명상과 영적대화를 통해서만 가능했고, 그에게 간절하게 텔레파시를 보내서 영적공명이 이루어진 후 만남이 가능했다.

내가 서슴어사비에 대한 정보를 얻은 후 그의 모습을 떠올리며 깊은 명상에 빠져서 영적대화를 시도했고, 한 달이 지난 후에야 영적답변을 얻을 수 있었다.

'서슴어사비님. 서슴어사비님. 당신을 만나고 싶습니다. 간절한 제 소원을 들어주실 수 없나요?'

이렇게 반복해서 주문처럼 외우면서 기다리고 기다리던 어느 날 서슴어사비로부터 영적답변이 들려왔다.

'나는 네가 부르는 이름이다. 네 소원을 말하라.'

'저는 지구에서 샤르별을 찾아온 방문객입니다. 당신의 크신 이름을 듣고 한 번 만나 뵙기를 청합니다.'

'네 깊은 정성이 나의 마음을 움직였다. 네 소망을 들어줄 것이니 기별을 줄 때까지 기다려라.'

이러한 약속을 받은 후 그와의 만남을 간절하게 기다리고 있던 어느 날 그붐이무슈 산을 방문하라는 서슴어사비의 전갈을 받았다.

그래서 우주타운에 머물고 있던 샤르비네와 나는 서둘러 우주여행을 끝내고 지상으로 돌아와 설레는 마음을 감추지 못하며 그붐이무슈 산을 찾아갔다.

그붐이무슈 산은 그 높이가 해발 5,200m에 이르지만 샤르별에서는 낮은 산봉우리에 불과했다. 하지만 그붐이무슈 산은 낮은 산봉우리임에도 불구하고 그 아름다운 산세는 샤르별의 어떤 산보다 아름다운 풍광을 자랑하고 있었다. 그붐이무슈 산은 구천계곡이란 별명도 있었는데 이름 그대로 구천에 달하는 깊은 계곡을 보유한 산이기도 했다.

그 계곡마다 불로불사 신선이 살고 있다는 전설이 내려오고 있었으며, 그 중에서 가장 산세가 뛰어난 으비으비 계곡의 정상에 서슴어사비 불로불사 신선의 거처가 마련되어 있었다. 서슴어사비의 거처를 찾아가자 미리 기다리고 있던 신선과 선녀들이 하늘자동차에서 내린 우리를 귀하게 맞이하며 구름 속에 지어져 있는 풍운정으로 안내했다.

풍운정을 찾아갔을 때 서슴어사비의 모습은 보이지 않았고 시중드는 선녀들이 아름다운 향기가 나는 고운 색깔의 향료수 병을 들고 와서 보석을 다듬어서 만든 것 같은 작은 잔에 한 잔씩 따라주며 마시라고 권했다.

　시중을 드는 선녀들도 모두 불로불사의 존재들이라서 샤르비네와 나는 긴장된 표정을 감추지 못하고 어렵게 생각하며 서슴어사비를 기다리지 않을 수 없었다.

　불로불사 선녀들은 긴장된 우리들 마음을 풀어주려는 듯 청아한 목소리로 노래도 불러주고 버들처럼 부드러운 몸짓의 춤도 춰 주었다. 그리고 샤르비네와 나에게도 노래를 부르게 하고 춤도 추게 했다. 불로불사 선녀들과 어울리며 춤을 추고 노래를 부르자 긴장되었던 우리들의 표정도 어느새 여유를 찾을 수 있었다.

　두어 시간쯤 시중드는 선녀들과 어울려 지내고 있을 때 한 신선이 풍운정 문을 열고 들어오며 우리들에게 예를 갖추라고 지시했다.

　서슴어사비가 이웃 계곡으로 다른 불로불사 신선을 방문했다가 돌아오고 있었기 때문이다. 모두들 문밖으로 나와서 서슴어사비를 맞을 준비를 하고 있을 때 저 멀리서 하얀 구름을 타고 날아오는 신선을 발견할 수 있었다.

　마치 하늘에서 학 한 마리가 구름 위에 앉아 하늘을 날아오는 장면처럼 보이기도 했다. 그가 서슴어사비 신선이었다.

　서슴어사비가 타고 오는 구름은 빛으로 뭉쳐진 덩어리 같았고 신비한 빛이 구름에서 발산하고 있었다. 서슴어사비 신선의 몸에서도 신비로운 빛이 발산하고 있는 것 같았다.

　구름에서 내린 서슴어사비는 먼저 우리들을 알아보고 귀한 손님처럼 대하면서 풍운정 안으로 안내했다.

　풍운정 안에서 자연스럽게 자리를 잡은 서슴어사비는 우리들에게도 편하게 자리에 앉으라고 권했다. 샤르비네와 나는 대례를 올리고 예를 갖추며 그와 마주보고 앉았다.

"귀하고 귀한 영혼들이 먼 길을 찾아와 주어서 기쁘구나."

우리들이 자리에 앉자 서슴어사비는 이렇게 입을 열었다.

"귀한 자리를 허락해 주셔서 감사드립니다."

샤르비네와 나도 함께 감사의 뜻을 전했다.

"샤르앙이라고 했지?"

서슴어사비가 나를 향해 물었다.

"네, 제가 샤르앙입니다."

"네 영혼은 집념이 강하여 한번 뜻을 세우면 반드시 이룰 줄 믿는다."

"과찬의 말씀이십니다."

"샤르별의 신선들도 나를 만나기 위해 명상을 하고 영적대화를 시도하지만 나의 응답을 받은 영혼들은 흔하지 않다. 그러나 샤르앙은 끝까지 포기하지 않고 끝내는 나의 응답을 받아냈다. 참으로 기특하고 귀한 영혼이라고 판단해서 오늘 이렇게 귀한 시간을 마련하게 되었다."

"샤르별의 신선들이 흠모하는 불로불사 신선님을 직접 만나 뵙게 되니 그 영광스런 기분을 어떻게 표현할지 모르겠습니다."

"나도 사랑하는 영혼들을 만나게 되어 기쁘고 행복하니 피차 감사할 일이 아니냐? 아무튼 너희들이 바라고 바라던 자리를 마련했으니 원하는 시간만큼 원하는 질문은 무엇이든지 다하고 충분한 답변을 듣도록 하여라."

나는 침을 한 번 꿀꺽 삼키면서 그붐이무슈 산을 찾아오면서 벼르던 질문을 꺼냈다.

"신선님도 전생의 삶을 살아왔던 경험이 계시나요?"

"전생이라?"

"네."

"아무렴. 전생이 없는 영혼이 어딨겠느냐? 너희도 마찬가지고 나도 마찬가지로 전생의 삶을 살았던 경험은 많다고 설명할 수 있지."

"그러면 신선님이 전생에 살았던 원신은 지금 어디서 무얼 하시나요?"

"전생에 살았던 나의 원신은 지금 내 안에 있고 이미 나는 원신과 합신(合身)하여 천지대공사에 참여하고 있다."

"그렇군요."

"또 다른 질문을 말해보라."

"원신과 합신을 이룬 신선님, 영혼의 우주령(宇宙齡)은 얼마나 될까요?"

"전생에서부터 우주에서 살아온 내 영혼의 나이?"

"네."

"무궁년이다. 우주의 나이가 나의 나이이며 우주의 나이는 무궁년이다."

"무궁년 동안 신선님의 영혼이 전생에서부터 살아오셨다는 말씀이군요?"

"그렇다고 대답할 수 있겠구나."

"그러면 제 영혼의 원신에 대해서도 설명해 주실 수 있나요?"

"네 영혼의 전생은 하늘 사방의 명사가 아니더냐?"

"제 영혼의 원신이 하늘 사방에 이름을 떨쳤던 명사란 뜻인가요?"

"네 영혼의 원신은 도솔천에서 큰 역할을 맡고 있었지. 아마도 네 영혼은 지구에서도 네 영혼의 씨앗만큼 역할을 맡게 될 것이다. 세상을 찾아온 모든 영혼들은 본래 그 원신의 씨앗대로 살아야 할 운명이 기다리고 있으니까….”

“세상을 찾아온 모든 영혼들은 그 원신의 씨앗이 있고 원신의 씨앗대로 역할을 맡으며 세상을 살아간다는 말씀이군요?”

“무슨 씨앗이든지 뿌린 대로 그 꽃을 피운다. 사과 씨앗이 복숭아 꽃을 피우지 않고, 복숭아 씨앗이 사과 꽃을 피우지 않는다. 이는 절대불변의 우주이치이다. 사람 속에서는 사람이 나고, 신선 속에서는 신선이 나며, 짐승 속에서는 짐승이 태어난다. 마찬가지로 큰 원신의 씨앗에서는 큰 영혼이 태어나고 작은 원신의 씨앗에서는 작은 영혼이 태어난다. 네 영혼의 원신은 큰 씨앗이다. 그러므로 네 삶의 운명은 우주의 큰 역할을 수행하지 않으면 안 된다. 싫든 좋든 네 영혼이 가야할 길은 정해져 있다.”

“제가 도솔천에서 직분을 맡아 살아온 시간도 신선님은 알고 계시나요?”

“도솔천에서 지냈던 네 영혼의 원신은 30만 년 동안 전생을 지냈다.”

“신선님의 영혼은 무궁년(無窮年)의 수명을 전생에 누렸고 제 영혼의 전생은 30만 년의 수명을 누렸다는 말씀인가요?”

“도솔천의 전생이 30만 년이요 그 이전의 수명을 합하면 헤아릴 수 없는 우주령이다.”

“신선님은 무슨 근거로 제 영혼의 전생을 계산하시나요?”

“불로불사의 신선들은 이미 하늘과 땅의 이치를 통달하고 우주의 슈퍼정보를 공유하는 권한을 갖는다. 그래서 무궁년 동안 진행되어 온 하늘과 땅의 이치를 손바닥처럼 들여다 볼 수 있다. 그러므로 불로불사의 경지에 이르면 대답하지 못할 질문이 없다."

"슈퍼정보란 무슨 의미인가요?"

"우주창조 이래 우주에서 발생한 모든 역사의 정보가 저장된 내용이다. 곧 우주는 정보의 바다이며 우주의 정보는 우주 에너지의 흐름과 함께 우주의 공간에서 낭하지어 흐른다. 불로불사의 존재들은 그러한 우주정보를 공유하며 과거, 현재, 미래를 꿰뚫는다."

"불로불사의 경지에 이르면 하늘과 땅과 우주에서 일어나는 과거, 현재, 미래에 대하여 모르는 일이 없다는 의미군요."

"그렇다. 그래서 나는 네 전생을 말하고 미래까지도 들려줄 수 있는 것이다."

"불로불사의 신선들은 전지전능(全知全能)한 존재들이란 뜻인가요?"

"그건 오해다. 모든 것을 알 수 있다고 모든 것을 이루지는 못한다. 즉 아는 것과 이루는 것은 의미가 다르다. 살아 있는 영혼들이 알지 못해서 실천하지 않는 것은 아니다. 오히려 알면서도 실천하지 못함이 더 흠이 된다."

"어떻든 많이 알고 있으면 많이 실천할 수 있는 길도 열리지 않을까요?"

"네 말도 맞지만 많이 알고 있는 것보다 많이 실천하는 것이 중요하다. 불로불사의 경지에 이름은 많이 알고 있는 자들의 축복이 아니라 많이 노력하고 실천하는 자들에게 주어지는 축복이다."

"아무튼 세상에 태어난 영혼들이 전생동안 무궁년의 우주령을 누리고 존재해 왔다면, 세상에서 살아가는 수명이 백 년이나 천 년이라고 해도 짧은 순간에 불과할 것이란 생각이 드는군요. 불로불사 신선님은 어떤 생각이 드시나요?"

"일장춘몽이지. 세상의 수명이 천 년이라 해도 봄날 잠깐 눈을 붙이고 일어나는 사이의 꿈과 같은 순간에 불과하지. 지구에서 살고 있는 영혼들의 수명이 백 년이요, 샤르별에서 살고 있는 영혼들의 수명이 3백 년이라 해도 무궁년의 우주령에 비교하면 찰나의 순간과 다름없지."

"그 짧은 순간의 삶을 연명하기 위해서 지구의 인류들은 진흙탕 같은 탁류에 휩쓸리면서 온갖 고초를 다 겪어야 하니 슬프고 애석한 일이군요."

"지구의 영혼들이 살아가는 모습은 우주에서도 가장 흥미로운 현상이지."

"진흙탕 같은 삶이 흥미롭다는 말씀인가요?"

"진흙에서 연꽃이 피어나듯, 극과 극의 현상이 지구에서 만발하고 있으니까, 우주의 눈으로는 흥미롭기 그지없다고 표현할 수밖에 없단다."

"극과 극의 현상이 무슨 의미지요?"

"우리 샤르별은 고만고만하고 대등한 영들이 찾아와서 살아가는 세상이라면, 지구에는 큰 영혼과 작은 영혼들이 모여 살고 큰 씨앗과 작은 씨앗의 영혼들이 어울리고 합류하면서 통제불가능한 삶을 살아가고 있으니 흥미로운 현상이 아니고 무엇이겠느냐?"

"그러면 실제로 지구에는 큰 씨앗의 영혼들도 찾아와 현실세계의 몸으로 살아가고 있나요?"

"지구에는 저질 종자의 영혼들도 살아가고 큰 신명의 씨앗을 가진 영혼들도 찾아와서 살고 있단다. 그래서 썩은 웅덩이의 물에서 청초한 수초가 자라서 꽃을 피우듯, 앞으로 대광명의 빛이 나타나서 우주 개벽의 대공사를 펼치게 된단다. 다시 말해 지구의 미래에 아주아주 크고 찬란한 영혼의 빛이 나타나 어두운 세상을 환하게 비추며 후천세상 우주 대개벽의 공사를 마무리하게 된단다. 참으로 절묘하게 숨겨 둔 우주 대반전의 질서가 진흙탕의 세상 지구에서 펼쳐지게 되었으니 그 흥미로움과 신비무한(神秘無限)의 하늘공사를 어디서 체험할 수 있겠느냐?"

"지구는 우주에서 최악조건의 환경을 가진 영혼의 세상이라면 앞으로 후천세상 우주개벽의 주도권을 행사하는 절묘비법이 또한 그 최악조건의 세상에서 이루어진다는 말씀이군요?"

"그렇단다. 그래서 지구에서 살고 있는 영혼들은 우주 최고급 영혼으로 승급할 수 있는 절묘한 기회를 맞이했으며, 승리의 영들은 우주세세 큰 축복을 얻을 것이요 패배한 영들은 우주세세 비탄을 금치 못하리라."

"지구를 찾아 온 영들은 본래 모험심이 강했던가 보지요? 패배의 영이 되면 끝없는 굴욕을 피하지 못할 텐데 우주개벽의 주역으로 자처하여 험난한 세상을 찾아왔으니…. 제 입장을 생각해도 무모함이 찬란하다는 생각이 들어요."

"참으로 모험심이 강한 영들이 지구를 찾아온 건 틀림없는 사실이지. 하지만 우주대공사의 반전은 용기 있는 영들의 도전에서 비롯되고 선천세상의 그릇된 질서를 허물고 무흠결의 후천세상을 새롭게 건설하기 위해서는 지구에 찾아온 용기 있는 영들의 도전정신이 크게 환영받지 않을 수 없단다."

"제 영혼도 전생에서 도전정신이 강하고 용기가 큰 존재였나 보지요?"

"네 영혼은 본래 무모할 정도로 도전성이 강했단다. 그래서 천상계의 금단의 구역까지 넘나드는 장난기와 무모함은 하늘 사방 곳곳마다 소문이 자자했단다. 어떻든 천상계에서는 좋은 일로도 명사요 궂은 일로도 명사였으니, 땅에 내려와서도 무모한 장난기는 여전했을 것이다."

"신선님의 말씀처럼 저는 어려서부터 장난기가 심했고 무서운 것도 없이 무모하게 이런저런 일들을 벌였던 것 같아요. 그래서 죽을 고비도 많이 넘기고 목숨이 열 개라도 부지하기 힘들었는데 무슨 영문인지 하늘의 보살핌으로 현재에 이르렀다는 생각이 들어요."

"허허허, 자신의 무모함을 알기는 아는 모양이구나. 하늘도 놀라는 그 무모함이 네 영혼의 실체요 또 누구도 넘볼 수 없는 강력한 무기이기도 하지. 네 영혼은 그 무모한 용기와 함께 의협심이 강하여 어떤 악한 유혹에도 마음을 내주지 않으니 그 점을 하늘이 크게 샀을 것이다. 곧 의리는 모든 허물을 감싸는 보배심이니 하늘과 땅이 네 영혼을 사랑하는 근거니라."

"저는 목숨을 내어 줄 지언정 마지막까지 의리를 보전하는 것이 본성인 것 같아요. 제가 가장 싫어하는 대상이 작은 욕심을 위해 의리를 저버리는 저질꾼들이지요."

"아무튼 사랑스럽고 귀한 영혼이 나를 찾아와 주어서 반가운 시간이었다. 앞으로도 너희 방문을 허락할 터이니 또 다른 좋은 시간을 마련하길 바란다."

"저희야말로 샤르별의 큰 빛이신 불로불사 신선을 뵙게 되어 큰 광영이 아닐 수 없었습니다. 제가 지구에 돌아간 후에도 신선님을 마음의 스승으로 모시고 마지막 우주대공사의 큰 뜻을 펼치는데 작은 힘이라도 조력하도록 하겠습니다."

"장차 지구의 미래에 대광명의 천지주인이 나타나 우주대공사의 큰 뜻을 펼칠 것이니 조력을 아끼지 말고 힘이 되어주길 바란다."

"신선님의 소중한 당부를 잊지 않도록 하겠습니다."

샤르비네와 나는 서슴어사비와의 대화를 마치고 풍운정을 나와서 그붐이무슈 산의 구천계곡을 돌며 불로불사 신선들이 살아가는 세상을 구경하기로 했다. 그붐이무슈 산은 샤르별에서 높은 산은 아니었지만 그 신비로운 기운으로 감싸여 있는 장면은 아름다운 풍광과 함께 천하절경이 따로 없는 것 같았다.

구천계곡의 능선에는 여기저기 풍광이 뛰어난 장소에 정자나 누각들이 세워져 있었다. 불로불사 신선들이 휴식을 취하거나 주거지로 활용하는 장소들이었다.

불로불사 신선들은 구름을 타고 이쪽저쪽의 계곡들을 건너다니기도 하고 다른 신선을 찾아가서 신선놀음을 즐기거나 외롭게 혼자 하늘을 날아다니며 한가로운 시간을 소일하는 모습이 눈에 띄기도 했다.

그붐이무슈 구천계곡을 구경하고 다닐 때 다행히도 서슴어사비를 시중드는 신선이 우리를 안내했다. 시종신선도 빛으로 화신한 불로불사 신선이었고 큰 영혼의 존재라고 설명할 수 있었다.

어떻든 불로불사 신선이 아직 빛의 화신에 이르지 못한 영혼들을 안내하며 시종을 든다는 것은 이례적인 일이 아닐 수 없었다. 우리를 안내한 신선의 이름은 아초시였고, 친절하고 자상함이 몸에 배어 있었다.

아초시 신선은 우리들과 함께 하늘자동차 춘우셔시를 타고 그붐이무슈 구천계곡을 여기저기 탐색하며 구경했는데, 아초시 신선은 구천계곡마다 깃들어 있는 이야기들을 실타래처럼 풀어놓으며 구수한 입담으로 들려주었다.

구천계곡에서 살고 있는 불로불사 신선들이 구름을 타고 다니며 활동하는 모습이 이채로웠고, 나도 샤르비네와 함께 구름을 타고 푸른 창공을 떠다니고 싶었다. 하늘자동차로 하늘을 날고 우주타운의 우주 유영장에서 우주공간을 떠다니기도 했지만 구름을 타고 하늘을 떠다니는 기분은 새로운 느낌일 것 같았다.

그러한 내 마음을 알고 아초시 신선이 이런 설명을 들려주었다.

"빛의 화신이 못되면 구름을 타고 하늘을 날을 수는 없다."

내가 실망스런 마음을 감추지 못하고 질문했다.

"그럴만한 이유가 있나요?"

"구름은 물질로 구성된 육체를 태우고 하늘을 날지 못한단다. 빛의 화신자들은 그 몸이 구름보다 가벼운 빛으로 이루어져 있어 구름을 타고 다녀도 몸이 땅으로 가라앉지 않는단다. 그러나 육체를 가진 몸은 구름을 밟으면 금방 땅으로 떨어지고 만단다. 내 말을 이해하지 못하겠느냐?"

"그렇군요. 신선님의 말씀을 이해는 하겠지만…. 조금은 실망이 커요."

나는 진짜 실망한 목소리로 대답했다. 나는 무엇이나 해보고 싶은 것은 무모한 도전이라도 덤벼보지 않은 일들이 없었고 실패를 하더라도 해보고 안되면 그 때 다른 방법을 생각해 보는 습관이 있었다.

안될 때 안되더라도 하늘에 떠 있는 구름을 밟아라도 보고 싶은 심정이었다.

아초시는 그러한 내 마음을 꿰뚫어보면서 사랑스런 손자의 엉뚱한 투정을 바라보는 심정으로 웃음을 참는 표정이었다. 뾰로통하고 실망스런 표정으로 망연자실한 듯 구름을 타고 다니는 빛의 화신들을 부러운 눈초리로 바라보고 있는 나를 아초시가 물끄러미 쳐다보다가 이렇게 말했다.

"샤르앙은 기어이 하늘에 떠다니는 구름을 밟아라도 보고 싶은 심정이구나? 하늘에서 땅으로 떨어져서 큰 상처를 입더라도 말이다. 무모한 영혼이로다!"

나는 속마음이 들킨 것을 알고 더 이상 입을 열지 못했다.

실망한 내 마음을 풀어주고 싶었는지 아초시는 샤르비네에게 하늘자동차를 봉황정(鳳凰停)이 있는 구천계곡 선암으로 향하자고 부탁했다.

아초시의 부탁대로 봉황정에 도착하니 기화요초들이 활짝 피어 있는 장소에 멋지게 생긴 정자가 지어져 있었다. 그 정자의 주인은 다행히도 아초시의 친구였다. 아초시 친구의 이름은 저시거수시라고 불렀다. 저시거수시는 아초시의 친구이지만 100년 정도 빠르게 빛의 화신이 되어 불로불사 신선으로 살아가고 있었다. 아초시와 저시거수시의 우주나이는 950세였다.

샤르별의 신선들은 빠를 경우 불로불사 신선의 자리에 오를 수 있는 연령이 우주나이 470세였다. 우주나이 1,000세에 이르러서야 불로불사의 경지에 입문하는 경우가 다반사였다. 350세의 천수를 누린 후 450세까지 불로장생의 경지를 거치고 나서 불문율처럼 빛의 화신이 되지만 빛의 화신에 오르는 시간의 빠르고 늦음은 있었다. 아초시와 저시거수시는 본래 친구사이이고 나이도 같지만 저시거수시가 우주나이 100년 정도 빠르게 빛의 화신이 된 경우였다.

샤르별에는 1만 년의 나이를 가진 빛의 화신도 큰 빛의 이름으로 살아가며 샤르별의 수호신이 되어 주고 있었다. 마치 지구의 구석기 시대나 존재했을 법한 구름을 타고 하늘을 날아다니는 신선들의 이야기일 것이다.

샤르별은 무한이론이라고 하는 4차원 문명시대가 펼쳐져 초월적 문명이 온 세상을 지배하고 있지만 지구의 원시문명시대에서나 경험할 것 같은 전설 같은 현상들이 세상 곳곳에 숨어 있었다.

내가 지금 그붐이무슈 구천계곡을 찾아와 바라보는 현상도 전설의 나라를 방문한 현상들이 아니고 다른 무엇이라고 설명할 수 없는 풍광이었다.

아초시와 저시거수시는 같은 빛의 화신이면서 아초시는 서슴어사비 큰 빛의 시종생활을 하고 저시거수시는 구천계곡의 산신령처럼 지내고 있었다.

저시거수시가 살고 있는 봉황정에는 한 쌍의 봉황이 살고 있었다.

저시거수시는 구름보다는 봉황의 등에 올라 이곳저곳 구경 다니는 일을 좋아했다. 그래서 저시거수시는 봉황선(鳳凰仙)이란 별명도 얻고 있었다. 우리가 아초시의 안내를 받고 봉황정에 도착했을 때 저시거수시는 봉황의 등에 타고 구천계곡 이곳저곳을 날아다니며 휴식삼매경에 빠져 있는 중이었다.

저시거수시 신선을 태우고 하늘을 날아다니는 봉황의 몸은 신선의 몸에 비해 세 배는 더 커 보였고, 봉황의 등에 타고 있는 저시거수시 신선은 아무런 보호장구도 없이 편하게 앉아서 하늘 여행을 즐기고 있었다. 지구에서 전설의 새인 봉황은 상상했던 것보다 매우 큰 몸집을 하고 있었다.

멀리서도 저시거수시가 즐기고 있는 휴식삼매경의 한가함과 여유로운 표정은 도통진경의 정취를 극적으로 표현하는 압권이었다.

그때 멀리서 친구의 봉황놀이를 즐기고 있는 모습을 흐뭇한 표정으로 바라보던 아초시 신선이 무슨 방해라도 놓으려는 듯 훈련된 통신조를 날려 보냈다. 통신조의 발에 통신문을 매달아 보낸 것이다.

통신조가 힘차게 날아가서 봉황놀이에 열중하고 있는 저시거수시의 머리 위로 날아가자 그가 손을 뻗어 통신조를 손등에 올려 태우는 모습이 보였다. 통신조는 다시 봉황정으로 날아왔고 그 뒤를 따라 저시거수시를 태운 봉황이 힘찬 날갯짓으로 봉황정의 뜰로 날아와 내려앉았다.

봉황의 등에서 내린 저시거수시 신선이 아초시를 바라보며 물었다.

"친구야! 무슨 일 있나?"

"무슨 일이 있어야 친구를 찾아오나?"

아초시도 맞장구를 치며 대답했다.

둘은 허물없는 사이처럼 '허허.' 웃었다.

저시거수시와 아초시는 의례적인 행사처럼 봉황정으로 올라가 자리를 잡더니 시종선녀를 시켜 신선주를 가져오게 했다. 샤르비네와 나도 아초시의 손에 이끌려 두 신선의 곁에 자리를 잡고 앉았다.

"이 친구들은?"

저시거수시가 우리들을 바라보며 아초시에게 물었다.

아초시는 우리들에 대한 이야기를 자초지종 들려주었다.

"음, 특별한 손님들이 봉황정을 찾았구먼. 사랑하는 영혼들 같으니라구."

저시거수시는 아초시의 설명을 듣고 나서 나와 샤르비네의 얼굴을 번갈아 쳐다보며 말문을 열었다.

"그래, 이곳 구천계곡을 방문한 소감은 어떠냐?"

샤르비네는 나에게 대답하라고 눈치를 보냈다.

저시거수시 질문에 내가 대답했다.

"그붐이무슈 산은 샤르별에서 큰 산은 아니지만 신비스럽고 영묘한 기운이 감도는 느낌을 받았습니다. 제가 머물고 있는 츠나음이 연구소가 위치한 주스니라 산도 그 형세의 위용은 대단하지만 그붐이무슈 산의 신비로운 기운도 예사롭지 않다는 생각이 듭니다."

"네 눈이 정확했다. 그붐이무슈 구천계곡에는 불로불사 신선들이 모여 살고, 이곳을 불로불사의 땅이라고 부르기도 한다. 그러나 그붐이무슈 산은 그 산세의 아름다움에서 신비한 기운이 넘치는 것이 아니라 너희들이 뵈었던 산신령의 기운 때문이란 사실을 명심하길 바란다."

"산신령이라 하셨나요?"

"그렇다. 우리 샤르별에는 큰 기운이 넘치는 명산들이 즐비하고 그러한 명산마다 산신령의 주인이 살고 있다. 그붐이무슈 구천계곡은 작지만 성스런 명산으로 알려져 있고 그 이유는 서슴어사비 큰 빛이 거하는 곳이기 때문일 것이다."

"지구에도 산을 지키는 수호신의 이름을 산신령이라고 부르는데 샤르별에도 그런 이름이 있다니 신기한 생각이 듭니다. 하지만 지구의 산신령은 전설속의 이름이고 샤르별에는 실제의 이름이니 그 차이가 큽니다."

"지구에서 사용하는 말 중에는 샤르별에서 사용하는 말들도 많이 섞여 있다. 우주의 문명이 지구에 전해졌다는 의미이기도 하지."

"아무튼 서슴어사비 신선님은 샤르별에서 대단한 존경을 받으며 불로불사의 수호신이 되어 샤르별에서 살아가는 영혼들을 보호하고 바르게 이끌며 지상낙원이 펼쳐지도록 큰 힘을 쏟고 계시다는 생각이 듭니다."

"그렇다. 우리 샤르별에는 많은 불로불사의 수호신들이 살고 있고 수호신들의 애정으로 우리 샤르별에는 지상낙원 선경세상이 아름답게 펼쳐지고 있다. 그래서 우리 샤르별의 존재들은 그 은혜를 잊지 않으며 살고 있다."

"저시거수시 신선님도 불로불사 신명이 아니시나요?"

"맞지만 나는 아직 풋내기 불사신에 불과하다. 살아 있는 영혼으로 수천 년의 우주령을 살아오신 서슴어사비 불사신에 비하면 이제 겨우 1,000년의 우주령에 불과한 나는 이름도 내밀 수 없는 처지란다. 그렇게 큰 명성을 얻고 있는 분이기에 내 친구 아초시도 불사신의 명예를 누리지 않고 시종으로서의 겸손한 삶을 살아가고 있단다."

"샤르별에는 참 훌륭한 불사수호신들이 많이 살고 있어 샤르별의 영혼들은 우주의 어떤 영혼들보다 행복할 것이란 생각이 듭니다."

"우리들 세상에 좋은 느낌을 가졌다니 고맙구나. 지구에서도 앞으로 불사수호신들이 많이 나타나서 지구의 낙원이 영원히 망하지 않고 후천세상의 명당이 되어 우주선망의 큰 명성을 얻기를 기원한다."

"지구를 위해 큰 축원을 올려주시니 감사합니다. 지구를 축원해 주시는 샤르별의 큰 기운들로 말미암아 앞으로 지구의 기운은 크게 바뀔 것 같다는 생각이 듭니다."

"이제 하늘의 모든 기운이 땅으로 내려와 우주대공사를 도모함을 잊지 마라. 이제는 하늘의 주도권이 땅의 주도권으로 바뀌었고 하늘의 신명들이 땅의 영혼들에게 복 받기를 갈망한다. 땅의 기운이 다하면 하늘의 기운은 저절로 소멸되고, 땅의 기운이 되살아나면 하늘의 기운도 되살아날 운명이 지금이다. 그러므로 땅에서 살아가는 모든 영혼들은 이제부터 하늘을 향해 복달라고 조르지 말고 스스로 기운을 모아

하늘과 땅을 살리도록 힘써야 할 것이다. 하늘의 기운이 땅의 기운을 도울 것이니 이제부터는 땅에서 사는 영혼들이 하늘의 대접을 받으며 살아가리라. 곧 후천세상은 천존(天尊)시대가 아니라 지존(地尊)시대로 바뀌었으니 땅에서 살아가는 영혼들의 사명이 어느 때보다 크다고 강조하지 않을 수 없을 것이다. 지금 땅에서 살고 있는 영혼들은 하늘의 큰 별들이니 작은 영혼이라 하여 함부로 대하면 하늘의 노여움을 살 것이다."

"땅에서 살고 있는 영혼들은 모두 하늘의 큰 별이란 뜻인가요?"

"영혼도 영혼 나름일 것이다. 짐승의 혼을 영혼이라고 부르지 않듯, 땅에서는 짐승보다 못한 존재들이 영혼이란 이름으로 살아간다. 그들은 영혼의 허물만 쓰고 있을 뿐이지 실제는 짐승의 혼이 그 몸 안에서 살고 있다. 지금 땅에서는 하늘의 영혼과 짐승의 혼들이 혼전을 이루며 기세제압의 경쟁을 벌이고 있다. 후천세상에서는 짐승의 혼들이 하늘의 영들과 공생할 수 없으니 후천세상의 기틀을 허물려는 암흑세력의 도전이 그만큼 만만치 않다는 설명일 것이다."

"지구에서도 그러한 느낌을 많이 받았습니다. 선과 악의 힘겨루기가 치열하고 창조와 파멸의 혼전이 반복되고 있다는 생각이 듭니다. 하지만 무엇이 선이고 무엇이 악이며 무엇이 창조이고 무엇이 파멸인지 쉽게 구분하기는 어렵습니다. 무엇으로 하늘의 영과 짐승의 혼을 구분할 수 있을까요?"

"지구는 선과 악이 힘겨루기를 하는 마지막 혼전장이다. 우리 샤르 별은 선과 악의 싸움이 이미 끝나고 신천지 지상낙원 시대를 펼쳐 가고 있다. 우주에는 짐승의 세상도 존재하지만 그 세상은 이미 짐승들이 지배하여 선과 악의 싸움이 필요 없다. 지구에서의 싸움이 우주대개벽의 성패를 좌우한다. 그래서 하늘의 신명들이 모두 땅으로 내려와 땅의 영혼들을 후원하고 있다. 짐승의 세력들은 서서히 그 전모를 밝히게 될 것이니 마찬가지로 하늘의 세력도 새롭게 진영을 정비하여 선과 악의 실체가 뚜렷해질 것이다. 파멸의 세력들은 누구나 짐승의 혼이 그 몸 속에서 살고 있는 자들이다. 짐승의 혼들은 마지막까지 지구 파멸을 위해 발악할 것이니 하늘의 영들은 쉬지 말고 하늘의 주문을 외우며 큰 힘을 길러야 할 것이다."

저시거수시와 이런 대화를 나누고 있을 때 샤르비네는 무료한 시간을 달래기라도 하려는 듯 그뭄이무슈 계곡을 내려다보며 천하절경을 감상하고 있었다. 무언가 생각에 잠겨 있는 샤르비네의 모습은 요염한 자태가 고혹적이란 생각이 들었다. 천상의 선녀가 날개옷을 입고 땅에 내려와도 그토록 요염한 모습으로 혼을 빼놓지는 못할 것이란 생각이 들었다. 이제까지 샤르비네를 보아오던 모습과 불사의 나라 구천계곡에서 바라보는 느낌은 달랐다. 좋은 것도 자주 보면 좋은 줄 모르고 귀한 것도 자주 보면 귀한 줄 모르는 이치와 다를 것이 없다는 것이 샤르비네를 바라보는 느낌이었다.

그렇게 아름다운 선녀를 곁에 두고도 나는 다른 선녀들과 이야기를 나눌 때는 다른 선녀들의 미모에 심취한 나머지 샤르비네에게는 눈길도 주지 않는 버릇이 있었다. 이 날도 나는 저시거수시와 봉황정에서 이야기를 나누는 과정에서 시중드는 선녀들의 미모에 마음을 빼앗기며 본의 아니게 샤르비네를 홀대하지 않을 수 없었다.

그러한 내 마음을 아는지 모르는지 샤르비네는 신선들이 구름을 타고 날아다니는 구천계곡의 구경 삼매경에 빠져 있었다. 무아의 경지에서 삼매경에 빠져 아무 생각이 없어 보이는 샤르비네의 모습이 그토록 요염한 자태로 빛나는 천상의 옥녀(玉女)일 수 없었다.

저시거수시와 대화를 마치고 나서 구경 삼매경에 빠져 있는 샤르비네 곁으로 살며시 다가가 손가락으로 옆구리를 살짝 찔렀다.

샤르비네는 놀라지도 않는 표정으로 다정한 미소를 머금은 채 나를 쳐다 보았다. 마치 장난꾸러기의 철부지 소년을 대하는 눈초리였다. 곁으로 다가와서 앉은 나를 사랑스럽게 쓰다듬어 주기까지 했다. 그리고 입을 열었다.

"대화는 언제 끝났어요?"

"이제 바로….."

"좋은 이야기 많이 들었어요?"

"잠든 영혼을 일깨워주는 말들을 많이 들었소. 불로불사의 신선들은 그냥 저절로 그 자리에 오르지 않는다는 사실을 새롭게 깨달은 것 같소. 샤르비네가 곁에 있다는 사실조차 망각하고 저시거수시 신선님과 대화에 심취해 있었으니…. 혼자 외롭게 해서 미안한 생각이 드오."

샤르비네는 더욱 다정한 얼굴로 나의 두 손을 잡아주면서 말을 꺼냈다.

"미안하긴요. 저는 샤르앙의 그런 모습이 좋아요. 대화를 하거나 여행을 하거나 때로는 친구들과 신선놀음을 즐길 때도 심취하고 깊게 빠져드는 모습이 너무 좋아요. 무슨 일이나 심취하지 않으면 높은 정상에 오를 수 없어요. 저도 구경을 하든지 이야기를 하든지 심취하는 버릇이 있어요. 누구든지 작은 일에도 심취하는 모습은 참 아름다운 모습인 것 같아요."

"심취하는 영혼이 아름답다는 뜻인가요?"

"그래요. 심취하는 영혼이 아름답지요."

이런 이야기를 하면서 샤르비네와 나는 서로 다정하게 어깨동무를 하고 그붐이무슈 구천계곡을 함께 내려다보았다.

흰 구름이 뭉글뭉글 피어나며 시시각각 다른 모습으로 변하면서 조화를 부리는 모습이 신비롭기 그지없었다. 그리고 가끔씩 구름을 몸에 감고 하늘을 날아가는 불로불사 신선들의 모습도 학처럼 눈에 들어왔다.

살아서 불로불사의 땅을 밟고 그 세상의 공기를 호흡한다는 사실이 믿어지지 않았다.

잠시 후 시중드는 선녀가 우리들 곁에 다가오더니 둘을 데리고 풍운정 높은 누각으로 올라갔다. 풍운정의 누각에서 바라보니 그붐이무슈 구천계곡들의 모습이 더욱 한눈에 들어왔다.

봉황정은 저시거수시의 거처이고 풍운정 누각은 친한 친구들이나 손님을 맞이하는 영빈각과 같은 장소였다.

저시거수시와 아초시는 이미 그곳에서 자리를 잡고 담소를 나누고 있었다.

시종 선녀의 안내를 받고 샤르비네와 내가 그들의 곁에 함께 자리를 하자 향기로운 술잔이 눈에 띄었다. 붉은색의 술병이 네 개의 잔과 함께 이미 마련되어 있었다.

시종 선녀가 네 개의 술잔에 붉은색이 감도는 향기로운 술 한 잔씩을 따르자 저시거수시가 "자, 그럼 모두 한 잔씩!"하고 건배를 제안했다.

모두 작은 술잔을 들고 꿀꺽 한 모금씩 삼켰다. 작은 술잔의 술은 한 모금 마시면 끝날 정도로 적은 양이었다. 이제까지 마셔 본 신선주 중에서 가장 맛과 향이 뛰어나고 몸 속으로 술기운이 퍼지는 내용이 다른 것 같았다.

"술맛 좋으냐?"

저시거수시가 묻자 샤르비네와 나는 "네." 하고 함께 대답했다.

아초시도 한 마디 거들었다.

"너희들 때문에 내가 좋은 술을 대접받는다. 나도 좀처럼 맛보기 힘든 귀한 술이란다."

이어서 다른 시종 선녀 둘이 소반에 담긴 천과를 들고 와서 탁자 위에 올려놓았다. 보기만 해도 먹음직스럽고 향기가 좋았다.

저시거수시는 "어서들 맛보아라." 하고 권했다.

모두들 천과 하나씩을 입에 넣고 깨물기 시작했다.

한 입 깨물자 달콤하고 향기로운 물이 입 안 가득 고였다.

천과는 씻거나 껍질을 벗겨 먹을 필요도 없었다. 껍질 째 씹은 과일은 입 안에서 찌꺼기도 생기지 않으며 씹지 않아도 스르르 녹으면서 좋은 기운이 몸 속으로 퍼져 갔다. 입 안에서 사르르 녹는 과일의 기운은 몸 속으로 들어가 온몸을 휘둘러 순환하며 기운이 넘치게 하는 작용을 했다.

맛있는 천과를 몇 개째 씹었지만 배는 부르지 않았다. 신비로운 기운만 커지고 얼굴은 홍당무처럼 붉어지며 마음은 구름을 타고 있는 듯 좋았다.

'천상계의 즐거움이 이거구나!' 하는 생각이 저절로 들었다.

예전에도 다른 불사의 땅을 찾아가서 맛보았던 천과였다.

불사의 땅에서 살아가는 신선들은 이렇듯 향기로운 신선주를 마시고 천과를 먹으며 살고 있었다. 신선주와 천과는 불로불사 신선들의 주식이나 다름없었다. 하지만 나는 아직 천과가 열리는 나무를 구경하진 못했다. 하늘에 있는 나무인지 땅에 있는 나무인지도 알지 못했다.

신선주와 천과를 먹고 나서 좋은 기분에 취해 잠시 휴식을 취하고 있을 때에 저시거수시가 샤르비네와 나에게 이런 제안을 했다.

"모처럼 찾아온 사랑하는 영혼들을 그냥 돌려보내기가 서운하니 좋은 구경을 시켜줄까 한다."

샤르비네와 나는 무슨 영문인지 몰라 서로 얼굴만 쳐다보았다.

"너희들 봉황을 타고 하늘을 날아보고 싶으냐?"

저시거수시의 말을 듣고 샤르비네와 나는 서로 얼굴만 쳐다보았다.

그리고 함께 입을 모아 "네!" 하고 대답했다.

다시 내가 "신선님 봉황을 타고 꼭 하늘을 날아보고 싶습니다. 용은 타보았지만 구름과 봉황은 못타보았습니다. 지금 태워주십시오." 하고 졸랐다.

"허허허, 그러면 사랑하는 영혼들을 위해 소원을 들어줄까?"

저시거수시는 우리를 데리고 풍운정 누각에서 내려왔다.

커다란 봉황 두 마리가 풍운정 지붕의 꼭대기에 앉아 있었다.

저시거수시가 손가락으로 봉황을 향해 신호를 보내자 두 마리가 일시에 날아와 우리들 앞에 살포시 내려앉았다. 잘 길들여진 신조(神鳥)라는 생각이 들었다.

섬섬옥수로 수놓은 것 같은 아름다운 깃털로 장식된 봉황은 몸집이 매우 크고 부리부리한 두 눈에서는 신비한 기운이 불처럼 뿜어져 나오고 있었다. 저시거수시가 봉황의 등을 가볍게 만지자 넓고 큰 날개를 쭉 폈다. 봉황이 날개를 펴자 푹신한 털로 덮인 융탄자 같았다.

우리들은 저시거수시가 시키는 대로 두 마리 봉황의 등에 각각 올라타서 앉았다. 푹신한 등에 앉아보니 새의 등허리라는 느낌과는 다르게 안정감이 있었다. 저시거수시가 길을 잘 들여 놓았는지 봉황은 앉아 있는 우리를 편안하게 챙겨주었다.

저시거수시가 신호를 보내자 두 마리의 신조 봉황이 힘차게 두 날개를 펴면서 구천계곡의 하늘로 비상했다. 계곡마다 서기(瑞氣)가 뻗혀 있고 색동구름이 이 계곡 저 계곡에 뭉게뭉게 떠 있는 구천계곡의 하늘을 봉황의 등을 타고 날 때 마치 천지창조가 이루어진 태초의 하늘을 날고 있다는 느낌이 들었다.

봉황이 날고 있는 그붐이무슈 구천계곡에는 계곡마다 천태만상의 볼거리들이 환상처럼 펼쳐지고 있었다. 구천의 계곡마다 기화요초의 꽃수풀이 덮여 있고, 비단결 같은 폭포는 쉬지 않고 떨어지며 하얀 포말을 만들어 내고, 굽이굽이 흘러가는 계곡의 물줄기들은 모아지고 갈라지기를 반복하면서 바다로 향하고 있었다.

무한이론이 펼쳐진 4차원 문명세계와 신화(神話)가 무르익어 가는 별천지의 동거로 이루어진 샤르별은 이질적인 세상 같으면서 동질성이 녹아있다는 생각이 들었다.

봉황의 등을 타고 구천계곡의 모든 구경이 끝날 즈음 어디선가 통신조(通神鳥) 한 마리가 날아왔다. 봉황은 통신조의 뒤를 따라 우리를 태우고 다시 풍운정으로 돌아왔다. 통신조와 봉황은 서로 커뮤니케이션이 잘 이루어지고 있는 모습이었다. 통신조와 봉황이 나란히 날아가며 "끼록 끼록." "꺼르렁 크크, 까르렁 크크." 같은 소리를 내가며 무언가 의사소통을 나누고 있었다.

봉황은 풍운전의 뜰에서 담소를 나누고 있던 저시거수시와 아초시 앞으로 다가와 살며시 날개를 접으며 내려앉더니 우리를 내려놓았다. 샤르비네와 내가 봉황의 등에서 내리자 저시거수시가 다가와서 이렇게 말했다.

"구경은 잘했느냐?"

"네, 구경 잘하고 돌아왔습니다. 불로불사 신선님!"

샤르비네와 나는 약속이라도 하듯 동시에 대답했다.

"오호, 그랬더냐?" 하면서 나에게 눈길을 돌렸다.

그리고 이렇게 물었다.

"소원은 다 풀었느냐?"

나는 매우 만족한 목소리로 대답했다.

"네, 신선님. 소원은 충분히 풀었습니다. 구름은 타보지 못했지만 구천계곡의 신조(神鳥)인 봉황을 타고 하늘을 맘껏 날고 나니 맨몸으로 하늘을 날고 싶은 소원이 다 풀린 것 같습니다."

"그래도 구름을 타고 하늘을 날고 싶은 소원은 아직도 남아 있다는 표정이구나?"

저시거수시의 말에 나는 긍정도 부정도 않고 빙그레 미소만 지었다.

그때 아초시도 한 마디 거들었다.

"살아 있는 영혼들이 불로불사의 땅을 찾아와 불사조 봉황의 등을 타고 하늘을 날아보기란 4차원 문명세계의 존재라 하여도 쉬운 일이 아니다. 하늘과 땅에서 특별한 지위를 갖고 있는 너희 사랑하는 영혼들이 누릴 수 있는 예우가 아니라면 불가능한 이치이니 이 점 마음에 잘 새기고 저수시거수 불사신의 배려에 감사해야 할 것이다."

둘 다 빛의 화신인 아초시는 저시거수시와 친구이면서 저시거수시를 구천계곡의 산신령으로 깍듯이 예우하며 대했다. 저시거수시가

100년 먼저 빛의 화신에 오른 신도(神道)를 지키는 풍습 때문이라고 생각했다.

아초시는 겸손하고 친절함이 몸에 배어 있는 풋내기 빛의 화신이었다.

아초시의 설명을 듣고 샤르비네가 대답했다.

"신선님의 말씀이 맞습니다. 우리 살아 있는 영혼들은 불로불사의 땅을 함부로 찾아오지도 못하고 불사조의 이름을 가진 봉황신조(鳳凰神鳥)의 등을 타고 하늘을 나는 일은 쉽지 않은 기회란 걸 제가 잘 알고 있습니다. 불청객과 같은 저희들을 이렇게 따뜻하게 대접해 주시고 쉽지 않은 구경을 시켜 주시니 무어라 감사의 말씀을 전해야 할지 모르겠습니다."

아초시는 다시 웃으면서 대꾸했다.

"나의 친구 저시거수시 신선께서 감추어둔 뜻이 있기 때문일 것이다. 그 숨겨진 뜻이 무엇인지 훗날이라도 영감이 열리면 너희가 깨닫게 되리라."

저시거수시는 아초시와 샤르비네가 나누는 이야기를 그냥 듣고만 있으면서 알 듯 말 듯하는 미소만 입가에 머금고 있었다.

샤르비네와 나는 두 빛의 화신에게 대례를 올리고 하늘자동차에 몸을 싣고 돌아왔다.

돌아오는 길에 샤르비네와 나는 하늘자동차 선실에서 이런 대화를 나누었다.

"샤르비네는 일장춘몽(一場春夢)이란 말을 듣고 어떤 느낌이 들었소?"

"일장춘몽?"

"서슴어사비 불사신께서 들려주신 일장춘몽 이야기 말이오?"

"우리들이 살아가는 현실은 봄날 잠깐 눈을 붙일 때 일어나는 꿈속의 장면과 같다는 말씀?"

"그렇소. 지구에서 살고 있는 영혼은 길어야 백년이요, 샤르별의 영혼들은 삼, 사백 년의 생을 마감한 후 저 세상으로 떠나기도 하고 빛의 화신으로 탈바꿈도 하지만, 영혼의 전생들이 살아온 무량겁(無量劫)의 우주령(宇宙齡)에 비하면 현생의 삶이란 한순간 눈을 붙일 때 일어나는 꿈결과 같은 내용일 뿐이라고 서슴어사비 불사신께서 말씀하셨소. 이런 내용의 이야기를 들을 때 샤르비네는 지금 우리들이 함께 보내고 있는 시간들을 어떻게 생각하고 있을지 궁금하오."

"무량겁의 우주령을 살아가는 우리들 영혼이 샤르앙과 샤르비네라는 이름으로 잠깐 꿈속에서 만나 소중한 인연을 맺으며 지내다 눈을 뜨면 까마득한 기억 속에 지워지고 말 것이란 허무감(虛無感)을 설명하고 싶은가 보군요?"

"그렇소. 우리들은 지금 영원히 놓치고 싶지 않은 아름답고 소중한 인연의 시간을 보내고 있소. 이 아름다운 순간들이 잠시 후 영원한 이별의 시간이 다가올 때 일장춘몽의 허무함을 맛보지 않을 수 없을 것이오. 그리고 앞으로도 무량겁의 궤도를 여행하는 우주시간이 흐르면서 소중했던 지금의 순간들은 역시 아련한 기억과 함께 안개처럼 사라지고 말 것이오. 그 점에 대해서 소감을 말해 보오."

"샤르앙은 제 마음을…. 그렇게…. 슬프게 만들고 싶어요?"

샤르비네는 갑자기 등을 들썩이며 흐느끼기 시작했다.

갑작스런 샤르비네의 울음에 나는 당황하지 않을 수 없었다.

흐느끼는 샤르비네의 얼굴에 이슬처럼 맑은 눈물이 주르륵 흘러내리기 시작했다. 내 말이 그렇게 샤르비네의 맘을 슬프게 했는지 이해하기 어려웠다.

샤르비네가 흘린 눈물은 금세 나의 가슴을 다 적시고 말았다.

샤르비네는 나의 가슴에 얼굴을 파묻은 채 울고 있었기 때문이다.

나는 흐느끼는 샤르비네의 두 어깨를 감싸고 있으면서 울음이 그칠 때까지 아무 말도 못하고 기다리고 있을 수밖에 없었다.

겨우 샤르비네의 울음이 그치고 그녀는 상기된 얼굴로 눈가에 맺힌 눈물을 닦을 생각도 없이 나의 얼굴을 빤히 쳐다보았다. 한참 동안 나의 얼굴을 쳐다보던 샤르비네는 작은 손으로 나의 얼굴을 쓰다듬으면서 이렇게 말했다.

"지우고 싶지 않은 허상이여! 붙들고 싶은 바람이여! 놓치고 싶지 않은 햇살이여!"

그렇게 말하는 샤르비네의 두 손을 잡으면서 내가 말했다.

"우리는 언젠가 무량겁(無量劫)의 우주 궤도 속에서 지금의 소중한 순간과 모습들이 안개의 잔영처럼 흔적도 없이 기억 속에서 지워질 운명을 말하고 있는 건가요?"

"그렇지 않을까요? 지금 이 순간이 우리들에게 아무리 소중하고 달콤해도 앞으로 영원한 순간들이 지나고 지나면서 퇴색된 기억 속의 잔영으로 남아 끝내는 흔적도 없이 지워지고 말 것이란 생각을 샤르앙은 이미 마음속에 품고 있지 않았나요?"

"그러한 제 마음을 이미 샤르비네가 알고 있었다는 뜻이오?"

"바보…. 제가 왜 샤르앙의 슬픈 생각을 눈치채지 못했을까? 잠깐씩 잠깐씩…. 샤르앙의 얼굴에 스쳐가던 우수어린 눈빛과 표정…. 때로는 살짝 눈가에 이슬이 맺히기도 하고, 때로는 깊은 상념에 잠기며 쓸쓸

한 표정을 짓기도 했던 샤르앙의 마음속을 왜 제가 들여다보지 못했을 것으로 생각했을까? 그렇게 생각했다면 샤르앙 당신은 숙맥과 같은 바보지. 일장춘몽 한마디로 제 마음을 아프게 찢어 놓는 샤르앙은 바보란 말이에요.”

“일장춘몽 한 마디가 그렇게 슬픈 의미였소?”

“샤르앙과 저와의 관계에서는 그런 말을 듣고 싶지 않았어요.”

“제가 진짜 바보였나 보오. 쓸쓸했던, 제 속 깊은 마음이 샤르비네에게 들통 나고 있을 줄은 꿈에도 생각지 못했는데…. 괜히 샤르비네의 연약한 감정을 건드려 놓고 본의 아니게 슬픔을 자아내서 미안하오.”

“그렇진 않아요. 실컷 눈물을 토하고 나니 마음이 오히려 후련해진 것 같아요. 그동안 말은 못하고 이별의 순간이 점점 눈앞에 다가올수록 샤르앙의 소중한 모습을 또렷하게 기억 속에 남기려고 애를 썼는데…. 그리고 샤르앙에게 슬픈 감정을 들키지 않으려고 애써 명랑한 표정만 지으려고 노력했는데, 이젠 그럴 필요가 없어서 오히려 마음이 편해요.”

샤르비네와 이런 대화를 나누면서 현실 속에서 일어나는 순간의 소중한 인연들을 헛되게 놓쳐서는 안 되겠다는 생각이 들었다. 우리들 영혼이 무량겁의 우주령 속에서 살아가는 아무리 영원성을 가진 존재라 할지라도, 그 무량겁의 영원함은 순간의 시간들이 조각처럼 쌓여서 이루어진 현상이라고 부정하지 못할 것이다.

결국 영원함은 실제적으로 느낄 수 없고 손으로 만져볼 수 없는 추상적인 현상에 불과하고 오히려 현실 속에서 이루어지는 순간순간의 삶이 소중하고 가치 있다는 생각을 불현듯 떠올리지 않을 수 없었다.

다시 말해 영원을 약속하며 현실의 순간을 희생하지 말고 현실의 소중한 순간 그 자체를 즐기고 순간을 영원함 속에 승화시키는 느낌으로 살아야겠다는 생각을 지워버릴 수 없었다.

그러한 느낌을 샤르비네에게 전했다.

"순간은 영원함 속에서 허상과 같은 현상이라고 했지요?"

"그렇지요. 아무리 아름다운 순간도 영원이라고 하는 시간의 수레바퀴를 따라 구르고 구르다 끝내는 흔적도 없이 기억에서 사라지고 말지요. 구름처럼 안개처럼…. 그리고 손에 쥔 공기나 햇살처럼…."

"그러면 샤르비네는 영원이라고 하는 실체를 만져보았소?"

"영원이란 실체는 순간의 시간이 쌓여서 이루어지기 때문에 누구도 만지거나 느낄 수는 없어요."

"만지지도 못하고 느끼지도 못하는 현상 앞에서 허무주의의 감상에 젖는 일은 무모하고 어리석다고 느껴지오. 이제부터 샤르비네는 순간의 아름다움만 생각하시오. 순간은 영원하며 순간은 현재의 모든 것이오. 그러므로 샤르비네는 이제부터 돌아오지도 않고 손에 만져지지도 않는 영원이란 허상 속에서 순간의 미래를 위해 눈물짓지 말고 마음껏 즐기고 사랑하는 마음으로 순간을 맞이하시오. 이 순간이 지나면 다시는 이 순간을 만날 수 없소. 그러나 순간은 붙들려고 마시오. 붙든다고 멈추지 않는 것이 또한 순간의 특성이니까…. 그냥 다가오는 모든 순간들을 즐기며 사랑합시다."

"샤르앙은 제게 듣기 어려운 명언들만 골라서 들려주는 것 같아요. 샤르앙의 높은 영성에 감동했어요. 그래요. 영원은 아직 돌아오지 않는 미래일 뿐인데, 아직 눈앞에 다가오지도 않은 미지의 시간을 대상으로 허무주의에 빠지고 슬퍼해야 하는 건 슬기로운 마음이 아닐 것 같아요. 갑자기 부끄러운 생각이 들어요."

"그러므로 우리는 이제부터 미래의 주인공이 되려는 마음보다 현재 이 순간의 주인공이 되어 살아가도록 노력합시다. 그리고 순간의 주춧돌을 잘 쌓고 쌓아서 미래의 큰 세상을 창조하는 마음으로 즐겁고 행복하고 의미 있게 살아가도록 합시다."

"현명하고 지혜로운 제안이라고 믿고 싶어요. 그러면 이제부터 저는 샤르앙의 제안을 받아들이고 현재의 순간들을 잘 보내며 살아가도록 노력할게요. 아직 다가오지 않는 미래에 대한 근심이나 슬픔 같은 건 마음속에서 모두 지워버리고 현재의 시간과 인연을 소중히 생각하며 최선을 다할게요."

"샤르비네가 그렇게 말해주니 제 마음이 너무 홀가분하고 기쁘오."

그붐이무슈 산에서 돌아오는 길에 초시로부터 통신전갈을 받았다.

"너희 둘에게 전할 소식이 있다. 특별한 손님들이 내일쯤 츠나음이 연구소를 방문하게 될 것이다. 내가 그 손님들을 안내할 것이니 너희들도 얼굴을 보여주어야 할 것이다."

초시는 짧은 내용의 전갈만 들려주고 통신을 끊었다.

자세한 설명도 듣지 못하고 통신이 끊기고 나서 궁금증만 더 커졌다.

그래서 내가 샤르비네 얼굴을 쳐다보며 궁금증을 숨기지 못하고 질문했다.

"특별한 손님이라니 누굴까요? 혹시 짐작이 가는 데라도…."

샤르비네도 고개를 가로저으며 대답했다.

"저라고 아버지의 말뜻을 이해하고 있을 줄은 기대하지 마세요. 특별한 손님과의 만남이란 항상 있어온 일이라서 느낌으로라도 짐작 가는 곳이 없어요. 그냥 기다려보죠 뭐…."

결국 샤르비네와 나는 초시의 전갈 내용에 대한 궁금증을 내일로 미루고 숙소로 돌아와서 평안한 마음으로 깊은 잠을 청하기로 했다.

침대에 누워 잠을 청하면 수면 프로그램이 작동되면서 자장가로 들리는 우주음률의 음악이 흐르고 몸과 마음이 이완되면서 스르르 꿈속으로 직행했다. 수면 프로그램은 꿈 내용을 다양한 주제로 설정할 수 있었고 설정된 내용이 꿈속에서 나타나서 현실처럼 체험할 수 있었다.

통상적으로 꿈을 꾸면서 수면을 취하면 깊은 숙면을 취할 수 없다고 하지만, 수면 프로그램의 도움을 받으면 어떤 꿈을 꾸든지 숙면이 가능했다.

취침에 들기 전 샤르비네가 나에게 수면 중에 체험할 꿈의 주제를 설정하라고 했다. 나는 꿈속에서 전생을 체험하고 싶었다. 전생 체험을 통해 과거 전생에서 나의 영혼이 어떤 삶을 살고 있었는지 궁금했기 때문이다.

수면 프로그램의 작동과 함께 이윽고 나는 깊은 잠에 빠져들고 꿈속에서는 전생의 내용이 전개되고 있었다. 내 영혼이 현실세계에 나타나기 전에 전생에서 살았던 내용들이 꿈속에서 현실의 세계처럼 전개되며 새로운 모습과 새로운 삶의 내가 그 세상에 존재하고 있었다.

꿈속에서 내가 살고 있는 세상은 도솔천이었다.

도솔천은 우주의 4방위 중 서쪽에 속하는 하늘 궁창이었고 도솔천의 하느님은 미륵이라고 했다.

나는 꿈속에서 처음 보는 세상에서 지금의 모습과는 다르게 살고 있었고 옷차림도 생소했으며, 주변에서 보는 모습들은 낯설었지만 이미 알고 지내는 사이들이었고, 낯선 존재들과 다정하게 담소를 나누고 무언가의 삶에 열중하며 한 세상을 풍자하고 있었다.

만족하고 행복한 전생의 나날들이었다.

전생의 나는 무한한 사명감에 불타며 정열적으로 주어진 직무를 수행하고 있었다. 내가 무언가의 직무를 맡아 보는 곳은 아름다운 보석으로 장식된 궁전이었다. 궁전의 이름을 도솔궁이라고 불렀다.

커다란 성으로 둘러싸인 궁전은 아홉 개의 성문을 통과한 후 나타났고, 하나의 성문을 통과할 때마다 계층이 다른 세상이 나타났다. 계층이 다른 세상의 존재들은 모두 신분이 달랐다. 깨달음이 큰 영혼의 존재들일수록 도솔궁과 가까운 성에 살고 있었다.

도솔궁의 영혼들은 화려하고 오색찬연(五色燦然)한 구름을 밟으며 살고 있었다. 도솔궁의 영혼들은 몸이 빛처럼 가볍기 때문에 구름을 밟고 다녀도 아무런 무게감을 느끼지 않았고 땅으로 내려앉거나 추락할 염려가 없었다.

"도솔천은 어떤 세상인가?"

나를 안내하고 있는 원신에게 질문한 말이었다.

꿈속에서 전생을 체험하도록 나를 안내하는 존재가 내 영혼의 원신(原神)이었다.

"깨달음의 세상이다."

원신의 대답이었다.

"누가 무엇을 깨닫는 세상인가?"

"우주의 4방위에는 각기 다른 하늘궁창이 있고 다른 하늘의 궁창마다 다른 깨달음의 영혼들이 살고 있으며 깨달음의 내용에 따라서 새로운 창조의 세상들이 펼쳐지며 살고 있다. 도솔천에서는 우주 4방위의 세상에서 살고 있는 영혼들을 불러서 깨닫게 하며 큰 깨달음의 경지에 도달한 영혼들이 다시 자기가 살아온 세상으로 돌아가서 어둠을 밝히는 등불이 된다."

"도솔천에서 깨달음을 얻은 영혼들을 무어라 부르는가?"

"신(神)과 선(仙)과 불(佛)이라 부른다. 신선불은 우주의 삼존(三尊)이다."

"삼존 중에 으뜸은 무엇인가?"

"삼존(三尊)이 모두 큰 이름이나 신(神)과 불(佛)이 선(仙)을 능가하지 못한다."

"전생의 내 신분은 무엇인가?"

"신선(神仙)이다. 우주의 자유자. 속(屬)함도 없고 속(束)하지도 않으며 신(神)과 영(靈)과 육(肉)의 경계를 초탈(超脫)하여 영생무멸(永生無滅)하는 존재를 신선이라 부르고 그 이름이 곧 그대의 신분이다."

"내 영혼이 영생무멸의 신선이라면 지금은 어찌하여 생노병사에서 자유롭지 못한 육신의 몸을 입고 현실세계에서 살아가는가?"

"육신의 세상은 일장춘몽이라…. 잠시 후 꿈속에서 깨어나면 영생무멸의 본래 자리로 돌아가리라. 육신의 몸도 꿈을 꾸고 꿈속에는 복잡다단한 현상들이 나타나지만 잠에서 깨어나면 물거품에 지나지 않는다. 육신의 삶이 아무리 고달프다 하나 백 년의 삶도 그와 같으리라."

"천상계의 원신이 잠시 꿈을 꾸는 현상이 육신 백 년의 고달픈 삶의 모습이란 말인가?"

"그렇다. 천상계의 신선루에 춘곤증이 밀려 들면 신선이라도 화창한 봄날의 졸음이 찾아들고 잠깐의 졸음 속에 육신의 꿈을 꾼다. 일장의 춘몽으로 찾아온 육신들은 꿈속의 세상이 전부인양 부귀공명을 꿈꾸고 야욕을 불태운다. 신선루 춘몽에서 깨어나면 허무하고 허무한 꿈속의 장면이거늘…. 천 년, 만 년 지고 갈 것처럼 아등바등 몸부림친다. 꿈에서 깨어나면 물거품이요 환상인 것을….”

“그렇담 내 영혼은 지금 우주찰나의 한 조각 꿈속에서 육신의 희노애락(喜怒哀樂)을 겪으며 온갖 풍상과 풍파를 타고 영원의 시간처럼 방황한단 말인가? 원신이여 답해다오!”

“일장춘몽 꿈속에서 허둥대는 나의 영혼이여! 육신이 천 년이라도 우주찰나 한순간이다. 신선본분 잃지 말고 우주 봄날 기약하자.”

“아아, 이 육신의 악몽이여! 생로병사(生老病死) 온갖 아픔 지고 가는 이 삶의 무게여…. 지금이라도 일장춘몽의 꿈에서 깨어나 내 영혼의 고향으로 돌아가고 싶다. 육신의 삶은 무겁고 벅차다. 원신이여! 어서 춘몽에서 깨워다오. 그러면 다 잊고 훨훨 내 영혼의 날개를 달리라.”

“육신의 버거운 몸으로 허우적거리는 나의 영혼아! 무겁고 벅찬 삶을 스스로 자초했다. 누구를 탓하거나 원망하지 말라. 육신의 몸을 입은 나의 영혼이 약해질 때 원신의 마음은 슬프고 초라해진다. 나의 영혼은 이기고 승리하기 위해서 육신의 몸을 입고 현실세계를 찾아왔다. 무겁더라도 한순간의 꿈이니 봄날의 영화를 위해 삶을 뭉개지 말아다오.”

“일장춘몽이라 해도…. 무슨 목적으로 나의 영혼은 무겁고 벅찬 육신의 삶을 택하여 현실세계의 고난을 자초하는가?”

“도솔천 주인의 부탁이다.”

“도솔천 하느님이 나의 영혼을 향해 부탁을 내린 것이 현실세계란 말인가?”

“그렇다. 현실세계에서 나의 영혼에게 주어진 역할이 있다. 현실세계는 하늘의 이상을 실현하는 터전이다. 현실세계가 무너지면 하늘도 무너진다. 그래서 우주 4방위 하느님이 모두 현실세계를 찾아가고 도솔천의 하느님도 찾아가고 천지주인도 찾아가고 결국은 천상계의 모든 신명들이 땅으로 내려가 후천세상의 하늘 공사를 수행한다. 이제는 바야흐로 하늘의 기운보다 땅의 기운이 커졌으니 나의 영혼은 하늘에서보다 땅에서 할 역할이 많으리라.”

“땅이 무너지면 하늘이 무너지는 이치를 알고 싶다.”

“하늘의 발은 땅을 딛고 산다. 땅이 무너지면 하늘이 발 디딜 자리를 찾지 못하고 추락할 수밖에 없다. 그래서 이제는 땅에서 하늘을 향해 복을 기원하지 않고 하늘이 땅을 향해 복 받기를 읍소한다. 땅이 복을 받아야 하늘이 복되기 때문이다.”

“후천세상의 땅에서는 어떤 변화가 일어나는가?”

“망하지 않는 나라 지상낙원 선경세상이 펼쳐지고 불로불사의 신선들이 도통진경의 신천지를 맞이할 것이다. 이 원신은 나의 영혼이 후천세상의 주역으로 살아가길 소망한다.”

“원신은 이 영혼이 육신의 몸을 입고 현실세계에서 고군분투(孤軍奮鬪)하며 삶의 고행을 자초하는 모습이 애처롭지 않는가?”

“나의 영혼은 전생에서도 자랑스럽고 땅에서도 자랑스럽다. 천상계에서는 도솔천의 하느님이 영혼들을 깨우칠 것이요 땅에서는 천지주인이 고운 영혼의 신선들을 인도할 것이니, 나의 영혼은 큰 빛 아래 머물며 마지막 신천지 건설의 주역으로 활동하길 바랄 뿐이다.”

수면 프로그램 꿈속에서 전생을 찾아간 내 영혼은 원신을 만나 이런저런 대화를 나누면서 도솔궁의 뜰을 거닐었다. 이제까지 나를 안내하던 원신(元神)은 어느덧 나의 영혼과 합신(合身)이 되어 영혼과 원신의 구분이 없게 되었다.

원신과 합신이 된 나는 본래 도솔궁에서 살고 있는 모습으로 돌아왔다. 현실의 모습은 사라지고 전생의 모습으로 돌아와 도솔궁의 뜰을 거닐며 무엇도 낯설게 느껴지는 것이 없었고 누구라도 낯이 익고 반가운 사이였다.

도솔궁에서 지낸 내 영혼의 나이는 삼십만 년이었고 삼십만 년 동안 함께 살아온 선녀 아내도 있었다. 삼십만 년 동안 함께 살아온 선녀 아내와는 여전히 사랑이 식지 않았고 도솔궁의 별채에서 교화사업의 직무를 맡고 있었다.

도솔궁에는 영혼들을 깨우치는 대교화소와 소교화소가 만들어져 있었고, 대교화소는 하나이고 소교화소는 숫자가 많았다. 대교화소에서는 미륵이 직접 깨달음의 교화를 펼치고 소교화소에서는 예비교화와 훈련을 시키는 장소였다. 소교화소를 거쳐 대교화소까지 깨달음 훈련의 기간은 5만 년에 이르고 대각성을 이룬 신선과 부처들은 비로소 본래 속했던 4방위 하늘로 돌아가 세상의 어둠을 밝히는 빛이 되어 살아가고 있었다.

미륵의 교화로 거듭 태어난 고운 영혼들이 빛의 몸을 입고 땅에 내려와 어둠을 밝히는 등불이 되어 후천세상의 지상낙원을 펼치는 주역으로 활동하게 될 것을 전생의 내 영혼은 이미 알고 있었다.

내 영혼은 4방위의 하늘에서 신선불의 큰 영혼으로 다시 태어나기 위해 도솔궁을 찾아온 영혼들을 각각의 특성에 맞는 소교화소에 분배하는 교무를 맡고 있었다. 그래서 비교적 4방위 하늘에서 살고 있는 신선불을 많이 알고 있었다.

삼십만 년을 함께해 온 선녀 아내의 직무는 예비교화와 멘토였다. 멘토의 내용은 교화에 들어가기 전의 주의 사항이나 교화 중에 애로사항

을 해결해 주는 일이었다. 상냥하고 부드럽기로 소문난 선녀 아내는
교화소의 신선불들에게 많은 인기가 있었다.

우리 신선부부는 잉꼬부부로 4방위 하늘 세상에 소문이 자자했다.

'신선들도 가정을 꾸미고 부부의 사랑을 나누는구나.'

꿈속의 전생을 체험하면서 내 영혼은 속으로 이렇게 생각했다.

전생의 어느 날 도솔궁의 미륵전에서 궁궐의 신선불들에게 긴급호출
이 떨어졌다. 미륵 하느님이 도솔궁의 신선불들에게 호출명령을 내리
는 일은 수만 년 만에 가끔씩 있어온 일이었다.

웬만한 중대사가 아니면 신선불을 한 자리에 모으는 일은 좀처럼 찾
아보기 힘든 이례적 행사였다.

"내가 도솔궁 신선불을 한 자리에 불러 모은 건…."

미륵전에 집결한 신선불들 앞에서 말문을 열기 시작한 미륵 하느님
의 표정은 비장한 각오가 서려 있었다.

"나는 잠시 후 후천세상 천지공사를 도모하려 땅으로 내려가 맡겨진
소임을 다하려 한다. 용기 있는 신선불들은 이때를 망설이지 말고 나
를 따르라. 땅에는 우주에서 악명 높은 멸망의 신들이 아귀떼처럼 몰
려와 난동을 일삼으니 하늘의 권세를 펼치기 난감하리라. 끝내는 진리
의 힘이 승기를 잡고 도탄에 빠진 선천세상의 무도난동을 제압하리니
하늘 권세의 위엄을 만천하에 드러내리라. 마지막 성전(聖戰)에 참여
하는 신선불의 공로가 높임을 받으리니 절호의 기회를 놓치지 말지어
다. 후천세상 개국공신의 수는 1만 2천이니 그 수에 참여하는 자, 우주
세세 영광이 있으리라."

미륵전에 집결된 신선불의 수는 구름 떼와 같고 미륵 하느님의 설교

에 고무된 신선불들의 결의에 찬 눈빛들은 불꽃처럼 빛났다.

"우리는 모두 미륵 하느님의 뒤를 따라 땅의 성전에 참여하여 후천 세상의 1만 2천 개국공신이 되어 선천세상의 비리를 척결한 후 불로불사 선경세상의 기틀을 마련코자 합니다."

신선불들은 이구동성으로 이렇게 외치며 미륵성전의 대열에 이름을 올리기 시작했다. 내 영혼의 이름도 선녀 아내의 이름도 이미 미륵성전의 대열에 참여하여 대기자의 명단에 올라가 있었다.

나의 영혼은 이미 미륵 하느님의 부름을 받고 땅에서 벌어지는 미륵성전의 내용을 알고 있었고, 선녀 아내와 나의 영혼은 결의에 찬 의지를 가다듬으며 미륵 하느님의 결전을 선포하는 날을 기다리고 있었다.

땅에서 벌어지는 미륵성전에 참가하는 신선불은 일거에 땅으로 내려가지 않고 정해진 순서와 작전의 지시대로 움직였다. 각자 부여 받은 임무도 달랐다.

"우리 영혼의 분신(分身)은 잠시 후 땅에서 만나게 될 것이오. 땅에서도 우리들의 인연을 회복할 수 있다면 미륵 하느님의 성은이 구천에 사무치는 증거가 될 것이오."

하지만 어떤 영혼의 분신도 천상계의 인연을 땅에서 이어가기란 장담할 수 없는 이치였다. 땅에서는 천상계와 다른 신분, 다른 외모, 엇갈린 인연이 되어 각각의 삶을 살아야하기 때문이었다.

"땅에서 비록 천상계의 인연을 이어가지 못하더라도 우리는 슬퍼하지 맙시다. 잠시 후 일장춘몽의 악몽에서 깨어나면 천상계의 인연은 다시 이어질 테니까."

나의 영혼과 선녀 아내는 이런 대화를 끝으로 영혼의 분신끼리 다른 삶을 선택하게 되었다.

잠깐의 꿈속에서 이렇게 길고 긴 전생의 내용이 전개되고 있었다. 이제까지 현실세계에서 살아온 시간보다 잠깐 동안 꿈속에서 체험하고 있는 전생의 내용이 훨씬 길고 영원하게 느껴졌다.

　꿈속에서 깨어나니 샤르비네는 벌써 내가 꿈속에서 경험한 내용을 프로그램으로 저장해 두고 있었다.

　꿈속의 내용은 잠에서 깬 후에도 생생한 기억으로 남아 있었지만 프로그램 속에 저장해 둔 내용을 4차원 생영상으로 재생해서 영화의 장면처럼 구경하는 기분은 더욱 새로운 느낌을 얻게 만들었다.

　내가 꿈속에서 체험한 내용을 샤르비네와 함께 4차원 생영상으로 감상하면서 이런 대화를 나누었다.

　"샤르앙의 전생은 천상계의 훌륭한 영(靈)이었군요. 아름다운 씨앗에서 아름다운 열매가 맺히듯, 샤르앙은 앞으로 땅에서 이룰 일이 많은 것 같아요."

　"아무리 전생을 체험한 내용이라 할지라도 꿈속의 프로그램에 지나지 않다는 생각이 드는데…. 샤르비네는 너무 지나친 반응을 보이는 것이 아니오?"

　"그렇지는 않아요. 꿈속의 수면 프로그램이긴 하지만 뇌 속에 저장된 잠재의식이 살아나서 일어나는 현상이랍니다. 과거 언젠가 경험하지 않은 내용들이 잠재의식으로 뇌의 공간을 차지하지는 않아요. 샤르앙의 영혼이 현실세계를 찾아오기 전 영겁의 우주나이를 보내며 겪었던 내용들이 잠재의식 속에 저장되는 것이랍니다. 뇌 속에 저장된 잠재의식은 현실의 세계에서 언젠가 돌출되지요. 그래서 현실의 영혼들은 씨앗대로 성장하며 씨앗대로 역할을 수행하지요. 그래서 저는 이미 샤르앙의 씨앗을 알아보았고 지난밤에 샤르앙이 체험한 전생의 프로그램 내용을 살펴보며 틀림없이 땅에서 큰일을 해낼 것으로 예측하지요."

"그런가요? 그러면 이제는 샤르비네의 전생은 어떤 과거를 가지고 있는지 궁금하오. 샤르비네도 저처럼 꿈속에서 전생을 체험하고 그 프로그램의 내용을 구경시켜 줄 순 없소?"

"꼭 그렇게 할게요."

"샤르비네의 전생이 매우 궁금하오. 샤르비네의 과거는 어쩌면 우주의 아름다운 별에서 여왕으로 살아오지 않았을까 하는 생각이 드오."

"샤르앙은 저에 대해서 정말 그런 생각이 들어요?"

"아름다운 별나라의 여왕님. 샤르비네에게 정말 어울리는 이름이라고 생각하오."

잠에서 깨어나 이런 내용으로 샤르비네와 내가 담소를 나누고 있을 때 저처가 약간 긴장된 표정을 지으면서 우리들 앞에 나타났다.

늘씬한 키와 개미허리처럼 가냘픈 허리를 한 저처는 빛나고 찰랑거리는 머리를 길게 늘어뜨리고 머리에는 아름다운 장식을 꽂고 있었다. 천상계에서 내려온 천사가 따로 없었다.

"저처가 이른 시간에 어쩐 일이오?"

내가 반가운 표정을 지으며 자리에서 일어나 그녀의 두 손을 잡아주고 포옹하면서 건네는 말이었다. 하지만 전과 다른 저처의 긴장된 표정이 마음에 걸렸다.

저처는 애써 담담한 표정을 지으며 입을 열었다.

"반가운 소식을 전하러 오지 못해서 미안해요."

"멀리 이별이라도 떠나기 위해서 찾아온 말투인 것 같소?"

내가 오히려 저처보다 더 긴장하며 되물었다.

"그래요. 샤르앙. 이별 소식을 전하러 왔어요."

"정말이군요. 그러면 어디 멀리 우주여행이라도 떠나는지…."

"제가 떠나는 것이 아니라…. 지난번에 샤르앙에게 소개시켜 드렸던 제 할아버지가 며칠 후면 영영 저희들과 이별을 고하게 되었답니다."

저처는 그녀의 할아버지가 며칠 후 임종을 앞두게 되었다는 소식을 우리들에게 전하러 왔던 것이다.

인자하고 자비스런 품성을 지닌 할아버지였는데 며칠 후면 임종을 맞이할 것이라 생각하니 서운한 생각이 들었다.

"제 할아버지 임종 때 둘을 꼭 초대하고 싶어요."

저처가 알려 준 날짜에 맞춰 샤르비네와 나는 저처의 할아버지가 임종을 앞두고 있는 장소로 향했다. 저처의 할아버지는 우주나이 370세였는데 불행히도 빛의 화신이 못되어 영생의 꿈을 접고 한 줌의 향기로 사라질 운명을 맞이하고 있었던 것이다.

임종 행사장에 들어가니 벌써 할아버지 자녀들과 마을의 많은 신선들이 모여서 엄숙한 순간을 기다리고 있었다.

저처의 할아버지는 꽃으로 장식된 의자에 앉아서 자비스러운 모습으로 임종 행사장을 찾은 방문객들을 바라보며 말없이 미소만 짓고 있었다. 잠시 후면 임종을 맞이할 예비망자(豫備亡者)의 슬픈 표정은 어디서도 찾아볼 수 없었다.

저처의 할아버지는 몇 번 만났던 내 얼굴을 알아보며 가까이 다가오라고 손짓을 했다. 내가 슬픈 표정을 지으며 허리를 굽혀 대례를 올리자 할아버지는 아무렇지도 않은 표정으로 손을 내밀어 내 손을 잡아주었다. 임종을 앞둔 할아버지의 손은 여전히 따뜻하고 부드러웠다.

할아버지는 또렷한 목소리로 나에게 입을 열었다.

"우주 끝에서 찾아온 귀한 손님이 나의 임종을 지켜주게 되어 큰 광영이구나. 지구로 돌아가더라도 내 모습을 영원히 기억해 다오. 살아 있는 영혼들에게 기억된 영혼들은 죽더라도 영원히 죽지 않는단다."

나는 할아버지에게 약속했다.

"할아버지, 그동안 저희들이 찾아올 때마다 따뜻하게 맞아주시고 친절하게 대해 주셔서 감사합니다. 앞으로도 할아버지의 친절한 모습을 영원히 마음속에 간직하며 살아가겠습니다."

할아버지는 고맙다는 표정으로 고개만 끄덕였다.

이 외에도 할아버지는 몇몇의 특별한 방문객들을 하나하나 앞으로 다가오게 하여 특별한 말들을 남겨 두었다.

이런저런 절차가 끝난 후 드디어 할아버지의 임종시간이 눈앞에 다가오고 있었다.

할아버지는 급격하게 몸에서 힘이 빠져나가는지 힘들어하는 표정을 지으며 편하게 침대에 눕혀달라고 부탁했다. 마지막 순간까지 편안한 표정을 잃지 않던 할아버지는 드디어 숨을 가쁘게 몰아쉬더니 사르르 눈을 감기 시작했다.

임종 행사장에 모인 방문객들은 마지막 눈을 감은 할아버지를 향해 일제히 허리를 굽혀 대례를 올렸다.

할아버지의 시신이 들어 있는 운구는 장례의전용 하늘자동차에 실리고 신선마을 상공을 한 바퀴 선회한 후 추모관을 향했다. 친지와 방문객들도 각자의 자가용 하늘자동차에 나눠 타고 할아버지의 운구를 뒤따랐다. 운구를 뒤따르는 방문객 하늘자동차의 숫자는 천여 대에 달할 만큼 대형행사의 규모였다. 운구를 실은 장례의전용 하늘자동차의 크기는 길이가 50m에 달했다. 그 안에는 장례위원 200여 명이 함께 타고 있었다. 하늘자동차 선실은 3층 구조로 이루어져 있었고 운구는 선실의 맨 앞에 모셔졌다.

운구가 도착한 추모관의 이별동산은 공원처럼 크고 아름다운 장소였다. 온갖 화초들로 가꾸어진 이별동산에는 융탄자 같은 부드러운 풀이 자라서 깔려 있고, 크고 작은 애완용 동물들이 풀밭에서 뛰어다니며 평화로운 정취를 물씬 발산시키고 있었다.

이별동산 중앙에 커다란 제단처럼 생긴 돌탑이 세워져 있고 침대처럼 생긴 돌탑의 평평한 자리에는 형형색색의 꽃송이들이 수북하게 쌓여 있었다. 할아버지의 운구는 곧바로 꽃송이들이 쌓인 침대같은 자리에 눕혀지고 영혼을 마지막 떠나보내는 의전행사가 진행됐다. 할아버지의 장례행사는 슬프게 진행되지 않았고 무희들의 아름다운 춤과 악기들의 연주와 친지들의 이별송 등으로 이어졌다.

이런저런 이별행사가 끝난 후 참가자들은 일제히 할아버지 운구 앞으로 다가가 이미 마련된 꽃송이들을 집어서 할아버지의 관을 무덤처럼 덮었다. 꽃송이로 할아버지의 운구가 수북하게 덮이자 참가자들은 몇 발짝 씩 뒤로 물러나며 할아버지의 영혼이 마지막 떠나는 장면을 지켜보았다.

할아버지의 운구를 덮고 있던 형형색색의 꽃송이들은 서서히 아름다운 향기를 흩날리며 분해되어 사라지기 시작했고, 할아버지의 시신이

들어 있던 운구도 안개처럼 사라지고 말았다.

할아버지의 운구가 놓여 있던 돌탑의 평평한 자리에는 재 한 줌도 남아 있지 않았고 안개처럼 홀연히 모든 것이 눈 앞에서 사라지고 말았다. 여운으로 남는 것은 꽃송이들이 분해되어 남긴 향기들 뿐이었다. 꽃향기와 함께 눈 앞에서 사라지는 할아버지의 영혼…. 그 영혼의 입가에 환한 미소가 꽃향기처럼 번지고 있었다.

아름다운 장례의식이었다.

이런 장례행사는 샤르별에 도착해서 수차례 경험했기 때문에 생소한 장면이 아니었다.

지구에서는 죽은 시신을 위해 무덤을 만들거나 화장을 해서 재를 뿌려주는데, 샤르별에서 이처럼 독특한 장례행사를 진행하고 있었다.

한 줌의 흙이나 재도 남기지 않고 안개처럼 구름처럼 홀연히 사라지는 영혼의 흔적…. 한편 생각하면 허무하고 한편 생각하면 엄숙하고…. 아무튼 무어라 형용할 수 없는 마음이 교차해서 일어났다.

할아버지의 장례가 끝난 후 저처가 일부러 샤르비네와 나를 찾았다. 할아버지의 영혼을 마지막 떠나보낸 저처의 얼굴에는 어떤 슬픔의 흔적도 없었다.

"귀한 손님들이 찾아 주어 마지막 떠나는 할아버지의 영혼이 기뻤을 거예요."

저처는 우리들에게 정중하게 감사의 뜻을 전했다.

"아름다운 향기에 실려 할아버지의 영혼은 평화의 나라로 떠났을 거예요. 할아버지의 영혼은 우리들 마음에서 항상 살아 계시고 생전과 마찬가지로 사랑해 주실 거예요. 평소 친손녀처럼 아껴주시고 사랑해

주시던 할아버지의 은혜를 잊지 않을 것을 약속할게요."

샤르비네도 이렇게 답례의 인사를 했다.

나는 이렇게 소감을 말했다.

"지구에서는 죽은 영혼을 떠나보내기 위해 모두들 슬퍼하고 애통해하는데 샤르별에서는 축제와 같은 분위기로 영혼과의 이별을 고하는 모습이 오히려 아름답게 느껴졌소. 꼭 본받고 싶은 장례문화인 것 같소. 그리고 지구에서는 죽은 영혼을 위해 무덤을 만들어주고 화장을 해서 재를 뿌려주는 등 복잡한 절차를 거쳐야 하지만, 샤르별에서는 아름다운 꽃향기와 함께 마지막 영혼을 하늘로 실려 보내는 모습이 인상적이었소. 아무튼 저도 몇 번 할아버지의 모습을 뵌 적이 있지만 그 인자함과 사랑이 넘치는 모습은 영원히 마음속에 남겨져 있을 거요."

나의 말에 저처는 이렇게 답례했다.

"맞아요. 저희 할아버지가 샤르앙을 만난 것은 두세 번에 지나지 않지만 참 인상 깊게 생각해 주시는 것 같았어요. 전생에 큰 신명이 샤르별을 찾아왔다고 샤르앙에 대한 이야기를 제게 들려주기도 하셨어요. 그래서 할아버지는 임종시에 각별하게 샤르앙을 챙기셨던 것 같아요."

"저도 할아버지가 임종하시기 전 특별히 저를 불러 사랑을 표하시던 모습이 인상적이었소."

이런 대화를 끝낸 후 우리들은 추모관의 휴게실로 향했다.

장례행사에 참여했던 방문객들이 아직도 돌아가지 않고 휴게실에 남아서 향료수와 신선주를 마시면서 할아버지를 화제로 이런저런 이야기꽃을 피우기에 바빴다.

샤르비네와 저처 그리고 나는 향료수 제공 서비스를 담당하고 있는 선녀의 특별한 배려로 귀빈석과 같은 좋은 자리를 배정 받아 앉았다. 서비스를 맡은 선녀들이 특별하게 준비된 규시아 향료수와 신선주를 가져와서 작은 잔에 따라 주었다.

우리들도 자리에 앉자마자 할아버지에 대한 이야기꽃을 피우고 지구의 장례문화에 대한 이야기도 꺼내면서 허물없는 대화를 나누기 시작했다. 그러자 휴게실에서 담소를 나누던 몇몇의 신선과 선녀들이 우리들 곁으로 우르르 몰려왔다. 모두 고만고만한 나이 또래의 신선과 선녀들 같은데 실제로는 나이차가 많았다. 15세의 선녀도 있었고 50세의 신선도 섞여 있었지만 모두 친구처럼 지내고 있었다.

샤르별에서는 100년 이하의 나이터울은 친구로 지내고 있었다.

우주나이 100년은 지구나이로 환산해서 300세에 가까운 나이였다. 우주나이 100년의 차이라도 겉으로 보아서는 젊거나 늙은 표가 없었다.

그래서 저처는 실제로 나보다 나이가 많지만 나를 오라버니라고 불렀다. 우주나이로는 20대 후반이고 지구나이로는 70이 넘은 나이인데 실제의 모습은 저처가 나보다 앳된 소녀로 보였다. 지구에서 70대 할머니가 20대 손자뻘 남자에게 오라버니라고 부른다면 웃기는 이야기가 될 것이다.

우리들 곁에 다가온 신선과 선녀들은 각각의 이야기와 수다를 늘어놓으며 여러 가지 관심사에 대해서 그리고 세상사는 일들에 대해서 주거니 받거니 했다.

나는 당연히 지구의 장례문화에 대해서 화재를 꺼냈다.

죽은 시체라고 하지만 깊은 땅속에 묻어 버린다는 이야기나 뜨거운 불에 태워서 재로 남게 한다는 이야기를 듣고는 모두 잔인한 장례문화라고 얼굴을 찡그렸다.

샤르비네와 저처 그리고 우리들 곁에 다가온 다른 신선과 선녀들이
함께 어울려서 향료수와 신선주 잔을 비우며 담소를 나누고 있을 때
휴게실 중앙에 할아버지의 추모영상이 상영되고 있었다. 저처 할아비
지가 생전에 업적으로 남기신 일들이 생영상으로 편집되어 4차원 영
상장치를 통해 상영되며 할아버지에 대한 기억을 새롭게 만들어 주고
있었다.

휴게실에 앉아 있는 다른 조문객들도 끼리끼리 자리를 뜰 줄 모르며
담소도 나누고 상영되는 할아버지의 모습도 보고 저마다 편한 시간을
보내고 있었다. 할아버지의 추모영상이 상영되고 있다고 하여 일부러
긴장을 하며 격식을 차리거나 예를 갖추려는 모습들은 없었고 각자의
편한 자세로 행동하며 추모의 여운을 즐기고 있었다.

우리들도 마찬가지였다.

저처도 그리운 할아버지에 대한 추모영상이 방영되고 있어도 다른
감정을 나타내지 않았고 평소처럼 애교와 수다를 떨면서 이야기꽃을
피워나갔다.

신선주의 술잔이 비워지면 서비스를 맡고 있는 선녀들이 다가와 잔
을 채워 주었다. 곱고 아름다운 선녀들이 따라 주는 신선주의 맛은 더
욱 좋은 것 같았다. 술을 따라 주는 선녀들은 술만 따라주지 않고 노래
를 부르거나 춤을 추면서 기분을 북돋아 주기도 했다.

추모관 휴게실의 분위기는 어느덧 신선놀음의 장소로 변해가고 있
었다.

낙천적이고 낭만적인 신선들의 삶을 엿볼 수 있는 기회이기도 했다.

신선주를 마시고 기분이 좋아진 샤르비네와 저처는 나를 일으켜 세우고 둥실둥실 춤을 추며 신선놀음의 흥을 북돋우었다. 신선춤을 추고 있을 때 할아버지의 영혼도 우리들과 함께 춤을 추고 있었다.

추모관의 휴게실을 4차원 가상공간으로 만들어서 할아버지의 생전 모습이 등장하게 하여 펼치는 가상현실 게임의 현상이었다.

가상공간에 가상현실의 모습으로 등장한 할아버지의 영혼과 우리들은 현실의 느낌처럼 춤을 추고 노래를 부르며 신선놀음을 즐겼다.

죽은 영혼이 금세 되살아나 살아 있는 영혼들과 어울리며 신선놀음을 즐기는 현상이 이채롭게 느껴졌다.

이처럼 샤르별에서는 4차원 가상공간의 프로그램을 이용하여 삶과 죽음의 경계를 모르고 떠나간 영혼과 항상 재회의 기쁨을 누리며 살아가고 있었다.

나도 문득 그리운 영혼들을 가상공간에 초대하여 함께 신선놀음을 즐기고 싶다는 생각이 들었다. 샤르비네는 나의 마음을 가상공간 프로그램 진행자에게 전했고, 가상공간 프로그램 진행자는 나에게 그리운 영혼들의 모습을 기억나는 대로 떠올리라고 했다. 그리고 그리운 영혼들과 얽혀진 추억들을 가급적 소상하게 기억으로 떠올리라고 했다.

처음에는 정확하게 떠오르지 않던 기억들이 점차 또렷하게 나타나기 시작했다. 프로그램 진행자가 기억을 되살리는 프로그램을 작동시키며 도와주었기 때문이었다.

가상공간의 가상현실 속으로 그리운 영혼들을 모두 초대하자 마치 죽은 영혼들이 살아서 돌아온 것처럼 내 기분은 너무 좋았다. 그리운 영혼들을 모처럼 가상공간에서 만났다고 하여 슬픈 감정은 전혀 없었고 그리운 영혼들의 표정도 평화롭게 느껴졌다.

나는 가상공간에 나타난 영혼들에게 먼저 신선주 한 잔씩을 돌리고 반가운 인사도 전했다. 죽은 영혼들은 세상과의 이별에 대한 슬픈 감정을 전혀 못 느끼고 있다는 생각이 들었다. 삶과 죽음의 경계조차 느끼지 못하는 평안한 표정들이었다.

내가 따라 준 신선주을 마시고 나서 영혼들의 기분은 더욱 밝아지는 것 같았다. 이윽고 가상공간에 이름 모를 악기들의 연주가 울려 퍼지고 예쁜 무희들이 가상공간에 나타나서 춤을 추기 시작했다.

그러한 분위기에 고무된 영혼들도 나와 함께 어우러지면서 춤을 추고 노래를 부르기 시작했다. 가상공간이라고는 하지만 모처럼 그리운 영혼들과 재회를 나누고 신선놀음을 즐기는 기분은 무어라 형용하지 못할 만큼 좋았다.

샤르비네와 저처도 가상공간의 신선놀음에 동참하며 나의 기분을 북돋아주었다. 영혼들과 어울려 지낸 가상공간의 신선놀음은 잠깐이라고 생각했는데 벌써 이틀이란 시간이 훌쩍 지나가고 말았다.

신선놀음에 도낏자루 썩는 줄 모른다던 속담이 실감으로 다가왔다.

가상공간 프로그램 진행자의 배려로 재회를 나눈 영혼들과 함께 이틀간의 신선놀음을 즐길 수 있었다. 내가 가상공간 프로그램으로 그리운 영혼들을 불러 신선주를 마시고 신선놀음을 즐기고 있을 때 다른 신선들은 이미 자리를 뜨고 없었다.

샤르비네만 그사이 학교에 다녀와 가상공간의 프로그램이 끝날 시간을 기다리고 있었다. 그리고 가상공간에서 진행됐던 프로그램의 내용들을 전자책에 저장해 두었다가 전달해 주었다.

만물의 지배자 정령신(精靈神)과의 면담

샤르별에서 가장 아름다운 미의 여왕이 있다면 단연 요정선녀를 꼽았다. 요정선녀의 본래 이름은 셔초시였고 그녀의 우주령은 420세였다. 아직 불로불사의 자리인 빛의 화신은 아니었다.

하늘과 땅에서 그처럼 완벽한 미모는 찾아볼 수 없을 것이라고 알려진 요정선녀의 아름다움은 모든 신선들의 마음을 용광로처럼 녹여버리는 마력이 있었고, 그래서 요정선녀가 나타난 자리에는 신선과 선녀가 따로 없이 인산인해를 이룰 만큼 북새통의 장관이 펼쳐지곤 했다.

아름다운 미모에 목소리마저 은구슬이 구르듯 청아하고 맑았다.

요정선녀의 명성은 아름다운 미모 때문만은 아니었다.

요정선녀는 살아 있는 모든 것의 대변자였고, 살아 있는 생명체들의 의사를 집결하여 신선들과 다양한 주장을 펼치면서 만물의 생존권을 보장받게 하는 대모이기도 했다.

그래서 요정선녀에게 붙여진 별명은 만물의 지배자이기도 했다.

셔초시 요정선녀는 무한이론 생물학을 전공했고 자연과의 대화법을 달통한 장본인이었다. 즉 셔초시 요정선녀 앞에서는 화초와 식물과 작은 미생물에 이르기까지 자연계의 어떤 생명체라도 의사가 불통되는 일이 없었다.

물론 샤르별에서 살아가는 높은 각성의 신선들은 대부분 자연과 대화를 나누며 하늘의 이치를 터득하고 있지만, 셔초시 요정선녀처럼 섬세한 감정까지 주고받는 경우는 드물었다.

"풀섶에 가려 보일 듯 말 듯 피어 있는 작은 꽃잎의 야생화도 우주와 대화를 나누며 자란다. 눈에 보이지 않는 작은 미생물도 우주의 파동으로 대화를 나누며 자연계를 지배하는 힘이 된다."

셔초시 요정선녀는 신선들을 향해 항상 이렇게 강조하며 하찮은 생명체에게도 배려심을 잃지 말라고 강조했다.

나는 벌써 요정선녀와 세 번째의 만남을 나누었다.

요정선녀를 통해 자연과의 대화법을 익히고 있었고, 자연과의 대화를 통해 물가에서 아무렇게나 굴러다니는 돌멩이 하나라도 의미 없이 놓여 있지 않다는 사실을 발견하곤 했다.

곧 만물의 형태는 우주의 메시지란 사실을 요정선녀를 통해 익혀 나가고 있었던 것이다.

저처 할아버지 장례식을 마치고 숙소에서 며칠 간 휴식을 취하다가 요정선녀가 보낸 시종으로부터 요정의 숲을 방문하라는 전갈을 받았다.

요정선녀는 주스니라 산자락의 밀림이 우거진 숲속에 거처가 만들어져 있었고, 그곳엔 요정나라에 걸맞는 기이한 화초들과 식물들이 심어져 자연계의 신비한 힘을 과시하고 있었다.

우리들이 머물고 있는 숙소도 주스니라 산자락에 위치하고 있었지만 요정의 숲은 반대편에 있어서 거리상으로는 수천 km에 이를 만큼 먼 거리였다. 하늘자동차 춘우셔시가 아니라면 좀처럼 찾아갈 수 없는 밀림의 오지였던 것이다.

아무튼 샤르비네와 내가 하늘자동차를 타고 주스니라 산자락의 밀림위를 날아서 요정의 숲을 찾았을 때 그야말로 장관이라고 설명할 수밖에 없는 아름다운 자연계가 그곳에 숨 쉬고 있었다.

이름도 모르는 수 천, 수 만 종의 꽃과 열매들…. 그리고 꽃잎과 풀잎의 사이에서 번식하고 있는 작은 생명체들…. 그것들이 모두 요정왕국의 구성원을 이루는 식구들이었고, 요정선녀는 쉬지 않고 그것들과 대화를 나누며 하늘과 땅의 이치를 궁구하고 있었던 것이다.

샤르비네와 내가 하늘자동차 춘우셔시에 몸을 싣고 요정선녀를 방문했을 때 그녀는 여전히 풀과 나무와 꽃들의 정령(精靈)들과 대화에 심취해 있었다. 시종(侍從)이 요정선녀에게 우리들의 방문소식을 알리자 기쁜 표정을 감추지 못하며 우리에게 다가와 다정하게 포옹을 해주며 반겼다.

"어서들 오렴. 사랑하는 영혼들아."

420세의 우주령에도 불구하고 20대를 갓 넘긴 청초하게 젊음을 유지하는 요정선녀의 미모가 눈부실 만큼 아름답고 고혹적이지 않을 수 없었다. 그리고 그녀의 몸에서 풍기는 향기는 고혹적이다 못해 영혼의 일부가 함몰될 것 같다는 느낌이 들기도 했다.

샤르비네의 미모도 친구들 사이에서는 한몫하는 편이었지만 요정선녀에게는 견줄 바가 못 되었다.

요정선녀는 이제까지 대화를 나누던 화원의 정령들 앞으로 우리를 안내했다. 요정선녀는 화원의 작은 풀잎과 눈에 보이지도 않을 만큼 작은 꽃잎에도 정령이 깃들어 살고 있다고 우리들에게 설명해 주었다.

"자연계의 모든 생명체들은 정령의 넋으로 생존한다."

곧 작은 생명체 하나에도 정령이라고 하는 혼이 깃들어 있어 생존의 본능을 발휘하며 살아가고 있다고 요정선녀는 우리들에게 친절하게 설명해 주었다.

요정선녀의 화원은 커다란 꽃동산을 방불케 할 정도로 대규모였고, 그 꽃동산에는 온갖 형태의 꽃과 열매와 화초들이 자라고 있었다. 어떤 화초는 요란한 색상과 커다란 꽃송이를 피우며 스스로를 과시하고, 어떤 꽃송이는 아주 작고 눈에 조차 띄지 않을 만큼 왜소한 몸짓에 꽃잎의 때깔조차 드러나지 않았다.

그렇게 여러 가지 형태의 화초들이 심어져 있는 화원을 바라보며 셔초시 요정선녀가 이렇게 입을 열었다.

"이 화원에는 수만 가지 생명체들이 저마다 고유한 언어로 대화를 나누며 저마다 고유한 생태계를 펼치며 저마다의 고유한 영역의 삶을 살아간다. 합창을 할 때 작은 소리의 음률이 중요한 하모니를 연출하듯, 작은 생명체들의 작은 목소리라고 하여 외면하여서는 안 된다. 화원의 삶을 가만히 들여다보면 서로 배려하며 살아가는 모습이 그토록 우주적이지 않을 수 없다."

요정선녀의 설명을 듣고 내가 질문했다.

"말없이 피어 있는 화초들도 우주적 질서 속에서 서로를 배려하며 살아가고 있다는 의민가요?"

"그렇다. 사랑하는 영혼아. 땅에서는 하늘에 떠 있는 별의 숫자만큼 다양한 종의 생명체들이 어울려 생존하고 있지만, 그것들은 서로의 삶을 존중하고 배려하며 각각의 고유한 영역 속에서 살아가고 있다. 그러한 자연의 질서가 곧 우주의 이치에서 비롯된 것이다."

"요정선녀님께서는 자연계의 작은 생명체도 스스로의 삶을 연출하는 정령이 깃들어 있고, 그 정령의 힘으로 생존의 질서를 펼쳐가고 있다고 저희들을 가르치셨지요?"

"그렇고말고. 자연계의 하찮은 생명체도 모두 그 생명체의 넋이 정령이 되어 스스로의 삶을 우주의 이치에 따라 펼쳐 가고 있지."

"크고 작은 생명체들 속에 깃들어 있는 정령의 넋은 항상 우주와 대화를 나누며 스스로의 생존을 펼쳐 가고 있나요?"

"그렇다. 말 못하는 모든 생명체들은 정령의 넋으로 우주와 대화를 나누며 우주의 이치대로 삶을 펼쳐 나간다. 곧 우주에는 넋이 없는 생명이란 존재할 수 없다. 모든 만물에게는 정령의 힘이 깃들어 있고 정령의 명령에 따라 삶을 연출하며 그래서 만물을 다스리는 실제적 힘이 정령이라고 설명할 수 있을 것이다."

"만물에 깃들어 있는 살아 있는 힘이 정령이며, 정령의 힘이 떠나면 만물의 힘도 사라진다는 의민가요?"

"정령의 힘은 살아 있는 만물에게만 깃들어 있는 것이 아니라 우주 만물의 모든 존재 속에 깃들어 있는 힘이다. 정령의 힘이 빠져 나가면 결국 어떤 만물도 본래의 모습을 유지하지 못하고 현실세상에서 사라지고 만다."

"화원에서 자라는 작은 화초 한 그루에도 정령의 넋이 깃들어 있다니 믿어지지 않습니다. 넋이라 하면 혼이요, 혼이라면 스스로 무언가를 스스로 결정하는 힘이 아닌지요?"

"스스로 결정하는 힘이기도 하며 본질을 유지하는 항상성의 힘이 되기도 하는 것이 넋이요, 혼이며, 정령이라고 설명할 수 있을 것이다."

"샤르별에는 하늘자동차가 하늘을 날고 인조인간들이 스스로 일을 하며 다양한 문명의 이기들이 신선들의 손에 의해 창조되어 그것들 나름대로의 본질성을 발휘하고 있습니다. 이러한 것들의 본질성을 넋이요, 혼이라고 설명할 수 있는지요?"

"세상에 태어난 모든 사물과 만물과 생명체들의 본질성을 넋이요, 혼이요, 정령이라고 말할 수 있다. 넋과 혼이 빠진 사물은 이미 그것으로서 본질성을 상실했고, 모든 생명가진 것들의 넋과 혼이 사라질 때 그 생명으로서의 본질성도 이미 끝났다고 생각해도 좋을 것이다. 정령의 넋은 그것이 그것됨의 항상성(恒常性)을 유지하는 가장 기본적인 우주의 틀이기 때문이란다."

내가 이런 이야기를 요정선녀와 나누고 있을 때 샤르비네는 잠시 곁을 떠났다가 돌아왔다. 돌아올 때 시종선녀들도 함께 따라 들어왔다. 시종선녀들의 손에는 잘 익어 보이는 신선주 병이 들려 있었다. 투명한 수정으로 만들어진 병이라서 그 속에 담긴 신선주의 빛깔이 겉으로 드러났고, 빛깔만 보아도 얼마나 잘 익고 귀한 성분의 신선주인지 직감으로 느낄 수 있었다.

신선주(神仙酒)를 들고 온 시종(侍從)선녀들은 세 명이었다. 샤르별의 천하일색(天下一色)인 요정선녀의 시종선녀들답게 세 선녀의 미모 또한 뛰어났다. 신선주를 받쳐 들고온 선녀들의 손은 옥으로 빚은 듯 고왔고, 조각처럼 아름다운 얼굴의 피부는 이슬처럼 맑고 청순해 보였다.

세 선녀들과 함께 신선주를 가져온 샤르비네는 요정선녀와 내가 대화를 나누고 있는 옆자리에 자리를 잡고 앉으며 이렇게 말했다.

"샤르앙, 이 세 분의 선녀들과 인사를 나누세요."

나는 엉겁결에 샤르비네가 시키는 대로 세 선녀에게 반절을 했다. 허리를 크게 굽히는 것은 대례라고도 하고 큰절이라고도 했으며 반절은 허리는 크게 숙이지 않되 상대에게 큰 경의를 표하는 절이었다.

세 선녀도 나처럼 반절로 서로 인사했다.

"누구시길래?"

나는 영문을 모르고 세 선녀에게 반절을 했지만 시종선녀들에게 일부러 인사를 나누라는 뜻의 영문을 몰랐다.

"이 분들이 바로 요정선녀님의 수제자이면서 신선주를 빚는 데는 천하명장으로서의 명성이 드높답니다. 아마도 샤르앙은 샤르별에서 가장 맛이 뛰어나고 향기가 좋은 신선주 맛을 즐기게 될 거예요. 기대해 보세요."

샤르비네의 말이 떨어지자 세 선녀는 보석으로 만들어진 작고 투명한 잔에 붉고 빛이 나는 신선주 한 잔씩을 따라서 요정선녀와 샤르비네 그리고 나의 앞에 놓았다.

신선주를 따라 준 선녀들이 일제히 입을 모아 "천일주(天一酒)니 맛보세요." 하고 권했다. 천일주란 세상에 하나뿐인 신선주란 뜻이었다. 천일주란 이름이 붙여진 신선주는 샤르별에서 가끔씩 눈에 띄긴 했지만 흔하지 않는 술이었다. 천일주란 말을 듣자 내 입에서는 저절로 침이 돌았다.

"이렇게 귀한 술을 저희에게 대접하다니 참으로 영광입니다."

술을 마시기 전 나는 요정선녀에게 이렇게 감사의 뜻을 전했다.

요정선녀는 나의 사의(謝意)를 정중히 거절했다.

"신선주를 대접하는 주인은 내가 아니니 감사는 따로 해야 할 거야."

요정선녀는 이렇게 말하며 세 선녀에게 눈을 돌렸다.

세 선녀는 얼굴이 붉어지며 수줍게 말했다.

"셔초시 선녀님은 무슨 그런 말씀을…. 술이야 저희가 빚긴 했지만 저희들의 주인은 셔초시 선녀님이 아니겠습니까. 그런데 저희에게 술을 빚은 공로를 돌리시니 부끄럽기만 합니다."

요정선녀는 다시 말했다.

"아니야. 우리가 지금 마시는 이 천일주에는 너희 세 선녀의 혼이 들어 있어. 뜨겁고 강력한 혼. 천일주는 그 뜨겁고 강력한 혼이 깃들지 않으면 만들 수 없는 술이야. 그래서 이 천일주의 주인은 술을 빚을 때 뜨거운 혼을 쏟아 넣어 준 너희 세 선녀가 아니고 누구겠어. 하늘과 땅이라도 인정할 것은 인정해야지."

요정선녀까지 극찬을 아끼지 않은 천일주란 이름의 신선주를 샤르비네와 나는 서서히 맛을 음미하며 마셨다. 입 안에서 퍼지는 향기와 신비한 기운이 목구멍을 통과해서 온몸으로 퍼져 갔다.

신선주는 목구멍으로 넘어가자마자 그 기운이 온몸으로 퍼지기 시작했고, 그 향기로운 술맛은 이제까지 쉽게 느껴보지 못했던 특별함이 있었다.

천일주 다음에는 음양주(陰陽酒)와 태극주(太極酒)란 신선주도 등장했다. 음양주는 신선과 선녀가 사랑의 기분을 느끼기 위해 마시는 술이었고, 태극주는 하늘과 땅의 큰 기운을 몸 속에 증폭시키기 위해 마시는 술이었다.

천일주, 음양주, 태극주를 샤르별에서 삼선주라 불렀다. 샤르별에 최고 신선주는 세 종류가 있다는 의미였다.

나는 본래 술을 많이 마시지는 않지만 즐기는 수준의 주량을 가지고 있었다. 천일주, 음양주, 태극주 한 잔씩을 각각 받아서 마시고 나니 기분은 천하를 다 얻은 듯 만족해지고 몸 속에서 용솟음치는 강력한 기운을 주체하지 못할 것 같았다.

그러나 술기운에 취해서 몸을 가누지 못할 정도는 아니었고 말실수를 할 만큼 큰 취기가 오른 것은 아니었다. 아주 적당하게 기분만 좋았다. 삼선주의 술 속에는 뭔가 특별한 기운이 발생하고 있다는 생각이 들었다.

혼자 속으로 삼선주의 맛을 음미하며 생각에 잠겨 있을 때 요정선녀가 의미 있는 질문을 했다.

"술맛이 좋으냐?"

샤르비네도 내 입에서 어떤 대답이 나오는지 궁금해 하는 눈치였다.

나는 솔직하게 대답했다.

"이렇게 특별한 술을 마셔본 건 처음입니다. 평소 술을 많이 마시지는 않고 좋아하고 즐기는 편이기는 합니다. 특히 분위기 있는 장소라든가 사랑하고 좋아하는 자가 곁에 있을 때는 저절로 술 한잔을 나누며 마음속 이야기를 꺼내놓고 싶을 때도 있습니다. 그래서 제 자신이 스스로 술을 좋아 한다고 평가는 하지만 아직까지 이렇게 향기가 뛰어나고 맛이 특별한 술은 마셔 본 기억이 없습니다. 과연 천하제일의 명장이 만든 술이 아니면 이런 술맛을 낼 수는 없다고 생각합니다. 좀 더 정확하게 표현을 하자면 특별한 얼이 살아 숨 쉬는 명주(名酒)라는 생각이 듭니다."

내가 이렇게 삼선주의 술맛에 대한 평가를 하자 요정선녀는 고개를 끄덕이고 만족한 표정을 지으면서 말을 이어갔다.

"샤르앙이 술을 좋아한다는 사실은 이미 알려진 사실이지만 술맛을 제대로 음미할 줄 아는 것을 보니 신선은 신선이로다. 신선이 술을 즐길 줄 모르고 좋은 술맛을 분별할 줄 모른다면 신선이 아니지. 그렇다. 지금 우리들이 마시는 세 종류 신선주는 천하제일의 명장들이 손수 빚은 천하제일의 술이라고 자랑할 만하며, 그 천하제일의 명장들이 앞에 나란히 앉아 있는 세 선녀들이니 천하제일 명품 신선주를 담은 칭송은 세 선녀에게 돌려야 할 것이다. 천일주, 음양주, 태극주라고 하는 삼선주를 빚는 세 선녀야말로 샤르별의 최고 주신(酒神)이며, 주신의 얼이 스며 있지 않은 술은 이미 술이 아니라는 평판이 우리 샤르별에 널리 퍼져 있을 정도다."

요정선녀가 술에 대해 이렇게 설명을 하고 있을 때 술을 빚은 주인공들인 세 선녀는 다소곳이 미소를 머금고 앉아서 이야기를 듣고만 있었다. 세 선녀는 주신(酒神)이란 이름에 걸맞게 요염한 자태와 눈빛이 예사롭지 않았다.

요정선녀는 다시 술 이야기를 꺼냈다.

"그런데 말이다. 사랑하는 영혼아."

"네, 요정선녀님. 말씀하십시오."

"내가 지금 술 이야기를 꺼낸 것은 술에 대한 품평회를 열자고 꺼낸 말들이 아니다. 우리 샤르앙, 사랑하는 영혼에게 묻고 싶은 것은 이렇게 특별한 술맛은 어떤 비법으로 만들어졌을 지에 대한 대답을 말하려는 것이다. 이 점에 대해 어떻게 생각하느냐?"

"저도 천하제일의 술맛을 낼 수 있는 비법을 알고 싶습니다."

"혼이다!"

"술맛의 비법은 혼이라구요?"

"그렇다. 천하제일의 술맛을 내는 비법은 특별한 재료도 아니고 방법도 아니고 술을 빚은 주인의 혼이 천하제일의 술맛을 내게 한다."

"결국 천하제일의 혼이 들어갔을 때 천하제일의 명품 신선주가 탄생할 수 있다는 의미군요?"

"바로 그거다. 술뿐만 아니라 세상에 태어난 어떤 물질들을 막론하고 그것들을 세상에 탄생시킨 주인의 어떤 혼이 깃들어 있느냐에 따라서 그것들의 쓰임새라든가 그것들의 가치가 달라진다. 마찬가지로…."

"네, 말씀하십시오."

"세상만물과 세상의 자연과 세상의 생명체들이…. 스스로 세상에 모습을 드러낸 것은 없으며, 무언가 창조적 힘이 작용된 후에 그것들은 세상에 모습을 드러낸다. 세상에 모습을 드러낸 만물들은 그것들을 세상에 태어나게 한 주인의 혼이 작용하는 대로 우주의 이치 속에서 존재한다는 뜻이다. 내 말이 어렵게 들리느냐?"

"어렵게 들린다기보다 말씀의 내용들을 잘 씹고 음미하며 들어야 할 내용들인 것 같습니다."

"그래, 내 말은 잘 씹으면서 음미해야 그 의미를 정확하게 파악할 수 있다. 어떻든 자연계에 존재하는 모든 만물들을 비롯한 우리들 살아 있는 영혼들까지를 포함해서…. 아주 작고 볼품이 없는 생명체에게조차 창조주의 혼이 깃들어 있고 그 혼이 정령으로 살아나서 지켜주기 때문에 모든 생명체들은 스스로 삶의 이치를 발휘하며 살아가고 있다는 뜻을 너에게 들려주고 싶은 것이다."

"그래서 요정선녀님은 자연계에 살아 있는 정령들과 대화를 나누며 하늘의 이치를 깨닫고 우주의 섭리를 이해하면서 하늘과 땅의 진리를 규명하는데 앞장서고 계시군요?"

"나의 화원에서 자라고 있는 작은 풀씨 하나 들꽃 한 송이조차도 아름다운 혼이 살아 있는 정령의 신이 아닌 것은 아무 생명체도 없다. 그 말도 못하고 움직이지도 못하고 자연에 대한 어떤 대항력도 없는 작은 생명체들이⋯. 무슨 거짓을 말할 수 있으며 무슨 억지를 주장할 줄 알겠느냐? 지극히 순수하고 진실한 우주의 대화만 펼쳐갈 수 있는 존재들이 자연계의 작은 생명체들이며 그것들을 보호하는 정령신들이다. 그래서 나는 자연계의 정령신들과 대화를 나누며 우주의 진실을 들으며 살아가고 있단다."

"과연 요정선녀님은 요정나라의 여왕이시라는 평이 무색하지 않다는 생각이 듭니다. 우주에서 가장 순수하고 아름다운 정령들과 이야기를 나누며 살아가는 요정선녀님의 성품을 짐작하고 남음이 있을 것 같습니다. 저도 자연계의 작은 생명체들의 수호신인 정령들과 대화를 나누며 우주의 순수진리를 터득하고 싶습니다."

"네가 과연 숲을 찾아가서 숲의 요정과 물을 찾아가서 물의 요정과 산을 찾아가서 산의 요정들과 대화를 나누고 싶으냐?"

"꼭 그렇게 하고 싶습니다. 제 취미가 본래 자연과 대화를 나누는 일입니다. 꽃을 만나면 꽃과 대화를 나누고 나비를 만나면 나비와 대화를 나누며⋯. 바람을 만나면 바람과 대화를 나누고 물을 만나면 물소리와 대화를 나누면서⋯. 우주와 자연과 그리고 자연의 모든 구성원들과 진솔한 대화를 나누는 것이 본래 고독한 제 처지의 낙이었습니다. 하지만 그러한 대화는 제 일방적인 짝사랑의 대화였고 서로의 의견을 교환하는 대화는 나누어 보지 못했습니다. 즉 자연의 소리는 듣지만 그것들에게 제 의사를 전달하는 능력은 가지지 못했습니다. 방법이 있다면 깨우쳐 주십시오."

"너는 명상을 통해 우주대화를 나누어 본 경험이 많지?"

"네, 우주대화는 자주 경험했습니다. 요정선녀님과 명상으로 대화를 나누기도 했고 불로불사의 존재들과 영적대화를 나눈 경험이 있습니다."

"영적대화의 원리가 무엇이더냐?"

"영적파동의 공명작용이었습니다. 높은 것은 높은 기운과의 공명, 낮은 것은 낮은 기운과의 공명현상으로 텔레파시의 주파수가 일치해질 때 우주대화와 영적대화가 가능해졌습니다."

"바로 그 점이다. 그 점이 바로 만물의 정령신들과 대화를 나누며 자연계의 순수 우주대화를 나눌 수 있는 비결이다. 곧 순수대화는 순수한 것들의 기운과 눈높이의 공명현상을 가질 때 가능해진다."

"눈높이의 공명현상이라고 하셨나요?"

"그래 작은 것은 작은 것에 대한, 큰 것은 큰 것에 대한 눈높이 공명현상의 기운으로 우주대화를 시도할 때 온전한 우주주파수 파동이 작동되어 온전한 우주대화가 가능해진다."

"지극히 순수함의 경지에 도달했을 때 지극히 순수한 것들의 혼과 영적대화를 나누는 일이 가능하다는 뜻이군요?"

"그렇다. 우리들 세상의 존재들이 신선으로 살아가는 비결도 순수의 극치 때문에 가능해진다. 순수하지 않으면 우주의 가장 깊은 진리를 터득할 수 없고 우주의 깊은 진리에 이르지 못할 때 신선으로 살아갈 자격을 박탈당할 수밖에 없다. 축생의 세계에서는 축생들이 살아가고, 인간의 세상에서는 인간들이 살아가며, 신선의 세상에서는 신선들이 살아간다. 축생들의 특성은 자기의 이익만 생각하며 살아가고, 인간들의 특성은 이익을 저울질하며 살아가고, 신선들의 특성은 이익을 초월하며 살아간다. 순수의 극치에 도달했을 때 이익을 초월한 삶을 살아갈 수 있으며 그 순수의 극치에서 영혼과의 대화, 자연과의 대화가 가능해진다. 영혼과 대화가 가능해질 때 자연의 순수들과 대화가 가능해지고, 자연의 순수와 대화가 가능해질 때 하늘과 땅을 아우르는 우주대화가 가능해진다. 하늘과 땅을 아우르는 대화가 신선의 길이요 불로불사 선경세상에서 살아가는 비결이다. 온전한 우주대화를 나누지 못할 때 진정 불로불사 신선의 자리에는 오르지 못한다. 나는 그러한 진리를 터득하기 위해 자연과 대화를 나누고 자연계의 정령신들과 대화를 나누기 위해 힘쓰고 있다."

요정선녀의 말이 끝나자 주신의 요정인 세 선녀가 천일주 한 잔을 따라서 잔을 채워 주었다. 나와 샤르비네의 빈 잔에도 붉은 빛의 특별한 기운이 감도는 태극주 한 잔씩을 따라 주었다.

주신(酒神)의 얼이 깃든 천하명주 한잔을 입으로 삼키며 그 술기운이 온몸으로 퍼져 가자 천하제일 주신의 얼이 혈통을 따라 역류하며 온통 정신을 황홀하게 지배하는 것 같았다.

그때 다양한 우주의 소리들이 들리는 것 같았고 그 우주의 소리 속에 숲속의 화초들이 향기로운 대화로 엮어 내는 정령들의 수군거림이 섞여 있다는 생각이 들었다. 신선주 기운과 함께 느껴지는 우주의 파동 우주의 수군거림들…. 천하명품 태극신선주의 기운이 만들어 내는 신비였던 것이다, 우주대화는 자연계의 정령들과 대화가 가능한 순수극치의 조화에서 비롯되었던 것이다.

태극신선주의 특별한 기운의 작용으로 우주대화의 센서가 몸 속에서 작동하고 있다는 느낌을 받았고, 그러한 느낌과 함께 요정선녀로부터 자연계의 정령신들을 만나보는 비결부터 터득했다. 자연계의 정령신들을 만나보면서 아무리 작은 생명체에도 신명의 기운이 작용하지 않는 현상은 없다는 사실을 발견하지 않을 수 없었다.

즉 살아 있는 모든 영혼들이 본래 그 실체가 신이라면 살아 있는 생명체들은 생명이라고 하는 그 자체가 신이요 정령이란 사실을 발견했던 것이다.

작은 풀씨 하나에 숨겨져 있는 정령신의 활약을 살펴보자.

작은 풀씨라도 태양빛을 받지 않고 땅속의 양분과 수분을 섭취하지 않고서는 그 생명을 부지할 수 없다. 육신을 가진 것들이 쉬지 않고 공기를 호흡하고 영양분을 몸 속에 보충하며 생존하듯, 아무리 작은 생명체도 살아가는 원리는 마찬가지다.

작은 풀씨가 땅속에 뿌리를 내릴 때는 아무렇게나 뿌리를 뻗고 살아가지 않는다. 작은 풀씨의 뿌리가 향하는 곳은 반드시 수분이 있는 장소며 영양이 풍부한 쪽을 향한다. 어두운 땅속에서 눈도 달리지 않고 귀도 달리지 않은 작은 풀씨의 뿌리가 무슨 능력으로 수분이 있고 영양이 풍부한 장소를 향해 뻗어가서 수분과 영양을 섭취하며 생존을 유지할 수 있을 것인가?

작은 풀씨 스스로가 어떤 판단력이 있고 생각이 있어서가 아니다. 그 작은 풀씨의 생명을 지켜주는 수호신인 정령이 살아 있기 때문에 작은 풀씨의 생명이 스스로 태양빛을 받고 땅속의 수분과 영양분을 섭취하며 생존을 유지하고 종자를 퍼뜨리는 것이다.

그 원리는 작은 생명체나 큰 생명체나 마찬가지다.

모든 생명체는 그것을 지켜주는 수호신이 있다. 그 수호신을 정령이라고 부른다. 정령을 다른 말로 혼이라고도 하고 요정이라고도 부른다. 아무튼 모든 생명체는 크고 작고를 막론하고 그 자체가 신(神)이다.

생명이라고 하는 현상은 눈에 보이는 것만 존재하지 않는다.

오히려 눈에 보이지 않은 생명의 세계가 더 크고 복잡하며 오묘하다. 눈에 보이지 않는 세균과 미생물이 모두 고유한 생명체들이다. 눈에 보이지도 않는 생명체들조차도 정령신의 조화로 살아가고 있으며 그것들 역시 작은 생명체의 신들이다.

신들은 무엇이나 상호간에 영적대화가 가능하다. 그 영적대화를 통해 크고 작은 생명체들은 상호의 질서를 유지하며 생존의 법칙을 이어간다.

자연계뿐만 아니라, 육신의 몸 속에도 얼마나 많은 세균과 미생물로 이루어진 생명체들이 존재하고 그 미생물과 세균들의 영향력에 의해 건강과 생존이 좌우되는가? 그 미생물과 세균총의 하나하나가 모두 살아 있는 생명의 신들이요, 그 신들의 전쟁으로 내 안의 생명이 좌지우지 된다고 생각해 보라.

몸 속에서 쉬지 않고 전쟁을 벌이고 있는 신들은 좋은 편도 있고 나쁜 편도 있을 것이다. 영과 몸을 상하게 하는 신들도 있고 영과 몸을 망치게 하는 신들도 있을 것이다.

그 좋은 신과 나쁜 신의 뒤엉킨 전쟁 속에서 우리들 생명은 건강을 유지하기도 하고 질병을 달고 살기도 하며 우리들 영혼이 순수함을 간직하기도 하고 허물어지기도 하는 것이다.

이러한 원리들은 스스로 깨달은 지식이 아니라 요정선녀의 직접적인 가르침을 받고 터득한 우주의 진실이었고 놀라운 정보였던 것이다. 또 태극주 한 잔에 눈이 밝아지고 귀가 떠진 현상이기도 했다.

아무튼 나는 요정선녀의 가르침을 받으며 자연계의 모든 정령신을 만나볼 수 있었고 그것들과 대화를 나누는 법을 터득했으며 심지어는 몸 속의 세균이나 미생물들로 이루어진 보이지 않는 생명체의 신들과도 대화를 나누는 법을 익히게 되었다.

이후로 하늘과 땅이 온통 정령(精靈)의 신(神)들로 가득하다는 사실을 터득하게 되었다.

지구에서는 가끔씩 수백 년 된 고목들이 숲이나 마을 주변에서 발견되곤 한다. 마을 옆에서 자라고 있는 오래된 고목은 마을의 수호신이 되어 특별한 날을 통해 제사상을 받기도 한다. 어떤 이들은 고목 앞에서 절을 하거나 기도를 하며 영험한 힘을 빌려 소원을 성취하려고도 한다.

샤르별에도 몇 천 년이 넘은 고목들이 발견되고 신선들이 중하게 여기는 대상이 되기도 한다.

샤르별에서 오래된 고목으로 수령이 9천5백 년에 이르는 너버니라는 나무가 있다. 즉 1만 년의 고목이 너버니란 이름의 장수 정령목(精靈木)이었다. 너버니 고목의 키는 5백m에 이르고 가지의 길이는 1백m에 이르렀다. 한 그루의 나무라기보다는 숲과 같은 현상이 너버니 정령목(精靈木)의 1만 년 위용이었다.

지구에서는 1천 년 수령(樹齡)도 찾아보기 어려울 텐데 1만 년의 수령(樹齡)을 만나기란 빛의 나라 샤르별이 아니라면 상상하기 어려웠을 것이다.

너버니 고목나무도 역시 정령신이 지키고 있고 샤르별의 신선들은 그 정령신과 대화를 나누기를 즐겨했다. 너버니 정령신과 대화를 나누면 지나간 세월의 우주역사를 배우게 되고 자연과 우주에 얽혀진 생명의 이치를 터득할 수 있었기 때문이다.

1만 년 동안 스쳐 간 풍상의 고난을 넘기지 못했다면 너버니 정령목의 존재는 불가했을 것이며, 샤르별의 신선들에게 1만 년의 교훈을 들려주는 정령신으로서의 역할도 불가했을 것이다. 아무튼 1만 년의 생존에는 1만 년의 비결이 있고 1천 년의 생존에는 1천 년의 우주비결이 존재하고 있을 것이다. 그 우주비결은 그냥 만들어지지 않고 온갖 자연의 간난(艱難)과 풍상의 위협을 견디고 나서 가능할 것이며 그러한 우주의 교훈을 듣기 위해 샤르별의 신선들이 즐겨 고목나무 밑을 찾아오고 했다.

1만 년 정령목 너버니 나무를 찾아오면 1만 년의 우주교훈을 듣는다. 그 교훈은 우주가 들려주지 않고 너버니의 정령신이 들려준다. 우주를 향해 귀가 열린 영감의 소유자들에게 가능한 우주의 은총이었다.

나도 가끔씩 그 너버니 고목을 찾아가서 고목이 만들어 낸 울창한 숲의 그늘에 앉아서 고목의 정령신과 많은 이야기를 나눌 수 있었다. 1만 년 정령목과의 조우는 그 자체가 행운이었다.

1만 년 정령목과 만나서 이런 영감의 대화를 나누었다.

"너버니 정령신은 내가 누구라고 생각하나?"

"지구에서 샤르별을 찾아온 우주의 아들이다. 이름은 샤르앙. 이름 속에 깃든 우주정령의 신묘한 기운이 좋은 운명을 지배할 것이다."

"이름 속에도 우주정령의 기운이 깃든단 말인가?"

"우주의 존재들은 크고 작다하여 우주정령의 기운이 스미지 않는 존재가 없다."

"아무튼 내 입으로 모든 것을 말하지 않아도 너버니 정령신은 나에 대해 모두 알고 있다는 생각이 드는구나."

"우리들 정령신은 영혼의 파동을 읽는다. 파동을 읽으면 영혼의 모든 내력을 알 수 있다. 우주파동으로 이루어진 정령의 프로그램 속에 지나간 시간의 흔적이 고스란히 저장되어 있으니까."

"존재의 현상은 우주파동이며 그 우주파동의 현상을 정령의 기운이 지배한다는 의미구나."

"그렇다. 그래서 정령의 프로그램을 빛의 속도로 재현할 때 세상 존재의 역사는 무엇이나 파악이 가능하다."

"그렇다면 정령신들 앞에서는 어떤 영혼도 거짓을 말할 수 없겠구나."

"우리들 세상의 정령과 영혼들은 누구도 거짓을 말하지 않는다. 거짓은 어리석은 자들의 수단이기 때문이다."

"아무튼 말하지 않아도 맘속의 진실을 읽어 준다니 편하게 대화를 나눌 수 있을 것 같다."

"우리 정령신들은 친절하다. 순수한 부탁은 무엇이나 들어줄 수 있다. 말하라. 묻고 싶은 사실이 많은가 보다."

"너버니 고목의 수령은 1만 년에 이른다고 들었다. 사실인가?"

"사실이다. 나의 우주수령은 1만 년이다. 1만 년 풍상을 견딘 정령목의 위용을 나에게서 발견해 보라!"

"아무튼 1만 년 정령목의 위용은 대단하다. 그래서 빛의 화신을 꿈꾸는 샤르별의 신선들이 자주 찾아와 좋은 기운을 증폭시키고 돌아갈 것이다. 나도 똑같은 심정으로 1만 년 정령목의 기운을 몸 속에 채워서 돌아가기 위해 찾아 왔다. 좋은 기운을 허락할 수 있는가?"

"얼마든지 허락한다. 1만 년 정령목의 기운을 충전하여 지구로 돌아가 하늘과 땅의 대사를 도모하길 기원한다."

"고맙구나. 그리고 의문이 한 가지 있는데…."

"말해보라."

"신선들 중에는 빛의 화신이 되어 불로불사의 삶을 맞이하기도 한다. 수목들도 가능한 일인가?"

"우리 수목들에게 혼(魂)은 있지만 영(靈)은 없다. 혼은 나타났다 사라지는 기운이요 영은 영원히 존재하는 기운이다. 그래서 혼을 가진 수목이 빛으로 화신할 가능성이 없다. 아무리 오래된 수목이라도 결국은 수명의 한계를 초월하지 못한다."

"샤르별에서 가장 오래된 수목의 수령은 얼마인가?"

"쇼시우디 산의 정상에 서 있는 추시버니 나무가 1만 5천 년의 수령을 자랑한다. 곧 자연계에 존재하는 모든 생명체 중에서 가장 오래된 수명을 자랑하고 생명의 왕이라고 부를 수 있는 나무의 이름이 추시버니이기도 하다."

"1만 5천 년의 정령목이라니 대단한 우주수령이구나. 쇼시우디 산은 이곳에서 아주 멀리 떨어진 산의 이름인데…. 그 멀리 떨어진 장소의 나무를 어떻게 알고 있었나? 신선들과 대화를 하면서 알게 된 정보인가?"

"수목들은 땅 속에 뿌리를 내려 움직일 순 없지만 우리 정령신들은 자유롭게 움직이며 하늘과 땅과 세상이 돌아가는 물정을 소상히 알고 있다. 그래서 아무리 멀리 떨어진 자연계와 우주의 소식이라도 우리 정령신들은 다 알고 있다."

"움직이지 못하는 수목들이라도 정령신의 기운으로 서로 왕래를 하고 의사를 교류하며 살아간다는 의미구나."

"그렇다. 우리 식물의 정령신들은 멀리 떨어져 살아도 서로 왕래하며 의사를 주고받고 자연의 질서를 유지하며 생존의 법칙을 이어간다."

"참 신비스러운 자연의 법칙이구나."

"오묘한 하늘과 땅의 섭리를 어떻게 다 말로 표현할 수 있겠나."

"너버니 정령신과 대화를 나누면서 많은 점을 깨닫고 생각했다."

"샤르앙의 영혼은 무엇을 생각했나?"

"말 못하는 잡초 한 그루라도 함부로 짓밟거나 그 생명을 손상시켜서는 안 되겠다는 느낌이 들었다."

"샤르앙의 영혼은 지구에서 살아갈 때 평소에도 작은 생명체 하나라도 함부로 하지 않고 귀하게 대하는 버릇이 있지 않았나?"

"그렇긴 하지만 너버니 정령신과 대화를 나누면서 더 신중하고 귀하게 여기는 마음으로 작은 생명체들을 대해야겠다는 생각이 들었다."

"샤르앙의 영혼은 본질적으로 생명을 사랑하고 중히 여긴다. 그래서 샤르앙의 영혼이 나타나면 모든 자연이 반기고 소중하게 영접한다. 그것이 하늘의 축복이다. 샤르앙의 영혼은 생명을 사랑하는 대가로 앞으로도 우주의 많은 축복을 누리게 될 것이다. 끝까지 그 마음 변치 말고 우주의 아들로서 중히 받들어지는 영혼이 되어다오. 생명을 사랑하는 자는 생명의 축복을 누릴 것이다."

"그 약속을 꼭 지키겠다."

비록 고목나무의 정령신과 대화를 나눈 내용이지만 나는 많은 깨달음을 얻고 돌아왔다.

자연계의 정령신(精靈神)들은 마치 성자와 같아서 그것들과 대화를 통해 어디서나 진리를 구할 수 있고 하늘과 땅의 지혜를 배울 수 있었다. 그래서 나는 틈나는 대로 자연과의 대화를 시도하며 영적성숙을 도모했다.

곧 성자의 길은 성자에게 묻지 않고 작은 생명의 씨앗을 수호하는 정령신들에게 그 답을 들었던 것이다.

요정선녀의 거처에서 열흘 정도 머물면서 초목의 정령들과의 대화를 배우고 있을 때, 3일째 날에 샤르비네는 급한 용무가 있어 연구소로 돌아갔다. 열흘 동안 요정선녀의 가르침을 받으면서 생명체들의 모든 정체(正體)들이 정령신의 조화란 사실을 발견하지 않을 수 없었다.

초목이나 작은 생명체들이 스스로의 생존을 이어가기 위해서 발휘하는 마술과 같은 능력들은 신의 조화가 아니면 불가능한 현상들이라고 결론을 내리지 않을 수 없었다. 그 몇 가지의 예를 들어 생각해 보자.

샤르별에도 지구에서 서식하고 있는 거미라든가 누에라든가 그리고 다양한 곤충 같은 미물들이며 새들이 살아가고 있었다. 이 미물과 같은 작은 생명체들이 각각 특이한 방법으로 종족을 번식시키며 생존의 질서를 지켜 나가고 있는 모습에서 신의 조화가 아니면 설명할 수 없는 현상들을 발견하지 않을 수 없었다. 지구에서도 얼마든지 발견할 수 있는 내용들이었지만 예전에는 특별한 관심으로 바라보지 않던 자연의 현상들이었다.

이제까지 대수롭지 않게 생각했던 자연의 질서가 샤르별에서는 왜 특별한 느낌으로 다가왔을까?

자연과 생명의 질서를 다스리는 정령신의 존재를 알았기 때문이다.

정령신의 존재를 요정선녀가 알게 해 주었고 설명할 수 없던 자연과 생명계의 현상들을 정령신의 이해와 함께 풀리기 시작했다.

산새들이 정교한 솜씨로 집을 짓고 곤충들이 알을 까고 새끼를 부화시켜 종족을 번식시켜 나가는 현상, 한 번도 배우지 못한 일들을 천부적 솜씨로 척척 해내는 미물들의 활동을 바라볼 때, 그러한 미물들의 삶을 무언가 보이지 않는 프로그램이 관리하지 않으면 해낼 수 없는 신묘한 조화….

그 신묘한 조화의 힘이 정령신의 작용이라고 요정선녀를 통해 배우고 체험했던 것이다.

자연과 생명을 다스리는 정령신의 존재를 확인할 수 있도록, 요정선녀는 나를 대동하고 이런저런 현상들을 관찰하게 했다.

요정선녀의 화원에는 다양한 종류의 거미들이 서식하고 있었다.

지구의 각시거미나 왕거미 같은 종류를 비롯해서, 좁쌀거미, 개미거미, 날거미 등 처음 보는 종류도 헤아릴 수 없었다. 좁쌀거미는 눈에도 잘 띄지 않을 정도의 작은 거미였고, 개미거미는 개미처럼 쉬지 않고 일을 하며 먹이를 물어다 저장하는 거미였으며, 날거미는 날개도 없이 몸 속의 부력을 이용해서 공중을 날아다니는 거미였다.

요정선녀 정원에서 발견한 거미 중에 대왕거미가 특별히 관찰의 대상이었다. 쥐처럼 크게 생긴 대왕거미는 몸 속에 밧줄처럼 튼튼한 거미줄을 뽑아냈고, 키 큰 나무와 나무 사이에 비단실처럼 질긴 거미줄을 고기 그물처럼 만들어 걸어 놓고 먹이를 사냥하는 모습이 신기에 가까웠다. 대왕거미의 실크 거미줄은 투명해서 자세히 관찰하지 않으면 잘 보이지 않았고 그래서 새나 다람쥐 같은 짐승들이 거미줄에 걸려들어 대왕거미의 먹잇감이 되곤 했다. 대왕거미의 거미줄에는 미세한 전류가 흘렀고, 전류가 흐르는 거미줄에 걸린 먹잇감들은 즉시 감전되어 몸이 마비된 것처럼 허우적대지도 못하고 꼼짝을 못했다. 거미줄에 전류가 흐르는 이유는 거미가 분비해 놓은 분비물에서 방전되는 전류 때문이었는데, 분비물의 전류가 방전되면 거미의 몸에서 다시 충전시키기를 반복했다.

대왕거미도 다른 거미들의 운명과 다르지 않게 새끼를 부화시킨 후 새끼들의 먹잇감으로 변해서 마지막 생을 마감했다. 대왕거미의 새끼들은 부화되자마자 어미 몸에 달려들어 살아 있는 몸을 조각내어 먹잇감으로 취하기 시작하고 어미의 몸을 모두 먹이로 섭취한 후 독립해서 활동했다.

그 새끼들은 어미가 가르쳐 준 적도 없는 거미줄 만들기와 전기로 먹잇감을 감전시켜 사냥을 하는 일을 능숙하게 해냈다.

대왕거미의 일생은 한 편의 드라마를 보는 느낌이었고 무엇이 그렇게 대왕거미의 처연한 삶과 신비에 가까운 투명 그물 만들기를 비롯해서 사냥하는 솜씨를 발휘하는지 이해 불가능한 현상이 아닐 수 없었다.

그 이해 불가능한 보이지 않는 프로그램이 정령신의 조화였던 것이다. 거미의 일생을 책임지는 거미정령의 힘, 그 거미정령의 힘이 대왕거미의 일생을 책임지는 신의 조화였던 것이다.

거미의 정령은 거미의 얼이요 넋이라고 표현할 수 있었다. 거미가 아무것도 생각하지 못하는 미물이라고 생각하기 쉽지만, 거미가 무조건 집을 짓고 먹이를 사냥하고 종족을 번식시키는 것이 아니었다. 본능적인 계산법에 따라서 거미의 일생을 창조하고 있었던 것이다.

아무리 인간들의 머리가 좋은 두뇌라도 거미의 일생을 정확하게 계산해서 흉내낼 수 없지만, 미물인 거미는 무한이론의 초월적 계산법을 활용하며 놀라운 재능을 발휘한다고 설명할 수 있었던 것이다. 미물인 거미의 초월적인 계산법을 누가 가르쳐 주고 알려 주었을까? 그 초월적 계산법은 거미의 몸 속에 감춰진 얼이요 넋과 같은 정령신의 조화였던 것이다.

부화된 새끼들의 먹잇감으로 변해 가고 있는 어미거미의 정령신과 대화를 나누었다.

"새끼들의 먹잇감이 되기 위해 몸이 조각나고 있는 순간 어미거미는 어떤 느낌인가?"

"살점이 떨어지는 아픔과 천상에 오르는 환희를 함께 느낀다."

"살점이 떨어지는 아픔이 천상에 오르는 환희라고?"

"그렇다. 마지막 아픔의 고통을 통해 얻어지는 환희는 아직 느껴보지 못했다. 아무리 맛있는 먹잇감이 걸렸을 때도 이보다 기쁨이 크지는 못했다."

"몸이 조각나는 고통의 환희보다 맛있는 먹잇감의 사냥의 기쁨이 크지는 못했다고?"

"사실이다."

"살신성인의 어미사랑을 미물에게서 발견하는 기분이 묘하구나."

"그런 고상한 의미는 우리 미물들이 이해하지 못한다. 우리 미물들은 다만 천부적으로 물려받은 본능적 역할에 충실할 뿐이다."

"커다란 나무와 나무 사이에 단단한 실크 그물망을 만드는 계산은 우리 인간의 두뇌로도 힘들 것 같다."

"우리 미물들은 몸 속에 천부적으로 저장된 프로그램의 정보대로 일을 할 뿐이다. 그 보이지 않는 힘의 근원이 우리 미물들의 정령이요 넋이다. 그래서 우리 미물들을 미천한 물건들이라고 얕잡아 보는 습관은 미덕이 아니다."

"거미 미물의 새끼들은 스스로 자라서 가르쳐 주지도 않은 일들을 천부적으로 해낸다. 배우지도 않은 일을 천부적으로 해내는 솜씨가 신의 조화라고 밖에 표현할 수 없구나. 그 신묘한 조화가 어디서 발생할까?"

"넋이다. 미물들은 후손의 종족에게 천부적 넋과 얼을 남겨 두고 일생을 마감한다. 그 얼과 넋이 미물의 후손들이 배우지 않고도 천부적 삶을 펼쳐가는 능력이요 정령신의 실체다."

"미물들의 넋과 혼은 사라지지 않고 종족이 번식되는 후손대대로 물려준다는 의미구나."

"그렇다. 후손대대로 이어지는 넋과 혼의 작용으로 미물의 후손들은 배우지 않고도 일생을 잘 마감한다."

"감동적인 천지조화의 질서를 미물에게 가르침을 받았구나. 이제까지 만났던 어떤 훌륭한 스승의 가르침보다 미물의 정령에게 더 큰 가르침을 받았구나."

"그런 칭찬도 우리 미물에겐 무의미하다. 우리 미물의 본능은 계산적 본능이 아니요 천성적 우주질서의 한 축일 뿐이다."

"아무튼 미물의 살신성인 미덕을 바라보고 우주의 큰 깨우침을 얻었다. 앞으로 미물의 넋이라고 깔봤던 순간이 있었다면 반성할 것이다. 거미왕국의 무한한 번영을 기원한다."

요정선녀는 다른 정령들을 만나보기 위해 나를 데리고 화원의 다른 장소로 옮겼다. 요정선녀는 부드러운 흙 속에서 예쁘게 자라고 있는 작은 화초의 새싹 하나를 살며시 뽑아 올렸다.

새싹은 길고 짧은 하얀 뿌리를 인형의 머리채처럼 갈래갈래 뻗어 내리고 있었다.

"사랑하는 영혼아, 너는 이 새싹의 뿌리가 뭐라고 생각하니?"

"발일까요? 뿌리가 없으면 새싹은 서 있지 못하고 넘어질 테니까요? 아님 머리 같기도 하고…."

"뿌리는 식물의 입이다. 뿌리입이 없으면 식물은 어떤 영양분도 섭취하지 못하고 고사한다. 물론 네 말처럼 뿌리가 식물의 발 역할도 하기는 한다. 그런데 이 식물의 뿌리를 자세히 살펴보아라. 마치 신경망이라도 되는 것처럼 크고 작은 잔털을 만들면서 어떤 역할을 할 것으로 생각하니?"

"땅속의 양분들을 섭취하기 위한 본능적 현상이 아닐까요?"

"그렇다. 이 식물은 뿌리를 뻗고 잔털을 만들어서 땅속의 수분과 양분을 섭취하며 생육을 한다. 마치 땅속에 눈이라도 달리고 냄새를 맡는 코라도 달린 것처럼 양분과 수분이 풍부한 쪽으로 뿌리를 뻗으며 입을 내민다. 곧 식물의 뿌리에는 수분과 영양분을 찾아내는 신경센서가 작동되고 있으며 그 센서의 기능에 의해서 저 작은 생명의 씨앗은 무사히 성장하고 생육해서 결국은 자신의 종자를 무사히 결실해 놓고 생을 마감할 것이다. 저 말 못하는 생명체가 어떤 사고의 조합을 통해 고도의 지식이 필요한 생명의 마술을 펼칠 수 있겠느냐? 역시 저 작은 식물의 생명체에도 혼이 작용하고 있으며 그 혼의 작용으로 땅속의 양분을 섭취하고 태양의 빛을 광합성하며 놀라운 생명의 마술을 연출하는 것이다. 곧 혼이 살아 있기 때문에 식물이 살아가고, 그 혼이 곧 식물의 정령이요 수호신이다."

요정선녀는 땅에서 뽑아 올린 식물을 다시 부드러운 흙을 헤치고 정성스럽게 묻어준 후 나를 데리고 숲속으로 향했다.

낮은 수목들이 자라고 있는 곳으로 데려가 나뭇잎에 가려져 있는 무언가를 나에게 보여주었다. 작은 새가 지어 놓은 예쁜 새집이었다.

"참 예쁜 새집이지?"

"예뻐요."

"너라면 저렇게 정교하고 예쁜 새집을 만들 수 있겠니?"

"엄두도 못 내지요."

"그런데 저 새집을 만든 주인은 세상에 태어나 공부를 하거나 기술을 배운 적도 없다. 배운 적도 없고 남이 하는 일을 구경하지도 않고 한 번도 해보지 않은 일을 해서 저렇게 아름다운 솜씨의 새집을 만들어 낼 수 있다면 천부적 마술솜씨라고 밖에 더 설명할 수 있겠느냐?"

"새가 집짓는 기술이 신비한 마술솜씨라구요?"

"그래, 마술."

"요정선녀님의 말씀이 옳다고 생각됩니다. 실처럼 작은 재료들을 물어다 둥글고 예쁘고 정교하게 집을 짓는 솜씨는 신기에 가까운 마술이 맞지요."

"그러나 저 작은 새는 자신이 소유한 지식이나 기술을 이용해서 새집을 만들지 않았고 천부적으로 부여받은 혼의 힘으로 하는 것이다. 곧 작은 새가 세상에 태어날 때 천부적으로 물려받은 혼의 힘. 그래서 새가 집짓는 마술의 새의 솜씨가 아니라 넋과 혼의 솜씨라고 설명할 수 있을 것이다."

"새의 몸 속에 저장된 혼과 넋이라는 힘은 누가 남겨 두고 간 걸까요?"

"어미가 새끼의 몸 속에 남겨 둔 선물이지. 곧 새끼 새는 어미에게 물려받은 본능적 힘인 넋과 혼의 힘으로 집짓는 기술의 천부적 마술

솜씨를 발휘하지. 새의 본능적 혼이 새의 정령이요 수호신이다."

"새의 정령을 불러볼까요?"

"얼마든지."

새의 정령을 만나기 위해 예쁜 집을 짓기 위해 분주하게 움직이고 있는 새집 앞에서 새의 정령신을 불렀다.

"새 정령! 새 정령! 내 목소리가 들리면 새 정령은 나타나 대화에 응해줄 수 없나요?"

"난 새 정령이야. 무슨 일이야? 난 바빠."

"그래도 잠시만 시간을…."

"말해 봐, 긴 이야기는 못 해."

"집을 참 예쁘게 짓고 있구나."

"예쁜 집이 아니라 따뜻하고 포근한 집이야. 내 새끼들의 포근한 안식처를 만들고 있어. 예쁜 것과는 전혀 상관없어. 예쁜 건 내 뱃속에 새끼를 만들어 준 내 작일뿐이야."

"포근한 집에서 새끼들이 태어나면 참 예쁘겠구나."

"앞으로 나올 내 새끼들이 예쁘거나 밉거나 상관하지 않아. 건강한 새끼들이 태어나서 종족을 잘 번식시켜 준다면 그것으로 대만족이지."

"튼튼하고 포근한 집을 잘도 만드는구나. 우리 인간들의 솜씨로는 불가능할 것 같은데. 어디서 누구에게 배운 기술일까?"

"배우지 않았어. 내 몸 속에 본래부터 저장 되어 있는 우리들 넋의 힘이야. 우리들의 넋 속에는 배우지 않고도 할 수 있는 능력이 많지. 집을 짓는 일, 짝짓기를 하는 일, 알을 낳고 새끼를 부화시키고 먹이를 물어다 새끼를 키우는 일 등등…. 인간들도 못 하는 일을 우리들은 잘해 낼 수 있어."

"새 정령은 참 장한 존재구나. 새 정령 때문에 숲에는 예쁜 목소리의 새들이 걱정 없이 잘 자라고 예쁜 노래를 불러 주어 온 세상에 기쁨을 주고 있으니 기특하고 대견하구나."

"그런 칭찬을 우리들이 들을 필요는 없어. 천부적 얼의 작용으로 우리들은 열심히 살아가고 있을 뿐이니까."

이어서 요정선녀는 나를 데리고 누에들이 자라고 있는 장소로 안내했다. 샤르별의 누에도 지구의 누에와 비슷하게 생겼지만 몸집이 크고 고치의 크기도 세 배는 되었다.

샤르별의 신선들도 누에 실로 비단 천을 짜고 그 천으로 신선복을 만들었다.

샤르별에서는 누에를 숲에서 키우고 있었으며 누에들이 만들어 놓은 고치들을 주어다가 비단 실을 만들고 있었다. 숲의 나무에는 많은 누에고치들이 솜뭉치처럼 매달려 있었고 인조인간들이 열심히 다니면서 줍고 있었다.

일부의 누에들은 이제 알에서 깨어나 꾸물거리기도 하고 일부의 누에들은 잠을 자기도 하고 일부의 누에들은 번데기의 집 속에 들어있기도 했다.

다 큰 누에들은 요란하게 나뭇잎을 갉아먹으며 마지막 번데기의 양분을 몸 속에 축적시키고 있었다.

그중에서 마지막 번데기 직전의 누에가 몸 속에서 열심히 실을 뽑아 내며 고치를 만들고 있는 장면이 누에일생의 압권을 바라보는 것 같았다.

누에들이 다 성장해서 누에고치를 열심히 만들고 있는 풍경을 요정 선녀가 나와 함께 구경하면서 이렇게 말했다.

"굼벵이처럼 생긴 저 작은 벌레가 몸 속에서 실을 뽑아내며 고치를 만들어내는 모습을 보아라. 저 작은 미물이 어디서 기술을 배워서 저렇게 훌륭한 솜씨로 비단실의 고치를 만들어 낼 수 있겠느냐? 너라면 쉽게 하겠느냐?"

"제 솜씨로는 도저히 불가능한 일이지요."

"샤르별이 아무리 4차원 문명세계라고 하는 우주 첨단의 고차원적인 삶을 살아가고 있어도 하나의 벌레가 하는 일을 해내지 못한다. 곧 누에의 벌레는 미물의 힘으로 비단 고치를 만들지 않고 미물 속에 천부적으로 깃들어 있는 혼과 얼을 다하여 그 일을 해낸다. 이렇듯 자연계의 모든 크고 작은 생명체들은 한 번도 배우지도 않은 천부적 힘을 발휘하면서 각각의 마술과 같은 삶으로 생육번식한다. 미물들이 발휘하는 생존마술의 힘은 미물들의 힘이 아니라 그 미물들 몸 속에 감춰진 혼과 얼이라고 하는 정령의 힘으로 해낸다. 곧 미물들의 혼이 정령이요 정령이 혼과 얼이다. 어떤 생명체든지 혼이 나가면 생존번식도 끝난다. 생존한다는 것은 혼을 불사르는 일과 같다. 우주만물에 혼이 깃들어 있다. 혼의 힘으로 우주가 운행한다. 산다는 것은 혼을 태우는 일이다. 우주만물은 우주의 혼으로 창조되었고 그래서 세상만물은 혼이 깃들지 않고 존재하지 못한다. 우주만물에 깃들어 있는 혼이 곧 정령이요 정령이 수호신이며 정령의 수호로 우주만물의 생육이 이뤄진다."

"우주만물은 혼과 정령의 힘으로 다스려진다는 말씀이군요?"

"그렇다. 자연계의 만물을 지배하는 힘이 우주혼이요 정령의 신이다. 혼이 빠진 사물은 이미 그것이 그것으로서의 본질을 상실함과 같다. 혼은 곧 모든 생명을 가진 것들의 뿌리다. 그러므로 앞으로는 미물이라 하여 업신여기지 말라. 지식보다 더 큰 힘을 가진 혼(魂)의 마술…. 미물들은 그 정령(精靈)이라고 하는 혼과 얼의 마술을 이용해서 신비하고 놀라운 자연계의 파노라마를 펼쳐간다."

"자연과 우주만물의 핵심이 혼과 얼이요 정령이라는 생각이 드는군요."

"틀리지 않는 말이다."

"지구에서는 큰일을 당했을 때 혼났다고 표현하고, 멍하니 정신이 나간 모습을 혼이 나간 것 같다고 표현하며, 혼이 나가면 죽는다고 말하기도 합니다. 또는 예술가의 큰 작품을 예술의 혼이 깃들어 있다고 하고 온 힘을 다해야 할 때 혼을 불사르자고 웅변합니다. 더러는 바람과 구름과 비와 심지어는 바위와 숲과 강과 호수에도 정령이 깃들어 있다는 이야기도 꾸며 냅니다. 지구 인류들의 이러한 표현이 요정선녀께서는 적절한 표현이라고 생각하시나요?"

"모두 틀리지 않는 말이다."

"지구에서는 마을의 큰 나무를 신처럼 받들고 소원을 빌거나 제사까지 지내는 일도 있어요. 이러한 행위가 큰 나무에 깃들어 있는 정령을 향해 부탁하는 것이라면 반드시 미신이라고 치부만 하지는 못하겠군요."

"그러한 행위는 큰 나무의 정령을 향해 큰 기운을 호소하는 행위로써 어리석게 치부할 일은 아니다. 큰 나무를 끌어안으면 큰 기운과 소통이 가능하고, 바위를 껴안으면 바위의 기운과 몸 속의 기운이 소통하고, 숲을 바라보면 숲의 기운과 소통이 가능하다. 그렇게 큰 기운과 소통하면 그릇이 커지고 좋은 운명이 찾아오는 것은 당연하다. 그러므로 사랑하는 영혼은 앞으로 자연의 혼과 소통하고 자연을 다스리는 정령과 소통을 나누면서 우주의 빛으로 살아가는 진리를 터득하라."

"꼭 그렇게 하겠습니다. 요정선녀님. 우주와 소통하는 법을 배워 참 행복합니다. 이젠 하늘의 별과 달과 구름과 바람을 향해서도 그리고 자연계의 작은 미물들과도 소통을 나누며 우주를 품게 되었으니 제 영혼의 성숙은 이미 보장을 받은 거나 다름없게 느껴집니다."

"자연의 정령을 만나고 우주를 품게 되다니 사랑하는 영혼의 큰 그릇을 짐작하고 남음이 있도다."

요정선녀는 나의 깨달음을 듣고 크게 만족하며 내 영혼의 그릇을 침이 마르도록 칭찬했다. 아름다운 요정선녀의 칭찬을 들을 때마다 내면으로부터 으쓱해지는 영혼의 파동을 느낄 수 있었다.

요정선녀는 다시 나의 손을 잡고 요정의 수풀 속을 산책했다. 수풀 속의 식물들은 저마다의 특색을 발휘하며 자연계의 다양한 테마를 장식하고 있었다. 숲속의 요정들은 작은 식물 한 그루도 소홀히 하지 않고 정성으로 새싹을 틔우고 꽃을 피게 하며 열매를 맺도록 동분서주했다. 꽃에는 꽃의 요정이, 나무에는 나무의 요정이, 바람에는 바람의 요정이 숲의 혼을 불태우며 숲의 정기를 발산하고 있었다.

꽃의 요정을 손바닥에 올려놓고 소원을 말하면 아름다운 빛으로 대답했고, 바람의 요정을 불러놓고 지혜를 물으면 세상 구석구석 돌아가는 이치를 들려주었다. 새싹의 요정은 생존의 지혜를 알려주고, 열매의 요정은 세상을 알차게 살아가는 방법을 들려주었다.

신선의 상징인 학의 정령을 부르니 신선춤을 알려 주며 신선으로 살아가는 요령을 터득하도록 도와 주었다.

자연에 깃들어 있는 우주혼을 느낄 수 있었고 우주의 큰 스승을 다른 곳에서 만날 필요가 없었다. 요정선녀의 숲은 커다란 우주였다. 꽃 한 송이에 깃든 우주를 처음으로 발견할 수 있었다. 바람 속에 전파된 우주파동의 심장소리를 처음으로 느낄 수 있었다.

　요정 숲의 어떤 나무는 마치 키 크기 자랑이라도 하는 것처럼 하늘을 향해 쭉쭉 뻗어 올라가며 자라고 있고, 어떤 나무들은 줄기를 뻗으며 다른 나무들을 칭칭 감으며 하늘을 향해 올라가고 있었다. 어떤 나무들은 넓은 잎을 펼치고 양지에서 살면서 햇빛을 많이 받으려고 안달을 하고, 어떤 나무들은 햇빛이 싫어서 음지에서 살며 뾰족한 잎으로 가급적 햇빛을 피하려는 모습이 역력했다. 그러한 식물의 특성이 식물들의 혼인 요정들이 연출하는 생명의 마술이었다.

　이외에도 수풀 속의 식물들은 요정들이 연출하는 대로 우주의 테마를 땅 위에 수놓으며, 무언의 메시지를 우주의 언어로 재잘거리고 온갖 특색을 다 발휘하면서 우주혼을 불태우고 있었다.

　우주요정들이 연출하는 특색 만발한 숲속의 생태계를 관찰하며 요정선녀의 말이 이어졌다.

　"모든 생명체는 저렇듯 혼을 불태우며 살아간다. 혼이 없다면 하늘을 향해 크게 자라기 위해서 애쓰지도 않고, 다른 나뭇가지를 잡고 올라가는 덩굴손을 만들지도 않으며, 햇빛을 좋아하거나 싫어하는 개성을 발휘하지도 못한다. 말도 못하고 움직이지도 못하는 식물들이 스스로의 개성을 마음껏 발휘하며 자연계를 장악하는 힘이 모두 정령의 혼이며 얼이니 곧 우주의 노래인 것이다."

　"의식의 존재들에게 영혼이 있다면 무의식의 존재들에게는 얼과 혼이 깃들어 우주를 노래할 줄은 상상을 못했어요. 우주의 혼불들…. 숲의 요정들이 연출하는 자연의 질서는 우주의 노래라는 사실이 새롭게 느껴져요. 이제 저도 혼을 불사르며 우주의 얼을 다하는 존재로 거듭나야겠다는 깨달음을 얻었어요."

"그러한 깨달음이 네 안에 우주를 충만케 할 것이다. 네 안에서 우주의 얼과 혼이 살아나 우주창조의 대업을 이루는 기틀을 마련할 것이다. 사랑하는 영혼아, 모든 창조물의 특징은 혼이 살아 있다는 이치에서 시작된다. 이제부터 혼을 태우는 삶을 살아라. 혼을 태우면 우주창조의 대업을 이룬다. 이제부터 네 안에 자연을 지배하는 정령을 다 모셔라. 곧 자연의 요정들과 소통하라는 뜻이다. 요정들과 소통하면 창조의 재료들이 풍부해진다. 사랑하는 영혼은 창조의 혼을 불사르기 위해 세상을 찾았으니 우주의 정령신에게 물으면 그 답을 들려줄 것이다."

"자연을 지배하는 정령신이 창조의 혼을 불사르는 비결을 들려준다구요?"

"자연을 지배하는 정령혼이 창조대업의 비결을 들려줄 것이다."

"정령혼의 실체는 무엇일까요?"

"우주만물, 삼라만상에서 그것이 그것 됨의 특성을 항구적으로 재현시키는 프로그램의 운영자라고 말할까? 언제 어떤 환경의 자리에서도 그것이 그것 됨의 개성을 본질 그대로 발휘하며 존재할 수 있도록 만들어 주는 항상성 유지의 프로그램의 관리다. 그 혼의 연출이라고 하는 그것이 그것 됨의 항상성 프로그램의 작용으로 자연계의 질서는 일사불란한 체계가 유지되는 것이란다."

"영혼들에게 혼은 무엇일까요?"

"혼을 다른 말로 넋이라고도 부른다. 지구 인류들도 본래대로 행동하지 않고 상식에서 벗어난 뜻밖의 사고를 저지를 때 넋 나간 모습이라고 한다. 넋이 나갔다는 뜻은 혼이 나갔다는 뜻과 다르지 않다. 이렇듯 넋이 나가면 누구도 본래의 제 모습대로 살지 못한다. 곧 영혼에게 있어서의 혼은 그 영혼이 세상에서 살아가는 본질과 같은 힘이다. 그러나 사실 영혼(靈魂)의 영(靈)과 혼(魂)은 분류되어 있다."

"영혼의 영과 혼이 분류된 것이라구요?"

"영혼이 현실세계에 출현하기 전에는 단순한 영(靈)이며 세상에 출현하여 부모의 핏줄을 이어받을 때 혼(魂)을 부여받고 영혼의 삶을 살아가게 된다. 그래서 사실 육체를 지닌 영혼들이 사후세계를 찾아갈 때는 영과 혼이 함께 떠나는 것이 아니라 영만 떠난다. 즉 혼은 남겨두고 영만 홀로 떠나는 것이 죽음이다. 영은 하늘의 소속이요 혼은 땅의 소속이기 때문이다."

"그래서 부모가 죽으면 부모의 혼은 자식에게 물려주고 부모의 영만 사후세계로 떠나게 되는군요?"

"그렇다. 혼은 현실세계에서 혈통을 따라 대물림하며 영은 영의 항상성과 본질대로 하늘의 질서 속에서 생존을 거듭한다."

"자식의 핏줄을 따라 흐르는 부모의 혼이 부모가 개성적으로 소유했던 특성적 유전인자를 발휘하는 힘이라는 뜻이군요?"

"그렇다. 그래서 육체를 입은 영혼들의 핏줄 속에는 조상대대로 물려 내려오는 유전적 특성의 혼이 살아서 움직인다. 영혼들뿐만 아니라 자연계에서 살고 있는 모든 생명체들이 조상들의 혼을 유전적으로 물려받으며 배우지 않고도 신비한 마술을 부리듯 자연계를 장악하며 살아가고 있단다."

"자연계에서 살아가는 미물들이 온갖 생명의 마술을 펼쳐가는 비밀이 그 조상들의 유산인 혼의 작용 때문이란 뜻이군요?"

"그렇다. 모든 자연계는 아무리 작은 미물들조차도 조상이 물려준 혼이라고 하는 유산을 의지하며 가장 완벽한 모습으로 생존을 유지한다. 곧 생존의 최고 선물은 조상이 물려준 혼이다. 혼의 작용으로 인해서 자연계의 모든 것들은 그것들의 본질을 유지하면서 천태만상의 조화를 마음껏 뽐낼 수 있다."

"자연의 지배자인 정령혼은 곧 우주지배의 기틀이군요?"

"삼라만상, 천하만물은 무엇이나 혼을 태우며 존재한다. 혼을 태우지 않으면 우주의 운행은 중단된다. 그것이 그것 됨의 종결자, 우주가 우주라는 사실의 실증자, 그 얼과 혼이라는 정령들의 지배로 우주는 영원하다. 곧 우주의 구체적인 실증이 삼라만상의 정령에서 시작된다. 정령과 소통해야 혼과 얼이 살아난다. 혼과 얼이 살아남아야 너는 너요 나는 나다."

"셔초시 요정선녀님은 자연계의 모든 정령의 신들과 자유롭게 대화를 나눌 수 있어 누구보다 하늘과 땅의 이치를 정확하게 꿰뚫어 볼 수 있을 것 같아요."

"나는 정령의 세계에서 자유롭다. 정령의 세계를 정확하게 이해하면 우주진화의 비밀을 해석할 수 있다. 곧 영은 항구적 본질이라면 혼은 진화의 산물이다. 혼은 끝없이 혈통과 계통을 따라 진화하므로 항구적으로 본질성이 보존되지 않는다. 그래서 태초의 혼들과 현실의 혼들은 본질적으로 다른 개성을 가지고 있다. 그만큼 많은 혁신과 진화를 거듭해 왔기 때문이지. 천상계에서 살고 있는 영들이 육신의 몸을 입고 세상에 찾아온 목적도 결국은 진화된 혼과 하나 되어 영적성숙을 도모하기 위함이지."

"영들이 편안한 삶을 보장받는 하늘세상을 저버리고 땅으로 내려와 온갖 시련을 견디며 살아가는 목적이 진화된 혼과 한 몸을 이루어 영적성숙을 도모하기 위한 목적이란 뜻이군요?"

"그렇다. 포부가 큰 영들이 더욱 큰 영적성숙을 도모하기 위해 현실을 찾아와서 어려움을 자초한다. 그 삶의 어려움이 영적성숙을 도모하는 밑거름으로 작용하지. 그래서 현실은 영혼의 축복이다."

"요정선녀님의 가르침으로 제 영혼은 무한성숙을 거듭한 느낌입니다."

"네가 큰 깨달음을 얻었다니 나 또한 기쁘게 생각한다."

"그럼 저는 이만 물러가겠습니다. 다음에 뵙게 될 때 더욱 큰 가르침을 베풀어 주십시오."

"사랑하는 영혼아! 그럼 이만 다음을 또 약속하자. 네 영혼을 위해 항상 기도하며 다음 기약을 기다려 주마."

"감사합니다. 다음에는 더욱 성숙한 영혼이 되어 찾아뵙도록 하겠습니다."

나는 셔초시 요정선녀에게 허리를 굽혀 대례를 올린 후 요정의 화원을 떠났다.

나를 태워다 주기 위해 이미 도착해서 기다리고 있는 하늘자동차에 몸을 싣고 혼자 하늘을 여행하여 츠나음이 연구소로 돌아왔다.

샤르비네와 저처가 함께 기다리다 마중했다.

일주일 만에 보는 얼굴들이지만 아주 오랜 이별 후에 만나는 기쁨처럼 컸다. 나는 요정 숲을 찾아가서 요정들을 만나고 왔지만 샤르비네와 저처는 요정보다 아름다운 선녀들이었다. 요정들을 만나고 난 후 아름다운 여인들을 요정처럼 아름답다고 표현하는 이유를 알 것 같았다.

저처는 할아버지 장례를 치른 후로도 여전히 쾌활하고 청초한 모습을 잃지 않고 업무에 복귀해서 측요스를 돕고 있었다.

미리 마중 나온 그녀들은 내가 하늘자동차를 타고 연구소의 상공에 도착해서 내려앉을 자리를 찾으며 맴도는 것을 알아보고 하늘을 향해 손을 흔들고 있었다. 나는 서서히 하늘자동차를 조종해서 샤르비네와 저처가 손을 흔들고 있는 주변의 풀밭으로 내려앉게 했다.

내가 하늘자동차 문을 열고 밖으로 나오자 그녀들은 반갑게 다가와 나를 포옹하며 반겼다.

"이제는 제법 하늘자동차를 혼자서 잘 조종하고 하늘을 날아다니네요?"

저처가 이렇게 말을 걸어왔다.

샤르비네는 묵묵히 대견한 모습으로 하늘자동차에서 내리는 나의 모습만 바라보고 있었다.

"두 미녀께서 친히 마중 나와 기다려 주니 몸 둘 바를 모를 만큼 행복한 느낌이오."

나는 이렇게 인사를 했지만 그녀들은 건성으로 듣는 둥 마는 둥 했다.

무언가 들뜬 기분이 그녀들의 마음을 사로잡고 있는 것 같았다.

샤르비네와 저처는 다짜고짜 양쪽에서 나의 팔을 붙들고 어디론가 데려갔다. 연구소 뒤뜰의 풀밭이었다. 주변에는 향기로운 화초들이 자라서 꽃 수풀을 이룰 만큼 분위기가 좋은 장소였다.

가끔씩 신선과 선녀들이 모여서 밤을 새우며 신선놀음 파티를 즐기는 장소이기도 했다.

둥근 달은 이미 중천에 떠올라서 휘영청 밝은 달빛을 온 누리에 비춰 주는 밤 시간이었다.

그곳에 도착하자 뜻밖에도 상당수의 신선과 선녀들이 모여서 즐거운 화제를 꺼내 놓고 담소를 나누고 있었다. 신선과 선녀들은 이미 신선주 한 잔씩을 걸치고 분위기가 달아오르고 있었다.

샤르비네와 저처의 손에 이끌려 내가 다가오는 것을 보고 신선놀음에 열중하던 신선과 선녀들이 일제히 손뼉을 치며 나의 등장을 반겨 주었다. 모두 샤르비네의 친구들인데 그들의 신선놀음 모임에 나도 가끔씩 참여하였기 때문에 대부분 낯익은 얼굴들이었다.

내가 정해진 자리에 앉자마자 몇몇의 선녀들이 신선주 병과 잔을 들고 와서 나에게 먼저 따라 주려고 경쟁을 했다. 나는 어쩔 수 없이 여러 선녀들이 따라 주는 신선주를 한 잔씩 받아 마시지 않을 수 없었다.

신선주 여러 잔을 한꺼번에 마시고 나니 정신이 얼떨떨해지는 것 같았다. 그러나 기분은 좋았다. 부끄럼을 잘 타는 나였지만 술기운에 마음이 대담해지는 것 같았다.

나를 다른 선녀들이 차지하는 바람에 샤르비네와 저처는 저만큼 떨어져서 내가 행동하는 모습만 지켜보고 있었다. 그러나 그녀들의 표정은 즐거워 보였다.

나는 선녀들이 시키는 대로 춤을 추기도 하고 노래를 부르기도 했다. 나는 그 자리에서 아리랑 노래를 부르기도 했다. 아리랑 가락을 신선과 선녀들이 알아듣지는 못했지만 나는 스스로 노래를 부르면서 신선춤을 추었다. 아리랑과 신선춤은 박자가 잘 맞고 어울리는 것 같았다.

내가 아리랑을 한번 부르고 나자 그 곡은 금세 악보장치에 저장되어 샤르별의 악기를 통해 저절로 연주되기 시작했다. 샤르별의 악기로 아리랑이 연주되자 훨씬 더 세련되고 슬픈 음률이 샤르별의 밤하늘을 울려 퍼지기 시작했다.

아리랑의 음률이 울려 퍼지자 신선과 선녀들은 일제히 일어나서 함께 신선춤을 추기 시작했다.

우주 끝 외계의 하늘 아래서 아리랑 곡에 맞춰 신선춤을 추는 기분은 묘하게 들뜨고 한편으로는 처연(悽然)한 생각까지 들었다.

아리랑 신선춤이 끝나고 나서 함께 춤을 추었던 신선과 선녀들은 이구동성으로 이렇게들 말했다.

"지구에 이토록 아름다운 신선곡이 만들어져 있을 줄 상상을 못했는데…."

"맞아요. 영감을 불러일으키고 영적성숙을 도모하는 훌륭한 음률인 것 같아요."

"우리들도 그 노래를 배우고 싶어요."

등등의 말들이 흘러나왔다.

여러 말들이 나온 끝에 샤르비네가 정색을 하고 질문했다.

"이 곡의 이름이 아리랑이라고 했나요?"

"그렇소. 아리랑이오. 지구에서는 기쁜 일이 있을 때나 슬픈 일이 있을 때는 이 노래를 함께 부르며 어깨춤을 추기도 하고 술 한 잔을 걸치면서 장단을 맞추기도 한다오."

"모든 영혼들을 함께 동화하게 만들어 주는 영가(靈歌)란 뜻이네요?"

"영가라는 생각은 못해 보았소."

"아니에요. 아리랑은 모든 영혼을 물 속에 물이 녹듯이 하나로 묶어주는 훌륭한 영가가 틀림없어요. 이렇게 훌륭한 신선곡을 왜 샤르앙은 처음으로 들려주었지요? 친구들 앞에서 함께 노래를 부르고 춤을 출 때 진즉 아리랑을 소개했으면 분위기도 살려주고 참 좋았을 텐데…."

"저는 아리랑이 그렇게 영혼을 움직이게 하는 신선곡일 줄은 몰랐소."

"우리 친구들이 모두 따라 부를 수 있도록 아리랑을 가르쳐 주실 순 없어요?"

"그건 어려운 부탁이 아닌 것 같소."

나의 대답을 듣고 샤르비네와 저처 뿐만 아니라 다른 신선과 선녀들도 아리랑을 배우고 싶다며 좋아했다.

"아리랑 아리랑 아라리요. 아리랑 고개로 넘어간다."

내가 이렇게 선창을 하면 신선과 선녀들도 모두 따라 불렀다.

갑자기 샤르별의 달밤에 아리랑이 울려 퍼지기 시작했다.

신선과 선녀들은 금세 아리랑을 배웠고 몇 번이나 합창을 했다.

기분이 묘하고 들떴다.

그리고 아리랑 곡은 샤르별의 악기들이 연주할 수 있도록 약간씩 형식을 바꿔서 편곡되었고, 악기별로 편곡된 아리랑 곡은 수십 여 종에 달했다.

샤르별의 악기를 통해 아리랑 곡을 들으니 의미가 새롭게 느껴졌다.

이후로 아리랑 곡은 샤르별의 전역으로 퍼져 나갔고 남녀노소 불문한 신선들이 누구나 쉽게 따라 부르면서 신선춤을 출 때 빠지지 않고 부르게 되는 애창곡으로 자리를 잡고 있었다.

빛들의 향연

샤르별에서 푸스주스니 산은 신령산으로 유명했다. 하늘에서 내려오는 빛의 기운이 빗줄기처럼 쏟아져 내리고 오로라 빛살의 서기(瑞氣)가 온 산을 뒤덮고 있는 장소였다. 이름하여 빛의 향연이 온 세상에 가득하여 우주의 신비로움이 빛으로 연출되는 현상들….

푸스주스니 산에 쏟아져 내리는 빛의 현상은 태양빛과 달랐다.

푸스주스니 산에 쏟아지는 빛은 우주공간에서 다가오는 밝은 기운이었고, 그 현상은 마치 우주공간과 지상을 연결하는 빛의 터널처럼 보이기도 했다.

푸스주스니 산은 하늘에서 쏟아지는 아름다운 빛과 함께 온 산을 뒤덮고 있는 기화요초와 복사꽃 물결이 출렁거리는 계곡이며 능선이며 산자락의 벌판들이 온통 향기로운 서기에 묻혀 있어 천상계의 선경세상이 지상에 내려와서 숨 쉬고 있는 모습처럼 느껴지기도 했다.

푸스주스니 신령산에 유명한 추모관이 지어져 있었다.

푸스주스니 추모관은 샤르별의 큰 빛들이 모셔져 있는 공간으로 일종의 신전(神殿)과 같은 장소였다. 이제까지 샤르별의 4차원 문명세계를 창조하기 위해 혼신의 힘을 기울이며 봉사했던 역사의 지도자들이 영혼으로 살아서 샤르별의 존재들에게 영원히 잊혀지지 않고 가르침을 베푸는 성소(聖所)이기도 했다. 즉 생전에 샤르별의 발전을 위해 크게 기여한 영혼의 큰 빛들이 성영(聖靈)이란 이름으로 샤르별의 후손들에게 추모되고 있었던 것이다.

추모관에 들어가면 미로와 같은 공간에 많은 추모방들이 만들어져 있고 추모방들의 입구에는 그 방의 주인인 성영의 이름이 새겨져 있었다. 이름 아래는 성영이 생전에 걸어왔던 성업(聖業)에 대해서도 소개되고 있었다.

추모관의 방들은 4차원 공간으로 이루어져 있고 그 공간에는 성영의 생영상(生映像) 사진이 나타나서 생전의 모습처럼 살아서 움직이고 있었다. 생전의 활동하는 모습이 생영상으로 재현되고 있는 모습이었다. 생영상 사진 속의 주인공에게 말을 걸면 대답을 해주고, 손을 내밀면 잡아주기도 하고, 생영상 사진 속의 물건들을 만지거나 냄새를 맡을 수도 있었다. 말그대로 살아 있는 현상들이 생영상 속의 현상이었다. 추모방의 벽들은 투명한 재질로 만들어져 있어 밖에서도 내부의 접근이 가능했다.

그래서 추모방을 밖에서 바라보아도 생영상의 사진 속에 머물러 있는 느낌과 다르지 않았고 큰 빛으로 살아 있는 주인공과 대면하는 일도 가능했다. 4차원 공간효과 때문이었다. 큰 빛의 영혼이 머물고 있는 추모방의 가상공간에 접근하면 큰 빛의 주인공과 직접 대면을 하면서 함께 시공을 초월한 과거, 현재, 미래의 시간 속으로 여행을 떠날 수 있고 큰 빛이 머물렀던 과거와 미래를 체험할 수도 있었다.

큰 빛과 직접 만나서 여행을 떠나는 가상공간 접근은 방문객의 차례 순서대로 이뤄졌다. 그래서 인기가 높은 큰 빛의 추모방 앞에는 차례를 기다리는 순서가 많았고 명성이 높지 않은 큰 빛의 추모방은 기다리는 순서가 짧았다.

추모관을 찾아온 방문객들은 차례를 오래 기다려서라도 만나고 싶은 큰 빛과 직접 가상공간의 여행을 떠나고 싶어 했다.

추모관에는 매일매일 많은 신선들이 찾아와 문전성시를 이루고 있었고, 어린 학생과 나이 든 신선들에 이르기까지 추모관 방문(訪問) 열기는 식을 줄을 몰랐다.

나도 가끔씩 추모관을 찾아와 샤르별의 큰 빛들을 만나고 가르침을 얻기도 했다. 추모관을 찾아올 때는 샤르비네나 저처와 동행하기도 했지만 혼자 방문할 때도 있었다.

푸스주스니 산은 내가 숙소로 머물고 있는 주스니라 산에서 12만 km 정도 떨어진 먼 곳이지만 광속으로 비행하는 하늘자동차를 타면 잠깐이면 도착하는 거리이기도 했다. 멀리 떨어진 장소이기는 하지만 마음만 먹으면 잠깐이면 다녀올 수 있어 나는 틈나는 대로 푸스주스니 산을 찾아가 큰 빛의 향연을 즐기곤 했다.

추모관을 찾아가 큰 빛의 향연을 즐길수록 영적성숙도가 높아지는 것 같았다.

추모관에 모셔져 있는 성영들이 비록 샤르별의 발전을 위해 헌신하고 봉사한 큰 빛들이긴 하지만, 그 큰 빛의 발자취를 통해 얻을 수 있는 교훈과 살아 있는 지식이 풍부했기 때문이다.

다시 설명하자면, 추모방의 4차원 공간에 들어가면 성영들의 살아 있는 모습과 직접 대화를 나눌 수도 있고 성영들이 생전에 살았던 과거로 돌아가서 과거의 삶을 체험할 수도 있었다.

4차원 공간 속에서는 시간과 거리와 장소의 제한이 없고 시공을 초월한 삶을 체험할 수 있다는 점이 흥미로웠다. 4차원 공간에서는 과거의 모습이 현실에 나타나서 과거의 시간을 현실처럼 재현하면서 실제처럼 느끼고 체험할 수 있다는 점이 무한한 흥미를 불러일으키기도 했다.

과거의 큰 빛을 만나서 현실과 미래의 문제를 토론할 수 있다는 점…. 그러한 큰 가르침을 얻을 수 있기 때문에 샤르별의 존재들이 쉬지 않고 추모관을 방문하며 크고 작은 깨달음을 얻고 돌아간다고 설명할 수 있었을 것이다.

추모관에서 가장 많은 수의 내방객 수를 자랑하는 추모방은 성므부시 큰 빛의 방이었다. 성므부시는 최초 우주타운을 설계한 미래학자였다.

성므부시 큰 빛이 모셔져 있는 추모방의 문을 열고 내부로 들어가면 4차원 가상공간이 무변광대한 우주공간으로 변하면서 수많은 별들이 떠 있고 샤르별의 태양계와 은하계가 궤도를 따라 움직이는 모습이 나타났다.

마치 우주의 한 공간에 내가 서 있다는 느낌이 들었다.

4차원 가상공간에 진입한 내 몸은 자유롭게 우주공간을 날아다니면서 자유로운 몸으로 변하고 마음먹은 대로 원하는 별들을 방문하며 신세계에 펼쳐진 이방의 하늘과 땅을 밟을 수 있었다.

내 몸은 꿈속의 공간을 여행하듯 스스로 움직이면서 어떤 빛으로 둘러싸인 세상으로 이동했고 그곳에서 한 목소리를 듣게 되었다.

"사랑하는 영혼아! 이곳으로 오라. 네가 찾는 큰 빛이 여기 있다. 내 이름은 성므부시니 나의 추모세상을 방문해 주어 진심으로 환영하노라."

나는 목소리가 들려오는 쪽으로 눈을 돌렸고 눈부시게 밝은 빛이 몸에서 빛나고 있는 한 존재를 만나볼 수 있었다. 얼굴에서조차 광채가 나는 그 존재를 그냥 바라보기 힘들어서 눈을 제대로 뜨지 못하고 있었는데 나중에는 서서히 눈을 부시게 하는 빛이 사라져 가고 있었다.

이윽고 평범한 모습의 신선이 다정한 미소를 머금고 나를 바라보았다.

그가 바로 추모방의 주인공인 성므부시였다.

나는 이미 성므부시의 생영상 사진을 보았기 때문에 단번에 알아볼 수 있었다. 눈 앞에 나타난 성므부시에게 허리를 크게 굽히며 인사를 하자 그가 현실세계의 모습처럼 나의 손을 잡아 주며 포옹까지 해 주었다.

성므부시는 다시 한 번 이렇게 말했다.

"사랑하는 영혼아! 나의 추모세상을 방문하여 참 기쁘고 환영한다."

나도 성므부시의 성영을 향해 이렇게 말했다.

"성므부시님의 명성은 이미 샤르별의 온 세상에 자자하여 저도 마음 속으로 매우 존경하고 있었고, 그래서 항상 만나 뵙고 싶었으며, 오늘은 직접 성영님의 추모방을 방문하게 되었습니다. 따뜻하게 맞아주시니 감사하고 영광입니다."

"오냐, 어서 오너라. 사랑하는 영혼아! 이곳은 내가 생전에 설계하고 창조했던 과거와 현재와 미래가 공존하고 있는 세상이니 네 영혼은 시공을 초월한 삶을 원하는 시간만큼 체험할 수 있으리라."

"큰 빛 성영님의 말씀만 들어도 제 몸 속에서는 벌써 본능처럼 살아나는 호기심이 크게 발동하고 있습니다. 성영님께서 생전에 꿈꾸고 설계했던 세상을 마음껏 여행하고 많은 정보를 얻어갈 수 있도록 도와주십시오."

"이곳 4차원 가상공간에서는 네 영혼은 자유롭고 마음속으로 바라는 일은 무엇이나 체험하고 이룰 수 있다. 나는 네 영혼의 잠재력을 도와서 나의 추모세상의 여행이 자유로울 수 있도록 도울 것이다."

이런 대화가 성므부시와 오가고 있을 때 어느덧 주변의 환경은 우주타운의 한 공간으로 변해 있었다. 우주타운의 전경이 한눈에 들어오는 전망대처럼 보이는 장소였다.

내가 가상공간 속 우주타운의 전경을 바라보며 성므부시에게 질문했다.

"우주의 신천지요, 신기루처럼 보이는 이 거대한 우주타운을 처음으로 설계하고 계획한 장본인이 성므부시 성영님이라고 들었는데 사실인가요?"

"사실이다. 신천지 우주타운은 나의 설계작품이요, 창작품이다. 그래서 내 영혼은 우주타운의 수호신이 되어 떠나지 않는다."

"성영님은 무슨 목적으로 처음에 이 방대한 우주타운을 설계할 계획을 가지게 되었나요?"

"우리들 영혼의 무한 잠재력을 증명하고 그 무한 잠재력을 발휘하여 우주를 정복할 목적이었다."

"처음부터 우주정복의 꿈은 무모하지 않았을까요?"

"우주정복의 꿈이 무모하지 않고 모든 영혼들이 소유한 무한 잠재력이 무모하다. 무한 잠재력의 힘이란 우주에서 이루지 못할 일이 없고 달성하지 못할 과제가 없기 때문이다. 모든 하늘과 땅에서 살고 있는 모든 영혼들이 천부적으로 무한 잠재력을 부여 받고 태어난다는 그 자체가 무모한 발상이 아닐 수 없다."

"모든 영혼들은 무모할 만큼 무한 잠재력을 천부적으로 물려받고 세상을 찾아온다는 의미의 말씀이군요?"

"그렇다. 영혼들의 무한 잠재력은 무소불능의 힘이며 그 무소불능의 힘을 모든 영혼들이 천부적으로 물려받고 세상을 찾아온다는 그 자체가 엽기에 가까운 무모함이 아닐 수 없다."

"영혼들이 천부적으로 소유한 무한 잠재력은 그만큼 무소불능의 창조적 힘을 발휘할 수 있나요?"

"영혼들이 보유한 무한 잠재력은 우주타운보다 더 무모한 발상과 창조가 가능하다."

"그렇다면 우주타운 현상을 우주의 기적이라고 표현하는 것은 영혼의 무한 잠재력을 과소평가하는 의미와 다르지 않겠군요?"

"앞으로 후천세상이 다가오면 더 놀랍고 완벽한 세상이 펼쳐지게 된다. 그 완벽한 세상은 다른 힘으로 이루어지는 것이 아니라 영혼들의 무한 잠재력의 힘으로 설계되고 창조된다. 우주타운과는 비교조차 할 수 없는 현상이 우주에 나타나고 불로불사의 신천지가 펼쳐지게 되며 그 놀라운 일을 해내는 힘이 영혼들이 천부적으로 보유하고 있는 무한 잠재력의 힘이란 뜻이다."

"아무튼 성므부시 성영(聖靈)님께서는 영혼들이 보유한 무한 잠재력의 힘을 우주타운 설계를 통해 실증적으로 증명해 보인 셈이군요?"

"그렇다. 내가 생전에 품었던 작은 생각의 결실이 우주타운의 걸작품이 되었고 우주를 정복할 수 있는 발판이 되었으며 영혼의 무한 잠재력을 증명하는 계기가 되었다는 점에서 자부심을 갖는다. 우주타운은 샤르별에서 살아가는 영혼들의 승리가 아니라 우주에서 살아가는 모든 영혼들의 승리라는 사실을 명심하길 바란다."

이런 말들을 들려준 성므부시는 나를 데리고 가상공간의 우주제국과 다를 바 없는 우주타운의 이곳저곳으로 안내했다. 현실에서는 몸을 움직여야 찾아갈 수 있는 장소들을 가상공간에서는 멀고 가까움이 느껴지지 않을 정도로 마음만 먹으면 자유롭게 이동할 수 있었다.

성므부시는 4차원 공간 속에서 자유로운 영혼으로 살고 있었고, 과거, 현재, 미래의 공간을 타임머신을 타고 자유롭게 넘나들며 생전의 삶을 이어가고 있었다. 4차원 가상공간에서 성므부시 큰 빛은 영생하는 존재였고 무소불위의 창조주였다.

성므부시와 함께 행동하면 내 몸도 똑같이 시공을 초월한 자유로운 영혼으로 변했다.

과거로 돌아가면 성므부시가 어릴 때부터 자라온 배경과 성장하면서 여러 가지 훈련을 받고 무한이론의 학문에 열중하며 우주의 이치를 하나하나 터득해 가는 모습들을 파노라마 현상으로 체험할 수 있었다. 마치 나의 영혼이 성므부시의 분신이라도 된 것처럼 성므부시의 일대기가 나의 삶인 것처럼 성므부시의 감정과 정신이 이입(移入)되어 오기 시작했다.

그래서 결국은 성므부시의 영혼이 나의 영혼과 동화되어 이영합신(異靈合神)의 현상을 체험하지 않을 수 없었다. 성므부시와 이영합신(異靈合神)이 되니 성므부시의 마음속에 있는 지식과 정보가 모두 내 마음속에 있는 것처럼 느껴졌다.

성므부시의 영혼은 홀연히 어디론가 사라지고 내 영혼이 성므부시의 영혼이 되어 추모방의 4차원 공간을 누비고 있었다. 추모방의 4차원 공간은 외형적인 규모와 다르게 사이버 공간처럼 무한 확장이 이뤄지고 무변광대한 우주로 변하고 말았던 것이다.

그래서 내 영혼은 성므부시와 이영합신을 이루고 무변광대한 우주공간을 자유로운 영혼으로 활보하면서 성므부시의 머릿속에 저장된 세상을 나의 세상인 것처럼 체험하고 있었다.

나는 단숨에 성므부시의 머릿속에 저장되어 있는 미래의 계획을 파악할 수 있었다. 성므부시는 2만 년 전에 샤르별에 나타난 영혼이었고 그 머릿속에는 우주시간 2만 년 후의 미래가 설계되어 있었다.

내 영혼은 어느새 2만 년 후의 세상에 도착해 있었다.

성므부시의 머릿속에 새겨진 미래설계의 모습이었다.

2만 년 후의 미래세상….

그 세상은 우주가 통합된 세상이었다.

우주가 통합된 가상공간의 땅에서 사는 존재들은 힘들게 몸을 움직여서 먼 거리를 이동하지 않았고, 마음속에 품고 있는 꿈을 이루지 못해 아쉬운 눈물을 흘리는 세상도 아니었으며, 마음속에 품고 있는 생각은 무엇이나 현실의 옷을 입고 나타나는 세상이었다.

가상공간 속에서는 우주 끝 아무리 먼 곳이라도 마음을 먹음과 동시에 나타날 수 있고 아무리 멀리 떨어져서 살아가는 존재들이라도 마음만 먹으면 바로 그 앞에 나타나서 정담을 나눌 수 있었다. 가상공간에서는 빛의 속도보다 빠른 염속(念速) 이동이 가능했다. 생각과 동시에 이루어지고 생각과 동시에 원하는 장소로 이동하는 염속세상의 체험은 내 영혼의 또 다른 성장을 가능하게 했다.

아무리 무변광대한 우주라도 멀고 가까움이 없는 세상….

성므부시가 꿈꾸고 설계한 2만 년 후의 미래에 나타나는 우주통합의 모습이었다. 성므부시가 꿈꾸던 2만 년 후 미래세상을 가상공간에서 만날 수 있었다.

성므부시는 2만 년 전에 샤르별에서 살던 존재였다. 아직 무한이론의 꿈이 무르익지 못하던 시절…. 무한이론 학문이 가상의 이론으로 선구자들의 머릿속에서 갈등을 보이고 있을 때 누구보다 강력하게 그 이론을 주장하고 증명하기 위해 노력했던 미래학문의 선구자가 성므부시이기도 했다.

성므부시는 불행하게도 태어나면서부터 불구였다. 지금은 무한이론의 첨단의학이 발달된 샤르별에서 불구자의 생명이 세상에 태어나는 일은 없지만 아직 유한이론시대의 전성기를 살아가던 2만 년 전에는 샤르별의 존재들도 가끔씩 불구의 몸으로 세상에 태어나는 불행을 겪고 있었다.

그 당시 불구의 몸으로 태어날 확률은 2백만 분의 1에 불과한 희귀질환이었지만, 성므부시가 그 어려운 확률에 당첨되어 두 다리가 자유롭지 못한 불구의 몸을 안고 세상에 태어났던 것이다.

성므부시가 세상에 태어날 때는 초광속으로 우주를 여행하는 UFO는 물론 광속으로 하늘을 날아다니는 춘우셔시가 등장하지도 않은 시기였다. 그래서 마음먹은 대로 몸을 움직이며 살기에는 너무 불편한 불구의 몸이었던 성므부시의 꿈은 새처럼 자유롭게 하늘을 날아다니는 영혼이었다.

그러한 성므부시의 꿈은 무변광대한 우주에서 자유로운 영혼이었고, 우주의 정복이었으며, 그 꿈을 이루기 위해 우주제국을 설계하게 되었던 것이다.

성므부시가 꿈꾸는 우주제국의 설계도에는 초광속으로 우주를 여행하는 UFO와 하늘자동차 춘우셔시도 모두 포함되어 있었다. 그리고 우주공간에 새로운 영토를 만들어서 지상보다 더 규모가 큰 신천지를 건설하여 샤르별의 모든 존재들이 우주시민의 신분증을 가슴에 달고 우주의 주인으로 살아가기를 염원했던 것이다.

내 영혼은 어느새 성므부시가 불구의 몸으로 태어나서 우울한 삶을 살고 있던 2만 년 전의 과거로 돌아가 성므부시의 실제 삶을 체험하고 있었다.

다른 친구들은 마음껏 풀밭을 뛰어다니고 마음대로 몸을 움직이면서 원하는 것은 무엇이나 행동으로 옮기면서 살아가고 있을 때, 성므부시에게는 그런 평범한 행복이 상상 속에서나 그려 보는 요원한 꿈에 불과했다.

하지만 성므부시의 영혼이 상상 속에서는 언제나 자유로운 새였고 마음껏 무변광대한 우주를 여행하며 미래의 설계도를 그려 가기 시작했다. 드디어 성므부시는 상상 속의 가상이론에 불가했던 무한이론의 기초를 정립하고 초광속의 초석을 쌓게 되는 업적을 달성하게 되었다.

성므부시가 생전에 완성된 우주타운을 구경하지는 못했지만 성므부시의 이론과 설계에 의해 샤르별에는 하늘을 광속으로 날아다니는 하늘자동차가 등장하고, 우주를 초광속으로 여행하는 UFO가 신출귀몰한 비행솜씨를 뽐내기 시작했으며, 거대한 우주제국의 모습이 신기루처럼 드러내기 시작했던 것이다.

그래서 샤르별에서는 성므부시를 큰 빛의 성영으로 받들며 추모관에 모셔 두고 샤르별의 후손들이 그의 위대한 사상을 기리도록 독려하고 있었던 것이다.

나의 영혼은 성므부시의 영혼과 합신(合神)을 이룬 상태에서 성므부시의 과거, 현재, 미래의 세상을 모두 구경한 후 감정이입의 상태에서 깨어났다. 그때 4차원 공간의 추모방에 처음 들어와서 만났던 성므부시의 영혼이 홀연히 눈 앞에 나타나 미소짓고 있는 모습을 발견할 수 있었다.

마치 잠깐 사이의 꿈속에서 우주의 파노라마 세상을 구경하고 돌아온 느낌이었다.

아직도 꿈속에서 깨어나지 못한 표정을 짓고 있는 나에게 성므부시가 입을 열었다.

"사랑하는 영혼아! 이제까지 나의 영혼과 합신을 이루며 과거, 현재, 미래에 대한 삼시(三時)를 느낀 소감을 말해보렴."

"성므부시님의 과거, 현재, 미래를 연결하는 삼시(三時)는 장장 4만 년에 이르는 우주시간이었고, 4만 년의 삼시에 걸쳐서 이루어진 파노라마는 천상계의 한 역사가 피고 지는 이치를 터득하는 듯 했습니다. 더구나 묘한 기분은….."

"묘한 기분이라니? 어서 말해보렴."

"성므부시님의 과거, 현재, 미래로 이어진 삼시(三時) 4만 년을 성므부시님의 영혼과 감정이입 상태에서 성므부시님의 기분을 느끼며 체험한 시간들은 실제로 4만 년의 우주시간을 보낸 느낌과 다르지 않습니다. 그러나 지금 감정이입(感情移入) 상태에서 깨어난 시간을 보니 잠깐 동안에 불과한 것 같습니다. 그 기분이 묘합니다."

"영혼의 삶이란 원래 그렇다."

"저로서는 이해할 수 없는 말씀이군요."

"영혼, 일장춘몽. 영혼들은 잠깐 졸음으로 꿈을 꾼 사이 파노라마와 같은 다른 삶의 일대기를 체험하게 된다. 꿈속에서는 자신의 몸이 아니라 모습도 달라지고, 환경도 달라지고, 처음 보는 세상을 실제와 같은 느낌으로 체험할 때가 많다. 지금 네가 현실세계에서 살아가는 모습도 네 영혼의 실제 모습이 아니다. 네 영혼이 잠깐 졸면서 꿈을 꾸고 있는 사이…. 처음 보는 모습과 환경 속에서 자기 아닌 자기를 자기처럼 생각하며 살아가고 있다. 그러한 현상이 일장춘몽이요 잠깐의 잠에서 깨어나면 사라질 허상들이다. 마찬가지로 조금 전 네가 나의 영혼과 잠시 합신을 이루고 가면(假眠) 상태에서 꿈을 꾸며 네 모습이 나의 모습으로 바뀌어 나의 4만 년에 이르는 일대기를 실제와 같은 느낌으로 체험한 후 깨어났다. 꿈속에서는 다른 모습이었지만 현실은 본래의 네 모습…. 이처럼 우주에서 살아가는 영혼들은 실제의 자아와 꿈속의 다른 자아를 오가며 파란만장의 삶을 펼쳐가게 된다.”

“현실세계에서 살고 있는 우리 영혼들은 대부분 자기 아닌 자기를 자기라고 생각하며 일장춘몽의 착각 속에서 파란만장한 삶을 연출하는 셈이군요?”

“일장춘몽의 파란만장한 삶. 그것이 바로 모든 영혼들이 살아가는 현실의 주소이지.”

“아무튼 저는 성므부시님의 영혼과 합신을 이룬 감정이입 상태에서 4만 년에 이르는 성므부시님의 일대기를 실제처럼 체험했으니 그 영광스러운 기분은 말로 표현하지 못할 만큼 행복합니다.”

“사랑하는 영혼의 기분이 행복하다니 내 마음도 행복하다.”

“또한 묘한 기분은….”

“사랑하는 영혼아! 어서 말해보렴.”

“성므부시님의 성영을 4차원 공간에서 만나고 있기는 하지만…. 지금의 현상은 가상공간에서 이루어지는 프로그램의 내용이긴 하지만…."

"그래, 무엇을 말하려는 것이냐?"

"성므부시님의 영혼은 현실세계에서 영원히 살고 있는 존재처럼 느껴져요."

"난 죽지 않았다."

"성므부시님은 2만 년 전에 생존했던 영혼이 아닌가요?"

"나의 영혼은 샤르별에서 살아가는 영혼들의 가슴속에서 한 번도 지워지지 않는 이름이다. 그래서 이 추모방이 만들어져 있고 내 영혼은 이 추모방에서 살아 있는 영혼들을 만나며 영원한 삶을 살아간다. 그래서 나의 영혼은 죽지 않고 멀리 떠나지 않는다."

"추모방은 작고 답답하지 않으세요?"

"우주의 공간이란 크다고 넓지 않고 좁다고 작은 것이 아니다. 손바닥만 한 작은 공간에도 무변광대한 우주가 펼쳐지고 무변광대한 공간 속에서도 손바닥처럼 작은 세상이 펼쳐질 수 있다. 곧 우주는 형(形)이 전부가 아니라 형 속에 담긴 내용이 그 실체인 것이다. 그러므로 나의 영혼은 추모방의 제한된 공간을 나의 집으로 삼지 않고 무변광대하게 펼쳐진 세상을 나의 집으로 삼고 살아간다. 눈에 보이는 작은 형(形) 속에 감추어진 세상이 더 크다는 의미이다."

"샤르별에서 펼쳐지고 있는 현실은 성므부시님의 성영이 2만 년 전에 설계한 내용들입니다. 그래서 2만 년 후의 미래에 성므부시님의 영혼이 살아가고 있습니다. 그 기분은 어떠세요?"

"너는 잠시의 꿈속에서 4만 년의 삶을 체험했다. 우주시간 2만 년의 시간도 영혼들에게는 꿈속의 내용처럼 찰나와 같은 현상이다. 앞으로 십만 년의 시간이 더 흘러도 무한겁(無限劫)의 생을 살아온 영혼들의 우주령(宇宙齡)에 견줄 바가 아닐 것이다."

"아무튼 샤르별에서 펼쳐지는 4차원 문명세계는 성므부시님이 2만 년 전에 꿈꾸고 설계했던 미래의 세상입니다. 그리고 앞으로 2만 년 후의 세상도 성므부시님이 꿈꾸었던 설계도에 또렷하게 기록되어 있습니다. 저는 이미 성므부시님이 꿈꾸었던 2만 년 후의 세상도 방문하고 체험했습니다. 성므부시님의 설계대로 세상이 이루어진다면 우주는 하나로 통합되어 멀고 가까움이 없는 삶을 모든 영혼들이 누리며 살아가게 될 것입니다. 곧 새로운 천지창조의 결말이 성므부시님의 설계도에 담겨 있는데, 그 엄청난 능력은 어디에서 왔다고 답변하실 수 있습니까? 하늘이 준 예지력인가요?"

"영혼의 무한 잠재력이다. 그 무한 잠재력은 모든 영혼들이 공유하는 힘이기도 하고 공통으로 보유한 힘이기도 하다. 영혼들이 무한 잠재력을 발휘하면 궁극적으로 못 해내는 일이 없다."

"무한 잠재력의 실체는 무얼까요?"

"혼(魂)이다!"

"혼(魂)이라구요?"

"우주에는 천태만상의 피조물이 살고 있다. 피조물이란 무언가의 의도된 설계와 기획에 의하여 디자인된 결과이다. 그 창조의 혼이 무한 잠재력으로 영(靈)들을 지배하며 존재한다. 혼(魂)이 지배하고 있는 영(靈)의 개체를 영혼이라고 한다."

"…."

이처럼 성므부시와 점점 흥미가 넘치는 이야기 속으로 빠지고 있을 때에 갑자기 조금 전에 보이던 현상들이 눈 앞에서 사라지고 말았다. 4차원 공간의 현상도 성므부시의 모습도 안개처럼 사라져 버리고 추모방의 썰렁한 좁은 공간만 눈 앞에 보였다.

추모방의 투명한 벽을 통해 밖에서 샤르비네의 웃고 있는 모습이 보였다. 꿈속에서 깨어난 표정으로 멍하니 서 있는 내 모습을 보고 샤르비네가 손을 흔들어 주었다.

내가 추모방에 들어가 4차원 가상공간 프로그램을 진행하며 너무 오랜 시간 머물고 있자 다음 스케줄을 위해서 샤르비네가 프로그램 작동을 멈추게 한 것이었다.

"즐거운 시간이었어요? 기분이 어때요?"

추모방 문을 열고 밖으로 나오자 샤르비네가 이렇게 질문했다.

"추모방을 들어갔다 나온 시간은 잠깐에 불과하지만 내 영혼은 실제적으로 수만 년의 시간을 보낸 후 샤르비네를 만난 느낌이오. 기분은 묘하기만 하고 즐거움인지 슬픔인지 분간을 못하겠소."

"그래도 영혼의 세계는 조금쯤 이해하게 되었을 거예요."

"성므부시님의 성영과 대화중에 영혼들은 일장춘몽이라고 하는 파란만장한 삶을 살아가고 있다고 설명을 들었소. 어쩌면 나는 지금 샤르비네와 일장춘몽의 꿈을 꾸고 있다는 생각이 들기도 하오."

"영혼들의 삶이란 꿈이라면 꿈이요, 현실이라면 현실이지요. 불행한 장면은 현실이라도 꿈이라 생각하고 행복한 장면은 꿈속이라도 현실이라고 생각하면 그만이에요. 지금 우리들의 만남은 꿈속이라 하더라도 현실처럼 생각하며 지내기로 해요. 그리고 헤어짐은 잠깐의 꿈속이라고 생각하세요."

"근데 말이오. 샤르비네."

"네, 샤르앙. 할 말이 있으면 말해 봐요."

"추모방에서 성므부시 성영과 대화를 나누다 중단한 내용인데…."

"무슨 내용인데요?"

"혼(魂)의 지배를 받는 영(靈)이 영혼(靈魂)이다라는 말을 듣다가 말았거든요. 그렇다면 영혼이란 이름은 독립된 명칭이 아니라 분류되어 있는 이질적 현상이란 뜻인지…."

"아! 무슨 대답을 듣고 싶은지 알겠네요. 그래요. 영혼이란 본래의 영과 근본의 혼이 합해진 현상이지요. 곧 영혼의 실체는 하나가 아니라 둘이란 뜻이지요."

"쉽게 풀이해서 들려주오."

"우리들의 영혼은 본래의 자아라고 말할 수 있는 영과 그 영의 특성을 결정하는 혼이라는 두 덩어리가 한 덩어리로 합해진 현상이 영혼이지요. 더 쉽게 설명하자면 샤르앙의 영혼 속에는 샤르앙이 전생에서부터 간직해 온 영이 있고, 세상에서 육신의 혈통을 따라 내려오는 혼이라는 힘이 작용하고 있지요. 그 두 덩어리의 영과 혼이란 힘이 한 덩어리로 합해져서 지금 샤르앙의 영혼을 만들고 있다고 생각하면 틀린 답이 아닐 거예요."

"우리 지구에서는 조상의 뿌리란 이야기를 많이 하는데, 결국 영혼의 뿌리가 되는 힘이 혼이란 뜻이군요?"

"영혼의 뿌리가 아닌 혼의 뿌리가 조상의 혈통에서 비롯되지요. 영혼이 살아 있다는 의미는 혼이 살아 있다는 의미요, 정신이 온전한 영혼은 혼과 얼이 온전한 현상이지요. 혼이 떠나면 살아있으나 죽음과 같고 혼신을 다하는 삶이 온전한 삶이지요. 큰일을 당했을 때 망연자실하고 있는 표정을 두고 넋 나간 모습이라고 표현하지요. 넋 나간 목숨은 이미 살아있다고 말할 수 없지요. 넋이란 살아 있는 것들의 실체니까요."

"죽음은 넋이 나간 상태를 일컬음이라고 했나요?"

"혼이 빠지면 이미 그것이 그것으로서 존재한다고 말할 순 없지요."

"지구에서는 조상의 뿌리를 소중하게 생각하는 습관이 있는데 샤르별에도 그러한 전통이 존재하오?"

"뿌리를 소중하게 생각하는 것은 지구나 샤르별이나 별반 다른 게 없어요. 우주의 다른 문명세계에서도 조상의 뿌리는 소중하게 생각하고 있어요. 조상의 뿌리가 혈통으로 이어지며 우리들 영혼의 혼을 이루고 있으니까요. 우리 샤르별에서 큰 빛을 기리는 추모관이나 집집마다 설치되어 있는 추모실(追慕室)이 모두 뿌리를 소중하게 생각하는 습관에서 비롯되었다고 대답할 수 있겠네요."

"그런데 지금 우리 지구에서는 이상한 습관이 고개를 들기 시작하고 있다는 점이 걱정되오."

"이상한 습관이라니요?"

"우리 지구도 예전과 다르게 물질이 풍요해지고 문명이 발달하고 있는 추세이긴 한데, 뿌리의식들이 점점 희미해지는 현상이 나타나고 있어서 하는 말이오. 예를 들자면 내 몸의 혈통을 이룬 조상의 뿌리라든가 사회의 전통과 역사 이런 뿌리의식들이 점점 고갈되어 가고 있다는 현상을 느끼며 살지 않을 수 없는 것이 지구의 현실이오."

"그건 악습이지요. 과거는 현실의 뿌리며 과거를 무시한 현실은 오래가지 못해요. 그래서 우리 샤르별에서는 과거의 뿌리를 소중히 생각하고 항상 추모하며 뿌리의 작은 흔적이라도 찾아서 미래를 창조하는 큰 밑거름으로 삼고 있어요. 결국 뿌리 없는 나무는 존재할 수 없으니 지구에서도 뿌리를 소중하게 생각하는 습관이 다시 나타났으면 좋겠어요. 과거의 뿌리가 내 영혼을 구성하는 혼이라면 결국 과거의 한 조각들이 쌓여서 내 영혼의 실체를 이루고 있다는 사실을 명심하지 않으면 내일의 파산을 선고함과 다르지 않을 테니까요."

"뿌리는 혼이요 혼이 없는 역사는 망한다는 교훈을 샤르비네가 들려주고 있군요?"

"맞아요. 잡초 한 그루가 자라기 위해서도 혼의 작용이 필요하거늘 그보다 훨씬 크고 위대한 영혼들의 역사가 존재하고, 문명이 존재하고, 미래가 존재하기 위해서, 얼마나 확고부동하고 또렷한 빛으로 살아 있는 혼이 필요하겠어요. 혼은 뿌리에서 비롯되니 뿌리를 소중하게 생각하지 않으면 그 세상의 결말은 파멸로 끝나지요."

이런 말을 마치고 샤르비네는 나를 데리고 추모관의 열람실로 향했다.

열람실에는 샤르별의 역사를 빛낸 큰 빛들의 자취를 한눈에 파악할 수 있도록 소개하고 있는 생영상 전광판이 설치되어 있었다. 생영상 전광판에 나타나는 큰 빛들의 간단한 약력들만 살펴보아도 앞서 간 그들이 4차원 문명세계의 기틀을 다듬기 위해 얼마나 혁혁한 공을 쌓아 왔는지 한 눈에 파악할 수 있었다.

샤르별의 존재들은 이처럼 샤르별의 역사를 빛낸 큰 빛들을 자손대대 이어가며 성영(聖靈)으로 받들고 추모하는 전통이 있었다. 큰 빛의 성영들은 곧 샤르별 4차원 문명세계의 번영을 일으킨 뿌리였고, 뿌리를 소중하게 생각하는 전통 속에서 앞서 희생하고 봉사한 선구자들의 발자취를 마음속에 기리면서 잊지 않으려는 노력이 샤르별의 제도 속에서 이어지고 있었다.

뿌리를 소중하게 생각하는 제도와 전통이 샤르별의 풍요와 고차원의 문명세계를 지속적으로 발전시키는 계기가 되고 있다는 생각이 들었다.

뿌리 없는 나무가 없듯, 아무리 위대한 역사 위대한 문명이 존재한다고 할지라도, 그러한 역사와 문명을 일으킨 근원은 존재하고 있을 것이다. 그 뿌리의 근원이 혼이요 얼이라고 확신한다면 혼과 얼을 무시한 사회제도는 언젠가 사상누각처럼 허물어지고 말 힘없는 건물과 같은 것이라고 단정해도 지나친 표현은 아닐 것이다.

샤르별에는 5만 년의 우주시간 동안 한 번도 맥이 끊어지지 않은 장구한 역사가 존재하고 있었다. 5만 년 동안 맥이 끊어지지 않은 역사가 존재하기 때문에 무한이론의 학문과 4차원 문명세계가 샤르별에 나타날 수 있었고, 그러한 고차원의 학문과 문명을 바탕으로 샤르별의 존재들은 무변광대한 우주를 주름잡으며 우주의 주인공으로 활보하고 있다고 장담할 수 있었을 것이다.

5만 년 역사의 맥이 곧 뿌리의 혼과 얼이요, 샤르별에는 그 위대한 혼과 얼이 죽지 않고 살아 있기 때문에 장구한 우주의 역사 속에서 우주첨단의 문명세계를 구가하며 우주선진 세상의 자리를 양보하지 않고 있었던 것이다.

현재 지구에서 살고 있는 인류들도 이제까지의 역사에서 찾아 볼 수 없는 풍요한 문명 속에서 살아가고 있다고 자부는 하지만, 고차원의 문명이 펼쳐지고 있는 초광속 세계의 샤르별과 비교하면 그 삶의 격차는 하늘과 땅이라고 설명할 수 있을 것이다.

곧 지구에서는 물질속도의 한계조차 극복하지 못할 때 샤르별에서는 초광속으로 우주를 주름잡고 있으며, 지구 인류들은 자원고갈의 위기 속에서 미래를 보장받지 못할 때 샤르별의 존재들은 무한풍요의 여유로움 속에서 지상낙원 신선놀음을 즐기고 있으니, 그 생활수준의 격차를 비교하는 것 조차 무의미할 것이다.

지구와 샤르별을 비교할 때 무엇이 그렇게 큰 문명의 격차가 생기도록 방치되었을까? 나는 그 대답을 역사적 혼과 얼이 살아 있는 뿌리의 맥이라고 단정하지 않을 수 없었다.

샤르별은 뿌리 역사의 맥이 살아 있는 세상이요 지구는 뿌리 역사의 맥이 끊긴 세상이기 때문에, 그래서 장구한 역사 속에서 살아 있어야 할 혼과 얼이 떠난 뿌리 없는 정체불명의 문명이 지구를 점령하고 있기 때문에, 지구의 현실은 혼돈과 무질서가 난무하게 되었다고 결론내리지 않을 수 없었던 것이다.

혼과 얼의 맥을 잇지 못한 정체불명의 문명이 지구를 점령하다!

그 정체불명의 문명이 지구에서 살아가는 영혼들을 함몰시키는 흉기로 둔갑하고 있으며, 지구 운명의 미래를 암울하게 만들고 있으며, 그 어두운 세력의 음모를 지구 인류들이 눈치채지 못하는 현실이 슬픈 광경인 것이다.

정체불명의 문명을 소위 첨단문명이요 현대문명이라고 자부하면서, 그 교언영색(巧言令色)이 능숙한 괴물의 꼬임에 빠진 지구 인류들은 넋이 나간 영혼이 아니고 무엇일까?

혼과 얼이 빠진 넋 나간 영혼들….

지구 인류들이 모두 넋 나간 영혼으로 살아간다면 지구의 미래는 밝을 수 없을 것이다.

이제 지구 인류들도 샤르별의 존재들처럼 뿌리의 맥을 찾아야 할 것이다.

뿌리의 맥을 잘못 인식하면 극단 이기주의자로 전락하기 쉽다.

혈통주의, 민족주의, 국가주의 등 극단적 이기주의 뿌리의식은 오히려 인류의 역사를 진전시키지 못하고 퇴보시키는 함정이 되고 말 것이다. 지구의 영원한 번영과 지구 인류 공동의 행복을 바탕으로 한, 지구 인류들이 본래부터 지향했던 참된 영혼과 정신세계의 맥을 바르게 찾아, 순수의 얼과 혼이 살아 있는…. 잃어버린 하늘역사를 되찾아야 할 것이다.

이상은 큰 빛 추모관을 방문하고 나서 겪게 되는 내 마음속에서 범람하는 이런저런 생각들의 갈등이었다. 한세상의 근간을 지탱해 온 뿌리라는 맥과 그 맥을 따라 이어지는 얼과 혼이라는 힘. 그 얼과 혼이 제대로 살아 있느냐 그렇지 못하느냐에 따라서 그 세상을 지배하는 문명의 정체성도 성격이 달라진다는 깨달음과 함께 밀려드는 생각이, 이런저런 갈등들이 마음속에서 형성되고 있었다.

이렇게 마음속에서 다양한 갈등이 범람하는 생각을 정리하기 위해서 나는 샤르비네를 대동하고 추모관의 휴게실로 향했다. 추모관의 전체적 분위기도 마찬가지이기는 하지만, 휴게실의 분위기는 더욱 영혼의 안식처 같은 편안함을 제공하고 있었다.

화사한 꽃송이들에게서 영혼을 자극하는 향기가 물씬 풍기는 전망이 좋은 창가에 자리 잡은 샤르비네와 나는 뿌리라는 주제로 이야기를 풀어갔다. 물론 샤르비네가 품고 있는 생각이 아닌, 내 마음속에서 범람하는 뿌리의식의 주제를 가지고 토론을 시작했다.

먼저 내가 질문을 던졌다.

"샤르별의 존재들은 근본적으로 뿌리의식이 강하다는 생각이 드오. 이렇게 샤르별의 역사를 빛낸 큰 빛의 성영들을 한곳에 모셔 놓고 샤르별의 후손들이 자손대대 이어가며 추모할 수 있는 제도를 펼치는 모습만 보아도 뿌리의식을 소중하게 생각하는 근본정신을 이해하고 남음이 있을 것 같소. 그래서 5만 년의 우주시간 동안 한 번도 끊어지지 않은 역사의 맥을 통해 그 속에 녹아 흐르는 혼과 얼을 이어받으며 4차원 문명세계라고 하는 무한이론시대를 우주 속에 활짝 꽃 피운 장본인들이 샤르별의 신선들이라고 생각하오. 지구도 샤르별 못지않은 장구한 인류역사가 존재함에도 불구하고 그 역사의 맥들은 길게 이어지지 못한 채 끊어지고 차단되기를 반복한 것이 현실이오. 아마도 지구 인류들도 샤르별의 신선들처럼 뿌리의식이 강하고 그 역사의 맥과 전통을 오늘날까지 이어져 내려왔다면 지금보다 더 놀라운 문명세계를 구가하고 있지 않을까 하는 아쉬움이 있소. 이러한 의미에서 샤르비네에게 질문하고 싶은 것은, 샤르별에서 가르치는 뿌리의식의 바른 교훈이오. 어떤 방법으로 뿌리의식의 교육을 받았고 실천해 오고 있는지 그 진실을 알려 주면 고맙겠소."

샤르비네는 담담하게 그리고 의미 있는 답변을 들려주었다.

"뿌리의식은 그 세상의 기본 틀을 유지하는 근원과 다르지 않겠지요. 뿌리가 뽑힌 나무는 결국 자라지 못하고 생명이 말라 버리듯, 뿌리 없는 역사나 문명은 정체성을 상실한 괴물로 전락하고 말 것이란 운명은 불 보듯 뻔하겠지요. 그래서 우리 샤르별에서는 어려서부터 뿌리의식을 강화시키고 그 뿌리의 맥 속에 살아 있는 얼과 혼을 이어받도록 훈련시키고 있지요."

"그러한 교육과 훈련으로 인하여 샤르별의 존재들은 누구나 뿌리 깊은 의식의 소유자로 성장하고, 그러한 뿌리 깊은 의식의 혼과 얼을 이어받으며 정체성이 뚜렷한 우주의 역사를 장구적으로 펼쳐가는 계기가 되고 있다고 샤르비네는 생각하오?"

"그래요, 샤르앙. 5만 년의 우주시간 동안 한결같은 한 길의 역사를 이어온 샤르별의 역사는 본래부터 올바른 뿌리의식의 정체성을 깊게 새겨 주도록 노력한 선구자들의 힘이었다고 우리 후손들은 믿고 있어요. 그래서 우리 샤르별의 후손들은 조상의 뿌리를 소중하게 생각하는 전통과 역사의 큰 업적을 남긴 큰 빛의 성영들을 마음속에 새기는 추모의식을 실천하며 살아가고 있지요. 5만 년의 우주시간 동안 유유히 흐르는 강물처럼 장구한 역사의 얼과 혼이 흐르고 있다고 생각해 보세요. 그 깊은 뿌리와 무성하게 자라서 뻗어 가는 가지와 열매들…. 생각만으로도 훌륭하고 아름다운 생명의 물결이 아니겠어요? 뿌리 깊은 나무는 쓰러지지 않듯, 뿌리의식이 강한 문명은 중단되지 않고 진화하지요. 문명은 진화하는 생명체로서 진화의 본질은 끊어지지 않는 전통의 맥이며 전통의 맥을 뿌리라는 함축어로 표현할 수 있을 거예요."

"샤르별에서 전통의 맥을 이어오는 뿌리 깊은 역사의 생명나무가 끝내는 무한이론의 4차원 문명세계를 꽃피웠다는 결론을 부정할 수 없소. 그리고 한없이 부러워지오. 우리 지구에서도 지금부터라도 뿌리의식을 소중하게 생각하는 풍토가 조성되기를 소망하오."

"그 일을 샤르앙이 앞장서면 안 될까요? 지구의 영원한 번영을 위해서는 누군가 시작하지 않으면 안 될 일일 테니까."

"샤르비네는 뿌리의식을 전개하기 위한 가장 근본적인 이념이 무엇이라고 생각하오?"

"뿌리의식의 근본을 어디에 두느냐 하는 이념이 가장 중요하겠지요. 제 생각으론….”

"어서 샤르비네의 생각을 말해 보오.”

"지구 인류들이 바른 뿌리의식 운동을 전개하려면 그 근원지를 영혼에서부터 시작되어야 한다고 생각해요. 그 후부터 인류역사의 뿌리와 혈통의 뿌리를 탐구하면서 끊겨진 맥 속에 숨어 흐르는 얼과 혼의 그림자를 찾아내서 되살리는 것이 바른 순서라고 생각해요. 그리고 다시는 되살린 얼과 혼의 맥이 사라지지 않도록 후손들에게 전통의 맥을 이어주는 훈련이 제도적으로 필요하다고 생각해요.”

"지구 인류들의 마음속에 뿌리의식이 깊어지면 어떤 변화가 나타날 것으로 샤르비네는 예상하오?"

"가장 올바른 뿌리의식은 역사와 혈통과 사회적 전통에 앞서 영혼에서부터 시작되니까 아마도 하늘과 인연을 맺은 역사의식부터 지구 인류들의 마음속에 자리를 잡기 시작하겠지요. 그러면 하늘과 땅의 역사가 하나의 맥으로 이어지며 하늘에서 시작된 혼의 역사가 땅에서 꽃피는 계기를 만들어 낼 것으로 확신해요. 혼이 맥이요, 맥이 전통이며, 전통이 뿌리라는 진실을 감안하면 땅에서 사는 영혼들이 하늘의 맥을 바르게 이어야 우주의 바른 질서가 꽃필 것으로 믿어요.”

"하늘의 혼이 땅에서 꽃피어야 우주의 바른 질서가 핀다?"

"샤르별의 4차원 문명세계는 그 전통적 맥과 뿌리가 하늘에서부터 시작되었어요.”

이러한 뿌리의식에 관한 담소가 샤르비네와 나 사이에서 계속 이어졌다. 샤르별의 인류들은 매우 전통의식이 강하고 그러한 의식의 연장

선상에서 조상과 혈통의 맥을 중시하며 우주적 효와 존경심의 문화가 활짝 꽃피고 있다는 생각이 들었다. 조상과 혈통은 단순하게 직계의 혈통만을 의미하지 않으며 역사를 빛내고 사회발전에 기여한 위인(偉人)과 성영들의 발자취를 깊은 뿌리의식으로 받아들여 지속적인 효와 존경심을 발휘하는 삶을 멈추지 않는 것이 샤르별 인류들의 뿌리의식이었던 것이다. 샤르별의 전통적 뿌리의식이 4차원 문명세계를 일으킨 원동력이라는 생각도 들었다.

이렇게 한참 뿌리의식을 주제로 한 깊은 내용의 대화 속으로 샤르비네와 내가 빠져 들고 있을 때 밖에서 무언가 소란한 일들이 벌어지고 있었다. 큰 구경거리라도 생겼는지 휴게실에 앉아서 대화를 나누던 신선과 선녀들이 일제히 자리에서 일어나 썰물처럼 밖으로 빠져 나가고 있었다.

샤르비네와 나도 영문을 모른 채 다른 신선과 선녀들의 물결을 따라 휴게실 밖으로 나와 보지 않을 수 없었다. 추모관의 넓은 정원에서 무리를 지어 있는 신선과 선녀들은 일제히 하늘을 쳐다보며 감탄을 자아내고 있었다.

저 멀리 높은 하늘에 오색채광의 구름이 신기루 현상처럼 떠 있는데 구름 위에는 빛나는 옷을 입은 한 무리의 신선과 선녀들이 지상을 내려다보면서 도열하고 있었다.

"와! 큰 빛 성영님들이 오셨다!"

하늘을 바라보는 신선과 선녀의 무리들은 이구동성으로 이렇게 외쳤다.

내 눈에는 멀리서 보이는 구름 위의 얼굴들이라 잘 구분이 되지 않는데 다른 신선과 선녀들은 구름 위에 나타난 얼굴들의 이름을 하나하나 외우고 있었다.

샤르비네도 구름 위의 얼굴들을 모두 알아보는 표정이었다.

그래서 나는 샤르비네에게 물었다.

"구름 위의 얼굴들을 샤르비네는 모두 알아볼 수 있소?"

샤르비네는 덤덤하게 대답했다.

"그럼요. 우리 샤르별에서 너무너무 유명한 큰 빛 성영님들인데…."

"큰 빛 성영님들이라면 이 추모관에 모셔진 분들이 아니오?"

"맞아요. 추모관에 모셔진 분들의 성영이에요."

"이미 세상을 떠난 영혼들의 모습이란 뜻이오?"

"그렇답니다. 성영님들이 천상계에서 잠시 나들이를 와서 후손들이 살아가는 모습을 시찰하기 위해 나타난 것으로 우리 샤르별의 존재들은 믿고 있어요. 성영의 큰 빛들은 언제나 저렇게 오색찬연한 색동구름을 타고 나타나며 샤르별의 신선들에게 무한 감동과 의식성장의 기회를 선물하지요."

이런 대화를 나누고 있을 때 오색채광의 구름은 서서히 다른 방향을 향해 움직이기 시작했고, 구름 위에 타고 있는 성영의 모습들도 점점 멀리 사라지고 있었다. 이때 오로라처럼 보이는 빛들이 우주에서 쏟아져 내리며 빛의 향연이 시작됐고 생영상 촬영사들은 우주의 이벤트를 영상으로 담아내느라 바빴다.

이윽고 추모관의 상공에는 온통 오색채광으로 물들었고 현란하게 물결치는 빛의 파노라마는 온통 마음을 황홀경으로 물들게 했다.

빛의 향연은 상당히 오랜 시간 연장되었고 그 소식을 들은 샤르별의 신선들은 여기저기서 하늘자동차를 타고 광속으로 날아와 하늘 이벤트의 축제를 즐기고 있었다. 빛의 향연에 참여한 하늘자동차는 형형색색 추모관의 하늘에 무리를 지었고 하늘자동차의 무리와 빛의 향연이 함께 어우러지고 있었다.

어디서도 구경할 수 없는 진풍경이었다.

뜻밖에 펼쳐진 우주의 이벤트였지만 내 마음을 감동시킨 잊지 못할 경험이 아닐 수 없었다.

이 외에도 신비한 기운으로 덮여 있는 푸스주스니 산에서는 수시로 천상계의 이벤트가 펼쳐지고 있었다. 샤르별의 존재들이 자주 푸스주스니 추모관을 방문하는 이유는 큰 빛의 성영들에 대한 추모열기도 포함되겠지만 수시로 일어나는 하늘의 이벤트가 더 마음을 끌고 있을 것이란 생각이 들기도 했다.

푸스주스니 산은 하늘과 땅의 구분이 없는 세상이라고 생각되었고 삶과 죽음의 경계가 없는 세상이라고 느껴졌다. 사후세계에 머물러 있을 영혼들이 현실의 존재들과 만나서 대화를 나누고 천상계에서 일어나는 기운이 땅으로 내려와 하늘의 이벤트를 펼치는 푸스주스니 산은 샤르별의 존재들에게 무한한 영적성숙을 도모하게 하는 훈련장이란 생각이 들었다.

내 영혼도 푸스주스니 산을 찾을 때마다 무한 상승의 하늘기운이 증폭되며 하늘과 땅의 경계가 없는 초월적 삶을 경험하게 만들곤 했다.

샤르별은 어디를 가든지 무릉도원이 펼쳐진 선경세상이지만 또한 어디를 가든지 하늘기운을 만끽하며 신과 가까운 삶을 살아갈 수 있다는 점이 영혼의 안식을 느끼게 하고 있었다.

자유로운 새가 되어

샤르별은 4차원 문명세계라고 하는 무한이론시대가 펼쳐진 우주첨단의 문명시대를 구가하는 삶을 살아가면서도 신들과 가까운 세상이기도 했다. 그만큼 샤르별은 지상낙원을 표방하는 무릉도원의 선경세상이 펼쳐진 땅이면서 신들의 잔치와 하늘의 이벤트가 신선놀음의 현상으로 유행하는 세상이기도 했다.

그만큼 고차원의 문명세계라고 표방할 수 있는 샤르별은 신들의 세상과 가깝게 지내는 세상이라고 설명할 수 있었다. 땅에서도 천상계의 삶이 펼쳐지고 영계와 통할 수 있는 문들이 열려 있으며 불로불사의 신들과 자유롭게 경계를 넘나드는 삶은 지구의 인류들에게는 낯설고 멀게 느껴지는 이국적 분위기의 세상이 아닐 수 없었다.

그러한 샤르별의 분위기는 지구와 반대되는 현상이었다.

지구에서는 과거의 역사로 회귀할수록 신들의 세상이 가까워지고 현대문명이 발달할수록 신들의 세상은 배척당하는 현상을 보면서 하는 말이다.

아무튼 샤르별에서는 문명이 고차원을 향해 발달할수록 신들과 가까워지는 삶을 살고, 지구는 문명이 발달할수록 신들과 멀어지는 삶을 살아가고 있다는 점이 극명한 대조였다.

지구의 역사도 과거에는 신들의 힘으로 세상을 다스리던 시대가 있었던 것으로 알고 있다. 과거의 역사 속에는 신들이 자주 등장하고 하늘문이 열려 하늘과 땅의 왕래가 빈번했던 기록들이 처처에서 발견되고 있다는 사실을 기억하지 못하는 지구 인류들은 많지 않을 것이다.

　그러한 내용들이 비록 공식적 인정을 받지 못하는 전설이나 신화적 내용들이라 할지라도, 신화나 전설이 모두 가공의 기록물이라고 반박하기에는 무리가 있을 것이다.

　샤르별에서 겪은 내용들을 감안할 때 지구의 과거 역사 속에 등장하는 신화나 전설은 가공의 기록물이 아닌 진실일 가능성이 높다는 점을 밝히고 싶다.

　비, 구름, 바람을 거느리고 하늘의 신들이 직접 땅에 내려와 인간을 도왔던 과거의 역사, 위정자들은 직접 하늘과 대화를 나누며 백성들을 다스리고, 예언자들은 직접 하늘의 소리를 들으며 인류의 우매함을 밝혀 주던 지구역사의 과거는 오히려 정신적 풍요가 세상에 넘쳤을 것이란 예측을 거부할 수 없을 것 같았다.

　분명한 점은, 신선들의 땅이요 빛의 땅이기도 한 샤르별엔 온 세상이 선경이요 신선놀음은 그치지 않았으며, 신들은 가까이 다가와 하늘과 땅의 경계를 무너뜨리고 있었던 것이다.

　나는 신들의 왕래가 빈번한 샤르별의 선경세상에서 이미 자유를 얻은 새가 되어 온 세상을 빛의 속도로 움직이며 새로운 차원의 삶을 체험하고 있었다.

　내 영혼은 샤르별에서 자유를 얻은 영혼의 새였다.

　처음에 샤르별을 방문했을 때는 혼자 움직이지 못하고 대부분 샤르비네와 동행하며 여기저기 여행을 떠나곤 했지만, 절반 정도의 일정을 소화한 후로는 혼자 움직이면서 지구로 돌아올 때까지의 일정을 꾸려 갈 수 있었다.

빛의 속도로 움직이는 하늘자동차 춘우셔시를 이용하면 원하는 장소까지 무인조종으로 이동하고 아무리 먼 거리도 짧은 시간에 도착할 수 있기 때문에 혼자 움직인다고 하여 불편한 점이 없었다. 혼자 해결하기 어려운 일이 있을 때는 4차원 통신장치를 연결해서 누구라도 가상공간에 부를 수 있었고, 가상공간에 나타난 안내자의 지시를 받으며 해결하지 못한 일이 없었다.

그뿐만 아니고 그림자처럼 항상 동행하는 인조인간 수행원의 도움으로 아무리 복잡한 업무나 절차도 편하게 처리할 수 있었다.

샤르별의 인조인간들은 아무리 복잡한 업무도 처리하지 못하는 일이 없었고, 위험하고 힘든 일이 있을 때는 앞장서서 주인을 대신하기 때문에 불의의 사고를 당하거나 곤란한 상황에 처할 경우는 희박하다고 장담할 수 있었을 것이다.

그래서 나는 그림자처럼 따르는 인조인간 수행원을 대동하고 지구의 70배에 달하는 샤르별의 방방곡곡을 누비고 다니며 자유로운 여행을 시작했고, 가는 곳마다 도착하는 곳마다 무한한 볼거리를 체험할 수 있었다.

하늘자동차 춘우셔시는 아무리 멀리 떨어진 오지의 밀림 속은 물론 지하의 세계라든가 깊은 물 속이라도 가리지 않고 여행하는 일이 가능했다.

하늘자동차 춘우셔시를 타고 샤르별의 상공에 날아오르면 온 세상을 뒤덮고 있는 복사꽃 물결이 가장 먼저 눈에 들어왔다.

하늘자동차는 하늘을 비행하다가 원하는 공간에 정지해서 전망대와 같은 기능을 발휘할 수 있었다. 마치 실 끝에 매달린 풍선처럼 공중 높이 정지한 상태에서 아래를 내려다보면 땅끝까지 펼쳐진 샤르별의 전경을 구경하는 일이 쉬웠다.

샤르별은 지구에 비해서 넓고 넓은 세상이라고 표현할 수 있었지만, 온 세상을 뒤덮고 있는 복사꽃 무릉도원의 모습은 끝이 없고, 무릉도원 사이사이로 굽이쳐 흐르는 강물이며 맑게 고여 있는 호수들, 그리고 푸른 초원에서 자라고 있는 기화요초의 물결이며 꽃 수풀에 가려진 채 보일 듯 말 듯 지어져 있는 그림 같은 집들은…. 보기만 해도 지상낙원 신천지가 이곳이라는 생각이 절로 들지 않을 수 없었을 것이다.

과거에 존재했다고 하는 지구의 에덴동산이라고 하더라도 샤르별의 지상낙원보다는 평화롭고 아름답지 못했을 것이란 생각이 들기도 했다.

빛의 나라 샤르별은 참으로 아름답고 평화로움이 넘치는 무릉도원 신천지였다.

하늘자동차를 타고 샤르별의 하늘을 날아가면서 자주 눈에 띄는 정경은 지상의 여기저기 꽃으로 가꾸어진 마을 주변의 빈터에서 항상 신선과 선녀들이 몰려 나와 신선놀음을 즐기고 있는 장면이었다. 신선놀음을 즐기는 신선과 선녀들의 표정에는 무한한 여유와 낭만이 흐르고 있어 행복이란 단어가 저절로 떠올랐다.

지구 인류들의 사회에서는 쉽게 구경할 수 없는 평화로운 정경이었다.

지구 인류들이 죽어서 찾아가고 싶은 세상을 샤르별의 존재들은 살아서 즐기며 체험하고 있었고, 샤르별의 존재들이 하루하루 즐기는 신선놀음이 곧 극락이요 천국이었던 것이다.

살아서 천국에서 살고 극락에서 즐기며 무한한 여유와 낭만을 만끽하는 샤르별의 존재들…. 그들이 바로 하늘백성이요, 살아 있는 신이요, 고운 영혼이며, 선경세상의 신선들이었던 것이다.

샤르별에서는 누구도 하늘을 향해 복을 달라고 빌지 않는다. 더 이상 누릴 수 없는 축복과 즐거움이 지상에 가득한 세상이었기 때문이다. 샤르별에서는 오히려 하늘의 신들이 내려와서 땅의 영혼들과 내통하며 땅의 즐거움을 만끽하는 처지였다.

샤르별에서는 우주를 움직이는 주도권이 하늘에 있지 않고 땅에 있었다.

하늘의 권능보다 땅의 권능이 더 큰 샤르별….

샤르별의 존재들은 이미 신을 능가하는 영감으로 서서히 우주의 질서를 변화시키고 있었다.

샤르별은 후천세상으로 진입하는 마지막 길목에서 새로운 질서가 태동하는 과도기를 맞아 마지막 점검을 손질하는 수순을 밟고 있었던 것이다.

샤르별에는 실제로 불로불사의 신선들이 살아가는 불로불사의 땅이 있었다. 불로불사의 땅은 내가 하늘자동차를 타고 자주 들리는 여행장소였다. 불로불사의 땅은 누구에게나 개방된 세상은 아니었지만 그렇다고 살아 있는 영혼들이 찾아갈 수 없는 금단의 땅도 아니었다.

불로불사의 신선들은 본래부터 죽지 않는 몸으로 태어나서 살아가는 존재가 아니라, 다른 영혼들과 마찬가지로 똑같이 육신을 입고 태어나 샤르별의 땅에서 우주나이 450년 이상 1천 년 가까이 불로장생을 누린 후 빛의 몸으로 화신한 존재들이었다.

빛의 화신(化身)이란 생로병사(生老病死)의 이치에서 자유롭지 못한 물질구성(物質構成)의 육신을 입은 영혼들이 생로병사(生老病死)의 이치에서 초탈(超脫)하여 빛으로 구성된 몸을 입고 살아갈 수 있는 경지를 일컬음이었다.

이런 빛의 화신들인 불로불사의 존재들은 육신의 몸들과 섞여 살지 않았고 그들만의 영역에서 초자연적(超自然的)인 삶을 살아가고 있었으며, 이들은 육신의 영혼들과 자유롭게 왕래하며 수호신(守護神)을 자처하거나 영적인 스승으로서 역할을 다하고 있었다.

불로불사의 신선들을 불사신(不死身)이라고 바꾸어 말할 수 있었으며 살아 있는 신(神)으로서 대접을 받아도 손색이 없는 존재들이었다.

살아 있는 신, 즉 불로불사의 존재들이 살아가는 불로불사의 땅을 다른 말로 바꾼다면 도통진경(道通眞境)이라고 표현할 수 있었다.

샤르별은 지구의 땅과 비교할 수 없는 큰 세상을 하늘과 땅에 건설해서 살아가고 있었고 그렇게 광활한 세상에 걸맞도록 하늘을 찌를 것 같은 높은 산들이 즐비하고 깊은 계곡과 끝없는 밀림이 덮여 있는 세상이기도 했다. 그 광활한 세상에는 지구에서는 상상도 할 수 없는 기상천외(奇想天外)한 삶들이 펼쳐지고 있었고 기이한 일들과 기이한 현상들은 어디서나 쉽게 목격할 수 있는 세상이기도 했다.

그 광활하고 천태만상의 조화가 펼쳐지고 있는 샤르별에는 불사신들이 살아가는 불로불사의 세상도 존재하고, 미물과 같은 삶의 지극히 원시적인 세상도 존재하고, 4차원 문명세계라고 하는 무한이론의 우주첨단문명이 꽃피는 세상이 존재하기도 했다.

즉 원시문명과 우주첨단문명이 공존하고 육신의 영혼과 불사신의 영혼이 공존하는 세상이 샤르별이었다. 뿐만 아니고 하늘의 신들이 지상에 출몰하면서 하늘과 땅의 영역이 무너지고 육신의 영역과 신의 영역이 일치를 이루고 있는 세상이 샤르별이기도 했다.

그래서 샤르별에서 신을 만나고 불사신의 영역을 왕래하는 일은 현실세계의 모든 영역을 자유롭게 넘나드는 이치와 다를 것이 없었다.

샤르별의 존재들은 대부분 우주나이 350년의 평균수명을 누리고 세상을 떠나지만, 450년 이상 불로장생을 누리면 저절로 몸이 변화되어 빛으로 화신한 후 불로불사의 삶을 맞이하는 길이 열리고 있었다. 즉 우주나이 450년의 연륜 동안 생존한 육신의 유전적 프로그램이 물질의 구성을 이룬 몸을 빛의 구성으로 서서히 변화시키면서 1천 년 가까운 불로장생을 누리게 되면 완전한 빛의 화신으로 거듭나게 만든다고 했다.

그래서 샤르별의 존재들은 삶의 최대 목표가 불로불사의 길이었지만 불행히도 현재까지는 그 행운이 아무나 쉽게 차지할 수 있는 축복은 아니었다.

하지만 내가 자주 찾아가 영혼의 멘토를 청했던 불로불사의 신선은 이렇게 앞날을 예언했다.

"앞으로 샤르별에서 살고 있는 모든 신선의 영혼들은 불로불사의 삶을 맞이하는 시대가 찾아올 것이다. 그때가 바로 후천세상 신천지 시대이니 땅의 기운이 증폭되고 증폭되면 살아 있는 영혼들은 모두 빛의 화신이 되어 불로불사의 길을 걷게 될 것이다. 물질로 구성된 육신의 소유자는 누구도 불로불사의 삶을 유지할 수 없지만 빛의 화신을 이루면 누구도 생명의 한계와 부딪치지 않고 불로불사의 길을 걷게 되기 때문이다."

불로불사 신선의 말을 듣고 나는 이렇게 질문을 했다.

"지구에서도 다양한 종교들이 일어나서 영생(永生)을 주장하고 지상낙원과 선경세상을 부르짖기도 합니다. 그러한 종교의 교주들은 자신이 하느님이라고도 하고 구세주라고도 자처하는데 불행히도 영생을 주장했던 어느 교주도 영생을 누리기는 커녕 다른 육신의 영혼들과 똑같이 허무한 생을 마감하고 이상(理想)을 망상(妄想)으로 바꾸어 놓고 맙니다. 지구에도 만약 샤르별에서처럼 육신의 몸을 입은 자들이 빛의 화신이 되어 불로불사의 삶을 맞이한다면 당장 지구 인류의 이상은 하나로 통일되고 남음이 있을 것입니다. 지구에서도 과연 샤르별과 마찬가지로 불로불사의 세상이 열리고 불사신의 영혼들이 등장하게 될까요?"

나의 말을 담담하게 경청하던 불로불사 신선은 이렇게 대답했다.

"사랑하는 영혼아! 지구에도 머지않아 크게 각성을 이룬 영혼들이 나타나 도통진경 세상을 펼치게 될 것이니, 그때가 되면 지구에서도 하늘문이 열리어 신들이 내왕하는 모습을 바라보게 될 것이요 신들과 합작으로 천지대도를 도모하게 될 것이다. 지구도 머지않아 하늘과 땅의 경계가 무너지고 후천세상 신천지가 열리어 불로불사의 신선들이 선경세상 지상낙원에서 살아가게 될 것이다."

나는 감격어린 표정으로 대답했다.

"과연 지구에 그런 세상이 찾아오게 될까요?"

"사랑하는 영혼아! 반드시 그날이 올 것이다."

"샤르별에는 하늘의 신들이 내려와 육신의 영혼들과 대사를 도모하고, 불로불사의 신선들이 수호신이 되어 육신의 영혼들을 빛으로 인도하고 있습니다. 그런데 지구에는 아직 이런 현상을 목격할 수 없습니다. 장차 지구를 어둠의 절망에서 구해 줄 구세주는 누구일까요?"

"장차 지구에 큰 빛이 나타나 천지대사를 도모하게 되리라. 큰 빛을 따르는 자들이 불로불사의 몸을 입고 불로불사의 땅에서 살아가게 되리라."

"불로불사 신선님! 큰 빛은 어떤 모습으로 지구에 나타나는지 궁금합니다."

"큰 빛은 천부적 권한으로 세상을 찾아오리라. 큰 빛의 다른 이름은 천지주인이니 그가 곧 절망에 빠진 지구의 운명을 바꾸어 망하지 않는 후천세상을 일으키는 주인공이 되리라. 그러나 큰 빛은 겉으로 드러난 상징이 없고 천부적으로 부여받은 권능만 드러나지 않게 숨겨 두고 살아가니 큰 신명의 기운을 가진 영혼들이 그를 알아보리라."

"그렇다면 누가 그를 알아보고 따르며 후천세상을 도모하며 어둠에서 벗어난 삶을 살아가게 되는지요."

"전생부터 천부적 인연을 맺은 영혼들이 큰 빛을 추종하며 한 뜻을 도모하게 되리라."

"큰 빛은 언제 지구에 나타나 거사를 도모하게 될까요?"

"이미 나타났으나 아직 세상은 그를 영접하지 않는다."

"아무도 큰 빛의 정체를 몰라본다는 의미군요?"

"주인은 알고 있으나 겉으로 드러내지 못한다. 암흑의 세력들이 큰 빛의 정체를 알면 가만두지 않으리라. 험난한 싸움이 끝난 후 서서히 천지주인의 정체가 드러나리니 숨겨진 상징들이 그를 증명하리라."

"저도 지구에 내려가면 큰 빛을 만나보고 싶어요."

"때가 되어야 가능하리라. 억지로는 이루지 못할 일이요 천부적 기회가 도래할 때 인연이 닿으리라. 사랑하는 영혼은 그때를 신중하게 행동하라."

"제 역할이 무엇이기에 신중할 것이 있고 신중하지 못할 이유가 있는지요?"

"그때는 네 힘이 큰 빛의 천지주인에게도 필요하고 세상을 망하게 하는 멸주(滅主)에게도 필요하기 때문이다. 큰 빛과 도모하면 세상이 흥하고 멸주와 도모하면 세상이 망하리라."

"불로불사 신선님!"

"말해보렴."

"아무리 제 영혼이 어리석다한들 큰 빛의 편에는 서지 못하더라도 세상을 망하게 하는 멸주와 도모하려는 생각을 갖겠는지요?"

"네 손에 의통을 이루는 명약이 있으니 멸주의 유혹이 지대하리라. 명약으로 큰 빛을 도우면 멸주는 망하고, 명약으로 멸주를 도우면 큰 빛의 대사가 난관을 겪게 된다는 뜻이다."

"현재 제 손에 들려 있는 것은 빈 바람뿐인데 무슨 명약이 들려 있다는 말씀인지요?"

"사랑하는 영혼아! 지천에 널려 있는 꽃과 열매와 뿌리와 줄기와 잎들이 명약 아닌 것이 없다. 죽을 생명들이 살아나고 넘어진 목숨들이 일어나는 명약들이 땅에서 살고 있는 풀과 나무들이다. 장차 네 눈이 밝아지면 죽을 생명을 살리는 명약이 보이리라."

"저는 아직 의술에 대한 공부도 해 본 경험이 없습니다. 동생이 병들었을 때 좋은 약초를 찾아 산과 들을 헤매기는 했고, 동생이 죽고 나서야 그 병을 낫게 하는 약초를 발견하기는 했지만 그건 어디까지나 지극히 일부의 상식에 불과합니다. 그 일천한 지식이 무슨 명약을 만드는 비방이 되겠는지요?"

"사랑하는 영혼아, 나는 살아 있는 신이요 천년을 각성한 불사신이다. 너는 이미 네 동생을 살릴 수 있는 명약으로 다른 생명들을 살렸고 네 동생의 목숨은 건지지 못했지만 그 계기로 산과 들에서 찾은 명약으로 다른 생명들의 병을 고쳐 주었다. 네게는 명약을 보는 눈이 있고 장차 영안(靈眼)이 열리어 더 많은 명약을 얻게 될 것이니 천부적 신통력으로 천하의 의통을 손에 쥐게 되리라."

"불로불사 신선님께서 제 과거와 미래가 모두 보인다는 말씀인지요?"

"내 눈은 신안(神眼)이 되어 너의 과거와 미래를 바라보고 있다. 그래서 내 말은 진실하며 불신감을 갖지 않아도 좋다. 내 말을 꼭 믿어라."

"불로불사 신선님께서 그렇게 말씀하시면 믿도록 하겠습니다."

"그렇다면 약속하라!"

"무슨 약속인지요?"

"멸주의 유혹이 아무리 달콤하더라도 넘어가지 않겠다고…. 돈과 재물과 권세로 유혹해도 멸주의 손에 명약을 팔지는 말아라."

"명심하겠습니다."

불로불사 신선과 대화를 나누고 하늘자동차를 몰아 닙이누시 산을 향했다. 닙이누시 산은 수십, 수백 미터 높이의 기암괴석으로 이루어진 만물상과 수천 길 깎아지른 것처럼 보이는 암벽들 그리고 깊고 깊은 계곡을 따라 피어나고 있는 기화요초들로 유명했고 더 유명한 명물은 날개를 달고 하늘을 날아다니는 즈스디 날개인간들이었다.

처음에는 혼자 하늘자동차 춘우셔시를 타고 높은 하늘을 날아가면 잘못될까봐 두렵기도 하고 공포감이 밀려오기도 했지만 몇 번이고 혼자서 자주 타고 다니다 보니 그런 생각이 사라졌다. 광속으로 비행하는 하늘자동차를 타고 땅도 보이지 않는 높은 상공으로 날아오르기도 하고 넓은 초원과 높은 산의 계곡 등을 자유자재로 날아다니며 오히려 쾌속비행을 즐기기도 했다.

급기야 나중에는 하늘자동차와 내가 하나의 몸으로 변한 것처럼 비행이 자연스럽기도 했다.

하늘자동차는 무인조종으로 비행하지만 주인의 말을 잘 알아듣고 선장 주인이 시키는 대로 원하는 장소로 이동하거나 여러 가지 기능들을 작동시키기도 했다.

하늘자동차 선실에는 다양한 서비스 프로그램과 기능들이 탑재되어 있어서 마치 나는 궁전을 타고 여행을 즐기는 기분과 다르지 않았다.

하늘자동차에 올라탄 후 닙이누시 산으로 향하라는 메시지를 전달했더니 하늘자동차는 스스로 항로를 설정한 후 비행을 시작했다. 하늘자동차는 광속비행도 가능하고 저속이나 유속과 같은 서행의 비행도 가능했다. 꼼꼼하게 세상을 살펴보면서 여행을 하려면 쾌속보다 유속이 좋았다. 유속비행이란 공기의 기류를 타고 물 위에 떠가듯 느리게 움직이는 비행이었다.

닙이누시 산에 거의 도착했을 무렵 눈 아래 펼쳐지는 산세의 장관은 절경 그 자체라고 밖에는 설명할 방법이 없었다. 깊은 계곡마다 질펀하게 피어 있는 기화요초의 향기들이 높은 상공까지 피어오르고 있다는 느낌이 들기도 했다.

그 아름다운 경관을 혼자 구경하기에는 너무 아까웠다.

그래서 나는 선실 통신망을 이용해서 샤르비네를 호출했다. 서로 통신이 연결되자 선실에 4차원 가상공간 프로그램이 작동되고 가상공간에 샤르비네의 밝은 모습이 나타났다.

샤르비네는 오사미 선경도시의 전문학교에서 천문도통의 이론을 학습하는 중이었고 닙이누시 산과의 거리는 7만 2천km 떨어진 먼 거리였다.

그 먼 거리에서 학습하고 있는 샤르비네가 하늘에 떠 있는 하늘자동차의 선실에 공간이동을 하듯 금세 다가와 상봉을 나누고 있는 현상이 가상공간 통신 프로그램이었던 것이다.

샤르비네와는 몇 시간 전 아침에 헤어진 사이인데 하늘에 떠 있는 하늘자동차의 가상공간에서 상봉하니 기분이 색달랐다. 몇 년 만에 다시 만난 기분처럼 반갑고 기분이 들뜨지 않을 수 없었다.

하늘자동차 선실의 가상공간에 나타난 샤르비네는 나와 함께 닙이누시 산의 전경을 내려다보며 구경을 즐겼다. 아름다운 경관을 혼자 감상할 때보다 샤르비네와 함께 하니 기분이 새로웠다.

가상공간에서 만나고 있는 샤르비네와 나는 실제적인 느낌처럼 서로의 체온을 느끼면서 대화도 나누며 손을 잡기도 하며 포옹도 했다. 마음과 마음이 만나서 이루어지는 가상현실의 현상이었지만 실제의 느낌과 다를 것이 없었다.

마음속에 이미 서로에 대한 육체적 정보가 복사되어 있기 때문에 마음속에 저장된 정보만으로 서로는 서로를 실제처럼 느끼며 가상공간의 만남을 현실처럼 이어가고 있었던 것이다.

샤르비네의 몸은 실제적으로 오사미 선경세상의 전문학교에서 지도교수의 지도하에 학습에 몰두하고 있는 중이지만 그 마음만 공간이동을 하여 멀리 떨어진 하늘의 상공에서 나와 함께 상봉을 이루고 있는 것이다.

가상공간에 나타난 샤르비네와 나는 이런저런 이야기를 나누며 닙이누시 산의 아름다운 경관들을 스케치했다.

"샤르앙은 이젠 제법 혼자서 하늘자동차를 타고 여행을 즐기는군요. 이제는 샤르별의 신선이 다 된 것처럼 자유롭게 여행을 다니는 기분이 어때요?"

샤르비네가 대견한 눈빛으로 나를 바라보며 던진 질문이었다.

"자유를 얻은 새가 된 기분이오."

"나와 함께 여행을 다니는 것보다 혼자 다니는 여행이 홀가분하다는 뜻인가요?"

"그런 의미가 아니라 혼자서도 마음껏 하늘을 날고 혼자서도 마음껏 멀리 떨어진 세상들을 자유롭게 여행할 수 있다는 기분을 설명하는 것이오. 지구의 현실 속에서는 생각도 해 볼 수 없는 축복이지요."

"그렇게 샤르앙의 모든 의식이 샤르별의 신선들처럼 동화되어 가는 모습이 너무 보기 좋아요."

그리고 샤르비네는 함성을 질렀다.

"와! 샤르앙 저기 좀 보아요."

샤르비네가 손으로 가리키고 있는 방향을 보니 날개인간들이 닙이누시 계곡의 상공을 날아다니고 있는 장면이 시야에 들어왔다.

긴 머리를 바람에 뒤로 나부끼면서 하얀 날개를 넓게 펴고 유유히 하늘을 날고 있는 장면은 한 폭의 그림이요 선경세상의 극치이기도 했다.

"세상에…. 신비스럽고 아름다운 광경이오. 날개를 달고 하늘을 날아다니는 존재들…. 저들이 진짜 신선이 아니고 누구이겠소."

"저 날개인간의 무리들 속에 어쩌면 구니 신선이 섞여 있을지도 모르겠군요?"

"아마도 그럴지도 모르지요. 빨리 찾아가서 구니 신선을 만나고 싶소. 샤르비네도 함께 할 시간이 있소?"

"저는 이만 돌아가야 해요. 중요한 학습시간이라서 며칠 동안은 너무 많은 시간들을 비울 수 없어요. 구니 신선은 샤르앙 혼자서 만나고 제 이야기도 잘 전해 드리세요."

"그렇게 하겠소. 그러면 이제 통신을 마감해야겠군요?"

"아쉽지만…. 저녁에 봐요."

샤르비네는 벌써 며칠째 잠을 자지 않고 학습에 열중하고 있었다.

샤르별의 하루는 35시간이며 수면시간은 5시간이었지만 샤르별의 존재들이 반드시 수면시간에 잠을 자는 것은 아니었다. 친구들과 신선놀음을 즐길 때나 멀리 여행을 떠나 있을 때 그리고 학교에서 중요한 학문이나 연구과제를 수행할 때는 며칠이고 잠을 자지 않고 하던 일을 수행했다.

대부분 열흘에 한두 번 정도씩 수면을 취하는 것으로 충분했다.

나도 마찬가지였는데 그렇다고 수면이 부족해서 피로를 느끼거나 활동하는데 불편을 느끼는 일은 없었다. 며칠 만에 한 번씩 수면을 취하기는 하지만 깊고 충분한 수면이 이루어지기 때문에 한 번에 며칠만의 부족한 수면량을 보충할 수 있었다.

수면이 필요한 이유는 체력적 피로도를 풀어 주고 고갈된 에너지를 보충하기 위한 수단이겠지만 샤르별의 존재들은 며칠씩 수면을 취하지 않더라도 수면부족으로 야기되는 신체적 문제점은 발견되지 않았다.

그러한 샤르별 존재들의 습관으로 샤르비네는 벌써 며칠째 잠을 자지 않고 학교에서 담당 교수의 지도를 받으며 학문연구에 몰두하고 있었고 나도 그녀와 한 침실에서 수면을 취한 시간이 상당히 오래되었다는 느낌이 들었다.

얼굴보기 힘든 그녀와 4차원 통신 프로그램인 가상공간의 만남을 통해 아쉬움을 해결할 수 있어 그나마 위안이 되었다.

샤르비네와 가상공간 만남이 끝나고 나는 곧바로 날개인간 구니 신선을 방문했다. 구니와는 이미 약속을 했기 때문에 내가 방문할 시간을 잊지 않고 기다리고 있었다.

키가 2m에 이르는 구니가 커다란 날개를 뒤로 접고 5천m에 이르는 높은 바위 절벽의 끝에서 닙이누시 계곡을 응시하며 서 있는 모습은 하늘에서 내려온 성자가 따로 없었다.

내가 타고온 하늘자동차가 구니가 서 있는 상공에서 빙빙 돌며 내려앉을 자리를 확인하고 있자 구니가 알아보고 손을 흔들었다.

그리고 구니는 커다란 날개를 활짝 편 후 상공으로 비상하며 내가 타고 있는 하늘자동차를 향해 다가왔다. 구니가 날 때 상공에서 나부끼는 긴 머리와 옷자락은 바라보는 그 자체만으로 환상이었다.

구니는 나에게 따라오라는 시늉을 하며 하늘자동차의 앞을 날아갔다. 구니가 안내하는 장소를 향해 하늘자동차가 뒤따르자 넓고 평평한 장소가 나타났다. 그곳에 하늘자동차를 세워두고 선실에서 나오니 구니가 나를 따뜻하게 포옹하고 안아 주었다. 구니의 황금빛 의상에서 아름다운 향기가 풍겼다.

하늘자동차 선실에서 내린 나에게 구니는 자신의 등에 타라고 말했다.

구니가 앉은 자세에서 어린애를 업듯 나를 등에 업은 후 하늘을 향해 날기 시작했다, 커다란 구니의 등은 편안하고 안락했다.

구니는 나를 등에 업은 후 2만 7천m에 이르는 닙이누시 산의 계곡들을 누비고 다니며 천하제일의 절경을 구경하도록 도와 주었다. 구니가 하늘을 날 때 다른 날개 인간들도 새떼처럼 하늘을 덮고 뒤따랐다. 희고 눈부신 날개들이 하늘을 뒤덮고 비상의 축제를 벌이는 장면은 어디서도 구경할 수 없는 불가사의한 풍경이 아닐 수 없었다.

구니의 도움으로 닙이누시 산의 구경을 모두 마친 후 깎아지른 듯한 5천m 암벽에 지어져 있는 비선각(飛仙閣)으로 향했다. 비선각(飛仙閣)은 구니의 거처였다.

비선각에 도착하자 구면의 날개인간들이 미리 마중 나와서 기다리고 있었다. 날개인간들은 남성과 여성이 섞여 있었는데 특히 여성 날개인간들의 용모는 천사처럼 아름다웠다. 어린이 살결처럼 희고 부드러운 피부는 빛이 났고 화장도 하지 않는 얼굴은 맑고 투명하며 옥으로 빚어 놓은 모습들이었다.

날개인간들은 맨 바닥에 앉지는 못했고 높은 다리가 달린 의자나 침대 같은 곳에 앉아서 지냈다. 구니가 비선각으로 들어가서 높은 의자에 앉고 다른 날개인간들도 여러 개의 의자에 나뉘어 앉았다.

비선각의 외부는 별로 아름다운 모습으로 지어져 있는 건물은 아니지만 내부에는 멋진 장식과 구조들이 특이했다.

　창 밖으로는 닙이누시 산의 깊은 계곡이 저 멀리까지 내려다보이고 계곡의 상공으로 떼지어 날아다니는 날개인간들의 비상하는 모습들이 구름사이에서 보였다 가려졌다 하기를 반복했다.

　바깥의 광경이 잘 보이는 곳에 멋지게 장식된 탁자가 놓여 있고, 구니를 비롯한 다른 날개인간들이 모두 빙 둘러 앉았다. 나는 구니의 바로 옆에 자리를 잡았다.

　탁자 위에는 날개인간들의 식사인 우스시너스 열매가 작은 광주리 같은 그릇에 담겨 있고, 예쁘고 고운 날개여성들이 향기가 고운 신선주를 들고 와서 각자의 앞에 놓인 작은 잔을 채워 주었다. 신선주를 따라 주는 날개 여성들의 손이 곱고 부드러웠다.

　구니가 신선주의 잔을 들며 모두에게 건배를 제안했다.

　우스시너스의 열매를 이용해서 담은 신선주 맛은 무어라 표현할 수 없는 신비로운 기운이 있었다. 신선주의 기운이 온몸으로 퍼져가자 기분도 묘해지고 알 수 없는 숨겨진 힘이 몸 속에서 꿈틀거리는 느낌이었다.

　나뿐만 아니라 다른 날개인간들도 남녀 가릴 것 없이 얼굴이 불그스레해지며 취기가 오르기 시작했다. 광주리에 담긴 우스시너스 열매는 술안주 겸 먹었다. 우스시너스는 날개인간들의 주식으로써 다른 음식은 별로 입에 대는 것들이 없었다.

　신선주의 취기가 오르자 날개인간들은 특이한 악기를 연주하고 춤을 추기 시작했다. 날개인간들의 춤동작은 특이했고 발을 땅에 닿은 것인지 공중에 떠 있는 것인지 분간을 못할 것 같은 동작으로 신묘한 춤 솜씨를 보여주기 시작했다.

구니도 신이 나서 흥겹게 춤을 추고 나도 자리에서 일어나 흉내만 냈다. 날개여성들의 목소리는 곱고 청아해서 노래 소리가 닙이누시 계곡의 멀리까지 퍼져 가며 메아리처럼 울렸다. 멀리서 노래 소리를 들은 날개인간들이 비선각 주위로 몰려와 빙빙 돌았다.

어떤 날개인간들은 산에서 따 온 꽃송이들을 눈처럼 뿌려 주기도 했다.

비선각 연회가 끝난 후 대부분의 날개인간들은 각각 흩어져 돌아갔다. 구니와 나는 창가에 마주 보고 앉아서 이런저런 이야기를 나누었다.

"이렇게 따뜻한 자리를 베풀어 주셔서 감사드립니다."

내가 구니에게 먼저 감사의 뜻을 전했다.

"비선각 연회는 특별한 자리라기보다는 우리 날개인간들이 자주 친목을 도모하기 위해 베푸는 행사이니 너무 감사한 마음을 가질 필요는 없다. 하지만 우리 날개인간들은 모두 샤르앙을 좋아하고 각별하게 생각한다. 우리 날개인간들의 마음속에는 샤르앙에 대한 생각이 좋은 감정으로 살아 있기 때문이다."

"특별하지도 않은 저에게 깊은 애정으로 대해 주시는 날개신선님들께 무한 감사를 드릴 뿐입니다."

그 말에 구니는 다른 대답은 하지 않고 입가에 미소만 짓고 있었다.

한참을 말 없이 앉아 있던 구니가 다시 입을 열었다.

"샤르앙도 이젠 제법 샤르별의 신선이 다 되었구나."

구니가 인사치레로 하는 말 같지 않았다.

"제게서 이전보다 다른 기운이 느껴지기라도 하세요?"

"성숙된 영혼의 향기가 느껴진다."

"제게서 그런 기운을 느끼시다니 너무 감사합니다. 구니 신선님."

"영혼의 속성이란 분위기와 삶의 환경이 참 중요하지. 즉 영혼은 빨 랫감과 같아서 향기로운 물에 적셔지면 향기로운 빨래로 변하고 오염된 물에 적셔지면 더러운 냄새가 나기 마련이지. 그래서 샤르앙의 영혼은 샤르별의 향기로운 물과 같은 좋은 기운에 물들면서 성숙하고 아름다운 영혼으로 탈바꿈해 가는 현상이 진실이겠지. 아무튼 향기롭고 성숙한 영혼의 신선으로 탈바꿈해 가는 네 모습이 보기 좋구나."

"그렇게 말씀해 주시니 감사합니다."

이어서 구니는 화제를 바꾸었다. 친구로 지내는 초시의 안부가 궁금한 모양이었다.

"내 친구 초시는 지금 어디서 무엇을 하며 잘 지내는지 모르겠구나."

나는 초시의 근황에 대해 비교적 상세히 설명해 주었다.

"초시님은 지금 한 달째 수면시간을 잊고 우주에서 수행할 프로젝트 구상에 몰두하고 계십니다. 아마도 지금쯤 프로젝트 업무를 끝냈을지 모르겠습니다. 한번 통신으로 연결해 볼까요?"

"그럼, 부탁한다."

구니의 부탁을 받고 나는 휴대하고 다니던 누주시 통신가방을 이용해서 초시와 4차원 통신연결을 시도했다. 이윽고 초시의 목소리가 들렸다.

"샤르앙이구나. 어쩐 일?"

"저는 지금 닙이누시 산에서 구니 신선님을 뵙고 있어요. 초시님의 안부를 물으셔서 통신을 연결해 보았습니다. 지난번에는 연결이 안되었는데 좀 한가하신가요?"

"음, 그렇구나. 다행히 이틀 전에 그동안의 업무를 끝냈다. 어젯밤은 모처럼 수면시간을 가지고 달콤한 꿈도 꾸었다. 아무튼 내 친구 구니의 안부가 궁금하니 가상공간으로 나를 초대하렴."

초시의 부탁대로 누주시 통신기능인 가상공간 프로그램을 작동시키자 눈 앞에 4차원 현상의 가상공간이 나타났다. 초시의 모습이 가상공간에 나타나자 구니와 초시는 서로 반갑게 포옹하며 따뜻한 우정을 과시했다.

4차원 가상공간에는 통신에 연결된 이쪽저쪽의 공간이 한 곳에 겹쳐서 나타났다. 초시가 머물고 있는 공간은 우주타운의 연구동이었다. 4차원 가상공간에 연결되면 상대의 공간에 진입해서 그쪽 공간에 놓인 물질들을 만져볼 수도 있고 여러 가지 기구를 사용해 볼 수도 있었다.

구니와 나는 초시의 가상공간에 진입해서 연구동의 여러 가지 시설들을 구경하고 만져보기도 하며 마치 금세 지상에서 우주공간에 이동한 체험을 즐기고 있었다. 가상공간에서 조우한 초시는 구니를 안내하면서 우주 연구동의 중요한 시설들을 설명해 주기도 하고 이번에 완성한 우주프로젝트에 대해서도 비교적 소상하게 설명을 들려주었다.

구니는 청소년처럼 호기심 강한 눈빛으로 초시의 설명을 열심히 귀담아듣고 있었다.

가상공간에서 연구동 체험이 끝난 후 초시는 구니의 손을 다정하게 잡아주며 이렇게 말했다.

"구니 친구, 나의 사랑하는 아들을 따뜻하게 맞아들이고 좋은 대접을 베풀어 주어 참으로 감사하이…."

구니는 초시의 말을 듣고 정색하며 대꾸했다.

"친구는 무슨 그리 섭섭한 말을 내게 할 수 있나. 친구의 딸이 나의 딸이요, 친구의 아들이 나의 아들이 아니고 누구겠나. 사랑하는 아들을 따뜻하고 반갑게 맞이하는 것은 어느 부모라고 다르겠나. 앞으로는 그런 말은 듣지 않았으면 좋겠구먼."

초시에게 이렇게 대꾸한 구니는 나를 포옹해 주면서 빙긋 웃어보였다.

"그렇지? 나의 아들 샤르앙아."

초시는 그 모습이 보기 좋은지 흐뭇한 표정을 지었다.

구니를 방문하고 나는 다시 하늘자동차를 몰고 하늘을 비상해서 다음 목적지로 향했다. 다음 목적지는 우굼우 초원이었다. 우굼우 초원은 지구의 3분의 1에 해당되는 큰 면적의 광활한 지역이었다. 찾아가는 목적은 우굼우 초원에서 실시할 인공강우 현상을 구경하기 위해서였다.

인공강우 시간은 우주타운에서 운영되고 있는 기상관리 통제센타를 통해 안내를 받았다.

우굼우 초원은 본래 사막이었던 땅이라고 했다. 지구의 3분의 1에 해당되는 우굼우 초원은 1만여 년 전까지만 해도 지금처럼 아름다운 꽃의 물결과 초원이 펼쳐진 땅이 아니라 건조한 황토 모래사막에서 먼지만 날리는 황폐한 땅이었다고 했다.

즉 1만여 년 전만 해도 사막이었던 공간이 지금은 온갖 화초와 열매가 풍성한 초원으로 변해 있었던 것이다. 그 황폐한 사막이 지금처럼 아름다운 초원으로 탈바꿈한 원인은 샤르별 존재들이 총동원되어 벌린 녹색생명운동 덕택이라고 했다. 1만 수천 년 전부터 샤르별의 존재들이 중단하지 않고 벌린 녹색생명운동은 결국 죽음의 땅을 생명의 땅으로 바꿔놓는 쾌거를 달성했던 것이다.

하지만 지금도 우굼우 초원에는 비가 잘 내리지 않는다고 했다.

다른 지역에 비해서 강수량이 현저히 떨어지기 때문에 몇 달만 방치해 두어도 초원은 다 말라 버리고 다시 황폐한 죽음의 땅으로 변할 수밖에 없는 운명이라고 했다.

그래서 샤르별 기상관리 통제소에서 정기적으로 인공강우를 실시하여 초원의 푸르름을 이어가고 있었다.

우굼우 초원의 상공에 도착하자 인공강우 시스템을 갖춘 커다란 규모의 비행체들이 상공을 날아다니며 무언가 작업을 진행하고 있었다. 나는 상공에 떠 있는 상태에서 그러한 광경들을 놓치지 않고 구경하고 있었는데 잠시 후부터 맑고 푸른 하늘에 새카만 구름이 일기 시작했다. 그리고 삽시간에 하늘이 온통 새카만 비구름으로 덮이고 말았다.

새카만 구름이 짙어지자 땅에서는 굵은 빗방울이 한 방울씩 떨어지기 시작했고 급기야 소나기가 퍼붓기 시작했다.

따가운 태양빛 아래서 시들기 시작하던 나무와 풀잎들이 싱싱한 모습으로 되살아나기 시작했다. 굵은 빗줄기의 소나기가 몇 시간째 쏟아진 후 충분한 강우량이 채워졌는지 어느새 하늘은 맑게 개이기 시작했다.

그러한 광경을 모두 구경한 후 나는 우주타운의 기상관리 통제소와 통신을 시도했다.

하늘자동차에 탑재되어 있는 통신장치를 이용해 기상관리 통제소로 연락을 취하자 곧바로 응답이 왔다.

"반갑습니다. 기상관리 통제소입니다."

"네, 수고 하십니다. 저는 지구에서 온 샤르앙입니다. 느우시 러우님과 통화를 원합니다."

"아, 샤르앙? 그래요, 잠깐 기다려요."

느우시는 몇 번 상봉을 나눈 기상천문 전문가였다.

직원의 말이 떨어지고 잠시 후 느우시와 연결이 이루어졌다.

느우시와 연결되자 곧바로 하늘자동차 선실에 4차원 가상공간이 나타나고 느우시의 모습이 등장했다.

"사랑하는 아들, 오랜만이구나. 어쩐 일인고?"

가상공간에 나타난 느우시는 나를 포옹하며 등을 도닥거려 주었다.

"바쁜 시간이 아닌가요?"

"아니다. 너와 대화를 나눌 수 있는 충분한 시간이 있으니 마음 놓고 대화를 나누자꾸나. 하고픈 말이 있으면 꺼내 보렴."

"조금 전에 우굼우 초원에서 인공강우를 구경했어요."

"그랬구나. 어떤 느낌을 가졌니?"

"우굼우 초원이 과거에 황토 먼지만 풀풀 날리던 모래사막이었다니 믿어지지 않아요. 1만여 년 전부터 녹색생명운동을 벌여 죽음의 땅을 생명의 땅으로 탈바꿈시킨 샤르별 존재들의 노력이 위대하게 느껴지기도 했구요."

"그 점에 대해서는 우리들 스스로도 자랑스런 긍지를 느끼고 있다."

"우리 지구에는 사막이 많아요. 그리고 사막은 점점 늘어나고 있어요. 우리 지구도 샤르별처럼 사막을 살리는 녹색생명운동이 일어나서 제2의 우굼우 초원을 만들었으면 좋겠어요."

"샤르앙의 소망이 그렇다면 그 꿈은 꼭 이루어질 것이다. 살아 있는 영혼들은 무한한 잠재력의 소유자들이니 마음만 먹으면 이루지 못할 일이 없다. 그 무한한 잠재력을 믿어라."

"샤르별에서는 자연에서 발생하는 기상을 마음대로 관리하고 제어하는 세상이라고 알고 있어요. 바람과 구름, 비와 눈까지도 마음대로 내리게 하고 멎게 할 수 있는 능력을 샤르별에서는 가능하다고 하지요?"

"사실이다. 우리들은 이미 1만여 년 전부터 눈과 비와 구름, 바람을 마음대로 내리게도 만들고 멎게도 만들며 기상을 제어하는 능력을 보유하고 있다."

"우리 지구에서는 비가 내리지 않으면 흉년이 들고 비가 너무 내리면 홍수가 나서 난리가 나지요. 태풍이 몰아치면 속수무책으로 재앙을 감내해야 하고 눈이 많이 내려 폭설이 쌓이면 큰 재앙을 겪기도 하지요. 지구에서는 자연의 모든 기상문제를 하늘이 조정하는 것으로 생각하며 아무리 큰 기상의 재해가 발생해도 어찌할 방도를 강구할 수 없지요. 그런데 샤르별에서는 비를 많이 내리게도 하고 적게 내리게도 하며, 바람을 일으키기도 하고 멈추게도 할 수 있다니 그 엄청난 능력이 어디에서 나오는지 궁금해요."

"다시 말하지만 살아 있는 영혼들의 힘은 무궁무진하며 무한 잠재력을 발휘할 수 있는 무소불능의 존재들이라고 설명할 수 있을 것이다. 우리들이 자연의 기상을 마음대로 제어하고 조정하는 현장의 모습을 직접 보여주고 싶은데 네 생각은 어떠냐?"

"물론 찬성입니다."

"그러면 나의 공간으로 진입해라."

느우시의 제안을 받은 나는 즉시 느우시가 머물고 있는 우주타운의 기상관리 통제소의 가상공간으로 진입을 시도했다. 4차원 가상공간 프로그램은 통신으로 연결된 이쪽과 저쪽의 공간을 한 곳으로 모아주는 기능이 있었다.

느우시의 제안으로 느우시가 머물러 있는 공간으로 진입하자 우주타운에 설치되어 있는 기상관리 통제소의 다양한 시스템이 눈에 나타나기 시작했다. 가상현실의 모습들이지만 가상공간의 장치와 물건들을 손으로 만져볼 수도 있었고 기상관리 프로그램들을 실행해 볼 수도 있었다.

기상관리 프로그램을 실행하자 샤르별 지상의 자연의 현상이나 기온과 강우량 등을 비롯해서 식물의 성장상태 등의 데이터 정보가 각 지역별로 상세하게 나타나고 있었다. 그러한 현재 데이터와 표준 데이터가 관리기준에서 벗어나면 즉시 경고신호가 나타나고 관리프로그램이 작동되기 시작했다.

폭우가 내려서 기상재해가 발생될 우려가 있으면 강우량을 제어하는 프로그램이 작동되기도 하고, 큰 바람이 일어나서 태풍이나 폭풍의 재해가 예상되면 미리 풍속을 강제적으로 제어시키는 프로그램이 작동되기도 했다.

샤르별의 지상에서 25만km의 상공에 위치한 우주공간에서 샤르별 전지역의 기상상태를 완벽하게 제어하고 관리하는 현장을 눈으로 직접 확인한 셈이었다.

지구에서는 아무리 가뭄이 들어 곡식들이 불타서 말라 죽어도 하늘만 쳐다보며 속수무책이고 아무리 폭우와 태풍이 불어도 손도 써보지 못하며 하늘만 원망할 뿐인데, 샤르별의 존재들은 비 한 방울, 바람 한 줌의 양까지 계산하면서 지상의 자연과 생태계를 보호하고 있다는 사실이 큰 감동으로 다가오지 않을 수 없었다.

나는 그러한 느낌을 느우시에게 전했다.

"샤르별은 이제 하늘에 의지하지 않아도 땅에서 살아가는 영혼들의 힘만으로 필요할 때 비를 내리고 필요하지 않을 때 바람을 멈추게 하며 풀 한 포기, 나무 한 그루조차 스스로의 힘으로 가꾸고 기르면서 완벽하게 자연을 정복하며 살아가고 있다는 느낌이 드는군요. 제 생각이 틀린가요?"

느우시는 담담한 표정으로 대답했다.

"샤르앙, 자네 말은 사실이다. 샤르별은 이제 하늘에 의지하여 자연을 다스리지 않고 땅에서 살아가는 영혼들 스스로 자연을 정복하며 살고 있다. 하늘은 이미 자연의 관리권을 포기한 지 오래 되었다."

"하늘이 땅의 관리권을 포기했다면 하늘은 이미 땅의 하늘이 아닌가요?"

"이제는 땅의 권세가 하늘 권세를 능가한다. 이름하여 지존(地尊)시대니 선천세상의 천존(天尊)시대는 이름을 바꾸었다."

"지존(地尊)시대란 무엇을 의미하지요?"

"땅이 하늘을 의지하여 피동적으로 살지 않고 능동적으로 자급자족하는 시대가 초래되었다. 이제는 지상의 어떤 재앙이나 불행도 하늘을 원망해야 하는 시대가 아니라 땅에서 할 일은 땅에서 스스로 극복하고 해결하며 스스로를 책임져야 하는 시대가 지존의 시대이다."

"땅의 기운이 그만큼 성숙되었다는 의민가요?"

"그렇다. 우주의 4계 중 지금은 성숙의 계절로써 하늘의 도움이 필요한 시대를 벗어났다. 모든 생명은 양육 받을 시기와 스스로 성숙된 모습으로 살아갈 시대가 있으니 우주의 4계 중 지금이 그때이다."

"우주의 4계는 무엇을 의미하나요?"

"지상에 춘하추동의 4계가 존재하듯 우주에도 춘하추동의 4계가 순환(順換)한다. 봄에는 태동하고 여름에는 양육되며 가을에는 성숙의 단계로써 결실의 때이다. 겨울에는 휴면을 취하면서 태동을 준비하는 것이 우주4계의 법칙이다. 자식들도 양육 받을 시기는 부모의 보호를 받지만 성숙하면 오히려 부모를 돕고 반대의 입장에 서게 된다. 그래서 지존의 시대를 역천(逆天)의 시대라고 허물을 쓰지 않으며 오히려 보은(報恩)의 관계로써 순천(順天)의 도를 다할 뿐인 것이다."

"지존(地尊)의 시대라면 마땅히 땅에서 사는 영혼들은 명실상부(名實相符)하게 지존(至尊)의 능력을 발휘할 수 있는 조건을 겸비해야 하지 않을까요?"

"지존의 시대는 하늘의 신명들이 모두 하늘에 머물지 않고 땅으로 내려와 땅에서 살아가는 영혼들을 보필하며 천지공사를 도모한다. 그래서 땅에서 살아가는 영혼들이 이전에 찾아볼 수 없는 창조적 대력을 발휘하며 우주개벽에 앞장서고 있다. 그러한 상징이 바로 샤르별의 모습이다."

"그러한 이치는 지구에도 적용될까요?"

"지구에는 이전과 비교할 수 없는 큰 신명의 영들이 내려와 우주개벽의 마지막을 장식하기 위해 천지공사를 도모한다. 그러므로 지구의 존재들도 과거와 비교할 수 없는 무한 잠재력을 발휘하며 지존(地尊)의 권력을 발휘하게 될 것이다."

"지구에는 타락한 영혼들이 말세를 부추기는 삶을 살고 있다고 지구 인류들 스스로 자평하며 살아가는데요?"

"지구에는 무한 성숙된 영혼과 무한 타락한 영혼들이 양극을 형성하고 대치중이다. 양극의 세력이 팽팽하여 미미한 힘이 승패를 좌우하는 결정적 단서가 될 것이다."

"양극의 세력이 팽팽한 대결을 벌이는 지구의 형세란 뜻이군요?"

"그렇다."

"좀 더 쉬운 말로 풀어 주실 수는 없나요?"

"어렵지 않은 말을 어렵게 풀이하려 하는구나. 다시 말해 지구는 지금 빛과 암흑, 천주(天主)와 멸주(滅主)의 싸움이 극한 형세를 만들고 있다. 빛의 진영인 천주의 승리냐, 암흑의 진영인 멸주의 승리냐에 따라서 지구의 운명은 결정될 것이다."

"천주는 지구를 살리는 싸움진영의 대장이고, 멸주는 지구를 파멸(破滅)시키는 싸움진영의 대장이라고 설명할 수 있나요?"

"그렇다. 이제 제대로 내 말을 이해한 것 같구나."

"느우시님은 기상천문의 도통자로서 하늘의 천리(天理)까지 꿰뚫어 보시나요?"

"천리(天理)를 꿰뚫지 못하면 천문(天文)도 통하지 못한다."

이런 대화를 끝으로 느우시와 4차원의 가상공간 통신은 종료됐다.

가상공간 통신이 종료되면서 조금 전까지 눈 앞에 보이던 우주타운의 기상관리 통제의 모습과 느우시의 모습이 사라지고 하늘자동차의 선실에 나 혼자서 우두커니 앉아 있는 모습만 발견되었다.

문득 적막한 생각이 들었다.

샤르비네는 열흘이 넘도록 수면시간을 잊고 학문연구에 몰두하고 있었고, 나도 역시 열흘이 넘도록 수면을 포기하며 이곳저곳 마음 내키는 대로 여행을 즐겼다.

수면을 취하지 않아도 졸리거나 피로함을 느끼지 못했다.

다음 찾아갈 목적지는 괴짜 신선이 살고 있는 바미시 무릉도원이었다. 샤르별은 어디를 가든지 복사꽃 물결로 덮여 있는 무릉도원 천지라고 소개할 수 있었지만 바미시 무릉도원은 첩첩산중 깊은 밀림의 계곡에 자리 잡고 있어 들어가는 길은 있어도 나오는 길이 없는 세상으로 유명했다.

나는 영혼의 멘토인 연화를 불러서 바미시 무릉도원의 괴짜 신선을 찾았다. 괴짜 신선은 항상 신선주 병을 옆에 끼고 살았고 신선주의 취기가 얼굴에서 떠나지 않는 것으로 유명했다.

그래서 괴짜 신선의 별명이 취선(醉仙)이기도 했다.

취선을 찾았을 때 그는 이미 신선주에 거나하게 취해 있는 상태였고 선녀들의 치마폭에 쌓인 채 흥겨운 풍월을 읊으며 천하의 기쁨을 만끽하며 세월을 희롱하고 있었다.

시간이 지나건 말건 세월이 흐르건 말건 취선에게 관심거리는 없었고, 세태가 바뀌고 세상이 어떤 형국에 놓이건 취선이 관여할 대상은 없었다. 오로지 천상에서 내려온 듯 아름다운 미모의 선녀들을 곁에 낀 채 풍월을 읊고 춤을 추며 세상사를 잊고 살았다.

그런 취선을 찾아가 방문 인사를 올리자 크게 반기지도 않고 무관심하지도 않은 표정으로 빙그레 웃기만 했다. 그리고 함께 희롱을 떨던 선녀 하나를 지목해서 나를 처리하라는 시늉을 보냈다.

취선의 부탁을 알아차린 선녀 하나가 나에게 다가와 시중을 들기 시작했다. 선녀도 신선주 몇 잔을 걸쳤는지 약간 취기가 있어 보였다. 셔묘라는 이름을 가진 선녀였다. 약간 기분이 좋은 상태의 셔묘 선녀는 나를 이끌고 영빈각으로 안내했다.

영빈각은 무릉도원을 찾은 귀빈들을 맞이하는 장소였다.

기화요초의 향기가 코를 찌르고 주변이 온통 복사꽃 물결로 뒤덮인 밀림지역이라서 세상과는 완전하게 단절된 별천지 같은 장소가 영빈각이 세워져 있는 곳이었다.

　영빈각은 높은 누각이었고 누각에 오르니 선경 별천지가 한눈에 쭈욱 들어왔다. 바라보고 바라보아도 끝이 없이 펼쳐진 복사꽃의 물결…. 나가는 길도 없고 들어오는 길도 없는 단절의 세상…. 들려오는 건 바람소리, 새소리, 물소리, 그리고 보이는 건 푸른 하늘의 구름조각, 그 속에서 내 영혼은 꽃향기의 용광로에 빠진 채 쇳물처럼 녹아 내리고 있었다.

　그 적막한 세상에 생기를 보태는 건 여기저기 복사꽃의 숲에서 들려오는 선녀들의 웃음소리요 신선들의 풍월소리였다.

　나를 데리고 높은 영빈각에 오른 셔묘 선녀는 손님대접을 위해 술 한 상을 차려 왔다. 복사꽃잎으로 빚어서 만든 신선주의 맛과 향은 고혹적(蠱惑的)이었다. 술안주로 내온 신물(神物)은 입에 넣자 사르르 녹았다.

　셔묘 선녀가 따라 준 신선주를 한 잔 마시고 나서 나도 그녀에게 한 잔 따랐다. 그렇게 둘이서 몇 잔씩 주고받으니 내게도 술기운이 오르기 시작했다. 신선주의 취기가 오르자 복사꽃 물결의 세상이 더욱 아름답게 보였다. 앞에 앉은 선녀의 모습도 더 요염하게 보이고 숲에서 들려오는 풍악소리와 선녀들의 웃음소리도 더욱 마음을 들뜨게 했다.

　그러한 기분을 알았는지 셔묘 선녀가 몇 명의 선녀들을 더 불렀다.

　취기가 오른 내 기분을 맞춰 주려는 듯 불러들인 선녀들이 악기를 연주하고 춤을 추면서 흥을 돋우기 시작했다. 나는 선녀들이 하는 대로 저절로 몸을 맡기면서 몸이 움직이는 대로 선녀들과 함께 덩실덩실 춤을 추었다. 신선주의 취기가 오른 나는 저절로 몸 속에서 신명이 우러 나고 신명난 어깨춤을 덩실덩실 추면서 무아지경의 신선놀음에 빠져 들기 시작했다.

시간이 지나건 세월이 흐르건 아무런 의미를 찾을 수 없는 신선놀음 의 극치였다.

미모의 선녀들과 신선놀음의 극치를 헤매고 있을 때 불현듯 취선이 앞에 나타났다. 취선은 잔뜩 술기운에 젖은 표정을 하면서도 내가 노 는 모습을 귀엽게 바라보고 있었다. 한참 선녀들과 어울리며 신선놀음 을 즐기고 나니 몸 속에서 술기운은 온데간데없이 사라지고 말았다.

취선이 앞에 나타난 것을 보고 나는 허리를 숙이며 예를 갖췄다.

"제법 신선놀음을 즐기는구나."

술에 취한 취선은 몸은 약간 비틀거리면서도 또렷한 목소리로 내게 그렇게 말했다.

"불로불사 신선님의 배려로 모처럼 즐거운 시간을 가졌습니다. 불청 객을 환대해 주셔서 감사드립니다."

나는 진심으로 감사의 뜻을 취선에게 전했다.

"사랑하는 영혼에게 이 정도의 대접이야 당연하지 않겠느냐. 네 영 혼의 맑고 고운 향기가 내 마음을 감동시킨다. 잘 익은 신선주보다 깊 은 영혼의 향기…. 네 영혼이 나에게는 좋은 선물이다."

"과찬이십니다. 불로불사 신선님."

"나는 네 영혼을 진심으로 사랑한다. 무엇이나 즐기고 싶으면 즐겨 라. 즐기는 데는 체면과 격식이 불요(不要)하다. 이곳에선 시간과 세월 을 따지지 마라. 세월은 세속의 산물일 뿐이다. 잡다한 세상사란 다 지워버리고 무아의 경지에서 네 영혼을 불태워라. 용광로에서 쇳물이 녹듯 네 영혼을 녹여서 무릉도원의 향기로 발하게 하라. 신선놀음이 곧 영혼을 녹이는 용광로다."

취선은 술에 취한 상태에서도 심오한 진리를 내게 들려주었다. 몸은 비틀거리지만 그 입을 통해 우러나오는 목소리는 또렷하고 핵심을 빗나가지 않았다.

취선의 입에서 술 냄새가 풍겼지만 악취가 아니라 향기였다.

취선은 선녀들이 따라 주는 술을 마시지 않고 들고 다니는 술병에서 스스로 신선주를 따라 마셨다. 취기가 내릴만하면 마시고 내릴만하면 또 마셨다.

내 얼굴에 술기운이 사라진 것을 알고 취선이 곁에 있는 선녀에게 신호를 보냈다. 부탁을 받은 선녀가 얼른 신선주 한 병을 들고 와서 내게 한 잔을 따라 주었다. 복사꽃 신선주와 다른 맛이었다. 국화꽃과 비슷한 종류인 나니거수 꽃으로 담은 신선주였다.

나니거수 신선주를 몇 잔 또 걸치고 나니 취기가 다시 오르기 시작했다. 그리고 눈이 밝아지기 시작했다. 복사꽃 신선주를 마셨을 때는 선녀들의 모습이 요염하게 보였는데 나니거수 신선주를 마시고 나니 선녀들의 영혼이 보이기 시작했다. 물론 취선의 영혼도 보였다. 밝고 큰 기운을 가진 영혼들의 모습이었고 특히 취선의 영혼은 크고 밝은 빛이 영롱했다.

들리지 않던 영혼들의 목소리도 들리고 보이지 않던 영혼들의 세상도 보였다. 신선주의 기운이 눈과 귀를 밝게 하는 작용을 할 줄은 몰랐다. 문득 보니 연화의 모습도 보이는데 사라진 줄 알았던 연화가 모습을 숨긴 채 함께하고 있었다는 사실을 처음으로 확인할 수 있었다.

내가 연화에게도 신선주 한 잔을 권하자 맛있게 받아 마셨다. 연화도 내게 처음으로 신선주 한 잔을 따라 주었다. 연화가 따라 주는 신선주 맛은 색달랐다. 취선이나 다른 선녀들은 이미 연화가 곁에 있다는 사실을 알고 있었던 눈치였다. 연화의 종적을 나만 모르고 있었던 것은 영의 눈이 떠지지 않았기 때문이었을 것이다.

영으로 나타난 연화의 모습과 선녀들의 모습은 서로 달라 보이지 않았다.

바미시 무릉도원 방문을 마치고 뵤시럿이 선경도시의 샤스미 사원으로 향했다. 샤르별에서 열흘마다 진행하는 종교집회일이 다가왔기 때문이다. 종교집회일이 되면 샤르별의 존재들은 모든 일손을 중단하고 샤스미 사원으로 집결했다.

샤스미 사원은 모든 선경도시마다 세워져 있었고 소속과 관련 없이 원하는 사원을 찾아가 제사를 지낼 수 있었다.

내가 뵤시럿이 사원을 찾아간 것은 샤르비네를 만나기 위해서였다. 열흘이 넘도록 얼굴 한 번 보지 못한 샤르비네가 궁금하고 보고 싶어서 그날을 기다렸다.

모처럼 만난 샤르비네는 더욱 아름답고 성숙한 모습으로 변해 있었다. 그리고 이전에 보이지 않던 샤르비네 영혼의 모습도 드러났다. 바미시 무릉도원에서 나니거수 신선주를 마신 후로는 신선들의 영혼이 모두 드러났다.

처음 바라본 샤르비네의 영혼이 그처럼 순결하고 맑아 보일 수 없었다.

샤르비네는 이제까지 나의 영혼을 바라보고 살았지만 나는 그렇지 못했다. 이제는 서로 공평한 관계가 유지될 수 있다는 기대가 내 맘을 기쁘게 했다.

샤르비네와 함께 사원의 신전으로 들어가니 14만 4천의 자리가 신선들로 꽉 채워져 있었다. 샤르별에 세워진 모든 사원의 신전은 14만 4천의 좌석으로 배치되어 있고 그 규모는 동일했다. 샤르비네와 나는 이미 예약한 좌석에 자리를 잡고 앉아서 제사를 집행하는 시간을 기다리고 있었다.

제사를 기다리는 예비시간에는 아름다운 악기의 음악도 들리고 14만 4천의 신선들은 찬선가를 합창하기도 했다. 신선들이 합창으로 부르는 찬선가는 천상계의 목소리처럼 맑고 청아했다. 14만 4천의 입을 통해 울려 퍼지는 찬선가는 신비한 기운을 신전 가득히 증폭시키고 비로소 공중에서 쏟아지는 빛의 기운들을 느낄 수 있었다.

공중에서 쏟아져 내리는 오색찬연(五色燦然)한 빛의 향연(饗宴)은 신선들의 마음을 숙연하게 만들었다.

빛의 향연이 고조되고 있을 때 신전의 사제(司祭)가 비상하는 들것을 타고 서 있는 모습으로 공중으로 솟구치듯 들려 올라와 제단에 모습을 드러냈다. 빛의 터널을 뚫고 올라오는 지하세계의 성자 같은 사제의 거룩한 모습은 신비한 빛의 기운을 신전 가득히 발산하는 것 같았다.

사제가 제단에 타나나면 비로소 엄숙한 제사의 순서가 시작됐다.

사제는 14만 4천을 대표해서 제단의 향로 앞에 꽃 한 송이를 헌화했고 대례를 올린 후 설교를 시작했다.

"…사랑하는 영혼들아! 지금은 지존의 때이요, 우주 성숙의 계절이니 땅의 영혼들이 비로소 결실을 맺고 하늘의 양육을 벗어날 때라. 이

때는 땅에서 하늘을 의지하지 않고 하늘이 땅을 의지하여 천지대사를 도모하여 우주개벽의 신천지를 펼치니 비로소 혼돈의 우주역사는 선천세상의 폐유물로 사라질 것이라. 이 땅을 살아가는 영혼들이 크고 큰 신명들이니 그 영혼의 무한 잠재력이 세상을 바꾸도다. 큰 영혼은 세상을 크게 바꾸고 작은 영혼은 세상을 작게 바꾸나니 세상을 찾은 영혼들의 목적이 곧 세상을 크게 바꾸고 큰 세상을 펼치기 위함이라. 큰 영혼을 가꾸기 위한 비결을 설하노니 자아를 기쁘게 하라. 자아에게 큰 기쁨을 주는 자는 큰 만족을 누리는 영혼을 얻고 작은 기쁨을 얻게 하는 자는 작은 만족을 누리는 영혼을 얻게 할 것이니 큰 만족을 누리는 영혼이 큰 세상을 얻으리라."

설교가 끝난 후 14만 4천의 신선들은 일제히 합창으로 주문을 외웠다.

"나는 신선이다.

나는 빛이다.

나는 무소불능자다.

나는 권능자다.

…"

이런 주문을 4번을 합창한 후 공식적인 종교행사는 모두 끝났다.

종교행사가 끝난 후 돌아갈 신선들은 돌아가고 남을 신선들은 남아서 여러 가지 문화행사에 참여했다. 샤스미 사원에는 다양한 문화공간들이 만들어져 있고 누구나 편히 쉴 수 있는 휴게실도 쾌적하게 잘 만들어져 있었다.

종교행사를 마친 신선들은 각자의 취향대로 다양한 문화행사에 참여했다.

불행히도 샤르비네는 학문과제를 계속 수행하기 위해 학교로 다시 돌아갔고 나 혼자 남게 되었다. 나는 다른 문화행사에는 참여하지 않고 멘토회관으로 향했다. 멘토회관에서는 신선들의 영적 성숙을 도와주기 위해 샤르별 최고수준급의 정신세계 지도자들이 상담을 진행하는 공간이었다.

멘토회관에는 여러 방이 만들어져 있고 방마다 상담을 맡은 지도자들이 대기하고 있었다. 나는 종교행사에 참여할 때마다 단골로 방문하는 상담실이 있었다.

그 상담실의 주인은 버스디퍼였다.

버스디퍼는 370세의 심리학 러우로서 마음을 다스리는 마술사로 소문나 있었다.

버스디퍼 상담실을 방문하니 벌써 여러 명의 상담대기자가 기다리고 있었다. 차례가 다가오려면 몇 시간이 소요될지 알 수 없었다.

상담차례까지 무료함을 무엇으로 달랠지 고민을 하고 있는 중에 한 미모의 선녀가 나에게 다가와 말을 걸었다. 선녀의 품에 아주 어린 아기가 안겨 있었다.

"신선낭군, 부탁이 있는데 괜찮을지…."

샤르별에서는 아직 혼전의 성장한 신선들을 낭군이라고 불렀다.

"네, 선녀님. 무슨 부탁인지 말해 보시지요."

내가 이렇게 대답하며 선녀의 품에 안긴 아기를 쳐다보고 있자 아기는 방글방글 웃으며 손짓발짓을 했다.

"잠시 후 내 차례인데 상담 마칠 때까지 우리 아기와 놀아줄 수 없는지…."

"네, 아기를 저에게 주세요. 놀고 있을게요."

나는 선녀의 말이 떨어지기가 무섭게 대답했다.

선녀는 나에게 아기를 인계하고 상담실로 들어갔다.

선녀의 아기는 전혀 낯을 가리지 않았고 처음 보는 나를 귀여운 미소로 반겨 주며 즐겁게 했다. 아기에게 간지럼도 태워보고 얼굴과 코도 만져보며 장난을 걸자 깔깔거리며 좋아했다.

지구에서나 샤르별에서나 아기가 천진난만하고 귀여운 것은 공통점이 있었다. 아기의 손에는 장난감이 쥐어져 있고 내가 그것을 장난삼아 빼앗아 보려고 하자 놓지 않으려고 애를 썼다. 억지로 아기의 손에서 장난감을 빼앗아 보았더니 울려는 시늉을 하면서 내 손에 쥐어진 장난감을 다시 쥐려고 했다.

나는 일부러 장난감을 주는 척 했다 주지 않고 다시 주는 척 했다 주지 않으며 장난을 걸었더니 끝내 아기가 울음을 터뜨리고 말았다. 당황한 나는 얼른 아기의 손에 장난감을 쥐어 주며 달랬더니 금방 울음을 그치며 다시 방글거리기 시작했다.

아기를 업어주기도 하고 안아주기도 하면서 잘 놀고 있는데 함께 상담시간을 기다리고 있는 신선과 선녀들이 그 모습을 보면서 유쾌한 표정들을 짓고 있었다.

아기와 재밌게 시간을 보내고 있는 동안 아기 엄마가 상담을 마치고 나왔고 나는 아기를 인계해 주었다. 아기가 울음보를 터뜨린 내용을 물어서 자세히 설명해 주었고 아기 엄마는 웃으며 내 설명을 들어주었다.

엄마 품에 돌아가서도 여전히 방긋거리며 재롱을 부리고 있는 아기와 작별을 하고 다시 무료해진 나는 상담실 내부를 서성거리면서 눈에 띄는 것들을 구경했다.

그 중에 벽에 걸린 한 글귀가 눈에 들어왔다.

〈날마다 네 자신을 기쁘게 하라. 그리하면 네 영혼이 빛나리라.〉

그 글귀의 내용은 지금 내가 상담에 임하려는 멘토의 제목이기도 했다. 또한 조금 전에 종교행사를 집전한 사제가 들려준 교화내용의 중요한 대목이기도 했다.

다른 곳으로 장소를 옮기자 벽에 걸린 또 다른 글귀가 발견되었다.

〈네 영혼을 영접하라. 그리하면 네 영혼이 방황하지 않으리라.〉

그 글귀를 음미하면서 글귀의 내용을 이해하려고 애를 쓰고 있는데 불현듯 연화의 모습이 눈앞에 나타나 미소를 짓고 있었다.

연화가 입을 열었다.

"백마선 도련님은 자신의 영혼을 바르게 영접하고 있나요?"

나는 뜻밖의 질문에 대답을 못하고 멍하니 연화의 얼굴만 쳐다봤다.

"망설이지 말고 얼른 대답해 봐요."

연화의 재촉에 나는 대답을 피할 수 없어서 대답대신 이렇게 반문했다.

"내가 내 영혼인데 무엇을 영접하고 멀리하고 할 이유가 있을까요?"

연화는 정색을 하며 말했다.

"도련님이 도련님 자신에 대해 어떻게 대접하며 살아왔는지 묻고 있어요."

"스스로 보살피며 스스로 소중히 생각하며 스스로 가꾸며 살아왔다고 생각하오. 남들보다 넉넉한 형편이 아니라서 남들보다 귀한 모습으로 스스로를 가꾸며 살아오지는 못했지만 천대를 받지 않으려고 노력해 왔소. 그러한 제 삶의 모습은 연화가 더 소상히 알고 있지 않소?"

"물론 알고 있지요. 스스로를 위해서 열심히 그리고 성실하게 노력하는 삶…. 하지만 그것으로 영혼을 바르게 영접하며 살아왔다고 장담해서는 안 되지요."

"그럼 무엇이 영혼을 바르게 영접하오?"

"백마선 도련님의 영혼은 존귀함을 얻기 위해 세상에 왔어요. 존귀함을 얻지 못한 영혼들이 어둠속에서 방황하지요. 모든 영혼은 스스로 높이지 않으면 존귀함을 얻을 수 없어요. 남들이 모두 나를 높여 주어도 자신 스스로 높이지 않을 때 존귀함을 얻은 영혼이 아니라 버려지는 영혼에 불과하지요. 벽에 걸린 글귀의 내용은 스스로의 영혼을 존귀하게 받들며 살라는 교훈이에요. 제 말을 이해하겠어요?"

"무슨 말뜻인지 이해는 하겠지만 어떤 방법으로 살아야 스스로의 영혼을 바르게 섬김인지에 대해서는 아직 이해가 멀었소. 나중에라도 연화의 깨우침을 듣고 싶소."

"그럼 다음 시간을 약속하기로 해요."

이런 말들을 남기고 연화의 모습은 다시 홀연하게 모습을 감추고 말았다.

이런저런 일들로 소일하며 상담시간을 기다리는 시간이 흘러 드디어 내 차례가 돌아와 상담실 문을 열고 들어갔다.

상담실 주인인 버스디퍼는 이미 구면이기 때문에 반가운 얼굴로 나를 반겼다. 심리학의 대가이며 심리통달자인 버스디퍼는 이미 내 마음속에서 품고 있는 멘토의 내용을 읽어 버린 표정이었다.

"사랑하는 영혼아! 어서 오렴. 오늘은 어떤 진실이 오가며 우리들 마음을 행복하게 할까? 샤르앙의 마음을 풀어보렴."

"아까 사제님의 교화를 듣고 느낀 소감이기도 한데…. 사실은 이전부터 풀고 싶은 마음속의 의문이기도 했어요. 아까 벽에 걸린 글귀를 보니 그런 내용이 적혀 있기도 하고…."

"벽에 걸린 글귀의 내용이라…. 무얼까?"

"〈네 자신을 날마다 기쁘게 하라. 그러면 네 영혼이 빛나리라.〉라는 글귀의 내용이었어요."

"오, 그 말씀! 지금은 빛의 화신이신 님이나스 성자님의 말씀이란다. 성자님의 말씀은 우리 샤르별의 존재들 중 누구라도 들을 때마다 새롭고 마음의 옷깃을 바로 여미게 만드는 마력이 있단다. 그럼 오늘은 그 성자님의 말씀을 근거로 영적성숙을 도모해 볼까?"

"그렇게 해주시면 감사하겠습니다."

"세상에는 하늘을 기쁘게 하는 일도 있고, 이웃을 기쁘게 하는 일도 있으며, 스스로를 기쁘게 하는 일도 있단다. 그 중에 으뜸은 스스로를 기쁘게 하는 일이란다. 스스로 기뻐할 때 영혼은 생기를 발하고 빛나며 스스로 기뻐하지 않는 일은 하늘도 기뻐하지 않으니까…. 자신에게는 불만족을 주면서 남을 기쁘게 하려고 시도하는 자체가 어리석음이지. 사랑하는 영혼, 너 샤르앙은 네 스스로를 생각할 때 스스로에게 얼마나 기쁨을 주는 삶이라고 생각하느냐?"

나는 버스디퍼의 질문을 받고 잠시 머뭇거리며 대답을 못하고 주춤했다.

"러우님, 저는 스스로를 존경하면서 까지는 살아오진 못했지만 대견하게 생각하며 살아오고 있습니다."

"네 스스로를 대견하게 생각했다고?"

"네, 러우님."

"무엇이 너를 대견하게 생각하도록 만들었을까?"

"저는 어려서부터 온갖 역경과 고난을 스스로 견디면서 제 자신의 성장을 위해 애써왔습니다. 그 어려운 난관을 겪으면서도 스스로의 양심을 지키기 위해 노력했고 잠시도 제 자신의 성장을 위한 노력을 멈추지 않았습니다. 결국 저는 한 번도 마음속의 꿈을 포기하지 않았고 끝없는 자기 도전을 포기한 적이 없습니다. 앞으로도 그러한 제 노력은 멈추지 않을 것입니다. 아직 무엇도 정상에 오른 적은 없지만 그 정상을 목표로 어제도, 오늘도, 내일도 쉬지 않고 달려갈 것입니다. 이러한 점들에 대해서 스스로 대견해하고 있습니다. 러우님께서 듣기에는 유치한 관념이겠죠?"

"그래, 지구의 환경을 잘 이해하고 있는 내 입장에서 생각하면 샤르앙은 대견한 삶을 살아왔다고 칭찬해도 지나침이 없을 것이다. 하지만 말이다."

"네, 러우님."

"살아 있는 영혼은 무한성장의 가치는 있지만 혹사할 대상은 아니다. 영혼의 특성은 육신의 몸을 입고 살아 있을 때 성장의 특혜가 주어지고 육신의 생명을 잃을 때 성장의 기회는 중단된다. 그래서 자신의 생명이 자기 것이라고 성공이란 명분을 내세워 혹사를 하며 고난을 자초하는 것은 자기 영혼에 대한 예우가 아니다. 자기를 혹사하지 않으면서도 영혼을 기쁘게 할 수 있는 방법은 많다. 어려움을 극복하기 위해 무조건 고난만 자초하는 삶보다는 영혼의 품위와 영적 자존감을 채워 주면서 영혼이 기뻐하는 삶이라면 더욱 지혜롭고 현명한 삶일 것이다."

"그렇다면 영혼이란 양육의 대상인가요? 아니면 섬김의 대상인가요?"

"타협의 대상이다. 영과 타협하면 세상을 슬기롭게 살아갈 비결이 쏟아지고 어려움을 극복할 길이 열리게 된다. 영은 무한 잠재력의 보고이면서 무소불능의 권능을 부여받고 본래부터 존재하기 때문이다."

"아무리 어려운 환경에 태어나서 살더라도 그 영혼이 동정의 대상은 아니라는 말씀이군요?"

"그렇다. 혼을 가진 육신은 세상에 속한 신분이 있지만 영을 보유한 생명은 그 신분이 하늘에 있고 만물지상(萬物之上)의 대권을 쥐고 있다. 그래서 육신의 신분 속에 숨겨져 있는 영을 동정하거나 천대하는 행위는 엄벌의 대상이 된다."

"영(靈)과 혼(魂)은 분리되어 있다는 말씀이군요?"

"영(靈)은 본래의 자아요, 혼(魂)은 육신의 혈통을 따라 내려온 얼의 결정이다. 그 영과 혼이 결합을 이루어 영혼의 성체(成體)를 이룬다."

"혼은 조상으로부터 혈통을 따라 내려온 생명의 조건이며, 영은 영원 전부터 존재해 온 스스로라는 말씀이지요?"

"그렇다. 그래서 세상에 태어난 영혼의 생명체는 그 얼의 뿌리가 조상의 혈통을 따라 내려오기 때문에 어버이를 섬기고 효를 다하며 조상을 추모하는 것이다. 우리 샤르별도 조상을 잘 섬기기 위해 추모관을 설립하여 그 영들이 편히 쉴 수 있도록 효도를 다한다. 뿌리 없는 나무가 없듯 조상이 없는 영혼의 생명체는 존재하지 않는다. 죽은 영혼들은 살아 있는 영혼들의 마음을 집으로 삼고 살아간다. 그래서 조상을 잘 추모하면 그 영들이 편한 휴식을 취하면서 자손들의 일이 잘 풀리도록 협조하게 된단다."

"지구에서도 제가 살고 있는 동양권에서는 조상을 섬기는 제도가 잘 발달되어 있고 효를 중시하고 있는데 문명이 발달할수록 그러한 전통이 점점 무너지고 있는 것 같아요. 그런데 샤르별은 4차원 문명세계라고 하는 우주첨단의 문명을 구가하며 고차원의 삶을 살아가고 있으면서도 조상 섬김의 미덕이 멈추지 않고 있다는 사실이 불가사의하게 느껴져요. 우리 지구에서도 영혼의 뿌리인 조상 섬김의 미덕이 다시 부활했으면 좋겠어요."

"지구의 땅에도 샤르별과 마찬가지로 선영(先塋)의 모든 신명들이 내려와 살아 있는 영혼들과 합세하여 후천세상의 천지공사를 도모하기 위해 동분서주하며 혼신의 힘을 기울일 것이다. 결국 조상을 무시하면 신명들의 조력을 얻지 못하고 천지공사를 도모함에 역부족일 것이니 지혜로운 영혼들이라면 마음을 달리해야 할 것이다."

"지구에는 다양한 종교들이 일어나서 하늘을 바르게 섬긴다는 미명 하에 오히려 조상 섬김을 미덕으로 생각하지 않고 처분해야 할 악습으로 간주하고 있는데 이 점에 대해서는 어떤 견해를 가지시나요?"

"하늘 섬김에 조상을 멀리하는 행위가 어리석지. 조상의 혈통을 끝까지 밟아 가면 결국 하늘에 닿고 마는데 조상을 멀리 함은 하늘을 멀리 함과 무엇이 다르겠느냐? 우리 몸에서 팔다리만 있고 머리는 없다면 살아 있는 생명이라고 말할 수 없듯, 뿌리를 부정하는 삶은 결국 머리 없는 몸을 가진 생명체들과 다를 바가 없을 것이다."

"영혼을 기쁘게 하는 삶이란 영과 혼을 아울러 기쁘게 하는 삶이겠군요?"

"그렇다. 영은 만족시키고 혼은 외면하고, 혼은 만족을 느끼고 영은 불만을 느낀다면 영혼이 기뻐하는 삶이 아니다."

"영혼이 기뻐하는 삶을 살기 위해 어떤 노력이 필요하지요?"

"날마다 빛에 머물고 날마다 승리하라. 그러면 네 영혼이 기뻐할 것이다."

"어둡고 타락한 삶에 동조하지 않고 의로움의 의지를 꺾지 말라는 의미시군요?"

"이젠 제법 내 말뜻을 잘 소화해 내는구나."

"며칠 전 바미시 무릉도원을 찾아가서 불로불사 신선님으로부터 영의 눈을 개안(開眼)시키는 신선주를 받아 마시고 왔어요. 그 후론 이상하게 만나는 신선들마다 영혼의 모습이 보이고 영혼의 소리를 듣게 되었어요. 그래서 지금 제 눈에는 버스디퍼 러우님의 영이 보이고 제 귀로는 러우님의 마음에서 울려오는 외침을 다 들을 수 있어요."

"바미시 무릉도원의 개안 신선주를 네가 마셨단 말이지?"

"네, 러우님."

"참 복 받은 영혼이로다. 우리 샤르별의 신선들도 개안 신선주는 쉽게 마시지 못하는데 지구에서 멀리 찾아온 네가 그 술을 마셨구나. 그래서 우주의 아무리 귀한 보물도 주인이 따로 있고 주인된 자는 우주 끝을 찾아가서도 자기 것을 소유하기 마련이니 과연 우주의 이치는 크고도 정확하구나."

"바미시 무릉도원에서 얻어 마신 술이 그렇게 귀한 줄 몰랐어요."

"바미시 무릉도원에서 살고 있는 신선과 선녀들은 모두 불로불사의 존재들이요, 그 세상은 샤르별에서도 가장 이름난 불로불사의 선경이기도 하다. 도통진경이란 말뜻을 네가 아는지 모르겠다만 그곳에는 크고 큰 각성을 이룬 빛의 화신들이 모여 사는 천상계와 같은 세상이요 도통진경의 으뜸세상이다."

"선경세상은 흔하게 듣던 말이지만 도통진경은 처음 듣는 말 같아요."

"서로 비슷한 말이기는 하다만 큰 각성에 이르러 큰 빛으로 화신한 신선들이 무한 창조력을 발휘하는 세상이 도통진경이라고 불린단다."

"신선들이 원하는 모습으로 원하는 환경을 새롭게 창조하면서 살아가는 세상이란 뜻이군요?"

"그렇단다. 그래서 개안 신선주는 바미시 무릉도원에서만 만들어지고 특별히 선택을 얻은 영혼들이 그 술을 마시고 영혼의 개안을 이룬단다."

"그렇게 귀한 선물을 받고도 저는 귀한 줄 몰랐어요."

"주인이 아니면 얻으려고 애써도 얻지 못하고 주인이면 가만히 앉아 있어도 찾아온단다. 네 것을 네 것으로 받았으니 귀한 줄 몰랐다고 해도 귀하게 쓰이면 귀할 것이다."

"소중한 정보를 알려주셔서 감사합니다."

"남의 영혼을 바라본다면 자신의 영혼을 또한 바르게 바라보아야 할 것이다. 모든 영혼의 소유자들은 남의 영혼을 바라볼 줄은 알면서 자신의 영혼을 바라볼 줄은 모른다. 어디서 방황하지는 않는가. 스스로 혹사당하지는 않는가. 어두운 곳에 방치되어 있지는 않는가. 늘 애정을 가지고 보살필 대상이 스스로의 영혼이다. 스스로가 스스로를 방치하는 영혼은 섬김을 받는 영혼이 아니며 올바른 대접을 받는 영혼이 아니다. 방치하고 천대하면 그늘에서 시들어 가는 화초와 다를 바 없는 것이 네 영혼의 실체다. 남의 영을 바라볼 수 있다고 좋아하지 말고 이제부터 네 영을 바르게 바라보고 바르게 섬기며 항상 기뻐하는 영혼이 되도록 매사에 힘쓰라. 그러면 네 스스로 큰 복을 누리고 날마다 신선놀음을 즐기며 선경에서 살게 될 것이다."

"남의 영을 바라볼 줄 알면서 스스로의 영을 방치하는 행위가 큰 허물이라는 말씀이군요."

"그렇다. 사랑하는 영혼아! 스스로 방치하는 영혼에게는 평화가 찾아오지 않는다. 항상 마음에서 갈등이 일어나고 어두우며 좋은 것들이 좋게 느껴지지 않는 이유가 영혼을 방치하기 때문이다. 우리들 세상의 이상은 신선놀음이다. 신선놀음이란 영혼이 늘 평안한 상태에서 기쁨에 머물러 하늘과 상통함을 의미한다. 신선놀음의 기쁨을 통해 하늘과 상통하는 기운을 교류하며 신선의 품위를 유지한다. 세상에 태어난 영혼 중에 그 이상의 기쁨을 안고 살아가는 영혼은 존재하지 않을 것이다. 최고로 기뻐하는 영혼이 최고의 영광이요 그 영광은 날마다 기뻐하며 신선놀음을 즐기는 신선들이 차지한다. 그러므로 너는 항상 네 영혼을 바르게 섬기고 네 영혼의 기쁨이 충만하게 노력하라. 그러면 신선이 되어 신선놀음을 즐기고 영원한 선경세상에서 눈물과 탄식을 다시는 겪지 않으리라."

"영혼이 가장 기뻐하는 삶이 무얼까요?"

"매사에 최선을 다하라. 그러면 네 영혼이 기뻐할 것이다. 최선을 다하고도 얻지 못한다고 네 영혼은 실망하지 않는다. 그리고 어떤 꿈이라도 포기하지 마라. 포기하지 않으면 네 영혼의 잠재력이 결국은 다 이루게 한다. 본래 네 영혼의 실체는 무소불위하며 무한 잠재력의 소유자기 때문이다."

"제 영혼이 무소불위하며 무한 잠재력의 소유자라면 세상에서 살아가는 모습은 왜 나약하며 아직까지 꿈을 이루지 못하고 실의에 빠져 있을까요?"

"네 스스로를 과소평가하며 살아가기 때문에 그러한 마음을 갖는다. 네 영혼은 이미 알고 있다. 그러므로 네 꿈은 모두 준비되어 있다, 꿈을 이룰 수 있는 재료가 다 준비되어 있다는 뜻이다. 그 꿈이 아직 현실화되지 못한 이유는 일심이 부족한 결과다. 네 영혼은 일심과 열정을 원한다. 네 영혼은 일심으로 뜨겁게 살기를 원한다. 모든 영혼은 열정을 즐기며 열정을 다할 때 무한 영감을 발산시킨다, 그 영감이 바로 세상을 바꾸는 원동력이 된다. 그러므로 사랑하는 영혼은 이제부터 일심을 다하고 뜨겁게 살아라. 그러면 마음속의 꿈을 모두 이룰 수 있으리라."

버스디퍼의 음성은 잔잔했지만 내 마음을 뜨겁게 달구는 용광로와 같았다. 버스디퍼 심연의 뜨거운 용광로에서 거친 재료와 같았던 내 마음의 원소들이 모두 녹아서 정금과 같은 모습으로 다시 태어나고 있다는 생각이 들었다. 버스디퍼와 상담할 때 그는 자신의 심연에서 끓고 있는 용광로에 나의 심성과 영혼을 송두리째 용해시켜 불순물을 태워버린 후 순수무결의 수정과 같은 결정으로 다시 부활시키는 마력을 발휘하는 것 같았다.

버스디퍼와 영적상담을 마친 후 다시 세상에 태어난 기분으로 상담실을 빠져 나올 수 있었다.

버스디퍼와 상담을 마친 나는 곧바로 하늘자동차에 몸을 싣고 츠나음이 연구소로 돌아왔다. 하늘자동차를 느린 속도로 타고 오면서 연신 입에서는 콧노래가 흘러나오고 있었다. 그 콧노래는 영혼의 콧노래였다.

샤르비네도 그동안 수면을 중단하고 열중해 온 천문도통의 전문학교 학습과제를 마치고 비슷한 시간에 맞춰 돌아왔다. 샤르비네 앞에서도 여전히 콧노래를 부르며 마음속 기쁨을 감추지 못하고 있는 나를 스스로 발견할 수 있었다.

샤르비네는 그러한 내 모습이 '웬일이야?' 하는 표정이었지만 특별한 질문은 하지 않았다.

샤르비네와 나는 곧바로 측요스를 찾아가 대례를 올리고 그동안의 안부와 근황들에 대하여 대담을 나누었다. 저처도 우리들과 합석하며 맛있는 향료수를 가져와서 잔에 따라 주었다.

그 자리에서도 내가 바미시 무릉도원을 찾아가서 얻어 마신 개안 신선주에 대한 내용을 화제로 삼아 대화를 이어갔다. 샤르별의 존재들은 누구나 개안 신선주에 대한 관심이 크다는 사실을 확인할 수 있었다.

측요스와 면담을 마치고 우리 셋이 바깥으로 나왔다. 그날 밤도 우리는 수면시간을 뜬 눈으로 새면서 그동안 풀지 못한 회포를 나누었다.

두 선녀의 수다와 함께 긴 밤은 소리 없이 지나가고 아침이 되어 초원으로 나가서 해맞이 활력무를 추면서 몸 속에 우주기운을 증폭시켰다.

활력무를 추고 나서 땀에 젖은 몸을 씻기 위해 숲속의 야외 온천수로 향했고, 모두 옷을 벗고 알몸으로 물 속에 들어가 온천욕을 즐기면서 철부지들처럼 물장난을 치고 놀았다.

우리들과 구면인 다른 신선과 선녀들도 알몸으로 우리들 곁에 다가와 함께 물장난을 치고 수다를 떨기도 하고 신선놀음을 만끽했다.

이튿날 밤 샤르비네와 나는 모처럼 수면시간을 함께 했고, 숙면 프로그램을 작동시켜서 그동안 미루어 온 단잠을 청했다. 숙면 프로그램은 짧은 시간 동안 긴 시간 수면효과를 느끼게 했다. 5시간의 하룻밤 수면으로 50시간 이상의 숙면효과를 느끼는 프로그램이었다.

숙면 프로그램의 효과로 며칠씩 수면을 잊고 지내도 수면부족으로 인한 부작용은 몸에서 발생하지 않았다. 숙면 프로그램으로 깊은 잠에 빠져 있는 상태에서도 꿈을 꿀 수 있었다. 꿈의 내용을 프로그램으로 설정해서 수면을 취하는 중에 그 내용이 꿈으로 연결되게 하는 프로그램이었다. 꿈속에서 이미 설정된 프로그램의 꿈을 꾸면서 숙면을 취할 수 있었다.

꿈을 꾸면 숙면이 이루어지지 않는다고 하지만 프로그램으로 설정된 꿈은 숙면을 방해하지 않았다. 꿈꾸는 프로그램의 내용은 다양하게 설정할 수 있었다. 그리운 영혼을 만나는 내용도 설정할 수 있고, 사랑하는 대상을 만나는 내용을 설정할 수도 있고, 원하는 세상으로 여행을 떠나는 내용을 마음대로 설정할 수도 있었다.

꿈꾸는 프로그램은 잠을 자면서 만나고 싶은 대상을 다 만날 수 있고, 해보고 싶은 일들을 다 경험할 수 있는 4차원 수면프로그램이었다.

멋진 꿈을 꾸고 나면 기분도 멋져졌다.

샤르별의 존재들은 밤마다 멋진 꿈을 꾸고 멋진 삶을 살아가는 신선들이기도 했다.

〈7편에 계속〉

시크릿 투어 4차원 문명세계의 메시지 시리즈 소개

4차원 문명세계의 메시지 6

2014년 01월 20일 초판 인쇄
2014년 01월 25일 초판 발행

발행인 한 미 희
지은이 박 천 수
교 정 이 권 학
편집인 서 민 철

펴낸곳 하문사
143-817 서울특별시 광진구 구의2동 52-12호
전 화 : 02-323-3137
팩 스 : 02-457-2830
등록번호 제15-167호/121-886

ISBN 978-89-85730-06-8 03810